L'Ombre de Dieu

Steve Jackowski

Traduit de l'anglais (Etats-Unis) par Peyo Amulet

Copyright @ 2017 Steve Jackowski

Direction artistique : Lanny Markasky

ISBN: 978-0-9899729-4-9

DEDICACE

To Lynn Distefano

REMERCIEMENTS

Je dédie ce livre à ma sœur, Lynn Distefano, qui a lutté, presque toute sa vie, contre sa maladie mentale. Je voudrais également remercier Martine Mayerau qui fut la première à lire le manuscrit français, ma femme Karen pour son soutien, Katell Le Bourdonnec pour la couverture francaise, Peyo Amulet pour sa traduction, et surtout Sabrina Noel qui m'a permis d'approcher les établissements de soins psychiatriques.

Steve Jackowski

CHAPITRE 1

« Le Soleil est l'Ombre de Dieu »

- Michel-Ange

1

Mitch Stern se retrouva à San Francisco pour le congrès Mac World au Moscone Convention Center, en compagnie de plusieurs milliers de geeks, tous émoustillés par le rebond d'Apple Computer. Après plusieurs jours de formation et de flâneries parmi les stands de l'immense hall de la convention, après de nombreux échanges avec les fournisseurs et participants, Mitch décida de dîner chez Chevy's à quelques blocs, dans Mission Street.

Mitch n'était pas revenu à San Francisco depuis vingt-cinq ans, depuis son mariage. Le couple y avait passé sa lune de miel. Souvenir impérissable mêlant ébats amoureux à l'hôtel, dégustation de vins dans la Napa Valley, randonnées à Fort Cronkite, pique-niques dans le Golden Gate Park. Ils s'étaient prélassés au Marina Green, avaient pris un thé chic à l'hôtel Ritz Carlton, tout au-dessus de la ville sur Nob Hill. Puis ils avaient visité des expositions et étaient allés danser.

Mais aujourd'hui, cette ville avait changé. Il y avait davantage d'hôtels dont les tours montaient à l'assaut du ciel, mues par un impérieux besoin de dominer les immeubles concurrents, secrétant ainsi un sentiment insidieux d'inquiétude. Il y avait aussi plus de mendiants. On les appellait des « sans-domicile » mais, à part quelques-uns qui auraient eu clairement besoin d'un accompagnement psychologique, la plupart semblaient valides. Impossible de déambuler dans la rue sans être accosté ou sans contourner un groupe qui colonisait l'essentiel du trottoir. L'odeur de l'urine et la crasse étaient partout. Mais qu'était-il arrivé à cette ville ?

St. Louis, sa ville natale, comptait des quartiers pauvres certes, un ghetto même, mais le centre–ville était demeuré intact, comparé à celui de la célèbre City by the Bay.

D'habitude Mitch n'assistait pas aux conférences. Il avait pratiquement arrêté de voyager depuis son mariage. Margaret ne voulait pas rester seule. D'ailleurs elle avait été catégorique : elle ne voulait plus qu'il voyage. Mitch avait donc renoncé à sa carrière pour se consacrer à sa femme et à sa famille. Il passait des heures avec ses enfants, les aidant à faire leurs devoirs, les emmenant à l'école, aux leçons de danse, de chant et au sport, tandis que Margaret poursuivait sa carrière d'enseignante.

Curieux, comme il avait fini par élever ses enfants alors qu'elle enseignait à ceux des autres ! Comment ne trouvait-elle pas du temps pour ses propres enfants ?

Aujourd'hui ses deux enfants étaient à l'Université et Margaret avait décidé de se donner une nouvelle vie, sans Mitch. Pour elle, il avait abandonné tellement de lui : ses amis, le sport, sa carrière, même le reste de la famille. C'était quand même beaucoup. Pourtant ils s'aimaient comme aucun autre couple. Ils dansaient, allaient au spectacle, accumulaient les weekends romantiques et leur vie intime n'avait pas flétri depuis leur mariage. De la passion, rien que de la passion. Mitch avait la certitude qu'ils vieilliraient ensemble, se protégeant mutuellement jusqu'à la disparition de l'un d'eux. Il savait que leurs corps succomberaient aux années mais que leur amour serait épargné.

Puis, l'an dernier, Margaret stoppa son traitement d'hormones. Ça faisait une quinzaine d'années qu'elle le suivait, depuis le tout début de sa ménopause. Alors que la plupart des femmes entrent en ménopause progressivement, le corps de Margaret s'était transformé de façon fulgurante. Le sexe lui devenait pénible et bien que Mitch fût toujours friand et créatif, Margaret sentait que son corps lui échappait. Elle s'en voulait de son incapacité nouvelle, même si elle avait encore des orgasmes incomparables grâce à leur inventivité. Elle refusait de se tourner vers la médecine : trop embarrassant ! Mitch se sentait coupable de la désirer autant et il craignait qu'elle se sentît obligée de le satisfaire, à regret.

Un jour, elle partit. Elle déménagea. Mitch rentra du travail. Non pour retrouver un foyer. Juste une maison. Dans la plus grande confusion. Des vêtements abandonnés, des objets personnels jonchant toutes les pièces, sauf celles des enfants totalement vidées. Leurs objets les plus chers avaient disparu. Enfin presque tous. Elle avait laissé les photos et albums de Mitch. Comme si un seul désir l'animait : oublier leur vingt-cinq années ensemble et redémarrer ailleurs. Mais à quoi devait-il ça ? Qu'est-ce qu'il avait fait ?

Le vide et le calme de la maison l'oppressaient.

Pire, les enfants soutenaient leur mère dans sa décision. Ses filles lui expliquèrent que leur mère avait été trop dépendante. Qu'elle n'avait jamais vécu en ne comptant que sur elle. Qu'elle devait vivre ça désormais : l'autonomie. Quant à lui, il était assez indépendant et fort pour continuer sans Margaret.

Mitch découvrait que les jeunes femmes de vingt ans rompent facilement pour retrouver leur indépendance mais pourquoi pensaient-elles que leur mère devait faire de même. Il s'était investi totalement pour ses enfants et son couple et maintenant tout se dérobait, tout lui échappait. Il se sentait trahi. Trahi par elles trois.

Une semaine avant, il avait retrouvé Margaret pour parler finances. De façon prévisible, leur conversation avait tourné aux récriminations habituelles. Margaret semblait vouloir diaboliser Mitch et leur vie commune.

- Je me suis perdue dans cette vie avec toi. Toutes les femmes font ça. J'ai suivi un séminaire à ce propos. Les femmes se façonnent d'après leurs hommes. On devient ce que les hommes veulent qu'on soit. Je ne veux plus te voir. Je n'ai pas de temps pour toi dans ma vie. Je dois me reconnecter à moi-même et à mes filles.

- As-tu en projet de voir d'autres gens ? demanda Mitch avec appréhension, l'estomac tenaillé à la pensée de Margaret avec un autre homme.

- J'ai décidé que, pour moi, tout ça, c'était terminé, Dieu merci ! Je n'ai plus besoin d'homme dans ma vie. J'ai juste besoin d'amies.

Anéanti, Mitch ne savait que répondre. Leur vie avait été tellement romantique. Après tant d'années de mariage, ils se tenaient encore par la main en ville ou quand ils allaient au cinéma. Il lui envoyait des fleurs au travail ou la surprenait par des cadeaux à la maison. Et leur façon de danser ! Ils se déplaçaient comme une seule et même personne. Quel que fût le pas que Mitch essayait ou les combinaisons qu'il inventait, Margaret le suivait. Si elle était en perte d'équilibre ou en difficulté, il le sentait et compensait instinctivement. Son corps et le sien fusionnaient de sorte que chacun pouvait anticiper l'intention de l'autre. Dieu, comme il aimait cette femme !

Quand il se trouvait dans l'obligation de voyager, Margaret glissait secrétement des cartes dans ses bagages. Une pour chaque nuit loin d'elle. La première, de façon habituelle, parlait de son amour pour lui, lui disant combien il lui manquait. Jour après jour, ces cartes devenaient plus suggestives. La dernière décrivant les plaisirs charnels qui l'attendaient quand il la retrouverait.

- Tout cela l'avait donc quittée, pensait-il, dans la plus grande confusion. Pouvait-elle réellement vivre sans romance ? Il comprenait ses peurs et son embarras quant à la relation physique, mais plus de romance désormais ? Ni de longues promenades, de spectacles, de dîners en ville, de virées le weekend à la découverte d'autres endroits ? Certes on pouvait se passer du sexe. Après tout, les choses auraient pu évoluer autrement. Ne l'aurait-elle pas soutenu s'il avait eu des problèmes de prostate ? S'il était devenu impuissant ?

Tout ça n'avait plus d'importance maintenant. Cette vie qu'il avait essayé de construire en s'investissant dans son couple et sa famille…. Cette vie s'était évanouie. Pouvait-il vraiment tout recommencer à cinquante ans ? Devait-il l'attendre ? Ils avaient tellement eu besoin l'un de l'autre et pendant si longtemps ! Etait-ce juste une parenthèse ? Allait-elle se retrouver et comprendre qu'elle avait besoin de tout ce qu'ils étaient ? L'amour n'est-il pas supposé transcender tout ça ? Croyait-elle en l'amour vrai et leur destin à deux?

Il avait nettoyé la maison et jeté la plupart des détritus qu'elle avait laissés derrière elle ; des fragments de leur vie à deux. Il acheta de nouveaux tableaux pour couvrir les taches blanches sur le mur. C'était drôle, trouvait-il, comme les années avaient changé la couleur des murs sauf aux endroits où les photos étaient accrochées. Aujourd'hui, c'était des rectangles blancs, entourés de l'ombre des murs. Comme si ces rectangles étaient l'écho des ombres blanches de sa vie.

Quand il rentrait du travail, il se préparait rapidement un repas frugal. Il perdait du poids. Aucun intérêt à ne cuisiner que pour lui seul ! Il prenait un livre ou regardait un vieux film, de ces classiques qu'il avait négligés pendant des années. Il s'enfonçait dans la routine : se lever, aller au travail, rentrer, manger, lire, aller au lit. Il trompait l'attente, en espérant que sa vie recommençât et, avec de la chance, que son ancienne vie recommençât. Certains jours, il se trouvait bien. Puis d'un seul coup, il éclatait en sanglots sans pouvoir se contrôler. Il ne savait pas à quoi il devait ces effondrements. Une phrase, un moment émouvant dans un film noir et blanc ou le vide quand, du bras, il cherchait Margaret dormant à côté de lui. Puis les larmes s'arrêtaient et il restait assommé, se demandant ce qui avait initié cette crise.

Quand il reçut l'email sur la conférence de MacWorld, il décida que changer de décor lui ferait du bien. Au moins, il cesserait de s'abîmer dans cette auto-compassion, ce doute, ce désespoir quant à son avenir. Le premier jour de la conférence l'avait intéressé mais il était encore aux prises avec de sombres pensées et il ne s'était pas encore résolu à rencontrer des gens nouveaux.

Mitch sortit du restaurant après ce somptueux repas mexicain. Impossible de trouver ce genre de cuisine dans le Middle West. Son pas hésita après les trois margaritas qui avaient accompagné son dîner. Le soleil déclinait à l'ouest, trop bas pour le voir au-delà des collines tandis que, sombre présage, l'ombre des gratte-ciel dessinait sur la rue les barreaux d'une prison de cinéma noir.

Mitch descendit Mission Street vers le sud, loin de son hôtel. Cette marche lui éclaircirait les idées. Quelques blocs plus loin, il se retrouva dans le Tenderloin. De jeunes noirs le regardaient avec suspicion et les prostituées se penchaient dans sa direction, montrant généreusement leur poitrine en lui proposant une passe. Il savait qu'il devait rebrousser chemin, droit vers l'hôtel, mais quelque chose l'attirait plus avant dans ce monde glauque qu'il n'avait jamais approché.

A un angle de rue, il crut reconnaître Margaret. Ce qui lui arrivait souvent depuis qu'elle était partie. Une silhouette, un dos et son cœur s'emballait. Sa fantaisie lui distillait la romance de son retour. Bien sûr, quand il voyait les visages, aucun n'était celui de Margaret.

Cette femme se retourna et il fut étonné par sa ressemblance avec Margaret à leur première rencontre.

- Tu veux monter ?

Mitch l'ignora et continua de marcher.

- Je peux te faire des choses que ta femme ne t'a jamais faites murmura-t-elle sur son passage.

Mitch réfléchissait. Il avait été marié un quart de siècle et il avait toujours été fidèle à sa femme. Il n'était jamais allé avec une prostituée. C'était maintenant ou jamais. Il pouvait s'accorder un contact physique, ça faisait des mois qu'il n'avait pas reçu la moindre tendresse, sans parler d'amour charnel.

- D'accord répondit-il timidement. Mais je n'ai jamais fait quelque chose comme ça jusqu'ici.

- T'inquiète pas chéri. Je vais prendre soin de toi.

Elle lui prit le bras et l'entraîna au coin de la rue dans une allée. Elle ouvrit la porte arrière d'une vieille Chevrolet Impala.

- Monte !

Puis elle se glissa à son côté.

- Heu, qu'est-ce que je fais ?

Il se sentait nerveux.

- Chéri, c'est vingt pour une branlette, cinquante pour une pipe, cent pour baiser. Interdit par derrière. De même que toute brutalité et perversion.

- Comment tu t'appelles ? demanda Mitch, désireux de connaître cette femme, conscient qu'il avait plus besoin d'intimité que de sexe.

- Tu m'appelles comme il te plaît. Dis-moi ce que tu veux. Mais tu payes d'abord !

Mitch la regarda et repensa à son mariage et à sa vie sexuelle. Alors que lui et Margaret faisaient l'amour fréquemment et bien qu'il aimât lui donner du plaisir avec sa bouche, elle ne lui avait offert une fellation que trois fois dans toute leur vie à deux.

- Margaret ! Il venait presque de crier. Je vais t'appeler Margaret. Margaret, je voudrais une pipe ! dit-il en se marrant, essayant de prendre tout ça avec légèreté.

Il prit son portefeuille et sortit quatre billets de vingt.

- Garde tout mais fais durer, s'il te plaît.

Margaret prit sa main et la glissa dans l'échancrure de son chemisier noir. Elle ne portait pas de soutien-gorge et ses seins étaient pleins, son téton gauche durcissant sous la caresse. Elle déboutonna sa chemise avec lenteur, dégrafa son pantalon, puis commença à lui caresser la poitrine. Mitch était dur et prêt. Elle lui embrassa le ventre, tout en descendant. Elle lui lécha les côtés délicatement puis le prit lentement dans la bouche. Mitch faillit partir sous l'effet de la chaleur et de l'humidité.

- Fais doucement, je te prie. Ca fait longtemps, soupira-t-il d'une voix rauque, submergé par la sensation.

Elle se soumit à sa volonté et Mitch commença à se détendre.

- Oh, Margaret ! Tu ne sais pas combien de fois j'ai pensé à toi. Fais-moi jouir ! Fais-moi jouir !

Margaret obéit en le prenant totalement dans sa bouche.

- Margaret, pourquoi t'as fait ça ? Pourquoi tu m'as quitté ? Je t'aimais. On devrait être ensemble. Tu es sortie de notre avenir. Je suis seul. Seul. Je vais mourir seul, vieil homme au cœur brisé. Prends-moi entièrement, sale pute !

Mitch lui appuya la tête vers le bas, brutalement, lui donnant un haut-le-cœur.

- Ouais, étouffe-toi. C'est rien comparé à ce que tu m'as fait !

Et il lui plaqua la tête vers le bas de nouveau, la frappant de ses mains ouvertes, saisissant sa tête pour la forcer de haut en bas avec violence. Après un moment, il comprit ce qu'il faisait. Il s'arrêta et se mit à pleurer.

Margaret leva la tête, toussa, cracha et courut après avoir claqué la porte. Mitch sanglotait, incapable de retrouver sa respiration. Il avait la nausée. Il n'avait jamais frappé une femme, ni forcé une femme. Pris dans un maelstrom d'émotions, écœuré de lui-même et dévasté une fois de plus par l'abandon de sa femme, Mitch s'appuya en arrière et resta assis, sanglotant, épuisé, essayant de recouvrer un semblant de contrôle.

La porte de la voiture s'ouvrit et une lumière de la rue projeta l'ombre noire d'une femme sur Mitch.

Sans ouvrir les yeux, Mitch bredouilla.

- Je suis vraiment désolé Margaret. Ma femme vient de me quitter et je l'ai perdue.

- Je ne suis pas Margaret. Elle t'avait dit "pas de violence", sale bâtard. Maintenant tu dois payer !

- Pas de problème. Combien ? Je suis vraiment désolé.

Jane se pencha sur lui, son visage à quelques centimètres seulement. Ses yeux sombres étincelaient.

Tout !

Mitch sentit une douleur aigüe dans sa poitrine alors qu'il fouillait ce regard sombre menaçant pour une réponse. Il voulait comprendre, vraiment comprendre ce qui s'était passé. Pourquoi Margaret l'avait quitté ? Pourquoi son amour n'était pas assez bon pour elle ? Pourquoi elle le tuait ?

Mais il n'en eut pas le loisir.

2

Jane regardait le fils de pute qui avait fait du mal à Dawn. Elle se sentait presque désolée pour lui. Presque. Il avait certainement eu ce qu'il méritait. C'était déjà assez minable qu'un type marié chassât les prostituées, mais alors les frapper ? Pas question. Le monde se porterait mieux, débarrassé de cette vermine.

Elle conduisit la voiture jusqu'à un parking désert dans l'ancien Presidio. Ces bâtiments abandonnés et les lumières avares de la rue lui fourniraient l'ombre idéale pour sa tâche. Elle mit le corps à nu, enlevant tous ses vêtements. L'alliance opposa quelques réticences mais le démaquillant qu'elle avait dans son porte-monnaie en eut raison.

Jane prit les cent seize dollars du portefeuille et les mit dans son porte-monnaie avec la bague et la montre. Elle découpa la carte bancaire et le permis de conduire et les mit dans un sac poubelle avec les vêtements. Elle regarda rapidement la photo de cette femme dans la quarantaine qui ressemblait un peu à Dawn et des deux jeunes femmes à ses côtés.

- Je vais vous débarrasser de ce trou du cul. Je vous le promets, dit-elle.

Jane jeta les photos et le portefeuille dans le sac qu'elle allait brûler plus tard et alluma une cigarette et attendit.

Une heure plus tard, elle vérifia par deux fois son calendrier des marées et fit route vers Fort Point, au pied du Golden Gate Bridge. La marée haute était à minuit quarante-cinq. Maintenant qu'il était presque deux heures, les eaux de la baie de San Francisco dévalaient vers la mer. Le courant se déplaçait à plusieurs kilomètres à l'heure et elle voyait les crêtes bouillonner sous la lune, là où la baie rejoint l'océan.

Elle traîna le corps du micheton hors de la voiture et le hissa par-dessus la balustrade. Jane le regarda s'enfoncer lentement, puis revenir presque à la surface pour être finalement emporté par les eaux rapides de la marée filant vers la mer.

3

Le détective Mike McKensey de la Police de San Francisco regarda le cadavre nu et bouffi, rejeté par les eaux à Ocean Beach quelques heures plus tôt. Un de plus, se dit-il. C'était le troisième retrouvé dans le Comté de San Francisco, en un an. Quatre en tout. Tous, des hommes qui partageaient la même marque : une blessure de quelques millimètres juste sous le sein gauche. Tous morts instantanément d'un couteau glissé entre les côtes, directement dans le cœur.

Le premier fut retrouvé flottant dans la Baie de San Francisco par un couple dans un Hobie Cat près de Treasure Island. Le second fut découvert sur Baker Beach, juste devant le Golden Gate. Un autre avec la même blessure s'était échoué près de Bolinas dans le Comté de Marin deux mois plus tôt. La lieutenant May Reeves, détective de la Criminelle affectée à cette enquête par le Département du Sheriff de Marin, reconnut la similitude avec les cas non élucidés de San Francisco. Elle et Mike décidèrent de mutualiser leurs efforts pour trouver le tueur.

Malgré la décomposition avancée des mains, précipitée par l'eau salée, les médecins légistes réussirent à identifier chaque victime grâce aux empreintes digitales. Mike secouait la tête en pensant aux techniques utilisées. Il avait vu le corps boursouflé des victimes. Impossible de distinguer la moindre strie dans aucun des doigts. Comme beaucoup de ses pairs de la Brigade Criminelle, Mike avait suivi les formations du FBI sur les empreintes et il connaissait les techniques d'identification. Certaines, comme enlever la peau de la main pour l'enfiler comme un gant et utiliser un tampon encreur, semblaient carrément grotesques. D'autres comme la fumigation de la super-glue combinée à la ninhydrine semblaient trop simples pour être efficaces. Par contre les dernières étaient tellement compliquées qu'il n'avait toujours pas commencé à comprendre comment elles marchaient. Mais les médecins légistes avaient des résultats et c'est ce qui importait.

Malheureusement, à la différence du premier corps qui n'était resté dans la Baie que quelques heures, les autres avaient passé des jours en mer avant de s'échouer. Entre la programmation des autopsies, la recherche des empreintes et finalement leurs comparaisons, le temps était passé. Même s'ils pouvaient identifier les gens qui connaissaient ou avaient vu les victimes, la plupart de ces témoins ne se souviendraient pas de grand-chose. Mike ne pouvait leur en vouloir. Il ne se souvenait même pas de ce qu'il avait mangé la semaine précédente. Comment espérer que ces gens se souviennent d'un événement encore moins marquant ?

La première victime était un étudiant de la Fac de San Francisco. Le second, un touriste de Cincinnati, Ohio. Le troisième, un cadre de Silicon Valley. Tous trois étaient des hommes. Les trois s'étaient trouvés au centre-ville de San Francisco peu avant leur mort. Outre le fait qu'ils avaient été tués selon le même mode opératoire et que leur corps avait séjourné dans l'eau, ces meurtres ne correspondaient à aucun modèle criminel particulier et il ne semblait y avoir aucune connexion entre les victimes. Selon l'enquête, seul l'étudiant avait un casier judiciaire, pour un délit mineur de détention de drogue. A ses heures, il était également dealer à l'université. Ces meurtres n'avaient pas augmenté et ne se produisaient pas à intervalles réguliers. Ils ne semblaient pas prémédités. Ni vêtement, ni carte bancaire, ni bien personnel n'avaient été retrouvés. Les profileurs du FBI avaient été convoqués mais leurs recherches restèrent vaines. Ils partageaient la conviction que le tueur était intelligent, avait des connaissances en anatomie et avait trouvé une méthode imparable pour effacer les indices d'ADN. Après plusieurs jours dans l'océan, les corps ne révèlent que peu d'indications. A ce stade de l'enquête, aucune piste n'était privilégiée.

Mike appela May et lui demanda de le retrouver à la morgue pour l'autopsie. Peut-être que ce corps allait apporter des éléments nouveaux.

4

La Subaru de Jim Henderson quitta l'autoroute 20 pour s'engager dans une route étroite serpentant vers le nord, entre les pêchers chargés de fruits encore verts. Après trois heures de route, il ne lui restait plus que quelques kilomètres avant d'atteindre le camping d'Elk Mountain où allait se dérouler le championnat de l'Association Nationale de Deltaplane et de Parapente – Région Ouest.

La route rétrécissait tandis que les vergers cédaient la place aux bosquets de chênes et aux pins épars. Le large lit d'un ruisseau asséché, rempli de pierres, irradiait sa chaleur dans l'air de cette fin de matinée. Quelques volutes de cumulus en formation se rassemblaient au sommet d'Elk Mountain et Jim commençait à ressentir la fébrilité du départ. Il adorait voler et cette montagne était son site favori. Pour préparer cette première compétition, Jim avait passé des dizaines d'heures à voler ici et il connaissait cette montagne aussi bien ou mieux que la plupart des pilotes locaux.

Des cumulus coiffaient les premiers thermiques de la journée, bulles d'air chaud s'élevant du sol comme celles d'un verre de soda. Si ces courants s'élevaient assez haut, leur humidité condensait et se transformait en nuages. Ces cumulus étaient des repères majeurs pour les pilotes d'aile delta, rendant les thermiques plus faciles à localiser et leur permettant de voler. De toute évidence, ça serait un grand jour et si les prévisions météo se vérifiaient, la compétition se déroulerait dans des conditions idéales.

Jim se gara dans le terrain de camping et trouva avec plaisir que seul deux emplacements étaient occupés. Il choisit le plus éloigné de la route puis remplit le formulaire d'enregistrement au camping. Il n'était que onze heures et l'inscription à la compétition ne commençait qu'à trois heures.

Il décida d'attendre une autre demi-heure pour voir si d'autres pilotes arrivaient. Sinon, il monterait la montagne tout seul. Les conditions étaient trop bonnes pour faire l'impasse.

Il s'avança dans le lit du ruisseau et installa une manche à air. Le plus grand défi à Elk Mountain, c'est son aire d'atterrissage, le lit du ruisseau qui génère la plupart des thermiques de la montagne. Vous pouvez avoir un angle de descente parfait pour l'atterrissage, si un thermique s'élève devant vous, il vous propulse à plus de quinze mètres dans les airs. Pire, s'il bondit à quelques centaines de mètres devant vous alors que vous atterrissez, la direction du vent s'inverse subitement pour remplir le vide créé par l'air ascendant et vous allez vous poser sous le vent, ce qui est une faute majeure et une option pour un crash assuré. Pas de doute, cette compétition serait mouvementée, surtout pour ceux qui ne connaissaient pas les caprices de cette zone d'atterrissage.

A onze heures trente, aucun autre ne s'étant présenté, Jim monta avec sa Subaru. Il quitta la route goudronnée au sommet de la crête et mit la voiture en quatre roues motrices. Il entreprit de négocier cette route perfide qui menait à l'aire de décollage. Avec son centre de gravité plus bas, son véhicule était moins franchisseur qu'un 4x4. Pourtant Jim n'aimait pas prendre de risques.

Il s'arrêta au sommet avant la zone de départ et attacha une banderole de Dacron à l'extrémité d'un arbre pour indiquer le vent. Il était content de voir que le vent s'engouffrait toujours le long du versant sud. Bien qu'on pût décoller côté nord ou sud de la crête, les jours de vent de sud étaient les meilleurs, générant les plus gros thermiques tandis que le lit du ruisseau et les rochers de la face sud chauffaient au soleil du matin. Il y avait plus d'arbres et moins de courants ascendants sur le côté nord et souvent quand les vents s'orientaient au nord, l'air plus frais venu de l'océan, à des centaines de kilomètres de là, coiffait les thermiques en limitant l'ascension.

Tandis qu'il préparait son aile, Jim remarqua qu'il était seul à nouveau. Cette sensation lui était familière depuis que Sharon et lui s'étaient séparés. Il se sentait seul mais, en même temps, indépendant. Il y a des avantages à ne pas se soucier de la sensibilité de l'autre ni à toujours dire les choses et les faire bien. Seul, vous pouvez faire ce que vous voulez, quand vous voulez.

Et pourtant, il avait aimé voler avec Sharon. Elle ne s'était jamais vraiment passionnée pour les ailes delta mais elle aimait ces virées. Elle aimait être dehors et camper dans des endroits isolés. Pourquoi n'était-elle pas là ? Son estomac se noua en l'imaginant avec quelqu'un d'autre.

Chassant Sharon de son esprit, Jim finit le montage de son aile et en fit une inspection détaillée, vérifiant chaque fil, chaque sertissage et s'assurant que les composants étaient assemblés correctement et en état de marche.

Il mit son harnais, le casque et verrouilla l'aile. Puis il attendit. Le vent soufflait à 6-7 km/heure. Toutes les deux minutes, un thermique déboulait le long de la face de la montagne, transformant le vent en rafales. Il surveillait les buissons à quelques dizaines de mètres sous le point de décollage. Un instant plus tard, ceux-ci se mirent à remuer vigoureusement. Jim saisit l'aile et commença à dévaler la colline.

A mesure qu'il gagnait en vitesse aérodynamique, ses pieds quittaient le sol. Il entra brutalement dans le thermique. Celui-ci était puissant et il sentit l'arrachement familier vers le haut tandis qu'il se débattait avec la barre de contrôle pour conserver la maîtrise de l'engin. Il s'y enfonça et sentit la poussée, la force ascendante augmenter. Son variomètre résonnait bruyamment. Il constata qu'il grimpait à plus de 180 mètres/minute. Tandis qu'il traversait l'âme de ce courant et la poussée majeure au centre, il vira doucement sur l'aile et commença à évoluer en cercles. A chaque cercle, il revenait au contact du noyau, augmentant ainsi la pente de son virage. Après quelques révolutions, il se retrouva au cœur de la poussée, s'élevant à plus de 300 mètres/minute.

Pris dans cette ronde incessante, Jim se demanda comment il n'avait pas le vertige.

Quelques minutes plus tard, le thermique commença à faiblir. Sa vitesse ascensionnelle décrut à moins de 15 mètres/minute. Il était temps de passer à autre chose. Il regarda son altimètre et vit qu'il était à 2200 mètres d'altitude, à plus de 900 mètres au-dessus du point de décollage. Il dominait toutes les montagnes environnantes. L'air s'était rafraîchi de dix ou douze degrés et il voyait la lumière du soleil étinceler au-dessus de l'océan, loin à l'ouest.

Au nord, douze miles plus loin, il y avait Hull Mountain à près de deux mille mètres. Il restait encore de la neige par endroits près du sommet. Juste sous Hull, il distinguait Lake Pillsbury et la piste d'atterrissage qui desservait les résidences ultra privées de riches célébrités.

A l'est, Snow Mountain marquait la frontière entre les montagnes côtières et la grande vallée de Sacramento en Californie.

Plus à l'est, on pouvait voir les montagnes de la Sierra Nevada.

Jim vérifia sa dérive et nota qu'il était sorti du thermique légèrement au nord du point de décollage. Très bien! Les vents d'altitude étaient orientés faiblement au sud. S'il mettait le cap au sud, il pourrait faire le vol retour sous le vent.

Quand il eut traversé la vallée séparant Elk Mountain et Pitney Ridge au sud, Jim avait perdu près de 900 mètres d'altitude. Il n'avait pas rencontré le moindre thermique. A l'approche de la crête, il commença à chercher des zones nues entre les arbres et les affleurements rocheux. Il voulait se placer sous le vent et survoler ces générateurs de courants ascendants. Là il entra en contact de nouveau. Cela n'était arrivé que quelques fois auparavant mais semblait se répéter de plus en plus. Il SAVAIT où se trouvait le prochain thermique. En fait, il y en avait trois à proximité et il sentait celui qui était le plus fort.

En dépit de son côté analytique, Jim faisait confiance à son instinct et il se retrouva aspiré vers le haut par un puissant courant ascendant. A quoi devait-il ça ? On ne peut voir, entendre ou goûter ces girations bien que des gens disent que les faucons et les aigles voient les petits insectes et les poussières s'élever. De temps en temps on peut capter l'odeur d'un pin qui se fragmente. Mais comment était-ce possible ? Etait-ce une forme de sixième sens dédié aux thermiques ? Cela n'avait certainement rien de logique mais pourtant cela marchait pour lui. Il décida de ne plus se poser de question.

S'élevant avec les courants puis descendant après en être sorti, Jim volait vers le sud. Il passa la petite ville d'Upper Lake, le long de la rive est de Clearlake puis le long du village de Nice. Une heure et demie plus tard, il décida de rentrer. Il attendit un moment à l'extrémité de Pitney Ridge pour s'assurer d'avoir assez d'altitude et traverser la vallée en retournant vers Elk Mountain. Quand il survola la crête, une buse à queue rousse s'envola d'un arbre et le rejoignit dans le thermique. Ils évoluèrent en cercles opposés un instant puis l'oiseau de proie vola directement sous l'aile de Jim, à moins de cinq mètres de lui.

Il avait entendu des histoires de libéristes attaqués par les faucons, des histoires de serres visant directement les yeux. Heureusement, Jim connaissait cet oiseau.

- Hey Sam !

Le faucon tourna la tête rapidement vers Jim puis l'ignora. C'était étrange. « Sam » avait commencé à le rejoindre dans les thermiques un mois plus tôt. Maintenant à chaque vol pratiquement, ils partageaient un moment ensemble. Jim n'avait jamais vu Sam faire ça avec quelqu'un d'autre.

Ils franchirent deux mille quatre cent mètres ensemble. Jim vérifia sa montre et décida d'atterrir pour s'inscrire à la compétition. Regardant Sam, il comprit que ces oiseaux volent par pur plaisir. Cela n'était pas comme si Sam allait fondre sur une proie à plusieurs centaines de mètres dessous. Si ça n'était pas par plaisir, pourquoi volait-il si haut ?

Jim quitta le thermique et se pencha bien au-delà de la barre de contrôle. L'aile commença à plonger. En prenant de la vitesse, la sortie de piqué rendait le contrôle de la barre de plus en plus difficile. Quand il n'eut plus la force de la tenir, il déplaça son poids vers la gauche, puis poussa la barre vers la gauche et l'engin fit un renversement sur l'aile. Jim venait de faire un renversement de plus de cent trente degrés. Il était pratiquement sens dessus dessous pendant une seconde. Quand l'aile fit un autre piqué, Jim répéta la manœuvre à droite. Dix renversements plus tard, il avait perdu plusieurs centaines de mètres et se trouvait à quelques dizaines de mètres au-dessus de la crête. Il remarqua un 4x4 qui s'approchait du point de décollage. Il vérifia la direction du vent sur la banderole qu'il avait attachée à l'arbre et atterrit sur la route au-dessus de la crête. Le 4x4 s'arrêta et Jim entendit des acclamations.

-Hé, je n'ai jamais vu quelqu'un atterrir ici en haut, clama une voix depuis le véhicule.

Jim coucha son aile au sol et se détacha. Un jeune homme de son âge, de sa taille et de sa stature sortit du véhicule. Des yeux d'un bleu saisissant cerclé de noir autour de l'iris rendaient remarquable ce visage ciselé, quelque peu aristocratique. Il s'approcha de Jim et tendant la main, se présenta :

- Je m'appelle Steve Franklin. Le gars qui descend de la voiture, c'est Bill England et notre beau chauffeur, c'est Liz Leahy.

- Hé, je suis pas chauffeur. Je suis libériste ! lança Liz, faussement outragée.

- Je savais qu'elle allait réagir, se marrait Steve. On t'a vu d'abord au sud d'Upper Lake et tu remontais Pitney quand on signait notre engagement à la compétition. Tu atterris au sommet ?

- Il n'y avait pas d'autre libériste et les conditions étaient bonnes. Je me suis dit que, dans le cas contraire, je pourrais toujours me faire amener au sommet. Ou, au pire, ce qui s'est produit une fois, je pourrais revenir à pied pour récupérer ma voiture. En faisant ainsi, non seulement j'évite de solliciter un chauffeur mais j'évite également la zone d'atterrissage habituelle, plutôt scabreuse. Je saurais y atterrir mais on peut toujours se faire surprendre.

Bill se tourna vers Steve .

- Steve, je crois que tu vas trouver à qui parler.

- Oui, mais les pros vont y être aussi. Jim, ça fait longtemps que tu voles ?

- Environ dix-huit mois mais je suis venu ici tous les weekends, ces derniers mois et je pense que je connais bien le site. Je ne cherche pas à gagner puisque c'est ma toute première compétition. Mais j'aimerais quand même m'en sortir.

- Si tu voles pendant la compétition comme tu as volé aujourd'hui, s'interposa Liz, je pense que tu peux finir dans les dix premiers sans problème. Tu pourrais même arriver aux Championnats Nationaux.

- Merci pour ces encouragements, répondit Jim. Je ferais mieux de redescendre la montagne pour m'inscrire. J'espère que je vous verrai demain.

- Hé, dit Bill, pour notre première soirée, on va prendre une pizza à Upper Lake. Tu veux te joindre à nous ?

- Bien sûr. A quelle heure ?

Steve monta dans sa voiture : « Il est presque trois heures, laisse-nous deux heures pour notre vol, une heure pour tout ranger et arriver en ville. Six heures et demie à Upper Lake Pizza ? »

- A tout à l'heure !

Jim plia sa voiture et attendit, regardant Liz aider Steve et Bill à se préparer. Puis il assista à leur envol, au cas où il y aurait un problème. Il les regarda s'engouffrer dans un thermique après leur décollage et tandis que, dans sa Subaru, il descendait la montagne, il les vit s'élever rapidement en partageant ce courant.

5

Liz regarda Jim tandis qu'il s'éloignait. Excellent libériste, il était en plus séduisant. Cheveux blonds, yeux bleus, épaules de nageur. Cette virée pourrait bien se révéler plus intéressante que prévu. Elle monta dans le tout-terrain et le suivit pendant la descente, essayant de rester dans sa roue sur cette route perfide. Comme la plupart de ceux qui font du tout terrain, elle savait que la descente est bien plus dangereuse que la montée.

Un mois plus tôt à peine, un conducteur inexpérimenté avait freiné trop brutalement dans une section très abrupte de la descente au lieu de rétrograder. Le véhicule trop chargé avait dérapé de l'arrière, plaçant l'engin perpendiculaire à la pente. Avec sa caisse surélevée, plusieurs ailes sur le toit et cinq personnes à l'intérieur, le 4x4 s'était renversé sur le bas-côté et avait chuté de plusieurs dizaines de mètres dans la pente, s'arrêtant par miracle en percutant une formation rocheuse juste au-dessus d'un précipice. Les ailes et le 4x4 avaient été détruits. Tous les passagers dans le véhicule souffraient de multiples contusions, lacérations et fractures. Ils avaient été évacués par hélicoptère vers l'hôpital de Ukiah. Quatre avaient succombé à leurs blessures.

Liz aimait sa vie d'aventure et de risques mais elle n'allait certainement pas se tuer en faisant quelque chose de complètement stupide. Digne fille de son père, elle n'avait pas l'intention de mourir avant d'avoir imprimé sa marque à la surface du monde.

Son père était une success story à lui tout seul. Elevé dans le Castro de San Francisco bien avant que celui-ci ne devienne le célèbre quartier gay, Michael Patrick Leahy était parti de rien et était devenu l'un des plus célèbres avocats du pays. Son grand père et son père étaient tous deux des Irlandais issus d'un milieu simple. Ils moururent d'alcoolisme très jeunes. Sa mère mourut d'un cancer quand Michael avait six ans et sa grand-mère le recueillit.

Le jeune Michael passa plus de temps dans les rues avec ses amis ou, si vous préférez, avec les bandes du quartier, commettant de menus larcins et méfaits. Le caractère irascible de sa grand-mère, ses remarques acerbes et son habileté à se servir d'un fouet lui permirent de maintenir Jim à l'école.

En première, il s'éprit de son professeur d'Instruction Civique.

Consciente du potentiel de son élève, Miss Reevers encouragea le garçon qui se laissa vite gagner par son enthousiasme pour cette discipline. Les années suivantes, Michael sortit major du lycée, fit un passage rapide par la Navy puis obtint une bourse d'étude pour l'Université de Californie à Berkeley. Il excella à l'Ecole de Droit Hastings de San Francisco, terminant premier de sa promotion. Il travailla pendant plusieurs années dans le bureau du Procureur du District, se spécialisant dans les poursuites pénales. Puis il quitta le navire et devint avocat de la défense. Dans les bureaux du Procureur, plusieurs le considérèrent comme un traître à la cause. Mais la courtoisie de Michael envers ses opposants, même lors de procès houleux, lui valut d'être respecté. Ayant été formé à leurs stratégies, dans les bureaux du Procureur, Michael devint un redoutable adversaire, perdant rarement un procès. Son charme indiscutable et ses plaisanteries incessantes en firent le favori des médias.

Il épousa Janice Giardina, une petite femme bien faite, fougueuse, aux cheveux de jais, de descendance sicilienne. Janice essayait de garder sous contrôle l'exubérance de Michael mais il était dans la nature de Michael d'être généreux, de prêter de l'argent à ses amis et d'organiser des fêtes fastueuses. Michael ramenait souvent à la maison des étrangers qu'il avait rencontrés dans la rue ou dans un bar. Parfois ils ne restaient que le temps du dîner. Parfois ils restaient des mois tandis qu'ils cherchaient un emploi pour un nouveau départ.

Michael et Janice menaient grand train mais ne furent jamais riches, n'ayant devant eux que l'argent de la prochaine fête ou celui des dépenses de première nécessité.

Alors qu'ils côtoyaient la haute société de San Francisco, leur background modeste leur valut de ne jamais être acceptés par cette élite. Cela irritait Janice mais n'effleurait pas Michael. Il se sentait plus proche d'un sans domicile à la recherche d'un travail que de ces gens qui ne savaient pas ce qu'être pauvre signifiait.

Elizabeth Louise Leahy naquit peu de temps après leur mariage. Pour utiliser une expression démodée mais probablement appropriée à cette époque, Liz devint la prunelle des yeux de son père. Michael adorait sa fille et était toujours impatient de rentrer à la maison pour jouer avec elle et, quand elle fut plus âgée, croiser le fer avec elle en s'amusant de sujets politiques ou juridiques.

Liz hérita des meilleurs gènes de ses parents. Elle avait les yeux et les cheveux sombres de sa mère et également sa superbe silhouette. Elle reçut un soupçon des taches de rousseur de son père ainsi que son intelligence et sa bonne humeur. Son charme détendu opérait sur pratiquement tout le monde et surtout sur son père.

Dès qu'elle le voyait s'assombrir, elle sautait sur ses genoux, l'embrassait et le taquinait jusqu'à rétablir sa bonne humeur.

Seule sa mère lui imposait une discipline. Mais dans la plupart des cas, son père s'interposait et Liz obtenait pratiquement tout ce qu'elle voulait. Elle devint quelque peu rétive. Elle prenait des libertés avec le code de la route et n'en faisait qu'à sa guise. Jouant de son art de la rhétorique et de son charme, très souvent elle échappait aux PV grâce à sa facilité d'élocution. Et si elle échouait, elle allait facilement devant les tribunaux où elle parvenait le plus souvent à faire annuler les amendes. Elle n'avait aucun scrupule à utiliser la plaque d'infirme de sa défunte arrière-grand-mère afin de se garer où elle voulait. Elle ne connaissait pas de dilemme moral à tricher pour obtenir un quelconque avantage. En fait, Liz mettait un point d'orgueil à se sortir de toute situation grâce à son éloquence.

Nombreux étaient ceux qui la trouvait gâtée. Mais Liz savait qu'il n'en était rien. Les gens gâtés n'apprécient pas ce qu'ils ont. Or Liz appréciait pleinement ce qu'elle avait. Ayant vu les hauts et les bas financiers de ses parents, elle connaissait la précarité de la réussite. Elle s'était promis qu'elle ne ferait pas les mêmes erreurs et qu'elle utiliserait l'avantage de son point de départ pour s'élever encore. Elle voulait rendre son père encore plus fier.

Liz était en bonne voie. Elle était diplômée d'une des meilleures écoles de droit du pays, avait eu déjà plusieurs offres d'emploi et était fiancée au fils d'une des familles fortunées de San Francisco. Oui, l'avenir semblait sourire à Liz.

Tandis qu'elle continuait à descendre cette route scabreuse, elle ne pouvait s'empêcher de penser qu'elle était sur le point de faire une immense erreur. Elle n'était pas gâtée mais elle avait certainement beaucoup plus de libertés que les autres. S'introduire dans la sphère des grandes familles de San Francisco, conduire une carrière de juriste pour une grosse compagnie annonçaient un carcan de contraintes et s'il y avait bien une chose qui épouvantait Liz, c'était les contraintes.

6

- T'as entendu ? Liz est partie à une compétition d'ailes delta avec Steve et Bill.

- Non Dawn, je ne le savais pas. Elle est fiancée à Mark Sinclair, le fils du banquier. Que fait-elle avec Steve maintenant ?

- Je pense qu'elle couche encore avec lui de temps en temps. D'après ce que j'ai entendu, bien que Mark soit bien pourvu, il jouit et s'endort au bout de deux minutes. Pas de doute que Steve soit un meilleur amant.

- Eh bien, Liz a toujours été attirée par le sexe de qualité. Mais je suis surprise qu'elle trompe Mark. C'est vraiment un type chouette. Et qu'est-ce qu'elle fait dans ce truc d'ailes delta ? Quand est-ce qu'elle va se fixer ?

- Eve, je pense que son plan est de se fixer avec Mark. Elle aura toute l'attention du monde en étant l'épouse du fils de Jonathan Sinclair et elle sera l'hôtesse parfaite de tous leurs amis de la gentry locale. Je pense que cette histoire d'aile delta et cette passade avec Steve seront vite oubliées. Tu sais, en fait elle ne participe pas à la compétition. Elle est juste là pour encourager Steve et Bill.

- D'accord mais elle va dormir dans la tente de qui ?

- Eve, je suis sûre qu'elle a sa propre tente. Après tout, elle est fiancée. Steve appartient au passé. En fait, il en est de même avec Bill. Je pense qu'elle ne fera rien qui puisse compromettre son engagement. Après tout, la famille de Mark est riche et Mark également. Ils ont aussi un incroyable réseau de relations. Tu connais les goûts de luxe de Liz. Je ne pense pas qu'elle risque un avenir financier et relationnel confortable pour une chimère.

- On verra bien. Si elle n'est pas heureuse avec Mark malgré son gros pénis, je parie qu'elle cherchera autour quelque chose de mieux.

- Eve, je suis quasi sûre que c'est terminé avec Steve. Attendons et on verra bien ce qui se passe.

- Au fait, as-tu parlé récemment avec Betty ? Elle aimerait avoir de tes nouvelles. Elle entre dans la puberté et elle apprécie vraiment les conseils de sa cousine anglaise plus âgée. J'ai été trop cabossée par la vie pour m'occuper de tant d'innocence. Et je suis un vrai paria dès lors qu'il s'agit de la famille. S'il te plaît, parle-lui vite.

- Dawn, tu es sa sœur. Même si personne n'aime ce que tu

fais, vous serez toujours deux sœurs. Je pense que tu devrais lui parler directement. Je sais que tu ne le feras pas, aussi je vais voir ce qu'elle fait. Pendant ce temps, si t'entends quelque chose d'intéressant sur Liz, dis-le moi.

- Bien sûr !

7

Quand Liz revint au camping, plusieurs personnes regardaient dans la même direction. S'approchant, elle repéra l'objet qui piquait la curiosité de tous. Un grand baril, un ancien bidon de pétrole. Il avait été modifié et était équipé d'un robinet sur le côté. Au-dessus, se dressait un long tuyau avec un pommeau de douche. Sur la face, il y avait une trappe ouverte et un feu flamboyait à l'intérieur. Plus près, elle distingua le serpentin au milieu des flammes. Un jeune homme grisonnant, la trentaine, avec de long dreadlocks, s'occupait de l'appareil. Il alimentait le feu de petits morceaux de chêne.

Liz marcha vers lui.

- C'est quoi cet engin ?

Il répondit en souriant.

- Il y a de l'eau dans le camping mais pas d'eau chaude. C'est un chauffe-eau à bois qui alimente une douche. Je vais vendre des douches chaudes à tous les gars de la compétition.

Le charbon rougissait, il prit un long tuyau et le fixa à la chaudière et au robinet du camping.

- Qui veut essayer ? demanda-t-il aux spectateurs de plus en plus nombreux.

Après les trois heures de route, la montée d'Elk Mountain en 4x4 et la descente dans la poussière et la chaleur, Liz pensa qu'une douche chaude serait bienvenue.

- Combien ? demanda-t-elle.

Il la regarda de haut en bas, fasciné par ses seins généreux et son corps bien fait.

- Tu vas être la première, alors je t'en fais cadeau.

- D'accord, je prends une serviette et j'arrive.

Deux minutes plus tard, Liz était de retour, dévêtue, drapée d'une serviette blanche, shampoing et après-shampoing à la main, ainsi qu'un savon et une éponge.

- Allons-y.

Il ouvrit la valve et l'eau chaude commença à couler du pommeau. Il ajusta le débit avec le robinet jusqu'à ce que Liz lui indique de la tête que l'eau était à bonne température. Liz laissa tomber la serviette et se doucha tandis que plusieurs pilotes de la compétition regardaient, stupéfaits.

Jim revenait à son emplacement après avoir terminé son inscription quand il croisa ce rassemblement. Choisissant de l'ignorer, il continua mais ne put éviter Liz debout, nue, l'eau coulant sur elle tandis que les flammes crépitaient dans le chauffe-eau de fortune. Il s'arrêta.

Liz renversait la tête en arrière. Une simple douche pouvait-elle faire autant de bien ? Etait-ce l'eau chaude au milieu de nulle part ?

Tandis qu'elle rinçait l'après-shampooing, l'eau et la mousse ruisselaient le long de son corps et sur ses fesses fermes, s'insinuant dans tous les creux, coulant le long de ses cuisses. Ses tétons durcirent tandis que ses seins se dressaient sous l'effet du contraste entre la chaleur et la fraîcheur environnante.

Jim n'en croyait pas ses yeux. C'était une véritable naïade. Son corps parfait était totalement relâché. Elle semblait complètement inconsciente de l'attroupement qu'elle provoquait, s'abandonnant à cette tiédeur sur sa peau. A la vue de son pubis brun, Jim ressentit un émoi. Cela faisait des mois qu'il n'était plus avec Sharon. Ce trouble était normal, non ? Il était sûr que tous ceux qui regardaient Liz ressentaient la même chose, du désir. Sa honte le submergea.

Liz sortit de la douche, passa rapidement la serviette sur son corps et commença à sécher ses cheveux, penchant la tête sur le côté et les frictionnant vigoureusement. Quelques instants plus tard, elle se courba et laissa sa longue chevelure brune tomber en avant. Puis elle se redressa brusquement, la rejetant en arrière. Nouant la serviette autour de la taille, elle s'adressa au public :

- Le show est terminé !

Et elle revint à sa tente.

8

Upper Lake Pizza était un petit restaurant de campagne. L'intérieur était sombre même pendant la journée. C'était le rendez-vous, après l'école et les weekends, des jeunes qui colonisaient ses nombreux flippers et jeux vidéo. Son point fort était le patio à l'arrière. La haie qui l'entourait était envahie de mûres et de chèvrefeuille et le soir, le patio était frais et odorant. Le dîner était servi dehors sur des tables de pique-nique.

Jim jouait au flipper quand Steve, Bill et Liz entrèrent. Un instant, ils furent aveuglés mais leurs yeux s'accoutumèrent à l'obscurité. Ils s'avancèrent et Liz mit la main sur la machine, se penchant pour dire bonjour.

Ne touche pas la machine ! intima Jim.

Liz fit un saut en arrière et son visage s'empourpra. La colère sourdait en elle. Elle qui voulait faire montre d'amitié. Steve mit sa main sur son épaule.

- Regarde !

C'était impressionnant. En imprimant d'imperceptibles mouvements sur la machine, Jim contrôlait la balle de façon spectaculaire. Il tenait la balle sur un flipper, la faisait passer sur l'autre puis l'envoyait directement sur la cible mouvante. Il recommençait ce processus à l'infini.

- Il a explosé le record et il n'en est qu'à sa première balle.

Ils regardèrent pendant près d'une demi–heure, totalement captivés, jusqu'à ce que Jim montre des signes de lassitude. Quand enfin il perdit la balle, il demanda si quelqu'un voulait prendre la suite. Soucieux de dissimuler leur incompétence, les autres déclinèrent. Jim tira les dernières balles, les laissant redescendre sans jouer et finissant la partie sur un nouveau record.

- Où as-tu appris à jouer ? demanda Bill.

- A l'université, j'avais la responsabilité d'une salle de flippers. Certains soirs de semaine, ça marchait au ralenti. Aussi, après avoir fini d'étudier, je jouais. J'ai aussi beaucoup observé et appris quelques techniques avec de véritables experts. Je suis bon mais je n'ai pas un niveau de compétition. Liz, désolé, j'ai été brusque tout à l'heure. Je suis en pleine concentration quand le moindre contact avec la machine peut me faire perdre. Je déteste perdre.

- Pas de problème, répondit Liz, quelque peu dépitée cependant.

Ils se décidèrent pour deux pizzas, une végétarienne, une normale et commandèrent un pichet de bière et un pichet de Coca, puis allèrent dans le patio où ils choisirent une table. Deux jeunes parents entouraient de leurs soins leur bébé qui pleurait, quelques tables plus loin. Liz leur lança un regard furieux. Les parents l'ignorèrent.

- J'ai besoin d'aller au petit coin, s'amusa Liz avec un accent anglais aristocratique contrefait.

Les garçons s'attablèrent.

- Liz a causé un sacré trouble au camping aujourd'hui, confia Jim.

- Ouais, on a entendu ça, répondit Steve. C'est tout Liz, saisir la moindre occasion d'enlever ses vêtements et se mettre nue spontanément, surtout si c'est dehors. Elle adore folâtrer dans la nature dans le plus simple appareil.

- J'ai bien vu que les pilotes appréciaient. Mais j'ai entendu qu'il y avait de la grogne du côté des femmes et des petites amies, compléta Jim. Est-ce qu'elle est toujours aussi autocentrée ?

- Toujours ! répondirent Bill et Steve à l'unisson.

Liz revint dans le patio.

- Vous parlez de moi bien sûr ?

- Pourquoi d'ailleurs ? répliqua Steve. Quel sujet pourrait avoir plus d'intérêt ?

- Que pensez-vous de la légalité de l'élection de Bush ? demanda Bill

- Hé, il a été élu de manière régulière ! répondit Steve

- Tu plaisantes ? contesta Liz. Il a perdu au suffrage universel et ça s'est décidé en Floride où son frère est gouverneur. Il y a eu un nombre incalculable d'irrégularités dans le décompte des voix et la procédure de vote. Les bureaux de vote n'ont pas laissé entrer tous les votants, il y a eu de la confusion dans les bulletins, les compostages ont également été remis en question. Je sais bien qu'on a déjà vécu ça mais vous ne pouvez pas vraiment croire qu'il a été élu loyalement, non ?

A cet instant, le bébé poussa un cri perçant.

- Vous ne pouvez pas faire taire cet enfant ? bouillait Liz. On essaye de parler ici.

- Attends un peu, j'aimerais savoir, dit Jim dans un effort évident de détourner l'attention de Liz. Quels sont vos formations et parcours ?

Liz répondit :

- Bill a une société de construction à Berkeley, avec plusieurs autres associés. Steve est originaire de Chicago et vient de terminer un doctorat en economie à Berkeley. Quant à moi, je suis sur le point de passer le diplôme de Boalt Law School. Bill et moi avons des points de vue mesurés mais, peux-tu le croire, Steve est un conservateur chevronné. Et toi ?

- Je suis directeur technique d'une société de logiciels qui fabrique des systèmes de bases de données. Je suis diplômé de l'USCB en informatique. Après avoir surfé sur les autres filières de l'université, j'ai travaillé pour IBM pendant plusieurs années puis rejoint Macrodata Systems. Politiquement, je serais socialement libéral et fiscalement conservateur. Mais je dois admettre que Bush a été porté au pouvoir par de puissantes forces de l'ombre. Après tout, son alcoolisme est reconnu. Peut-on imaginer donner à un alcoolique la position la plus puissante du monde ? Quel est le taux de récidive ? Peut-on prendre le moindre risque ? Il pourrait démarrer une guerre nucléaire à tout moment. Par ailleurs, il ne semble pas assez brillant pour être président. C'est une marionnette.

- Et qui tire les ficelles ? demanda Steve. Les néoconservateurs qui sont supposés faire main basse sur la planète ? Skull et Bones ? Karl Rove ? Allons les gars, vous êtes de mauvais perdants. Ils ont refait un décompte des voix en Floride et la Cour Suprême a validé les élections. Pensez-vous réellement que les juges soient corrompus ? Gardez-vous de la théorie du complot et continuons à faire des affaires ?

- Tu parles comme un véritable économiste, intervint Liz, de toute évidence en colère. Et le droit à l'avortement, le forage en Alaska, le réchauffement climatique et son affrontement avec Saddam Hussein ? Il cherche une excuse pour engager la guerre et remplir les poches de ses amis pétroliers et fabricants d'armes. Ce pays est sur une pente raide et Bush va transformer les U.S en paria mondial. Croyez-moi !

Les pleurs du bébé remplirent le patio et plusieurs autres tables regardaient, certaines navrées, d'autres agacées.

- Tuez ce sale gosse! cria Liz

Les parents regardèrent Liz, inquiets. Rapidement ils préparèrent le bébé, prirent la pizza, burent et sortirent du patio. Liz sourit.

- Dites, ça fait des mois qu'on parle de ça, Bill essayait de distraire Liz. Et la compétition de demain ? Vous en pensez quoi ?

- Nous avons des épreuves différentes chacun des deux jours avec des points pour la précision à l'atterrissage, dit Jim. Tant mieux !

- Après t'avoir vu te poser au sommet, je pense que tu vas aimer l'épreuve d'atterrissage, répondit Steve. Je n'ai jamais entendu parler de quelque chose comme ça dans une compétition auparavant. Peut-être que c'est une incitation pour les pilotes à prendre leur atterrissage au sérieux. Cette zone a causé tellement de dégâts dans les équipements et chez les libéristes.

- Oui et tu as déjà parcouru plus que l'aller et retour, continua Bill. Bien que faire une course dans la durée puisse être différent. Vu les conditions aujourd'hui, un vol d'endurance semble un peu ridicule. Passer trois heures dans les airs sera un jeu d'enfant si la météo de demain est comme celle d'aujourd'hui. Il se pourrait bien que ça se départage avec les points d'atterrissage !

- Bien, comme je l'ai déjà dit, c'est ma première compétition et je veux juste voir de quoi il retourne et si c'est quelque chose que j'ai envie de faire sérieusement, répliqua Jim. Est-ce que vous êtes vraiment des inconditionnels du vol libre ?

Liz intervint, l'incident avec le bébé de toute évidence oublié :

- Steve a obtenu de bons classements dans la plupart des compétitions et est qualifié pour les Nationaux. Bill ne vient à ces compétitions que pour traîner avec d'autres pilotes. Je vole depuis un an et j'adore les gens qu'on rencontre dans ce sport. J'aime aussi la voltige aérienne. J'ai une Stratus.

- C'est quoi une Stratus ? demanda Jim.

- C'est une aile à beaupré sans barre transversale, répondit Steve. C'est encore au stade expérimental. Ça n'a pas encore été agréé par l'association des Hang Gliders Manufacturers. Cet engin n'atterrit pas très bien parce que tout le poids est à l'avant avec le beaupré et je suppose que ça doit ressembler à une fléchette sur gazon chaque fois que Liz la met au sol.

- Ouais mais les très bons font des barrel rolls et des loops, contra Liz. Peut-être que tu me verras comme finaliste chez les femmes à Telluride un jour.

Telluride, située dans les Colorado Rockies, héberge une compétition de haute voltige chaque année. Les meilleurs pilotes du monde viennent y faire la démonstration de leur habileté et de leur folie et sont jugés sur la difficulté des manœuvres qu'ils tentent. Le décollage est à plus de 3500 mètres, le départ le plus haut d'Amérique du Nord et peut-être du monde.

- Liz, est-ce que ton mari ne va pas s'opposer au fait que tu voles ? demanda Steve. Je ne pense pas que son milieu accepte une femme qui participe à des sports dangereux. Le bridge est certainement mieux vu.

Liz foudroya Steve du regard.

- D'abord, il n'est pas mon mari. Il est mon fiancé et nous ne sommes pas encore mariés. Si nous nous marions, c'est moi qui porterai la culotte. Tu connais Mark, c'est un gentil garçon. Quant à son milieu, Liz Louise Leahy va revisiter le concept du 'nouveau riche'.

- Si nous nous marions ? demanda Steve, surpris. Y aurait-il des nuages au paradis ?

- Bien sûr que non, répondit Liz, regardant Jim avec un désir évident. Mais une fille doit se garder toutes les options ouvertes.

Steve et Bill échangèrent des regards entendus, dissimulant à peine leur sourire. Ils avaient vu Liz à l'œuvre et savaient que Jim serait sa prochaine proie. Pauvre Jim. Il n'en semblait pas conscient tandis qu'il sirotait sa bière et engouffrait le dernier morceau de pizza végétarienne.

Les deux jours suivants furent fructueux pour eux. Alors que beaucoup endommagèrent leur aile à l'atterrissage et durent abandonner la compétition, Bill, Steve et Jim réussirent les épreuves de chaque jour et parvinrent à survivre à celle de l'atterrissage. Comme prévu, Jim obtint une distinction pour l'atterrissage. Steve et Jim finirent dans les dix premiers et furent donc sélectionnés pour les Championnats Nationaux U.S., plus tard cet été.

En dépit de plusieurs tentatives appuyées de Liz, Jim ne lui manifesta aucun intérêt mais les quatre échangèrent leurs coordonnées en se promettant de rester en contact après leur retour à San Francisco Bay Area.

CHAPITRE 2

« Dans votre vie, vous rencontrez beaucoup de gens. Aucun ne doit être négligé. »

- Inconnu

1

En incluant les quarante-cinq minutes d'embouteillage à Doyle Drive, après la traversée du Golden Gate Bridge, il lui fallut trois heures et demie pour revenir d'Elk Mountain, ce dimanche soir. Des milliers de gens passaient leur weekend au nord de San Francisco et pour rejoindre la Cité et la Péninsule, le Golden Gate Bridge restait la meilleure solution. Malgré les efforts des autorités, il y avait toujours cet énorme engorgement du vendredi et du dimanche soir.

Repensant à son weekend à Pacifica, Jim était ravi de sa performance mais restait sur sa réserve. Il se savait en bonne voie pour les Championnats Nationaux sans vraiment comprendre ce qui lui arrivait. Jim ne volait que depuis dix-huit mois et, s'il avait du talent, il savait également qu'il n'avait ni la compétence ni l'expérience des pilotes qu'il avait affrontés. Pour lui, la compétition n'était qu'une occasion de se confronter à un sport nouveau. Ce n'était certainement pas la vocation de sa vie. Il était avant tout un informaticien et n'avait jamais eu l'intention de devenir un sportif professionnel. Peut-être qu'il s'engageait au-delà de ses capacités avec cette compétition de delta plane ? En fait, il n'avait jamais vraiment voulu s'investir dans cette spécialité.

Dix -huit mois plus tôt, quatre de ses ingénieurs étaient entrés dans son bureau et lui avaient demandé de se joindre à eux pour des cours de delta plane à Marina Beach au Nord de Monterey. Dans un premier temps, Jim avait refusé.

- On va avoir une grosse remise si on y va à cinq. Or Dan vient de nous lâcher. Il veut faire du roller skate avec sa copine à Golden Gate Park. Il dit que le delta plane est trop dangereux. Quel froussard ! Il faut que tu viennes. Pense au lien que ça créera dans notre équipe. N'est-ce pas ce que vous, les gens de la direction, appelez le ciment d'une équipe ?

Les gars essayaient de vaincre sa résistance. Ils le respectaient pour ses prouesses d'ingénieur mais ils aimaient le taquiner.

- Les gars, le delta-plane, c'est la dernière chose que j'aie envie de faire. Je sais que les gens trouvent ça excitant mais, pour moi, sauter d'un endroit en surplomb et se laisser glisser vers le sol ne présente aucun intérêt. Oui, oui, je suis adepte de ce que vous appelez les sports à risques. Le surf, le kayak dans les rapides : ça c'est excitant. Il s'agit d'exploiter les forces de Mère Nature, à la recherche de l'harmonie parfaite. Je ne vois rien de tout ça dans le delta-plane. Il ne s'agit que d'une chute contrôlée, la gravité nous fait faire ça tous les jours.

- Allez Jim, répliquèrent-ils à l'unisson. Tu dois nous aider, sinon on va perdre notre remise.

Jim accepta à contrecœur. Le samedi, il fit cette longue route jusqu'à Marina Beach, juste au nord de Monterey. Après avoir entendu les instructions sur le montage de l'aile et terminé l'inspection avant-vol, il commença, avec les autres, à courir sur le sable. Il s'agissait de contrôler l'aile afin que le nez reste plat et qu'elle ne plonge pas. Pendant les premiers essais, chacun se retrouva la tête dans le sable. L'aile piquait du nez en tournant rapidement sur elle-même, puis s'écrasait au sol, entraînant le libériste malgré lui.

Après deux heures de leçon, ils furent enfin prêts à descendre la dune en courant. L'aisance de l'instructeur laissait penser que c'était facile. Il marchait, puis courait, s'élevant pour glisser sur plusieurs dizaines de mètres le long de la dune de sable, à moins d'un mètre du sol, puis poussant vigoureusement sur la barre de contrôle, il terminait par un atterrissage en douceur, debout. Ils s'essayèrent laborieusement, courant et se crashant, du sable plein la bouche. Finalement, ils arrivèrent tous à s'élever grâce à l'instructeur. Peu nombreux furent ceux qui réussirent un atterrissage élégant, surtout parce qu'ils voulaient voler aussi loin que possible et que leur poussée était en retard pour un atterrissage contrôlé.

Tôt cet après-midi-là, le vent commença à forcir. Plusieurs stagiaires s'élevèrent à près de deux mètres. Visiblement l'instructeur commençait à s'inquiéter.

- Désolé les gars, le vent est en train de forcir et avec un vent comme ça, vous pourriez vous blesser.

Jim était ravi. Bien que ramener l'aile en haut de la dune exigeât une dépense physique, son point de vue n'avait pas changé, le delta plane était comme il l'avait imaginé : ennuyeux ! Descendre la dune en courant, glisser à quelques centimètres de haut puis ramener cette maudite aile ! Ça n'était certainement pas un sport pour lequel il allait se passionner.

L'instructeur continua :

- Je propose une pause repas. Prenez vos sandwiches et reposez-vous un moment. Habituellement le vent mollit en fin d'après-midi, on pourra recommencer. Pour l'instant, je vais faire un vol.

Il se verrouilla à l'aile, descendit la dune en courant. Au pied de celle-ci, il inclina l'engin vers la gauche et commença à s'élever au-dessus de dunes plus abruptes. Il fit une boucle à seulement trois mètres de haut, en continuant de gagner de l'altitude. Remettant le cap au sud, il s'éleva d'une dizaine de mètres. Il s'éloignait vers Monterey. Cinq cent mètres plus loin, l'instructeur passa devant de très grandes dunes. Pendant quelques minutes, il fit plusieurs passages, s'élevant un peu plus chaque fois. En repartant vers le Sud, il était au moins à cinquante mètres au-dessus de la plage. Cinq minutes plus tard, il avait disparu.

Jim et ses collègues prirent leur repas et s'étendirent dans un endroit abrité de la plage. A la fin de son repas, Jim ouvrit le roman qu'il avait amené et se relaxa sur le sable chaud. Alors qu'il commençait à s'assoupir, un des gars s'écria :

- Regardez, il revient ! Ils se levèrent tandis que l'aile chamarrée approchait. L'instructeur émergea des brumes océanes et commença à faire des boucles. A chaque révolution, il glissait en se rapprochant de la plage. Son dernier cercle se trouvait à seulement six mètres au-dessus du sol. Le bouclant, il se dressa et atterrit près de ses stagiaires bouche-bée.

- Faut que j'apprenne à faire ça ! s'exclama Jim.

Comme l'instructeur l'avait prévu, le vent finit par mollir et ils purent faire chacun plusieurs vols. Jim pilonnait l'instructeur de questions auxquelles ce dernier se soumettait avec bonheur. Deux ans plus tôt, il était comme Jim. Il savait donc reconnaître les signes de la passion. Il invita Jim à se joindre à son cours du lendemain. En fait, Jim revint chaque jour des quatre weekends suivants et s'acheta une aile.

Quand l'équipe se retrouva au bureau le lundi, tout le monde voulut entendre ces histoires d'aile delta. Tout le monde sauf Dan, lui qui avait choisi le roller. Lors de sa sortie au Golden Gate Park avec son amie, il avait fait une mauvaise chute et s'était brisé le poignet à deux endroits. Pendant des mois, il fut la cible de plaisanteries peu agréables.

2

Jim se gara dans l'allée de sa maison, ouvrit la porte du garage, déchargea son aile et le matériel. Il ferma le garage et monta les escaliers jusqu'à la petite terrasse qui donnait au Nord, au-delà du district de Linda Mar à Pacifica. Il distinguait facilement les lumières de la côte de Marin, une cinquantaine de kilomètres au nord. Jim s'accorda un instant pour savourer la vue et la fraîcheur de l'air marin, changement radical avec la poussière sèche d'Elk Mountain. Il ouvrit la porte et entra dans sa maison sombre et vide.

Il avait vécu seul pendant des années après l'université et avait loué un modeste appartement après son diplôme. Puis il avait trouvé un emploi chez IBM. Il aurait dû s'habituer à vivre seul et rentrer dans une maison vide. Mais il n'y arrivait pas. Sharon, sa femme pendant quatorze mois, avait déménagé quatre mois plus tôt. Cette maison était à elle aussi. Il n'y avait vécu qu'avec elle.

Il se souvenait comment leur relation avait commencé. Il était assis seul dans son appartement un soir de pluie quand le téléphone sonna.

- Etes-vous Jim Henderson, celui qui a planté son aile dans un arbre à Pleasanton Site il y a deux semaines ?

Jim repensa à cet épisode peu flatteur. Il avait fait trois vols depuis le sommet de la montagne au-dessus de Pleasanton et avait atterri sans encombre sur le terrain de football de l'école. Au quatrième vol, il avait décidé d'améliorer sa technique en imaginant que cette zone était plus petite. L'aire d'atterrissage était bordée d'arbres sur un côté. Les vols précédents, Jim les avait franchis et avait glissé tranquillement sur la zone d'atterrissage. Lors de ce vol désastreux, il essaya d'atterrir comme si cette zone faisait le tiers de sa taille réelle. Il savait qu'il devait se positionner derrière les arbres et amorcer la descente finale en passant cette barrière. Les choses se passèrent comme prévu tant qu'il fit des passages pour perdre de l'altitude. Il commença sa dernière approche et il semblait qu'il allait atterrir à l'endroit visé. Malheureusement, il ignorait l'effet perfide du ruisseau qui traversait le bosquet. L'eau glacée rafraichissait l'air et au lieu de glisser doucement vers sa cible, Jim et son aile plongèrent brutalement dans l'air froid. Comme un crash à la cime des arbres semblait inévitable, il cabra l'aile et eut assez de chance pour poser ses pieds sur une grosse branche. Il se posa debout comme un oiseau. Il rabattit l'aile, se détacha et descendit sous le rire moqueur des pilotes. C'était une des zones d'atterrissage les plus faciles qu'il fût. Il n'essaya même pas d'expliquer ce qu'il avait tenté.

Jim se débarrassa de son équipement et tenta d'imaginer comment sortir l'aile de l'arbre. Il grimpa à nouveau et la démonta. A un moment donné, il glissa et se retint en s'accrochant à l'extrémité gauche de la structure. Celle-ci plia sous le poids. Il extirpa l'aile cassée de l'arbre, la mit dans sa voiture et partit, gêné comme jamais. Il comprit ce qui s'était passé avec le ruisseau, dans la boutique de l'instructeur où il laissa son aile en réparation. Il ignorait que quelqu'un avait mis une photo de son atterrissage dans la newsletter du club local.

- Oui. C'est moi.

- Je ne sais pas si tu te souviens de notre rencontre il y a quelques mois à Waddell Creek sur la côte nord de Santa Cruz. Tu étais en train d'atterrir et je suis venue vers toi. On a parlé un instant. Tu pouvais voler sur ce site avec un niveau deux et je t'ai dit que j'espérais en faire autant puisque j'avais aussi un niveau deux.

Jim se souvint de la jeune femme aux cheveux roux et aux yeux d'un vert intense. Elle semblait ne pas manquer d'assurance et nullement intéressée par Jim. La plupart des sites de delta exigent que les libéristes aient au moins un niveau trois avant de voler. Le club qui gérait Waddell autorisait les libéristes débutants à voler si leur capacité était certifiée par le club et s'ils étaient parrainés par un vétéran du club. Jim avait passé tous les tests et il dépassait le temps de vol exigé. Il s'efforçait d'accumuler des jours pour atteindre les trente exigés par la Fédération Nationale de Deltaplane et de Parapente. Les dirigeants du club voyaient en lui un pilote prometteur et voulaient l'aider à progresser rapidement. Aussi assouplirent-ils les règles, lui permettant de voler quand il le voulait.

- Ah oui, je me souviens de toi.

- Bien, tu m'as dit que tu travaillais pour une startup à Silicon Valley. J'ai envie de me reconvertir dans la high tech. J'aurais aimé qu'on se voie et que tu me donnes des conseils pour débuter dans ce secteur.

- Pas de problème répondit Jim. Quand voudrais-tu qu'on se voie ?

- Ce soir, ça serait possible ? Tu habites à Pacifica et moi à

Moss Beach, on pourrait se retrouver au Costanara à Montara.

Ils décidèrent de se voir trente minutes plus tard.

Jim faisait confiance à sa Subaru en s'engageant sur Highway 1, l'autoroute de la côte qui passait par la très scabreuse Devil's Slide, sous une pluie battante. Il était content d'avoir quatre roues motrices alors que sa Subaru chassait à chaque virage bordant la falaise de plus de cent cinquante mètres. Il y avait plusieurs accidents mortels chaque année sur Devil's Slide et il s'étonnait que les ingénieurs de l'autoroute réparent toujours cette route, malgré les terribles glissements de terrain qui, pendant la saison des pluies en Californie, entraînaient sa fermeture, des semaines durant. Il avait lu les plans pour contourner le Slide avec une série de tunnels et de ponts mais, à sa connaissance, ce projet de plusieurs années n'avait pas encore vu le jour.

Jim se gara dans l'immense parking qui surplombait le Pacifique. Il y avait quatre voitures seulement en cette nuit pluvieuse de milieu de semaine. Il regarda avec admiration la Subaru Outback neuve à quelques mètres, tout en se précipitant dans le restaurant pour se protéger de la pluie torrentielle et du vent. A l'entrée, il suspendit sa veste mouillée et se dirigea vers le bar. Sharon se leva et sourit. Elle lui tendit la main.

- Merci d'être venu par cette nuit épouvantable. »

- C'est vrai qu'il fait bon ici. J'étais seul dans mon appartement comme la plupart des soirs. Ca fait un sacré changement. Un jour, je finirai par m'habituer à Devil 's Slide mais, sous cette pluie, c'était assez périlleux. Heureusement que j'ai une Subaru.

- T'as une Subaru ? Je viens d'en acheter une, il y a quelques semaines. Maintenant que je commence à me passionner pour le deltaplane j'ai pensé que je ferais mieux d'avoir une 4 roues motrices.

- Qu'est-ce que tu prends ? demanda Jim, souriant à la pensée de la Subaru à l'extérieur.

- Je donne des cours tôt demain matin, aussi je ne prendrai qu'un soda.

Jim fit signe de la tête à la serveuse. Elle vint prendre la commande. Elle eut l'air déçue en notant les deux sodas. Jim se promit de la gratifier d'un pourboire conséquent. Ils étaient les seuls clients dans le bar et cette soirée ne serait pas très lucrative pour elle.

- C'est certainement un bel endroit, commença Jim. Je suis sûr que la vue doit être superbe par beau temps. Je suis passé plusieurs fois sans jamais m'arrêter.

- Je vis à quelques kilomètres au sud et ne suis venue ici que le mois dernier. La nourriture est originale. Ils appellent ça la Peruvian Fusion. C'est très bon : un mélange de saveurs latines et californiennes. Oui, la vue est splendide. On domine Montara Beach avec une vue sur l'océan et Devil's Slide. C'est vraiment spectaculaire.

- Donc, Sharon, tu parlais de ton projet de travailler dans les High Tech. ?

- Oui. J'enseigne l'Allemand au lycée de Half Moon Bay depuis huit ans. J'adore enseigner mais les problèmes de discipline prennent le pas sur la pédagogie. J'ai quelques élèves doués mais la plupart n'ont qu'un projet : revenir dans leur ranch, à la fin du lycée. Ceux-là n'iront jamais à l'université. Certes, très peu d'élèves hispaniques choisissent l'Allemand mais il y a beaucoup de tensions entre eux et les autres dans l'école. Je pense que je suis prête à me réorienter. Je me crois assez habile en informatique et j'ai suivi des formations de programmation numérique au San Francisco State. J'espère vraiment trouver un emploi de débutant avant que l'école ne commence la rentrée prochaine. Comment as tu débuté dans ce secteur ?

- Enseigner, heu ? J'ai toujours voulu enseigner. D'ailleurs je fais un peu d'enseignement avec les stages proposés à nos clients. J'ai également enseigné la programmation de bases de données chez IBM. J'imagine que le lycée doit être plus difficile. Au moins mes étudiants étaient tous motivés. Quant à ma carrière, j'ai commencé à travailler pendant que j'étais à la fac. J'ai obtenu mon diplôme à l'UC Santa Barbara. Je me suis spécialisé en surf et Sciences Informatiques. La dernière année, j'ai travaillé pratiquement à plein temps pour une manufacture, les amenant à adopter de nouvelles banques de données. Je me suis arrangé pour avoir une entrevue chez IBM et ils m'ont embauché dans une équipe très particulière juste après mon diplôme. Ils ont intégré sept autres jeunes diplômés et ils nous ont immédiatement assignés à nos projets. Ça n'avait rien à voir avec ces emplois pour débutants où traditionnellement, tu passes plusieurs années à prouver ton aptitude au langage de programmation. Le chef de ce groupe a pris un grand risque et ça a payé. Il s'est assuré que chaque projet avait un mentor expérimenté qui pourrait nous aider et veillerait à ce que les choses se fassent dans l'esprit IBM. Nous étions tous vraiment motivés et comme aucun de nous n'était marié, on travaillait dur et on concevait des produits cool, en peu de temps, et d'un niveau qui étonnait les anciens de la société. Après trois ans de développement, j'ai eu la possibilité de migrer vers ce que les concepteurs appellent les agences commerciales où j'ai travaillé comme ingénieur système et où j'ai vanté les produits que j'avais développés avec le groupe ingénierie. J'ai appris beaucoup sur le monde des entreprises : comment ils utilisent les produits de cette marque pour être plus performants. J'ai également approché la sphère commerciale et bien qu'après un stage de vente chez IBM, je me sois juré de ne jamais devenir vendeur, en travaillant sur le terrain et en aidant les vrais commerciaux à améliorer leurs offres et leurs présentations, j'ai découvert que ma crédibilité technique aidait les clients à acheter. Après deux ans de terrain, MacroData, un de mes clients, m'a demandé si je pouvais les rejoindre pour diriger leur équipe de développement de logiciels et on connait la suite. Cette société marche très fort et il se pourrait qu'on entre en bourse dans un an environ. Voilà pour l'essentiel.

- Ouais, mais est-ce que tu aimes ça ? demanda Sharon.

- La vérité, c'est que j'adore. Il s'agit essentiellement de résoudre des problèmes. Que ce soit des problèmes de clients ou d'encodage ou des problèmes pour amener des ingénieurs à travailler ensemble. J'aime résoudre ces problèmes. Ce travail est le plus distrayant que j'aie jamais fait.

- Ça semble trop beau pour être vrai. J'adore résoudre les problèmes aussi. Je fais en permanence des puzzles, ou je joue aux échecs ou au Scrabble. Je me suis récemment passionnée pour un nouveau jeu cérébral japonais, le Sudoku. En fait, il n'est pas d'origine japonaise mais une société là-bas l'a rendu populaire et maintenant il commence à se répandre. J'ai appris que le Times de Londres va publier un Sudoku chaque jour et que le New York Times n'est pas loin derrière. Tu devrais essayer.

- Un nouveau jeu de réflexion ? C'est sûr, j'adorerais. Mais pour revenir à ton entrée dans le secteur, ça pourrait s'avérer compliqué.

Voyant son visage s'assombrir, Jim continua d'un ton plus encourageant.

- Par difficile, je veux dire que, comme tu n'es pas une diplômée standard d'informatique et d'ingénierie, tu vas devoir choisir une autre approche. Je m'occupe du recrutement des ingénieurs pour MacroData et le niveau d'embauche correspond à une licence en science de l'informatique ou en engineering, assortie d'une certaine expérience. Et toi, tu veux te présenter sans diplôme, ni expérience ! En revanche, j'ai récemment embauché plusieurs personnes qui ne correspondaient pas à nos critères minimaux. Je me suis surtout fié à leur lettre de motivation qui m'a convaincu. Lors de l'entretien, ils m'ont fait la démonstration que, même sans cette licence, ils pouvaient amplement réussir. Tu devrais faire quelque chose comme ça. Une autre chose qui me revient à l'esprit, c'est que les plus grandes sociétés offrent souvent une formation. S'ils voient quelqu'un de brillant et de motivé, ils le forment selon leur culture d'entreprise. Ce qui se révèle souvent plus profitable que tenter de corriger, chez un candidat, de mauvaises habitudes cristallisées par l'expérience. Peut-être pourrais-tu t'introduire dans ce secteur en ciblant les bonnes sociétés et en t'assurant que ta lettre de motivation sera décisive ?

- Jim, c'est super. Parce que j'ai regardé les offres d'emploi de Silicon Valley : Cisco et les autres majors high tech procèdent à des ouvertures de postes mais je ne satisfais pas aux exigences minimales. J'ai vu également que les plus grosses sociétés comme PacBell embauchent. Peu importe, je vais améliorer mon curriculum vitae et ma lettre de motivation. J'aimerais vraiment avoir ton avis. Est-ce que je peux organiser un dîner chez moi pendant le weekend ? On pourrait regarder ces documents et je pourrais te montrer le Sudoku et te proposer un Scrabble.

Et c'est ainsi que tout a commencé. Jim a découvert ce qu'ils avaient en commun. Depuis leur amour des jeux cérébraux jusqu'à leur background socio-économique, leurs point-de-vue politiques et leurs objectifs, tout n'était qu'harmonie. Alors qu'elle venait de temps en temps chez Jim, tous deux préféraient se retrouver chez Sharon qui habitait la petite ville de Moss Beach, dans une maison mitoyenne avec vue panoramique sur les plages de galets, des murs lambrissés et une cheminée monumentale en pierre.

Un vendredi soir alors que Jim était sur le point de partir après une autre soirée animée de Scrabble et de débats, Sharon l'embrassa et l'entraîna fougueusement dans son lit. Leurs ébats furent les plus intenses que Jim eût jamais connus et durèrent des heures et des heures. Ils se reposèrent ensemble dans la lumière vacillante de la cheminée. Jim n'imaginait pas plus grand bonheur. De toute évidence Sharon lui correspondait à tous égards. Alors qu'il commençait à s'assoupir, bercé par ce sentiment de bien-être, Sharon le réveilla brutalement.

- Jim tu dois partir ! Maintenant !
- Quelque chose ne va pas ? Je peux t'aider ?
- Non. Pars maintenant, c'est tout.

Jim était sidéré, sans réaction. Qu'avait-il fait de mal ? Qu'avait-il dit pendant qu'ils faisaient l'amour ou en dormant ? Voyant la colère sur le visage de Sharon et que, de toute évidence, elle n'allait pas lui parler, il ramassa rapidement ses vêtements, s'habilla et s'esquiva par la porte.

Le jour suivant, Jim partit voler dans les Santa Cruz Mountains, sur un site peu connu, à une heure de son appartement. Il venait d'atterrir à côté du réservoir presque plein après deux heures dans les airs. Il démontait son aile quand il entendit la voix de Sharon.

- Jim ! criait-elle en courant vers lui sur le sol inégal de la pente.

Elle s'arrêta à quelques centimètres de lui, souriante, heureuse de le voir

- Je suis désolée pour hier soir. J'ai des moments de confusion. Je sais que ça a à voir avec ma mère mais je ne peux pas me contrôler. On est tellement bien ensemble. Je veux être avec toi. Peux-tu me pardonner ? Peux-tu m'aider avec ce problème ? Peut-on y travailler ensemble ?

Jim la prit dans ses bras, submergé par son amour pour elle. C'était lui qu'elle voulait. Elle avait confiance en lui. Elle pouvait lui parler ouvertement de ses problèmes et elle voyait en Jim son sauveur. Bien sûr qu'il pouvait lui pardonner. A cet instant, Jim comprit qu'il voulait passer le reste de sa vie avec Sharon.

Il plia son aile et Sharon l'aida à la fixer sur la Subaru. Ils marchèrent jusqu'à un point éloigné qui révélait une vue jusqu'à San Francisco au travers de Silicon Valley. Sharon sortit le pique-nique qu'elle avait amené ainsi qu'un jeu de Scrabble. Après l'avoir impitoyablement battu, elle vint se lover contre lui, l'embrassant avec la même fougue que la nuit précédente et ils firent l'amour tendrement dans l'herbe haute.

Ils commencèrent à chercher une maison à acheter ensemble et en trouvèrent une juste avant de se marier, un mois plus tard. Jim avait rencontré les parents de Sharon et les trouvait particuliers. Son père était vendeur de voiture, plutôt enveloppé, le teint rougeaud. Il avait toujours une histoire à raconter. C'était clair qu'il voyait les femmes comme des êtres inférieurs, à son service. A plusieurs égards, il ressemblait au père de Jim, tous deux produits d'une époque où l'homme régnait et la femme servait.

Il était facile de percevoir le ressentiment et la colère qui sourdaient sous l'attitude ostensiblement polie de la mère de Sharon. Certes il n'y avait rien d'affiché. Pas de remarque désobligeante. Jamais caustique, elle ne semblait pas blessée. Pourtant, son sentiment était palpable. Sharon avait commencé à se confier sur sa mère et les problèmes qu'elle avait. Sa mère pensait que les femmes ont un devoir à accomplir. Elles doivent se marier, soutenir leur mari et élever les enfants. Le sexe est un mal nécessaire et une femme qui jouit est une putain. Les femmes ne doivent pas travailler à l'extérieur de la maison.

Sharon expliqua que sa réaction excessive, à la fin de leur premier rapport, était liée à un sentiment de culpabilité. Qu'elle avait tellement aimé ça qu'elle s'était persuadée qu'elle était bien la putain que sa mère l'accusait d'être. Et c'était Jim qui lui faisait ressentir ça. Aussi fallait-il qu'il parte. Bien qu'elle se trouvât mentalement structurée, Sharon se débattait avec ces sentiments de culpabilité et sa relation à sa mère. Ils envisagèrent un accompagnement thérapeutique mais Sharon aurait aimé y arriver avec l'aide de Jim seulement. Aussi continuèrent-ils à avancer avec la conviction de comprendre le problème auquel ils étaient confrontés.

Malheureusement les choses empirèrent au lieu de s'améliorer. La mère de Sharon appelait plusieurs fois par jour, la réprimandant parce qu'elle travaillait, parce qu'elle n'avait pas d'enfant et pour les choses malsaines qu'elle faisait assurément avec son mari. Ces coups de téléphone se terminaient par des pleurs et si Jim était à la maison, il la prenait dans ses bras et ils parlaient jusqu'à ce qu'elle se calme. Son côté rationnel savait qu'il lui suffisait d'ignorer sa mère mais, émotionnellement, elle était incapable de dépasser ses sentiments.

Leur vie sexuelle évolua bizarrement. Parfois Jim rentrait du travail et Sharon sautait dans ses bras l'encerclant de ses jambes. Ils faisaient l'amour pendant des heures, jusqu'à l'épuisement. Puis Sharon fondait en larmes de façon incontrôlée et Jim tentait de la consoler jusqu'à ce qu'ils s'endorment. Des semaines passaient où ils ne se manifestaient que de la tendresse sans qu'il y eut d'amour physique. Quand ça devenait trop frustrant pour Jim, le même schéma recommençait. Sharon connaissait son problème mais ne pouvait le résoudre. Ils décidèrent de se faire aider mais après trois thérapeutes, Sharon abandonna. Pour leur premier anniversaire de mariage, Sharon donna à Jim un livre intitulé « Comment mener son propre divorce en Californie ? » Quelques jours plus tard, elle déménageait en disant qu'elle ne serait jamais une bonne épouse et en s'excusant de lui avoir infligé une année aussi pénible. Sharon entama le divorce. Il ne s'agissait plus désormais que d'attendre les six mois exigés par l'Etat de Californie avant que leur mariage fût officiellement dissous.

Sharon avait trouvé un poste de gestion premier niveau chez Pacific Bell. Ils allaient la former et elle pourrait gravir les échelons. Elle emménagea dans un appartement à Walnut Creek à une cinquante de kilomètres à l'est. Ils restèrent en contact, principalement pour régler les détails d'après-divorce. Leurs rares conversations étaient aimables sinon totalement amicales. Mais à chaque fois que Jim suggérait qu'ils se remettent ensemble, Sharon le faisait taire et la conversation s'arrêtait de façon abrupte.

Jim s'ennuyait de Sharon en dépit des problèmes qu'ils avaient.

3

Après avoir déposé Bill, Steve se gara devant la maison de Liz et l'aida à rentrer ses bagages. Il les mit sur le lit, alla à la cuisine et trouva une bouteille de vin blanc dans le frigidaire. Il revint dans la chambre de Liz et lui tendit un verre.

- Merci Monsieur, dit Liz après une petite gorgée. Que penses-tu de Jim ?

Steve la scruta.

- T'es attirée par ce gars, non ?

- Ben, il est beau, intelligent et c'est un pilote talentueux. Et il y a quelque chose d'autre. Je ne sais pas bien pourquoi mais je le trouve vraiment séduisant.

- Oui, mais tu trouves plein d'hommes séduisants. Bill, moi, Mark pour n'en citer que quelques-uns. Tu es fiancée maintenant. Tu devrais vraiment penser à lever le pied. Je sais bien que tu veux dévorer la vie mais s'offrent à toi des propositions de travail dans des cabinets d'avocats de renom, un fiancé qui va t'introduire dans la meilleure des sociétés et un avenir flamboyant si tu ne gâches pas tout.

- C'est vrai, mais j'avoue Steve que plus je pense à mon avenir : travailler dans un grand cabinet d'avocat, me marier dans la gentry, abandonner les côtés un peu fous de ma personnalité, plus je pense que je veux faire quelque chose de différent. J'ai fait du droit pour suivre les traces de Papa. Il a ouvert une piste et il comptait sur moi pour la suivre. J'ai toujours aimé le droit mais je commence à me demander si c'est vraiment ce que je veux ou si je ne suis pas en train de me conformer au destin que mon père a tracé. Bien sûr, je l'aime et ne veut pas lui déplaire, mais je ne suis pas sûre d'être prête à assumer tout ce à quoi j'ai été préparée toute ma vie. A ce jour, je ne me suis jamais interrogée sur mes orientations. Maintenant je commence à le faire.

- J'entends ce que tu dis Liz. Quand je pense à Bill, toi et moi, je suis triste de nous voir tous partir dans des directions différentes. On s'est rencontré, il y a sept ou huit ans, dans un cours d'Economie. Bill et toi en faisiez partie, j'étais un étranger du Midwest. Tu m'as fait entrer dans ton cercle social et j'ai adoré. Je n'ai jamais connu quelque chose comme ce que tes amis, ta famille et toi m'ont fait découvrir. J'ai vraiment aimé cette époque ! Aujourd'hui, avec une licence de Philosophie, Bill dirige une entreprise de construction. Tu es diplômée d'une des meilleures écoles de droit du pays et je vais rejoindre l'Université de Chicago pour enseigner. Je vais vraiment regretter la vie qu'on a vécue ensemble. Tu es pour moi ma meilleure amie. Je ne sais pas comment ça s'est fait mais tu as également rompu avec Bill et tu es toujours sa meilleure amie. Peu importe, je ne peux pas m'empêcher de penser que tu as une certaine nostalgie de ces années passées et que tu appréhendes d'entrer dans cette vie pour laquelle tu t'es tellement battue.

- Peut-être, répliqua Liz. Mais je pense que c'est différent. D'une certaine manière, j'ai l'impression d'être un imposteur et que je vais être démasquée. On pourrait y voir une certaine anxiété de la performance professionnelle mais quelque chose me dit que si je m'engage dans ce schéma de travail à outrance pour une officine d'avocats et de grands weekends mondains avec la famille et les amis de Mark, je cours à un désastre. Oui, je sais ce que tu vas dire mais sache que c'est un sentiment dont je n'arrive pas à me libérer. D'ailleurs je fais d'étranges cauchemars à ce propos.

- Liz, tu as usé d'un manœuvre dilatoire brillante auprès des cabinets d'avocats pour te libérer cet été. Je sais également que tu n'as pas fixé la date de ton mariage et donc que tu as mis Mark en standby. Tu auras fini l'école dans moins d'un mois. Pourquoi ne pas t'accorder l'été ? Penses-y mais fais attention : ne te mets en difficulté avec personne.

Liz renversa Steve sur le dos et lui sauta dessus.

- Je t'aime, tu sais.

- Je t'aime aussi, Liz. Mais tu devrais sortir avant que je ne sois tenté par quelque chose qu'on regretterait tous les deux.

4

De sa fenêtre au-dessus de la paisible rue de Berkeley, Liz regarda Steve s'éloigner dans sa voiture. Pourquoi n'était elle pas tombée amoureuse de Steve ? Il était beau, athlétique, brillant, promis à une réussite exceptionnelle et le meilleur amant qu'elle n'ait jamais eu. Pourquoi fallait-il qu'elle cherche toujours mieux ? Pourquoi avait-elle décidé de se contenter de Mark Sinclair ? Il n'était pas remarquablement brillant. C'était curieux qu'elle soit avec lui. Il n'engageait jamais une conversation avec elle. Leur vie sexuelle était vite devenue banale, après la fascination du début pour son organe surdimensionné. Non, banal était un euphémisme. C'était dramatiquement ennuyeux. Mark avait l'air d'attendre que la seule vue de son sexe satisfasse une femme. Il ne faisait aucun effort pour sortir de sa routine et tenter de lui donner du plaisir. L'argent ? Les relations ? Tout semblait sans intérêt et en tout cas indigne d'Elizabeth Louise Leahy.

Steve avait raison. Elle avait le temps de se décider. Elle avait décidé de repousser l'examen du barreau jusqu'à février et grâce à Papa, qui connaissait les directeurs de la plupart des cabinets qui lui avaient fait des propositions d'emploi, elle aurait l'été pour elle. Elle avait besoin de cette pause après trois années à Boalt avec son lot de revers et de renégociations. Il semblait qu'elle fût toujours en train de rattraper du retard. Tout allait bien puis elle faisait quelque chose de stupide et il fallait qu'elle rattrape ses erreurs. Elle n'avait toujours pas changé sa manière de faire la fête. Même à vingt-cinq ans, elle se réveillait souvent le matin en se souvenant à peine de la soirée précédente, de l'alcool, de la drogue et du sexe. Il lui faudrait mûrir un jour. Un été de plus et elle pourrait se poser et devenir sérieuse. Le pouvait-elle vraiment ?

Alors que Liz rangeait ses affaires, mettant la plupart des vêtements du weekend au panier, la carte de Jim tomba sur le plancher. Elle la prit et lit :

James Henderson
Directeur Technique

Jim l'intriguait. Il était bien engagé dans une carrière qu'il semblait adorer. Quand elle regardait autour d'elle, elle se rendait compte que la plupart de ses amis étaient étudiants. Steve était sur le point de commencer à travailler. Elle était en train de passer son diplôme et même Bill qui dirigeait une entreprise de construction, se donnait le loisir d'essayer de contribuer à la littérature américaine. Mark avait reçu son travail de son père fortuné et, à ce qu'elle voyait, il ne se tuait pas à la tâche, ni ne semblait se passionner pour ce qu'il faisait. Aucun d'eux n'était vraiment engagé dans son avenir.

Jim était différent. D'après ce qu'elle avait retenu de leur conversation à Elk Mountain, il s'était construit tout seul. Issu d'une famille modeste, il s'était investi, de son propre chef, dans des études supérieures. Il avait trouvé un emploi et pris le gouvernail de sa vie professionnelle. Daddy l'apprécierait à coup sûr.

Il était tard mais, comme ils étaient partis d'Elk Mountain à la même heure, elle était sûre qu'il n'était pas encore couché. Elle décida de l'appeler.

- C'est Jim répondit-il à la troisième sonnerie.

- Hi Jim, c'est Liz. On s'est rencontré à Elk Mountain le weekend dernier.

- Comment pourrais-je l'oublier ? Il la taquinait.

- Est-ce que tu es rentré sans problème ?

- A part la circulation sur le Golden Gate et Doyle, c'était pas mal. Et vous ?

- On est rentré par Napa pour éviter tout ça. Même si ça rallonge, tu devrais faire comme ça la prochaine fois. Tu arrives direct à Bay Bridge. Je pense que le weekend tu gagnes du temps.

- C'est sûr. Je vais essayer. Qu'est-ce que je peux faire pour toi ?

- Bien, mes parents font une grande fête dimanche prochain dans notre maison à Orinda. Bill et Steve y seront avec une cinquantaine de nos meilleurs amis. C'est assez informel, simplement l'occasion de boire du champagne et de goûter des tas de canapés. Tu voudrais te joindre à nous ?

- Je n'ai rien de prévu hormis un vol très probablement. Pourquoi pas ?

- D'accord. Je vais t'envoyer un plan par email. Tu t'habilles relax mais chic quand-même. Tu peux amener une bouteille de champagne sans y mettre une fortune et quelque chose à grignoter si tu veux. J'aimerais que tu rencontres mes parents, particulièrement mon père. Je pense que vous avez pas mal de choses en commun.

- S'il te plaît, ne mets pas la barre aussi haut. Je ne fréquente pas beaucoup les soirées et je ne suis pas un virtuose de la vie sociale.

- T'inquiète pas. Tu vas être surpris par la diversité des gens à cette fête. Mes parents ne fréquentent pas l'élite. Mon père aime les gens qui s'expriment intelligemment, quel que soit leur background. Je t'assure que tu corresponds parfaitement au profil.

- Ok. J'y serai.

- On a tous envie de te revoir.

- Moi aussi.

C'était facile. Jim n'avait pas fait la moindre difficulté. Il avait juste exprimé un peu de doute. Liz décida d'être précautionneuse avec lui.

Elle finit de déballer ses affaires, lava les verres, se doucha et alla au lit. Avant de s'endormir, elle pensa à Jim. Pourquoi ne pas le prendre comme amant pour l'été ? Peut-être que cette liaison résisterait au temps ?

5

Dawn regarda autour d'elle pour s'assurer que personne ne l'avait suivie, puis s'avança dans l'allée où elle avait garé sa voiture. Les lumières de la rue n'arrivaient pas si loin et les ombres des immeubles offraient discrétion et anonymat. Dawn ouvrit la portière et monta dans la voiture. Il était tard, elle était fatiguée. Elle prit son porte-monnaie et compta cinq cent cinquante dollars. Pas si mal pour un jeudi soir. Ça paierait probablement les factures et quelques fantaisies supplémentaires. Dawn mesurait sa chance. Elle plaisait aux michetons. Elle était plus jeune que la plupart des filles et n'avait pas encore sombré dans la drogue. Mieux encore, elle n'avait pas besoin d'un proxénète.

La plupart des autres filles ne ramenaient chez elles qu'une partie de leurs gains après que leur souteneur avait prélevé sa part. Si elles voulaient de la drogue, les macs la fournissaient, réduisant d'autant les gains des filles. Les macs encourageaient à la drogue, surtout l'héroïne que la rue appelait « chiva ». Ça leur donnait plus de contrôle. Ils ne donnaient la drogue que quand les filles ramenaient du cash. Pas de cash, pas de drogue. La plupart des macs géraient la consommation des filles, non seulement pour les motiver mais aussi pour s'assurer qu'elles ne deviennent pas des junkies. Une vraie junkie ne présentait plus le même intérêt. Les michetons les plus généreux ne voulaient pas d'une fille avec des traces de piqûres sur les bras, au visage ravagé par une trop longue fréquentation de la rue ou de la drogue.

Il y avait une hiérarchie. Les jeunes, jolies, pétillantes ne le restaient pas longtemps mais elles pouvaient faire beaucoup d'argent en peu de temps. Le métier et la rue prenant leur tribut, elles perdaient vite leur fraîcheur et devaient se résoudre à un éventail de services élargi. La dégradation était dès lors inévitable. La plupart terminaient junkies dans la rue, juste capables d'une passe de temps en temps, en échange d'une dose.

Oui, Dawn avait de la chance. A ses débuts, plusieurs macs avaient essayé de la recruter. Ils avaient commencé par lui proposer leur protection. Dieu sait combien une fille a besoin de protection ! Dawn avait refusé. La prostitution n'était rien d'autre, pour elle, qu'une occupation à temps partiel, une manière de gagner un peu plus d'argent. Un mac entreprenant lui avait envoyé un micheton de belle allure avec, pour consigne, de la rudoyer. Il pensait ainsi décider Dawn à rejoindre son harem, ainsi qu'il se plaisait à nommer son équipe de filles. Dawn avait eu de la chance. Sa sœur Jane l'avait suivie et avait neutralisé le micheton. D'ailleurs on n'en avait plus jamais entendu parler. Le mot se répandit rapidement, qu'il valait mieux éviter de chercher des histoires à Dawn. Alors que sa protectrice restait dans l'ombre, personne ne doutait que Dawn fût soutenue, ce qui lui permit de rejoindre le groupe très restreint des filles indépendantes dans le Tenderloin. Quiconque malmenait Dawn s'exposait à des représailles. Oui, c'est sûr, Dawn avait beaucoup de chance.

Pourtant elle se faisait du souci pour Jane. Du plus loin qu'elle se souvenait, Jane avait détesté les hommes. Jane était toujours dans le courroux et devenait franchement violente dès qu'on l'affrontait. Sa famille avait voulu la faire aider mais elle avait refusé. En fait elle refusait de parler à tous les membres de la famille. Hormis Dawn, personne n'avait vu Jane depuis des années.

Bien entendu, Dawn avait également refusé de consulter. Elle ne voulait pas d'un psy qui fouille son inconscient. Pourtant elle avait des problèmes. D'ailleurs toutes ses sœurs en avaient. Seule, Betty, la plus jeune, semblait y avoir échappé. Jane était violente et folle. Liz était irréfléchie et désinvolte et bien qu'elle fût intelligente, semblait incapable de se ranger. Dawn, quant à elle, se prostituait. Il était clair qu'il leur était arrivé quelque chose quand elles étaient jeunes, qui les avait expédiées dans toutes ces directions aberrantes mais aucune n'était en mesure d'identifier ce mal sournois.

Bien entendu, elles ne parlaient jamais de leur enfance ni de leur jeunesse. Ce sujet était tabou. Même Eve, leur cousine britannique, venue vivre avec elles dix ans plus tôt, ne s'aventurait pas dans leur passé. Eve au moins était mariée. Les autres étaient toutes célibataires. Pourtant Liz était fiancée et Betty n'était encore qu'une enfant ! On pouvait donc se prendre à espérer... Or, à part Betty, aucune n'était vraiment normale. Quel événement, quelles causes les avaient poussées hors du chemin ?

Bien qu'elle eût envie de savoir, Dawn n'en avait pas le courage. Ses sœurs ne lui en parlaient pas et même si elle avait réussi à dépasser son aversion pour un accompagnement psychiatrique, elle n'allait certainement pas s'engager là-dedans toute seule. Peut-être qu'elle parviendrait à solutionner tout ça par elle-même. Si elle arrivait à mettre un peu d'argent de côté, peut-être qu'elle arriverait à quitter le trottoir. Ouais, c'est ce qu'elle devait faire. Il fallait qu'elle affronte sa réalité résolument. Peut-être qu'elle arrêterait de se trouver des excuses, qu'elle arrêterait de se justifier en se disant que c'était de l'argent facilement gagné, sans faire de mal à quiconque. Elle se trouverait un travail stable, s'installerait avec un partenaire qui l'aimerait et commencerait une vie normale.

Même avec Jane qui la protégeait, la vie était risquée. Il y aurait un jour où Jane ne se trouverait pas là à temps. Un jour où elle se ferait agresser. Ou peut-être qu'elle serait arrêtée. Ça serait horrible pour la famille. Cette pensée épouvantait Dawn. Ça serait bien pire que l'arrestation de Liz pour détention de cocaïne, quelques années plus tôt. Daddy l'avait sortie d'affaire et l'avait disculpée. On avait pu lire qu'il ne s'agissait que d'une frasque d'étudiant. Mais sa prostitution ? Sûr, les journaux s'en empareraient. Sa famille subirait l'opprobre. Non, il fallait vraiment qu'elle arrête.

Ne dit-on pas qu'il faut commencer par reproduire les gestes de façon formelle et qu'ensuite ces gestes deviennent des comportements intégrés ? Oui. Elle était sûre de pouvoir y arriver. Elle était forte et elle pouvait remettre sa vie sur les rails sans l'aide de quiconque.

Dawn démarra la voiture et roula vers le Bay Bridge. Sur le trajet de la maison, sa détermination prenait corps. Elle avait suffisamment économisé pour vivre plusieurs mois. Dès demain, elle allait commencer à chercher une autre source de revenus. Peut-être qu'elle trouverait un vrai travail, quelque chose qu'elle aimerait faire vraiment. Elle n'avait jamais réfléchi à ça. La prostitution lui avait semblé tellement facile au début. Mais elle trouverait quelque chose d'autre. Elle allait s'arrêter cet été, faire de vraies recherches sur le Web et étudier les offres d'emploi. Elle en finirait enfin avec cette vie.

6

May Reeves se leva pour accueillir Mike McKensey alors qu'il entrait dans le café face au Bureau du Sheriff du Conté de Marin.

- Merci d'avoir fait la route jusqu'ici, Mike. Vous auriez pu m'envoyer les rapports par mail.

- Bien, j'ai beau aimer la Cité, parfois j'éprouve le besoin de faire une coupure. Traverser le Golden Gate Bridge et entrevoir le Centre Administratif de Frank Lloyd Wright semblent m'apaiser. J'ai l'impression d'entrer dans un monde nouveau.

- Oui, c'est Marin. C'est un monde différent. Vous connaissez sa réputation : plumes de paon, spas et toute cette décadence.

- Peut-être dans les années soixante-dix ou quatre-vingt mais aujourd'hui, ça ressemble plus à une extension de Silicon Valley. En plus, vous avez Lucasfilm. En tout cas, c'est une atmosphère différente et je suis content de m'éloigner de la Cité pendant quelques heures. D'autre part, je voulais que nous parlions des éléments que nous avons chacun en notre possession. Peut-être que nous pourrions en dégager un fil conducteur parce que, pour ma part, je n'ai rien.

Une serveuse s'approcha de la table et demanda s'ils étaient prêts à passer commande. Elle semblait impatiente tandis que les gens affluaient pour le repas de midi.

- Désolé, nous n'avons même pas regardé, répondit May. Revenez dans deux minutes et nous aurons choisi.

Ils parcoururent rapidement le menu et tous deux se décidèrent pour une salade de fruits de mer avec des légumes, des coquilles Saint Jacques, des crevettes, des calamars et du loup de mer. May fit signe à la serveuse stressée et lui fit part de leur commande.

Mike continua.

- Voici le rapport du médecin légiste. Comme vous pouvez le voir, il ressemble en tous points aux autres. Mort d'une lame dans le cœur. Le corps a passé deux jours environ dans l'eau avant d'être rejeté à Ocean Beach. A part ça, rien de différent. Le médecin légiste est parvenu à avoir les empreintes digitales et nous avons une identité : Mitchell Blaine Stern de Saint Louis. Il se trouvait au congrès MacWorld à Moscone. On ne sait pas bien quand il a été vu pour la dernière fois, bien qu'il semble qu'il ne soit pas rentré à l'hôtel après le premier jour de la conférence. On a contacté sa femme. Ils sont séparés. Je lui ai demandé ce qui s'était passé et si Mitchell était déprimé par leur séparation. Elle m'a expliqué que c'était elle qui était partie. Elle avait fait son temps comme épouse et comme mère et maintenant que les enfants étaient grands, elle voulait commencer une nouvelle vie. Elle a confirmé que Mitch était déprimé mais, ayant été mariée à lui pendant plus de trente ans, elle savait qu'il était assez fort pour surmonter cela. Elle avait l'air désolée que Mitch soit mort et choquée par le fait qu'il ait été assassiné. Mais, en même temps, elle donnait l'impression d'être soulagée. Je suppose que c'est parce qu'ainsi elle n'aurait pas à affronter l'épreuve du divorce.

- Vous semblez, vous aussi, assez désabusé.

- Ouais, j'ai l'impression qu'il y a pas mal de gars, surtout dans la profession, qui sont quittés par leur femme. Le plus souvent ils sont pris au dépourvu. Ils travaillent dur. Peut-être qu'ils ne passent pas assez de temps à la maison et qu'à cause de leur travail, ils ne sont pas d'une compagnie très agréable. Et pourtant ils sont très attachés à la famille. Et vlan ! La femme en a assez. Pas de thérapie de couple. Pas de discussion. C'est fini, c'est tout. Et c'est irréversible.

- On dirait que vous parlez d'expérience.

- Malheureusement oui, répondit Mike tout penaud. Ma femme est partie, il y a deux ans et je suis encore sous le choc. Au moins, je ne me suis pas mis à boire comme la plupart des gars. Je passe encore plus de temps au travail et pendant mes heures libres, je m'entraîne, je cours. En ce moment, je me prépare à l'Escape, l'épreuve du triathlon d'Alcatraz. Je trouve ça drôle pour un flic.

Leur repas fut servi et ils mangèrent en silence pendant quelques minutes avant que May n'explique :

- Oui. Je l'ai fait l'an dernier. C'est le meilleur triathlon que j'ai fait

- Vous l'avez fait ? Comment était-ce ? Bien que je sois un bon nageur, j'ai des doutes sur cette épreuve, demanda Mike, en remarquant pour la première fois la silhouette athlétique de May

- Bien, vous n'êtes pas le seul à vous être fait larguer. Après vingt ans de mariage, mon mari m'a quittée, il y a dix-huit mois, pour épouser une femme de vingt ans plus jeune. Je ne comprends pas, moi non plus. Ce n'est pas comme si je m'étais laissé aller. Qu'est-ce qu'il peut avoir en commun avec une fille de vingt ans de moins ? Bien sûr, ça pourrait être pour avoir des enfants. Sa nouvelle femme est enceinte. Nous n'avons jamais eu d'enfants. J'étais prête et désireuse mais il semblait tellement accaparé par son travail, il est dans les high techs. Il soutenait que nous n'avions pas assez de temps avec nos vies effrénées. J'ai fait plusieurs triathlons faciles pendant les dix dernières années et quand il est parti, j'ai décidé d'investir le temps nécessaire pour m'entraîner à quelque chose de plus motivant. Je pense faire un Ironman cette année. Quant à l'épreuve de natation de l'Escape, elle n'est pas si terrible que cela. La mise à l'eau se fait dans la Baie près d'Alcatraz depuis le San Francisco Belle. Je n'avais jamais entendu parler de ce bateau jusque-là, mais il est magnifique. C'est un vieux bateau à aubes, comme j'imagine ceux du Mississippi. D'après ce que j'ai appris, ils organisent aussi des croisières dîners et des croisières-clair de lune. Peut-être un jour….. En tout cas, les organisateurs maîtrisent le calendrier des marées et il n'y a pas trop de courant. De plus, il y a beaucoup de bateaux suiveurs et de kayaks. Si vous êtes trop fatigué, vous pouvez toujours vous reposer sur un kayak sans être pénalisé. A votre place, je m'inquiéterais davantage de la Sand Ladder. Cette épreuve arrive après la natation, le vélo et le point-pivot de la course. Elle ne prend que quelques minutes mais elle est exténuante, surtout si près de la fin de la course.

- Sand Ladder ? C'est quoi ?

- Vous devriez vous entraîner à vélo et à la course sur des sections du circuit avant le jour officiel. L'échelle de sable est une série de quatre cents marches de sable qui escaladent la falaise depuis Baker Beach. J'avoue que j'ai failli abandonner quand je suis arrivée en haut. Le seul fait de savoir qu'à partir de là, ça n'était que de la descente m'a permis de terminer.

- Conseil précieux, merci ! Désolé de revenir à ce sujet morbide mais, pendant que vous parliez des courants de la Baie et des calendriers de marées, je me disais que ces corps avaient probablement été jetés dans la Baie et que le criminel avait une certaine connaissance des marées. Un corps a été retrouvé dans la Baie. C'était le premier et c'est celui qui est resté le moins longtemps dans l'eau. Peut-être que le meurtrier a affiné sa technique après que le corps a été retrouvé aussi rapidement. Les autres cadavres ont tous dérivé vers la mer et ont passé plusieurs jours au large avant de s'échouer. Et comme on en a déjà parlé, on ne sait pas vraiment combien il y en avait.

- Un meurtrier ? Il n'y a rien qui dise vraiment que c'était un homme. Ça aurait pu être tout aussi bien une femme. Il ne faut pas tant de force pour insérer un couteau entre les côtes de quelqu'un, si on sait exactement où est l'endroit. Visiblement notre meurtrier le sait. Je connais un professeur du Romberg Tiburon Center. Cette unité fait partie du San Francisco State et je sais qu'ils font des recherches sur les courants de la Baie et de l'Océan. Peut-être qu'ils pourraient nous aider à retrouver l'endroit où les corps ont été immergés.

- Quelque chose d'autre m'a traversé l'esprit quand vous décriviez Mitchell Stern. Il était séparé et vivait seul dans la Cité. Il se trouvait à Moscone à courte distance du …..

- Tenderloin ! Bien sûr. Peut-être que notre meurtrier est un souteneur ou une prostituée. J'ai un ami qui travaille à la mondaine. Je vais lui envoyer des photos. On a perdu beaucoup de temps. Peut-être qu'on aura la chance que quelqu'un se souvienne de l'une de nos victimes. Au moins nous avons quelques pistes à suivre. Peut-être qu'on va relancer cette affaire.

Finissant la salade, Mike demanda :

- Donc May, avez-vous en projet de courir le triathlon de l'Escape, cette année ?

- Je n'ai pas encore décidé. Comme je vous ai dit, j'ai l'intention de faire un Ironman et il faut que je fasse quelques entraînements préparatoires. Pourquoi ? A quoi pensez-vous ?

- Honnêtement, je pensais que ça serait sympa d'avoir quelqu'un avec qui m'entraîner. Je m'entraîne tout seul habituellement.

- Ça ne me déplairait pas. Pourquoi ne pas se rencontrer à Marina Green ce weekend et je vous montrerai les sections de course et de vélo. Là on verra quel niveau de préparation choisir.

- Super ! Marina Green côté ouest samedi matin à huit heures ?

- Vendu !

Ils partagèrent l'addition, laissant un généreux pourboire et se dirigèrent vers la voiture de Mike.

- Je ne crois pas que nous aurons quelque chose de la mondaine d'ici samedi mais je vous ferai la synthèse de tout ce qu'on aura alors, commenta Mike.

Il regardait May d'un œil nouveau. Au cours de la dernière heure, elle avait évolué de détective de la criminelle en femme séduisante.

De son côté, May, aussi, était subitement intriguée par Mike et ce qu'ils avaient en commun.

-Oui, je vais donner à mon ami professeur à Romberg, les renseignements sur les lieux, heures et dates où les corps ont été retrouvés. Mais j'imagine que ça va prendre du temps avant que j'aie un retour.

Ils se serrèrent la main chaleureusement et se regardèrent avec intérêt en se disant au revoir. Tous deux étaient prudents et raisonnablement optimistes. Mike prit sa voiture et rentra vers la Cité tandis que May traversa la rue pour revenir à son bureau.

L'aube pointa, lumineuse et ensoleillée et après vingt minutes d'échauffements, Jim se mit à courir vers le sommet de Montara Mountain juste derrière chez lui. Finissant sa course de près d'un kilomètre, il commença sa récupération en marchant et en se disant qu'il aurait des courbatures le lendemain. Ça faisait deux semaines qu'il n'avait pas couru et une descente radicale lui laissait toujours les fessiers endoloris.

Terminant par une rapide série d'étirements, Jim alla dans sa cuisine et confectionna une fournée de ses célèbres brownies. Enfant, il avait découvert qu'il adorait faire des pâtisseries. Pour lui, c'était de la chimie et il s'extasiait toujours de la transformation d'une simple pâte en une préparation qui forçait la gourmandise de tous. Il avait élaboré sa recette de brownie, au fil des ans, à partir de celle de sa grand-mère, en substituant du Baker's Chocolate au cacao en poudre et en ajoutant plus tard des pépites de chocolat. Puis en travaillant sur la texture, il s'était assuré qu'avec cette surenchère de chocolat, ça ne se terminerait pas en une glu infâme ou un pavé indigeste. Aujourd'hui, il était fier de ses brownies et s'il se rendait à une soirée, il recevait invariablement les éloges des accros du chocolat, subjugués par sa préparation. Bien sûr, ses brownies ne représentaient pas grand-chose pour ceux qui n'étaient pas des chocophiles. En dépit de sa philosophie égalitarienne, Jim trouvait éminemment suspects ces gens qui n'aimaient pas le chocolat

Jim prit une douche tandis que les brownies cuisaient puis enfila un polo, un pantalon, des chaussures de course et fila à Safeway pour chercher une bouteille de champagne.

Jim n'y connaissait pas grand-chose. Les rares fois où il avait acheté du champagne, ce breuvage n'avait jamais eu bon goût. En examinant l'immense choix que proposait le magasin Safeway, il découvrit que les prix allaient de cinq dollars à plus de cent vingt dollars. Qu'avait dit Liz ? Une bouteille à un prix raisonnable ? Qu'est ce que ça voulait dire ? S'il se référait à la médiane des prix, il devait acheter une bouteille de soixante dollars. Ça faisait beaucoup pour une soirée décontractée. En s'introduisant dans ce groupe de gens, il ne voulait certes pas paraître ni trop près de ses sous, ni prétentieux avec une bouteille au dessus de ses moyens.

Finalement, Jim décida d'écarter les prix les plus élevés (il y en avait une seule au-dessus de cent dollars) et prit une bouteille à vingt dollars. Du Mumm. Il avait l'impression de connaître cette marque. Il espéra qu'ils l'apprécieraient.

Le trafic fluide de ce début de dimanche matin lui permit de traverser facilement San Francisco et le Bay Bridge. La baie de San Francisco était remplie de douzaines sinon de centaines de bateaux à voile, de Hobie Cats et de windsurfers. Cette journée s'annonçait radieuse.

Jim prit l'autoroute 580 à Oakland puis l'autoroute 24 qui menait à Caldecott Tunnel et Orinda à l'est des collines. Traverser le tunnel le rendait toujours nerveux. Il savait ce qui s'était passé. Dans les années quatre-vingt, plusieurs personnes avaient trouvé la mort quand une voiture avait percuté un camion-citerne et que le tunnel avait propagé le feu, faisant tout brûler sur son passage. Heureusement l'accident avait eu lieu après minuit. Si c'était arrivé à une heure de pointe, il y aurait eu des centaines de victimes. Depuis, le transport des produits inflammables dans le tunnel avait été interdit mais il y avait toujours beaucoup d'accidents avec incendies. Jim se crispa sur le volant en entrant dans le tunnel qu'il traversa finalement sans encombre.

A la sortie, il remarqua immédiatement le changement de température. Comme d'habitude, il y avait quinze degrés de plus de ce côté des collines. En cette fin de printemps, les collines verdoyantes du côté d'Oakland avaient bruni en se desséchant. Il goûtait la beauté de ces collines de Californie mais ne comprenait pas pourquoi les gens choisissaient de vivre de ce côté de East Bay, torride l'été et froid et brumeux l'hiver. Et pourtant, Orinda était considérée comme une des parties les plus belles et les plus chères de Bay Area.

Jim sortit de l'autoroute 24 et suivit les instructions de son Yahoo Maps, le long des petites routes qui serpentaient à l'assaut d'une colline imposante. Les maisons étaient espacées. La plupart se tenaient en bordure d'allée, cachées par des haies luxuriantes. La maison des Leahy était la dernière sur la route, au sommet de la colline.

Jim suivit l'allée bordée d'arbres jusqu'à un parterre en cercle devant une maison remarquable. Elle était essentiellement en verre et bois avec des angles inhabituels, plus ronde que rectangulaire. Il n'avait jamais rien vu de comparable. Il se gara sur l'herbe au bord de l'allée, se saisit des brownies et du champagne et se dirigea vers la maison. Le sommet de la colline offrait une vue panoramique sur les collines de East Bay à l'ouest et des deux sommets du Mount Diablo à l'est. Il aperçut un lac ou un réservoir au nord et, plus vers l'est, la canopée de cumulus qui s'étaient formés au-dessus des montagnes de la Sierra Nevada à une centaine de kilomètres. Aucune maison visible à plusieurs kilomètres à la ronde.

Ignorant le mot sur la porte invitant les gens à entrer, Jim sonna. Quelques minutes plus tard, il décida de suivre les instructions et s'avança avec prudence. L'intérieur était somptueux. Un escalier en bois, monumental, montait et descendait en s'enroulant, comme dans un film des années trente. Au-delà de la cage d'escalier, se trouvait une immense pièce arrondie avec des tapis blancs. Les murs extérieurs étaient en verre et donnaient sur une galerie qui semblait faire le tour de la maison. Une douzaine de personnes par groupes de trois ou quatre buvaient du champagne à l'intérieur tandis que plus du double se trouvaient dehors.

Jim passa devant l'escalier et découvrit la cuisine avec un immense bar et une table sur le côté droit. Il déballa son plat de brownies et les mit sur cette table puis regarda autour de lui en se demandant que faire du champagne. Il y avait plusieurs bouteilles ouvertes sur le bar. Il s'avança dans cette direction bien qu'il fût réticent à laisser sa bouteille, alors qu'elle s'était réchauffée pendant le trajet. Le voyant confus, une petite femme d'âge moyen, à la silhouette compacte, s'approcha.

- Bonjour, je suis Janice Leahy. Laissez-moi-vous débarrasser. Je vais la mettre au frigo pour qu'elle reste au frais. Oh, du Mumm ! Bon choix. Merci ! Vous êtes ?

- Jim Henderson. Liz m'a demandé de venir, bredouilla Jim.

- Oui, Jim. Liz a parlé de vous. Bienvenue ! Liz et la plupart de ses amis sont sur la terrasse. Qu'est-ce que je vous sers ? Comme vous voyez, il y a du vin, des sodas, de l'eau gazeuse et bien sûr, l'incontournable champagne.

- Je veux bien de l'eau gazeuse. Merci !

Janice retourna au frigo et prit une bouteille de San Pellegrino puis lui servit un verre.

Elle lui prit le bras et le conduisit dehors.

- Je sais que vous êtes pilote de deltaplane.

- Oui, j'ai commencé il y a quelque temps et j'aime vraiment ça. Ça n'a rien à voir avec ce que j'ai fait jusqu'à présent.

- Vraiment, ça me semble dangereux ! Je sais bien, Liz m'a dit qu'avec les derniers équipements et formations, c'est moins risqué que l'avion mais je ne peux pas me résoudre à essayer même si Liz me tanne pour que je prenne une leçon. Elle cite toujours De Vinci : « Quand vous aurez goûté au vol, vous parcourrez le monde les yeux tournés vers le ciel, là où vous avez été et là où vous languissez de revenir.» Mais pour autant, je n'arrive pas à me décider.

- Je peux vous confirmer à partir de mon expérience que Da Vinci avait raison. Mes yeux sont souvent tournés vers le ciel et je me languis d'y revenir. Je suis d'accord avec Liz, même si vous ne vous passionnez pas, le seul fait de quitter le sol par vos propres moyens pour vous élever de quelques centimètres au-dessus du sable, est une expérience qui peut changer le cours de votre vie. Pensez à ces rêves de vol. Les sensations que vous avez en rêvant ne peuvent se comparer à la réalité parce que l'expérience du vol réel n'a rien de fugitif. Elle fait partie de vous.

Voyant le large sourire de Janice, Jim s'excusa.

- Oh, je suis désolé. Je ne voulais pas m'emballer.

- Pas de problème. Je dois avouer que je suis intriguée. Mais j'ai tellement de choses à faire. Je n'ai pas de temps pour quelque chose de nouveau. C'est évident que Liz et vous avez une réelle passion pour ça ainsi que Bill et Steve, répondit-elle tandis que les deux jeunes hommes se retournaient pour les accueillir

- Quand on parle du diable, commença Steve. Janice, merci d'avoir amené Jim. Justement, on était en train de parler de son atterrissage au sommet d'Elk Mountain. Si vous voyiez Jim voler, je suis sûr que ça vous déciderait à essayer.

- Vous n'arrêtez jamais, les taquina-t-elle en retour. Amusez-vous. Jim, je suis vraiment heureuse de vous connaître. J'espère que nous arriverons à parler d'autre chose que de delta plane plus tard. Bien sûr, il faut que vous connaissiez mon mari, Mickey. Je pense qu'il s'occupe des convives.

Janice s'éloigna et rentra pour servir ses invités. Elle était visiblement une hôtesse parfaite, s'arrêtant pour parler à chacun, rappelant qu'il y avait de la nourriture et des boissons à l'intérieur. Elle semblait vraiment dans son élément ;

- Quelle maison ! commença Jim.

- C'est sûr, renchérit Bill. Ils l'ont depuis plus de dix ans. A cette époque, il n'y avait pas de voisin. En regardant vers Mount Diablo, on ne voyait pas une seule maison.

- Mickey a eu vraiment le nez creux. Il s'est fait dessiner la maison par un architecte qu'il a connu à la fac. Elle a été construite par des entrepreneurs qu'il avait défendus ou avec lesquels il avait travaillé quand il était à l'université. Il s'est payé l'université et les écoles de droit en travaillant dans la construction. En quelques sortes, il a eu sa maison à prix coutant. Elle vaut des millions aujourd'hui.

- Ouais et attends que Liz te fasse faire le tour, intervint Steve. C'est une des maisons les plus impressionnantes que j'ai jamais vues avec des angles originaux, beaucoup de verre et, comme tu l'as vu, des vues somptueuses.

- Où est Liz ? demanda Jim

- Ne t'inquiète pas. Je suis sûr qu'elle va faire une entrée fracassante très vite, répondit-il.

- Comment vous avez connu Liz ? demanda Jim.

- Je l'ai rencontrée à l'université de Berkeley, répondit Steve. J'étais assistant et je m'occupais des travaux pratiques d'un cours d'économie. C'est là que j'ai rencontré Liz. Je suis, moi aussi, un des ex de Liz. On est resté ensemble pendant un an jusqu'à ce qu'elle et Mark se fiancent.

- Je la connais depuis l'école élémentaire, poursuivit Bill. Mon père est avocat et a travaillé avec Mickey dans le bureau du procureur de district. On est sorti ensemble pendant une année au lycée puis une autre à la fac et puis, on est passé à autre chose. Tiens, voici un autre membre du club des ex de Liz. Bob, viens faire la connaissance de Jim ;

Un jeune homme athlétique aux cheveux blonds coupés court s'approcha et lui tendit la main.

- Salut Jim. Je suis Bob Builder, l'associé de Bill.

Voyant la surprise de Jim, Bob continua.

- Oui, je sais. Tu penses à la série Bob the Builder (Bob le Bricoleur). C'est drôle mais ça aide pour les affaires. Les gens connaissent la série TV et tous les jeux et vidéos associés et quand ils voient Bill et Bob the Builders, le nom de notre société, ils nous associent inconsciemment avec le très performant et avisé Bob the Builder. Les affaires marchent bien et, à ce jour, nous n'avons eu aucun contrat résilié ou dénoncé à cause du nom. Si ça devait se produire, Mickey nous a dit qu'il nous défendrait et que nous gagnerions.

- Quelle taille fait votre société ? demande Jim

- Bill et moi inclus, nous avons quatre entrepreneurs plus un administratif à plein temps. Mickey nous a aidés avec les textes et le droit.

- En temps ordinaire, on a entre quatre et quinze employés et nous pensons faire six million de ventes cette année, sachant que l'an dernier, on était à trois. Bien sûr, nous prenons des sous-traitants afin de brider nos frais généraux. S'il y a du travail, nous prospérons. Si non, il n'y a que nos cinq salaires et parfois même nous ne nous payons pas.

Regardant Bill, Bob continua.

- Désolé. J'aime ce que je fais et je dois admettre que je suis assez fier de nos réalisations.

- Et tu es un ancien de Liz ?

- Ouais, J'ai l'honneur d'être le membre fondateur du Club des Ex de Liz. Liz et moi étions ensemble pendant tout le collège et la plus grande partie du Lycée, jusqu'à ce qu'elle me largue pour ce clown, répliqua Bob, percutant Bill d'un coup de poing sur le bras qui le fit reculer de plusieurs centimètres.

- Hé, vas-y doucement ! Tu ne connais pas ta force !

- Bien sûr que si. C'est juste une tape amicale.

- Une tape amicale. J'espère que tu ne fais pas ça à ta femme. Où est-elle d'ailleurs ?

- Elle est sur l'aire de jeu avec les enfants.

Pointant la balançoire, le toboggan, le jeu de bascule, la structure à grimper, le bac à sable en bordure de la grande pelouse, Bob dit :

- Jim, cette blonde athlétique, c'est Sharon et les deux gamines qui la rendent folle sont mes filles, Lynn et Stéphanie

- C'est sûr qu'elle a l'air aussi en forme que toi. Qu'est-ce que vous faites pour être comme ça ?

- On s'est rencontré dans l'équipe de gymnastique à l'université de Stanford. On est gymnastes tous les deux. Sharon a failli être sélectionnée pour l'équipe olympique mais elle s'est blessée juste avant les Jeux et elle a dû laisser tomber. Je ne suis pas parvenu à me qualifier. Toutefois, nous sommes restés actifs dans cette discipline et à nos moments perdus, nous entraînons les écoles locales qui ne peuvent pas s'offrir leur propre coach.

« Je considère que j'ai beaucoup de chance d'être avec Sharon. Nous nous entendons vraiment dans tous les domaines.

Jim repensa à sa Sharon. Le fait que la femme de Bob porte le même nom et que son couple paraisse heureux l'amena à penser combien Sharon avait été parfaite pour lui. Elle lui manquait.

- Es-tu marié, Jim ? demanda Bob

- Oui, es-tu marié, Jim ? reprit Liz taquine, en arrivant dans leur dos

Liz portait une robe d'un jaune lumineux avec col en V, jupe large et manches courtes. Elle virevolta rapidement et la jupe s'évasa.

- Vous l'aimez ? demanda-t-elle langoureusement

Liz serra dans ses bras Bob, Bill, Steve et s'approchant de Jim, elle dit : « Pourquoi pas ? » le serrant également dans ses bras en prolongeant son étreinte. Jim sentait la chaleur de son corps.

- Tu es superbe, exprima Steve en guise de réponse à tous les hochements de tête, quand elle eut relâché Jim

- Merci, messieurs. Jim, réponds à la question : Es-tu marié ?

- En vérité, oui.

Voyant la surprise sur le visage de Liz et les regards amusés échangés par Bob, Bill et Steve, Jim continua.

- Malheureusement, nous sommes séparés et attendons la finalisation de notre divorce. C'est une triste histoire et vraiment pas de circonstance. Oublions ça, voulez-vous?

- A propos de mariage, commença Steve, où est Mark ?

Liz regarda Steve d'un oeil courroucé…

- Quand lui et ses parents ont reçu notre invitation, ils ont décidé de recevoir leurs propres amis. Bien sûr, c'est une réception avec traiteur, pas une soirée à la fortune du pot comme la nôtre. Et aucun de nous n'a été invité bien que Mark m'ait demandé de passer. J'ai refusé.

Se tournant vers Jim, Liz continua.

- Les parents de Mark n'aiment pas les miens. Depuis que papa a défendu Jason Livingston dans ce procès sur la propriété intellectuelle, notre famille n'a plus été la bienvenue dans la propriété des Sinclair

- Tu parles du Jason Livingston qui a été poursuivi par MegaTrust après qu'il avait commencé à vendre des applications qu'il avait mises au point, sous contrat avec MegaTrust ? C'est une affaire célèbre qui a établi les normes de la propriété intellectuelle dans Silicon Valley. Ça a tout changé. Qui aurait pensé que, sans spécification particulière du contrat l'interdisant, un concepteur était propriétaire de ce qu'il avait créé même s'il était missionné par quelqu'un pour le faire ? Ton père a gagné ce procès ?

- Bien sûr, il a gagné. Et comme vous l'avez probablement

compris, le père de Mark, Jonathan Sinclair était le PDG de MegaTrust. D'où cette animosité. En réalité, au-delà de cette affaire qui les a mis dans une colère épouvantable, les Sinclair n'ont jamais aimé ma famille. Ils pensent que mon père n'est pas bien-né, qu'il n'est que le fils d'émigrants irlandais, venu d'un quartier miteux de San Francisco. Ils n'aiment pas vraiment les Irlandais, ni les Italiens, sans parler des Siciliens comme la famille de ma mère. Et ils n'aiment pas les gens que mon père a tendance à fréquenter. En fait, ils ne me considèrent pas digne de leur fils. Très sincèrement, après cette dernière rebuffade, je commence à reconsidérer ces fiançailles.

Bob, Bill et Steve hochèrent la tête d'un air conspirateur.

- Qu'est-ce qui vous fait sourire ? demanda Liz, quelque peu agacée

- Qui nous ?

Liz lança un regard furieux

- Hé bien, je ne suis pas sûr que nous ayons envie d'accueillir Mark Sinclair dans notre Club des Ex de Liz, déclara Bill, impassible, sans la moindre touche d'humour dans sa voix. Je ne pense pas qu'il aurait le profil.

- Bon, je ne crois pas que tous mes ex soient obligés de s'aimer, bien que je sois sûre que Mark et moi resterons bons amis. Il n'est peut-être pas doté d'une intelligence transcendante mais c'est un chouette type. Et puis on ne sait jamais. Le monde rétrécit chaque jour. Mieux vaut ne pas couper les ponts. Qui sait de qui on peut avoir besoin ?

L'après-midi se poursuivit sur une note plus légère. Les gens riaient, se racontaient des histoires, buvaient du champagne et mangeaient des canapés. Les brownies de Jim connurent un réel succès, plusieurs personnes lui demandant sa recette qu'il refusa de divulguer. Liz virevoltait distillant son charme, bavardant avec chacun, répliquant l'image de sa mère. Elle revenait régulièrement vers Jim, l'entraînant par le bras vers des gens nouveaux auxquels elle le présentait.

Jim était flatté qu'elle le mît en valeur. Il était impressionné par la diversité de l'assistance et la tenue des conversations. Puis il repéra Mickey mais, comme il était engagé dans une discussion animée, il décida de ne pas l'interrompre.

Le soir approchant, les gens commencèrent à s'en aller. Jim pensa que le moment était venu de prendre congé. Il rejoignit Janice pour la remercier de son invitation et lui dire qu'il avait apprécié ce moment mais Janice l'entraîna à l'écart.

- Liz ne vous a pas invité à dîner ? Vous devez rester. Ces gens seront bientôt partis et Mickey va faire un barbecue. Je sais qu'il tient à vous rencontrer et ce sera une belle occasion de discuter loin des superficialités mondaines. S'il vous plaît, restez.

Jim accepta. Il sortit et trouva Steve seul à l'autre extrémité de la terrasse, regardant le Mount Diablo.

- J'adore voler sur cette montagne, dit Steve.

- Je viens d'avoir mon certificat de niveau quatre et n'ai pas eu le temps d'essayer, répondit Jim. C'est comment ?

- Il y a trois points de lancement. Ils sont tous au sommet à plus de 1100 mètres. C'est, le plus souvent, au-dessus de la couche atmosphérique marine. On ne ressent pas beaucoup l'influence de l'océan avant d'approcher les zones d'atterrissage. Ce qui induit de bons thermiques. Les meilleures conditions sont au printemps. Tu as entendu parler de Chris Arai qui a fait plus de deux cent kilomètres à partir de cet endroit. Jusqu'ici, j'ai fait une vingtaine de vols allers-retours mais je n'avais pas de voiture relais pour partir vers le sud. Je pense que Chris a eu beaucoup de chance ce jour-là. Bien sûr, c'est un sacré libériste.

« De toutes les façons, c'est un site d'un bon niveau 4. Le départ principal se fait à partir d'une falaise et ce n'est pas évident quand il n'y a pas de vent. Les zones d'atterrissage sont faciles : il y a de la place mais elles sont loin des points de décollage. Il faut donc bien évaluer les conditions, sinon tu peux ne pas atteindre la zone d'atterrissage souhaitée. Il y a des fermiers qui n'apprécient pas beaucoup nos atterrissages invasifs et l'administration du parc non plus.

« Si on a des dépressions de fin de saison, on peut encore avoir quelques belles journées. Peux-tu quitter ton travail si ça arrive en milieu de semaine ?

- Bien sûr. Je reste en prise avec la météo. J'ai un œil rivé dessus et j'emmènerai mon aile au bureau si de bonnes conditions se profilent.

Ils entendirent un bruit de pas sur la terrasse et se retournèrent sur Liz qui approchait.

- Vous restez, vous deux, pour dîner, c'est ça ? Papa est en train d'allumer le barbecue et la plupart de nos invités sont partis.

Steve acquiesça de la tête et Jim répondit :

- Je devrais partir à l'instant parce que demain, je travaille et j'ai une longue route à faire. Mais j'ai promis à ta mère de rester.

Donc oui, je vais traîner un moment.

- Super ! réagit Liz avec enthousiasme. Steve, pourquoi tu n'irais pas rejoindre papa pendant que je fais faire le tour de la maison à Jim ? Ça ne sera pas long.

Entraînant Jim par le bras, Liz le conduisit dans la maison.

- Papa a travaillé sur les plans de cette maison avec un ami architecte. En fait, c'est un octogone de trois étages. Il a toujours aimé les maisons à forme de dôme mais il les trouvait difficiles à meubler. L'octogone donne la même impression circulaire mais sans la contrainte des murs arrondis.

Ils montèrent l'immense escalier cintré que Jim avait vu en entrant dans la maison. Au sommet, Jim fut suffoqué par la vue, bien plus spectaculaire que depuis le rez-de-chaussée. Les côtés des chambres étaient faits d'immenses panneaux de verre, séparés par d'étroites colonnes de murs blancs décorés de pièces d'art raffinées. Cette pièce, si on pouvait la nommer ainsi, offrait une vue panoramique vers le sud, l'ouest et le nord jusqu'aux collines d'East Bay. Un tiers de l'espace était occupé par un living semi-privé, dont une partie était une salle de jeu, avec une table de billard et dont le reste était un bar classique aux boiseries sombres vernies, tabourets de bar pivotants en cuir et étagères en miroir illuminées, remplies de bouteilles de liqueurs colorées et de verres. Après une brève visite de la pièce, Liz conduisit Jim vers la seule porte qui donnait dans la suite parentale. Des tapis orientaux épais siégeaient sur une moquette de couleur sable à poils ras. La tête de lit s'appuyait sur le seul mur qui n'était pas en verre, révélant une vue panoramique sur Mount Diablo. Des portes vitrées donnaient sur un couloir étroit et incurvé. Depuis le lit, il semblait que la pièce était suspendue dans les airs et malgré son expérience de libériste, il sentit un début de vertige et s'appuya sur Liz.

- Désolé mais, en réalité, j'ai un peu peur de l'altitude. Ça ne me pose pas de problème en aile delta parce que j'ai le contrôle mais être suspendu en l'air dans un nouvel endroit me rend un peu nerveux. Je m'y habitue à la longue.

- Pas de problème, répliqua Liz en tenant Jim un peu plus serré, émue par ses confidences. Je veux te montrer ma chambre en bas. Ça n'a rien de vertigineux.

Descendant les escaliers, Liz poursuivit :

- Tu as vu l'essentiel de l'étage principal. Nous avons une buanderie, une salle de bains et une chambre d'invités avec sa propre salle de bains. Il n'y a rien de très intéressant et, en plus, un des amis de papa reste avec nous pendant quelques jours. Je pense qu'on ne devrait pas envahir son espace.

L'étage du bas était le domaine des enfants. Mes parents étaient très attachés à ce que les enfants aient leur propre espace séparé du leur et de la partie principale de la maison. Ça m'allait très bien parce qu'ainsi je pouvais éviter les soirées, laisser à mes parents l'intimité dont ils avaient besoin, et faire ma vie ici à l'abri de leur regard.

Il y a quatre chambres, chacune avec sa salle de bain et une vue somptueuse.

Jim regarda brièvement les trois premières et ne put s'empêcher d'être impressionné. Toutes étaient décorées selon un goût féminin et bien que les vues fussent plus limitées, elles étaient toutes spectaculaires.

- Et voici ma chambre. Je ne passe plus beaucoup de temps à la maison et sauf quand les amis de papa séjournent avec nous de temps en temps, ces pièces restent vides. Je commence à me demander si la maison n'est pas trop grande pour mes parents et les amis de papa. Mais, en même temps, je suis terrifiée à la pensée qu'ils la vendent. J'aime cette maison.

Comme la chambre de ses parents, celle de Liz donnait sur Mount Diablo. La pièce s'inscrivait dans trois côtés de l'octogone. Une entrée en arcade à droite menait vers ce que Jim pensait être une salle de bain. Bien qu'il fût loin de banaliser la vue somptueuse, Jim était sensible aux contenus de la pièce. Le lit à baldaquin était couvert d'animaux en peluche. Certains plutôt vieux et effilochés. Quelques poupées siégeaient, sereines, sur une petite table près d'une lampe style art-déco. Les tableaux étaient romantiques. Jim reconnut deux gravures de Monet. Se révélait à lui un pan insoupçonné de la personnalité de Liz. Elle s'affichait comme une femme de caractère mais sa chambre semblait sortie d'un conte pour petite fille.

- Il faut que tu voies ma salle de bains.

Jim s'avança dans une vaste pièce avec une baignoire aux pieds de lion, des toilettes et un bidet. Elle était élégante comme celles des hôtels luxueux qu'on voit au cinéma.

- Viens voir la douche ! lui intima Liz.

Jim passa le mince mur qui séparait la baignoire de la douche et suffoqua. La douche était elle aussi un octogone en porte-à-faux, suspendu au-dessus du vide, sailli de la maison aux murs entièrement de verre.

- Oh, j'ai oublié ton vertige. Désolé ! Ça ne doit pas être très agréable pour toi. Quand je me douche ici, j'ai l'impression d'être en haut de la montagne avec la pluie qui dégouline sur moi. J'adore ça.

Faisant un pas en arrière et récupérant ses esprits, Jim ne pouvait s'empêcher de penser à l'autre douche, celle en plein air à Elk Mountain, avec la mousse blanche qui serpentait le long du corps nu de Liz. Il rougit et se félicita d'avoir mis des pantalons amples. Mais Liz ne fut pas abusée.

- Tu penses à moi, nue sous la douche ? le taquina-t-elle.

- Hum, hum, bredouilla Jim

- C'est bon. J'aime bien l'idée que tu penses à moi nue sous la douche. Viens. Allons retrouver papa. Je suis sûre qu'il va t'aider à penser à autre chose.

Jim n'en était pas si sûr.

Quand ils furent revenus sur la terrasse, Jim fut soulagé que son ardeur pour Liz ait fraîchi. En tout cas, les manifestations externes avaient disparu. Pourtant il restait quelque chose chez Liz qui l'attirait et ça n'était pas que physique.

Liz le conduisit à un angle de la maison où la terrasse était bien plus large, six mètres par six peut-être. Elle était construite au-dessus d'une végétation basse et dense et, comme les autres endroits de la maison, elle avait un point de vue suffocant sur Mount Diablo. Mickey tenait cour près du barbecue et cinq de ses admirateurs riaient abondamment de ses traits d'esprit.

Voyant Liz et Jim approcher, Mickey devint sérieux. Dardant son regard bleu acier sur Jim, il le défia :

- J'espère vraiment que vous vous êtes bien comporté avec ma fille en bas, jeune homme.

Jim ne savait pas s'il était sérieux ou s'il le testait. Scrutant rapidement l'assemblée, il décida de miser sur la deuxième option.

- En fait, j'ai fait tout ce que je pouvais pour lui échapper mais vous connaissez votre fille. Elle ne m'a laissé aucune chance et finalement, j'ai dû succomber à ses charmes.

Liz lui mit un coup de coude dans les côtes tandis que tout le monde riait à gorge déployée

- A votre âge, avec une bombe comme ma fille, je n'aurais pas pu résister non plus, répliqua Mickey avec un large sourire, saisissant la main de Jim de sa patte d'ours.

- J'ai beaucoup entendu parler de vous, Jim. Bienvenue !

- J'ai beaucoup entendu parler de vous également. Mais jusqu'à ce jour, je n'avais pas compris que vous aviez gagné le procès contre Livingston-MegaTrust. Ça a changé beaucoup de choses dans mon métier.

- Oui, ça a été une bonne chose. Je crois vraiment en ce que vous faites. Votre secteur est en train de changer le monde de plusieurs manières et vous avez besoin d'être protégés. Je dois aussi avouer que j'ai plaidé pour le bord adverse. J'ai eu un procès, il y a environ un an. Une Caisse d'Epargne régionale avait engagé un contractuel pour développer un logiciel spécial de traitement des prêts. Dans le contrat, il était stipulé que le contractuel pourrait vendre le logiciel à d'autres clients tout en rétrocédant vingt pour cent de ses recettes à cette Caisse d'Epargne. Il était également prévu que la version du contractuel évoluerait et qu'une fois que quatre-vingts pour cent du logiciel aurait été changé, il ne devrait plus de royalties. Le contractuel paya des droits pendant les deux premiers mois puis arrêta, arguant qu'il avait changé plus de quatre-vingt pour cent du langage de programmation. Il étaya par la copie du rapport d'un consultant indépendant qui démontrait que, de toutes les lignes du code, plus de quatre-vingts pour cent avait été changé. Bien entendu, la Caisse d'Epargne avait des doutes. Nous avons commis notre propre expert qui a finalement démontré que le contractuel avait......

- Remplacé globalement tous les noms de variables du code, interrompit Jim

Mickey sourit.

- Exactement ! On aurait dû vous embaucher. Il a fallu un mois à notre consultant pour comprendre ce qui était arrivé au code. Notre juge n'était pas des plus experts. Mais je lui ai proposé une analogie. J'ai comparé notre histoire à celle d'une pièce de littérature dont on aurait changé les noms des personnages en gardant l'histoire. Il a compris mon argument et nous avons gagné.

Mickey se retourna vers le barbecue, poussant plusieurs morceaux de poulet à l'écart des braises. Il découpa le steak et tira les quatre filets de saumon et un bloc de pointes d'asperge à l'endroit libéré par le poulet.

- D'accord tout le monde, prenez vos assiettes. A l'instant, les steaks sont à point mais attention, ça cuit vite. Le poulet est prêt et le poisson et les asperges seront prêts quand vous vous serez servi en salade de pommes de terre, salade verte et pain à l'ail. Ceux qui veulent de la viande, vous pouvez commencer. Ceux qui veulent du poisson, commencez avec les salades.

Jim regardait tandis que les cinq autres prenaient des assiettes et se conformaient aux suggestions de Mickey. Tout était bien organisé.

- Viens, dit Liz, en reprenant le bras de Jim et en l'entraînant vers une grande table ronde couverte d'une nappe d'un vert champêtre avec, en son milieu, un porte-couverts pivotant, trois bouteilles de vin rouge et trois bouteilles de vin blanc ouvertes dans des seaux à glace et deux grands pichets d'eau fraiche. Chaque emplacement proposait plusieurs verres, des serviettes dorées et des couverts en argent.

Liz tendit à Jim une assiette, laissant le plat de salade et de pain sur la table comme les autres. Elle prit deux autres assiettes qui cheminèrent vers la longue table adjacente au barbecue. Liz remplit les deux assiettes. En s'approchant du barbecue, ils passèrent devant Bill, Steve et Bob et un jeune homme d'allure fragile aux longs cheveux blond filasse. Tous avaient rempli leurs assiettes de steak et de poulet. Liz tendit une des assiettes à son père qui la mit de côté. Il tendit la main vers l'assiette de Jim et ajouta un filet de saumon et plusieurs pointes d'asperge.

- Vous voulez du poulet en plus ?

- Non merci. Après les amuse-gueule de tout à l'heure, je pense que ça serait trop.

Mickey remplit l'assiette de Liz puis la sienne et les trois revinrent à la table. Liz dirigea Jim vers une place entre Steve et Bill puis revint s'asseoir à côté de son père.

- Je m'assieds en face de toi afin de contempler tes magnifiques yeux bleus, taquina Liz.

Jim se sentit rougir une fois de plus.

La desserte au milieu de la table tournait, chacun remplissait son verre d'eau et se servait le vin de son choix. Jim choisit un Chardonnay Mount Eden.

Mickey se leva et dressa son verre.

- En cet instant important, je veux proposer un toast à mon adorable fille qui vient de me confier qu'elle allait rompre ses fiançailles avec Mark Sinclair. C'est un charmant garçon mais il ne correspond pas aux critères de notre famille.

- Papa, c'était un secret, gronda Liz

- Oui mais on est entouré par la famille et les amis et je suis sûr qu'ils l'auraient tous deviné très vite. Donc, je modifie mon toast. Je suis très fier de la décision de ma fille et je porte un toast à Liz, à la famille et aux amis.

- A Liz, à la famille et aux amis ! entonnèrent-ils à l'unisson, chacun touchant le verre de l'autre

- Trente-six, dit le jeune homme blond aux cheveux filasse

- Trente-six quoi ? demanda Steve.

- Trente-six clics : n fois n plus un sur deux. Huit personnes, ça fait trente-six clics, expliqua Jim.

- Ah, un collègue mathématicien, dit le blond. Je suis Marcus Johansen.

- Jim Henderson, répondit Jim, en serrant la main de Marcus. Comment faites-vous partie ce groupe ?

- Bien, c'est une histoire assez longue, commenta Marcus.

S'avisant du hochement de tête de Mickey, Marcus continua :

- Je travaillais comme concepteur de logiciels à Billerica, dans le Massachussets, à côté de la Route 128. J'avais eu une proposition d'emploi de la part de Super-Market, une startup numérique basée à San Francisco. Ils m'offraient cinquante pour cent de plus que ce que je gagnais et un petit appartement dans l'immeuble qu'ils venaient d'acquérir près de China Basin. J'ai convaincu mon amie de quitter son travail et de déménager à San Francisco avec moi. C'était à la fin 2000. Le Nasdaq avait explosé un nouveau record un peu plus tôt cette année-là, mais la plupart d'entre nous ne réalisaient pas qu'on était en plein éclatement d'une bulle. Notre compagnie a survécu les années suivantes. On a failli être racheté plusieurs fois, mais à chaque fois, l'acquéreur se désistait. Notre investisseur en capital-risque a cessé de nous donner de l'argent et le revenu de nos rares clients ne suffisait plus à payer nos factures.

« J'ai survécu à trois vagues de licenciements mais la quatrième a eu raison de moi. C'était au début 2004. Ils m'ont donné un mois d'indemnités et m'ont dit de garder l'appartement pendant les trois mois suivants. J'étais sûr d'avoir largement le temps de trouver un travail dans Silicon Valley mais, après avoir envoyé des centaines de curriculum vitae sans obtenir la moindre entrevue, je me suis découragé.

« Ma petite amie a décidé de repartir vers l'est. Sa famille et ses amis lui manquaient. Je pense aussi que je l'avais déçue. Comme mes parents étaient décédés trois ans avant que nous ne déménagions, rien ne m'attirait plus à l'est et je ne voulais pas dépenser mes dernières économies en avion. J'aime la Californie et j'adore San Francisco. Je suis un bon ingénieur-logiciel and je sais que je peux m'en sortir si toutefois je trouve un emploi.

« eSuperMarket » a vite fait faillite après que je fus licencié. J'ai eu un peu de chance parce qu'ils ne m'ont pas expulsé de l'appartement avant que l'immeuble ne soit fermé à clé à la fin de l'année. Pendant ce temps, j'ai cherché un travail, n'importe lequel, juste pour me nourrir et payer un faible loyer. Pas de chance. J'ai donc vécu dans les rues pendant cinq mois. J'ai fait la manche et j'ai eu assez d'argent pour au moins m'alimenter de temps en temps. Les foyers d'hébergement de San Francisco m'ont aidé et j'ai travaillé aussi longtemps qu'ils me l'ont permis, en échange de nourriture et d'un lit. Mais il y a des limites de temps. On ne peut pas y rester autant qu'on le souhaite. Il y a deux mois, j'ai confectionné une pancarte disant « conception de logiciels contre nourriture ». J'ai fait la manche autour des gares de Transport Ferroviaire Rapide de la Baie, me déplaçant constamment car j'étais en compétition avec les mendiants professionnels. Mais ceci est une autre histoire. En tout cas, un jour, Mickey est venu vers moi dans son costume trois pièces. Il m'a parlé pendant quelques minutes et m'a proposé de me payer un petit déjeuner.

« On a parlé et je pense qu'il a senti que j'avais du potentiel. Il m'a fait travailler dans son bureau où j'ai développé des logiciels pour aider les cabinets juridiques à gérer leurs documents. Et il m'a donné une chambre ici jusqu'à ce que je me remette sur pied. On a convenu que je pourrais revendre les logiciels à d'autres cabinets juridiques. Et que je pourrais garder quatre-vingts pour cent de la vente. Mickey m'a même présenté des gens et j'ai le sentiment que je vais faire ma première vente sous peu. Si ça se confirme, je pourrai déposer une caution pour mon logement. Je dois beaucoup à Mickey.

- Je pense qu'on a eu, tous les deux, de la chance sur ce coup-là, commenta Mickey. Puis regardant Jim, il continua : Ne pensez pas que je sois un saint ou infaillible.

- Ça, c'est sûr, reprirent Liz et Janice, à l'unisson.

- Hum, corrigea Mickey avec une gravité feinte. On a eu beaucoup de chance. Beaucoup d'autres n'en ont pas autant. Si on peut faire un peu de bien, on doit le faire. Bien sûr qu'on a eu des surprises avec ça. Un jour, j'ai fait l'erreur de ramener à la maison un alcoolique et plus tard, on s'est rendu compte que notre invité était un cocaïnomane invétéré. Il était brillant, mais dès qu'il avait gagné quelque argent, son addiction reprenait le dessus. Les autres fois où j'ai tendu la main, ça s'est bien passé. En aidant les autres, j'ai l'impression de rendre quelque chose. Parfois, travailler avec les lois n'est pas très gratifiant. On peut gagner un procès même si on n'a pas raison. De la même manière que je crois au système contradictoire, parfois je pense que ça va trop loin. On devrait vraiment chercher plus souvent la vérité.

- Vous voulez dire comme dans le procès du hibou ? demanda Bill

- Oh non, pas le procès du hibou, pas encore, se plaignit Liz

- Qu'est-ce que c'est, le procès du hibou ? demanda Jim, au grand désarroi de tous.

Voyant sa chance, Mickey continua.

- Bien, il y a quelques années, un homme a quitté la route et est tombé dans un ravin. Sa voiture a percuté un arbre et a été quasiment détruite. Il a appelé l'American Automobile Assurance qui lui a promis d'arriver dès que possible mais pas avant une heure. On lui a demandé s'il était blessé et il a répondu qu'il ne le pensait pas, mais que la voiture était inutilisable. Prudente et soucieuse quant à d'éventuelles blessures, l'assurance appela la patrouille de l'autoroute pour leur demander de dépêcher quelqu'un à cet endroit, juste par sécurité. Trente minutes plus tard, une voiture de police arriva. Le policier demanda à l'homme ce qui s'était passé et il répondit qu'un hibou avait traversé devant sa voiture, qu'il avait fait une embardée pour l'éviter, qu'il avait perdu le contrôle de sa voiture et avait percuté un arbre dans le ravin mais qu'il n'était pas blessé. AAA était en route aussi le policier n'avait aucune raison de s'attarder. Il avait certainement des choses plus importantes à faire.

« Voyant que la parole de l'accidenté était confuse, le policier lui demanda s'il avait bu. L'homme se froissa de cette accusation et certifia qu'il n'avait pas bu. L'officier lui demanda son permis et le certificat d'immatriculation et appela pour vérifier. Il s'avéra que le gars avait déjà eu un problème de conduite en état d'ébriété. Il lui fit donc exécuter les exercices de dépistage en marchant le long d'une ligne, en se tenant le nez. Test que l'homme passa de justesse. Le policier lui demanda de se soumettre à un test éthylique mais celui-ci refusa, exigeant une prise de sang.

« C'est alors que l'AAA arriva et ils attendirent que la voiture soit treuillée hors du ravin et accrochée au camion de dépannage. Le policier le conduisit jusqu'au poste pour faire la prise de sang.

« L'examen sanguin revint, négatif, juste sous la limite. Pour nous, ça ne faisait pas de doute qu'il était largement au-dessus de la limite au moment de l'accident mais comme il était innocenté par le test, ils le laissèrent partir. Vous pourriez penser que c'est la fin de l'histoire mais non. Dans notre société procédurière, les gens sont toujours à la recherche d'une arnaque. Notre chauffeur intrépide décida de poursuivre le conté en demandant des dommages pour la voiture, pour des douleurs dans le dos subitement apparues et pour le temps perdu au poste de police. Il disait que le hibou était à l'origine de l'accident et que le conté devait payer.

« Le conté me demanda mon concours et après avoir pris connaissance de la plainte, je déposais une contre-plainte contre le hibou. Au final, la cour condamna le hibou et ordonna à l'oiseau de payer des dommages au plaignant. Ce qui évidemment ne fut pas. Voilà comment le conté fut épargné.

« Pour terminer cette histoire sur une note positive, je peux vous dire que sans que le contrevenant fût particulièrement ciblé, l'histoire fit le tour des patrouilles de la police locale et de l'autoroute et, en moins d'un mois, notre héros fut arrêté pour conduite sous l'emprise de l'alcool. Comme c'était sa deuxième effraction, il fut condamné à quatre- vingt seize heures de prison ferme, eut son permis retiré et dut suivre une formation de dix - huit mois contre l'alcoolisme au volant. Parfois, ça prend du temps mais j'aime à penser qu'à la fin, les mauvais garçons se font toujours avoir.

Janice qui s'était écartée pendant l'histoire revint avec un plateau et servit des sablés à la fraise à Jim, Bill, Bob et Steve puis apporta quatre assiettes supplémentaires aux autres.

- Café ou alcool ? demanda-t-elle.

Elle prit les commandes et revint avec des tasses de café fumantes et plusieurs verres d'alcool.

- Jim, avez-vous des histoires à raconter sur votre travail ? demanda Mickey

- Oui. En revanche, la plupart sont assez tristes. Pendant ma courte carrière, j'ai vu beaucoup de gens perdre leur emploi, j'ai vu des idées brillantes volées et même pire, j'ai vu des grosses sociétés étouffer des technologies destinées à changer le monde, juste pour préserver leurs marchés. Peut-être qu'un jour, j'écrirai un livre sur Silicon Valley. Mais ça n'est vraiment pas le moment. Que diriez-vous de quelque chose de plus léger ?

- A quoi penses-tu ?

- A une Shaggy Dog Story[1] ? J'en connais quelques-unes. J'ai besoin de travailler demain, j'ai juste le temps d'en raconter une mais je préférerais la dire après le dessert.

- C'est quoi une Shaggy Dog Story ? demanda Liz, traduisant la curiosité des autres.

- Une histoire interminable qui termine par un calembour. Tu en as probablement vu au moins une à la télévision. Il y a quelques années, une société de téléphones avait fait un dessin animé d'une de mes favorites pour un spot publicitaire. Ça vous dit quelque chose ?

Tout le monde opina de la tête.

- Dans ce cas, je vais vous en raconter une. Comme vous le savez, ces histoires doivent être longues avec plein de digressions hors sujet en chemin. On est supposé inventer toutes sortes de déviations, de délayages et faire traîner aussi longtemps que possible. Comme il faut vraiment que je rentre ce soir, je vais vous en raconter une version raccourcie mais vous en aurez une idée.

« Il était une fois un pays, très, très lointain dans une région au vert luxuriant, au pied d'une chaîne de montagnes majestueuses aux sommets enneigés et il y avait un royaume dirigé par un monarque bienveillant. Ce royaume prospérait grâce aux riches terres environnantes qui assuraient la subsistance de tous ses loyaux sujets et celle des royaumes alentour également. Les gens étaient heureux et vivaient dans la paix et la tranquillité. Ils ne manquaient de rien et ils avaient des vies pleines et riches. Bien sûr, je pourrais continuer ainsi. Un jour un dragon jaune géant apparut. Il avait les ailes recouvertes d'écailles, les yeux rouges et un immense front avec de longs doigts jaunes et des griffes acérées. La première chose qu'il fit fut d'attaquer les fermiers. Il les prit par surprise. Ils travaillaient dans leur ferme quand, d'un seul coup, le dragon apparaissait. Il chassait les fermiers, il n'y avait pas de réel combat. Il n'avait qu'à les cueillir de ses doigts jaunes géants et les faire disparaître dans sa bouche, les croquant comme des morceaux de popcorn. Ici encore, je pourrais continuer ……

« Ces fermiers qui subissaient ces attaques trouvaient refuge dans le château comme les gens des villages voisins. Beaucoup périssaient en chemin quand le dragon les attrapait de ses doigts jaunes géants et les avalait comme de simples amuse-gueules.

La table entière grogna à cette évocation, bien que captivée par le récit.

- Le roi demanda à son chevalier le plus valeureux de tuer le dragon. Le courageux quitta le château mais le combat était perdu avant même d'avoir commencé. Le chevalier lança sa lance qui rebondit sur la peau impénétrable du dragon. Puis il tira son épée. Si les dragons pouvaient rire, celui-ci ne s'en serait pas privé. Il sourit avidement tout en avalant le pauvre chevalier, le croquant lui et son armure comme un M&M.

« Malheureusement, cette scène se répéta avec tous les chevaliers du roi. Comme les réserves de nourriture commençaient à s'épuiser, même les écuyers essayaient de combattre le dragon mais eux aussi, finissaient entre les doigts crochus, dévorés tout entier.

- Qu'est-ce qu'un écuyer ? demanda Liz.

- L'assistant d'un chevalier qui s'entraîne pour devenir chevalier à son tour, répondit Bob. Continue, Jim, s'il te plaît.

- Le royaume souffrait. Plusieurs personnes essayèrent de s'échapper, espérant se réfugier ailleurs mais il n'y avait pas moyen d'échapper aux terribles doigts jaunes. Comme la faim commençait à s'installer, un jeune page approcha le roi :

- Votre majesté, laissez-moi y aller. Je suis petit et très, très rapide. Je ne peux pas tuer le dragon mais je pense que je peux lui échapper. Si je peux arriver jusqu'au sheriff, il pourra lever une armée et venir tuer le dragon.

Le roi regarda le jeune page et dit :

- Je ne peux pas te laisser faire ça. On a déjà perdu trop de jeunes gens, les meilleurs et les plus prometteurs. Un jour, tu seras assez grand pour être chevalier.

« Les jours passèrent et le royaume sombrait dans une grande détresse. Les gens mouraient de faim. Une fois de plus, le page approcha le roi et de désespoir, le roi accepta à contrecœur. Lui et la plupart de ses sujets encore en vie se rassemblèrent sur les remparts pour regarder le page faire sa courageuse tentative. Les portes s'ouvrirent et le petit page se mit à courir à la vitesse du vent. Malheureusement, il ne pouvait pas lutter avec le dragon plus gros, plus rapide qui nonchalamment le saisit de ses doigts jaunes géants. Les spectateurs suffoquaient de déception et commençaient à se résigner à leur sort horrible. Le roi enfonça sa tête dans ses mains. Non seulement il échouait une fois de plus, mais il venait de sacrifier un jeune homme courageux à ce monstre sanguinaire.

Jim fit une pause.

-C'est ça, une Shaggy Dog Story ? demanda Liz en colère. Je ne l'aime pas. C'est horrible.

- C'est pas fini, sourit Mickey. Laisse-le finir.

-Ok. D'un seul coup, dans la foule, quelqu'un cria ; « Regardez ! » Le roi leva les yeux, le petit page s'était glissé hors des doigts jaunes et se contentait de marcher. Mais le dragon ne renonçait pas aussi facilement. Il poursuivit le petit page et le cueillit de ses doigts jaunes, se préparant à déguster cette bouchée délicate. Mais le petit page lui glissa entre les doigts une fois de plus. Je pourrais continuer ainsi pendant des heures mais je veux vous épargner. A la fin, le page parvint à atteindre le sheriff qui leva une armée et tua le dragon. Le royaume se rétablit et recouvra sa prospérité d'antan.

- Savez-vous quelle est la morale de cette histoire ?

- Laisse-moi essayer : pages, dragon jaune. Non, doigts, pages …. commença Bob

- Je sais, lança Mickey. Tout le monde se tourna vers lui, dans l'attente. Laisse les pages défiler entre tes doigts jaunes[2].

Jim sourit.

- Vous êtes un vrai conteur, apprécia Mickey. Vous en avez d'autres ?

- Oui, plusieurs mais, comme vous l'avez vu, ça prend du temps.

- Choisissez en une courte et donnez l'essentiel.

- D'accord. Ça n'est pas dans l'esprit des Shaggy Dog Story de faire court mais je vais essayer. L'autre était mignonne, celle-ci est sinistre.

- Il y avait une fois un violoniste malfaisant à la tête d'un orchestre malfaisant. Ils n'aimaient rien autant que modifier leurs instruments pour y intégrer des parties de corps humains. Le violoniste aimait tuer des gens connus et utiliser leurs intestins comme cordes pour ses instruments.

- C'est vraiment morbide. Tu es sûr de vouloir la raconter ?

- Ah Liz, tu as déjà entendu pire que ça, répondit Bill impatiemment. Tu regardes même des films d'épouvante de temps en temps. Laisse-le continuer.

- Donc, un jour, il eut une grande idée. Il alla en Afrique et il tua Tarzan. Bien sûr, je pourrais développer le voyage, le meurtre, les intestins, le cordage des instruments mais je vous en fais grâce.

- Merci, renchérit Janice

- De toutes les façons, je termine. Lui et son sinistre orchestre créèrent des instruments avec les intestins de Tarzan. Ils commencèrent à jouer. Ils trouvaient qu'ils sonnaient mieux que jamais. Aussi décidèrent-ils de jouer encore et encore. Ils étaient tellement heureux qu'ils ne pouvaient pas arrêter.

- Savez-vous ce qu'ils jouaient ?

- Les intestins de Tarzan, l'orchestre de Tarzan, commença Liz.

- Tarzan's tripes forever. Clin d'oeil à l'American Stars and Stripes forever, l'hymne américain, révéla Jim. Là-dessus, je dois vraiment partir. C'était une très belle journée et je quitte une très agréable compagnie.

Liz le raccompagna à la voiture, le regardant partir avec tendresse.

De retour à la maison, elle trouva sa mère et son père sur le pas de la porte.

- Je l'apprécie vraiment, commenta Janice. Je pense que celui-là sera le bon.

------

[1]N.d.T. Shaggy Dog Story : Histoire sans fin se terminant par un calembour.

[2]N.d.T. Dans cette Shaggy Dog Story, l'expression anglaise « Let your fingers do the walking through the yellow pages », slogan publicitaire du fournisseur d'accès téléphonique AT&T deviant « Let your pages do the walking through the yellow fingers. »

CHAPITRE 3

« Tous les changements, même les plus souhaités, ont leur mélancolie. Car ce que nous laissons derrière fait partie de nous-mêmes. On doit faire le deuil de sa vie passée, avant d'entrer dans la nouvelle. »

- Anatole France

1

Le lundi matin, en se rendant à son travail en voiture, les pensées de Jim allaient toutes vers la fête de Liz. Il avait vraiment aimé. Ça faisait longtemps qu'il ne s'était pas senti aussi bien dans un groupe. Il avait l'impression de faire partie de la famille. Ils avaient vraiment tout fait pour qu'il se sente bien.

Repensant à sa vie, Jim réalisa combien il avait envie d'appartenir à une famille comme celle-là. A quoi ça pouvait ressembler d'avoir autour de soi des gens attentifs se liguant pour veiller sur vous et vous défendre si nécessaire ?

Jim n'avait pas connu une famille au sens classique. Il était le fils d'un sergent de l'Armée de l'Air. Sa famille déménageait tous les trois ans et Jim avait fréquenté une quinzaine d'écoles avant d'avoir son bac.

Son père était d'une autorité extrême, la génération du « qui aime bien châtie bien ». Il n'utilisait pas une baguette mais une ceinture de cuir noir. Si Jim faisait quelque chose de mal, son père saisissait la ceinture le forçait à baisser son pantalon et son slip et à se courber sur une chaise. Puis, selon son humeur, le père lui assenait entre dix et trente coups, le frappant sur les fesses. Parfois la ceinture déchirait la peau et Jim se relevait en sang, sa mère se précipitant à son secours avec une serviette remplie de glace. Parfois, rarement, sa mère essayait de s'interposer.

- Joseph, pour l'amour du ciel, ce n'est qu'un enfant. Ça suffit.

Mais son père la toisait et son intervention se soldait le plus souvent par une surenchère de coups.

Annie, la jeune sœur de Jim, n'était jamais soumise à ce châtiment. En quelque sorte, elle était la petite chérie de papa. Sa pire punition était d'être envoyée dans sa chambre, celle qu'elle partageait avec Jim. Souvent Jim était puni parce qu'Annie l'accusait de quelque chose qu'elle avait commis. Jim lui en voulut pendant toute leur enfance.

Son père partait travailler très tôt, bien avant que Jim et Annie ne se lèvent. Comme il ne voulait pas que leur mère travaille, elle restait à la maison pour leur servir des bols de céréales au petit-déjeuner et leur préparer des sandwiches pour le repas de midi.

Quand Jim rentrait de l'école, son père l'attendait. Chaque jour, son père exigeait qu'il lui fasse un massage d'une heure. Jim détestait ce massage et son père à la fois. Il se sentait asservi. Au fil des ans, les mains de Jim gagnèrent en force et finalement, bien que Jim détestât le reconnaitre, son habilité au massage devint un atout majeur avec les femmes pendant ses études universitaires.

Presque tous les soirs, son père jouait au bowling. Il était semi-professionnel et participait à des compétitions en début de soirée tout en attendant les parties pour la cagnotte qui commençaient vers minuit. Chaque soir, les joueurs mettaient dix dollars dans le pot et le gagnant emportait la mise. Il participait également à des tournois professionnels, apparaissant même à la télé plusieurs fois. Grâce au bowling, le père de Jim parvenait à compléter sa maigre solde militaire.

Pendant les années où ils étaient trop jeunes pour rester seuls à la maison, Jim et Annie dormaient dans les allées du bowling. Jim admettait à contrecœur que cette expérience lui avait été bénéfique puisqu'il avait toujours pu s'endormir n'importe où, peu importait le bruit, la lumière ou l'agitation. Cette faculté s'était révélée très avantageuse pendant ses nombreux voyages à l'étranger.

Jim ne se souvenait que d'un seul instant de complicité avec son père. Instant où ils avaient partagé une activité et pris du plaisir ensemble. Même si ça n'était pas totalement exact, il ne se souvenait que de cette fois où ils étaient basés au Japon. Jim avait quatre ans. Son père dirigeait un peloton de marche militaire qui défilait à chaque événement majeur de la base. Ce jour particulier, son père emmena Jim avec lui pour qu'il le voie entraîner ses hommes. A ses commandements quasi-incompréhensibles, le groupe des vingt-six aviateurs marchait à l'unisson, tournait, se séparait, puis refondait un seul groupe. C'était impressionnant. Après trente minutes d'entraînement, le père de Jim s'éloigna de ses hommes, debout, au repos, et s'approcha de Jim.

- C'est ton tour.
- Que dois-je faire ? demanda Jim timidement.
- Tout d'abord, tu dois avoir confiance. Lève-toi. Fais-toi le plus grand possible. Ok. Toi et moi, allons marcher à côté d'eux et je te dicterai les ordres. On y va.

Ils se dirigèrent vers la troupe qui attendait debout.

- Dis "Garde-à-vous ", fort et énergiquement.
- Garde-à-vous ! cria Jim aussi fort et sérieusement qu'il put
Les hommes se mirent au garde-à-vous.
- Dis "Présentez armes ".
- Présentez armes, ordonna Jim.
Tous les hommes levèrent leurs fusils devant eux.

- Dis "Reposez armes ".
- Reposez armes, cria Jim avec un sourire radieux.

Les hommes baissèrent leurs fusils.

- Maintenant : "Armes sur l'épaule droite. "
- Armes sur l'épaule droite !

Les hommes posèrent leurs fusils sur l'épaule droite

- "Demi-tour droite".
- Demi-tour droite.

Les hommes se tournèrent vers la droite en même temps.

- Maintenant "En avant marche".
- En avant marche !

Les hommes se mirent en marche, le père de Jim à leur côté, au pas cadencé. Jim s'efforçait de suivre. Plus heureux que jamais.

Son père lui indiqua encore d'autres commandements, finissant l'exercice par un « Rompez les rangs ».

Plusieurs hommes s'approchèrent et félicitèrent Jim. « Tel père, tel fils, » commentaient-ils. Jim était tout sourire. Ce fut la première et la dernière fois que son père et lui eurent un moment de plaisir partagé. Pas de pêche, pas de balade, pas de sport. Ils furent affectés dans tous les coins de la planète : Japon, Allemagne, Espagne, même Omaha, Nebraska au Strategic Air Command. De temps à autre, ils croisaient les membres de cette famille élargie, entre deux bases, mais Jim et sa sœur n'eurent jamais l'occasion de les connaître vraiment.

Un jour, quand Jim avait douze ans, il revint de l'école avec cinq minutes de retard. Son père était en colère. Il ordonna à Jim de descendre son pantalon pendant qu'il se saisissait de la ceinture. Jim trouva que c'était injuste. Il protesta que le professeur lui avait demandé de rester quelques minutes supplémentaires et donc qu'il lui était impossible de ne pas être en retard. Son père n'en eut cure. Jim se mit en colère. Il décida qu'il ne pleurerait pas, ni qu'il ne crierait. Il ne ferait pas ce plaisir à son père. Il rirait au contraire. Plus il frappait, plus il riait ;

Et comme la ceinture frappait et que la douleur l'envahissait, Jim comprit qu'il pouvait transformer ses pleurs en rires. Il riait aux éclats. Au début, ses rires avivèrent la colère de son père. Il frappait toujours plus fort. Les rires fusaient de plus en plus. Finalement les coups commencèrent à faiblir et son père lui ordonna :

- Remonte ton pantalon. C'est le moment de me masser le dos.

Un mois plus tard, après une nouvelle bévue, Jim était courbé sur la chaise attendant le châtiment de son père. Son père s'approcha.

- C'est pour ton bien. Et il leva la ceinture au-dessus de sa tête.

Alors qu'elle faisait son trajet vers le bas, Jim roula hors d'atteinte et saisit la ceinture tandis qu'elle s'abattait sur la chaise. Il tira fort et l'arracha des mains de son père.

- J'en ai assez de ça. Tu ne vas plus me fouetter avec cette ceinture, déclara Jim froidement à son père, bouillant d'une rage contenue. Il se retourna et partit dans sa chambre, prenant la ceinture avec lui.

Quelques minutes plus tard, son père frappait à la porte. Jim se prépara au pire mais son père entra en souriant.

- Mon fils est devenu un homme. Je suis fier de lui. Il se retourna et partit

C'était la première et dernière fois qu'il entendit son père dire qu'il était fier de son fils.

Jim avait de bons résultats au lycée. Voulant quitter la maison aussi tôt que possible, il se débrouilla pour passer son bac rapidement, puis obtint une bourse pour le MIT à l'autre bout du pays. Privé de surf pendant deux ans, il opta pour l'université de Santa Barbara pour la fin de ses études.

Vite après qu'il eut quitté la maison, sa mère divorça. Sa sœur, la "petite fille à son papa", resta à la maison, faisant la cuisine et le ménage pour son père. Elle n'avait pas de vie sentimentale. Elle n'en avait pas le droit. Un jour, son père mourut. Son cœur avait lâché. Jim n'assista pas aux funérailles malgré les supplications de sa sœur. Jim avait commencé une nouvelle vie et il voulait oublier son passé.

Un jour, Jim comprit que la vie de sa sœur n'était pas enviable. Au moins avec la mort de son père, elle avait gagné la liberté. Malheureusement, cette liberté lui était difficile à gérer. Bien que, grâce à son charme, elle obtint plusieurs emplois, elle les perdit tour à tour. Pour des raisons incompréhensibles à cette époque, elle ne se présentait pas au travail. Parfois, Jim la trouvait à la maison, déprimée et incapable de sortir de chez elle. Quelques jours plus tard, elle revenait à la normale. Puis elle disparaissait de nouveau. Personne n'avait de ses nouvelles pendant des semaines. Lors d'une de ses disparitions, la mère de Jim appela celui-ci.

- Jim, Annie est en unité psychiatrique à l'hôpital Sebastopol. Elle y est depuis une semaine. Je ne comprends pas comment les lois fonctionnent mais il semble qu'ils n'avaient pas le droit de nous prévenir tant qu'Annie n'en faisait pas la demande ou qu'elle ne cherchait pas à nous appeler. Elle l'a fait aujourd'hui. Tu peux venir la chercher avec moi ? Il faut aussi qu'on récupère sa voiture dans les locaux de la police. Je t'en dirai plus en chemin.

Jim et sa mère se rendirent à l'hôpital. Annie les attendait.

- Je suis vraiment désolée, dit-elle d'un air penaud. Je savais que j'avais des problèmes mais je n'ai jamais pensé que j'allais perdre le contrôle de moi à ce point. Il s'avère que je suis maniaco-dépressive. Ils viennent de me mettre sous Lithium et maintenant je me sens mieux. Selon mon docteur, si je prends ce médicament, je peux vivre normalement et ne plus faire de bêtises.

Et c'était vrai. Tant qu'elle prenait ce médicament, tout allait bien. Malheureusement, chaque année, Annie décidait qu'elle pouvait s'en passer, que ça la ralentissait et qu'elle allait l'arrêter. Ça se terminait toujours par un accès de folie et elle se faisait ramasser par la police pour comportement délictueux et placer dans une unité psychiatrique pendant une ou deux semaines. A chaque libération, la mère de Jim restait avec Annie pendant plusieurs semaines pour s'assurer qu'elle reparte d'un bon pied, espérant que cette fois serait la dernière. Dès qu'Annie était revenue à une certaine stabilité, sa mère lui rendait visite ou l'invitait à dîner plusieurs fois par semaine, espérant être témoin des symptômes annonciateurs d'une crise imminente avant qu'elle ne disparaisse. Mais invariablement, les choses se reproduisaient.

Après un de ces incidents, le psychiatre qui suivait Annie les réunit tous les trois.

- Tout d'abord, vous devez savoir qu'aujourd'hui nous parlons de désordre bipolaire, commença-t-il. Vous avez vu qu'elle peut être soit dépressive, soit exaltée. Ce sont les pôles d'un processus qui peut se magnifier soit en dépression soit en phase d'exaltation. La plupart des gens vivent ainsi sans que cet état n'ait été diagnostiqué parce que ces extrêmes ne sont pas assez forts pour requérir des soins. Pour les autres, comme Annie, c'est une situation dangereuse. Comme je l'ai expliqué à Annie, il n'y a pas de remède. C'est une anomalie du cerveau. On pense qu'il y a des liens héréditaires mais on n'arrive pas à établir de relation de cause à effet.

« Avant, je pense qu'Annie croyait qu'elle irait mieux si elle prenait son traitement. Mais, quand elle voyait que sa vie était revenue à la normale et qu'elle se sentait bien, elle arrêtait. J'espère qu'elle comprend maintenant qu'elle sera sous traitement toute sa vie. Ces médicaments changeront quand on saura mieux contrôler les désordres bipolaires mais, à ce stade, ces progrès ne sont pas encore réalisés et les médicaments ne peuvent que protéger le patient. Ils ne soignent pas.

Annie hochait la tête avec tristesse.

- J'ai donc sorti Annie du Lithium. Il y a des effets secondaires et dans certains cas, ce médicament peut devenir toxique avec le temps. Désormais, Annie va prendre plusieurs médicaments qui vont contrôler ses troubles, avec moins d'effets secondaires. Le plus remarquable pour Annie sera qu'elle se sentira moins « ralentie ».

Tout le monde se sentait soulagé. Surtout Annie. Les choses semblèrent bien aller pendant presque deux ans. Personne ne sait exactement ce qu'il s'est passé. Il semble qu'Annie n'ait pas arrêté son traitement mais on la trouva morte d'une overdose. Elle avait pris des somnifères et d'autres produits dans son armoire à pharmacie. De toute évidence, il s'agissait d'un suicide.

Un an plus tard, la mère de Jim rencontra un cadre de l'industrie aéronautique, lassé de la 'course du rat' de Silicon Valley. Ils achetèrent un camion et devinrent chauffeurs routiers, transportant des cargaisons d'équipements ménagers à travers le pays. Jim et sa mère se virent plusieurs fois. Elle semblait différente. Elle paraissait plus forte et indépendante maintenant qu'elle était libérée du père de Jim et sans le fardeau de sa fille malade mentalement. Jim et sa mère finirent par se rapprocher. C'est alors que la tragédie eut lieu. Sa mère et son ami dormaient dans la cabine de leur camion sur une aire de poids lourds dans les Ozark Mountains pendant une nuit d'hiver. Un autre camion essayant d'entrer dans le parking perdit le contrôle sur une plaque de verglas et percuta la cabine de leur camion, les tuant tous les deux.

Oui, l'idée d'une vraie famille séduisait Jim. Très probablement, il chercherait à revoir Liz.

2

Liz s'arrêta à l'entrée de la propriété Sinclair, descendit la vitre et pressa le bouton.

- Bonjour, c'est Liz. Je viens voir Mark. Il m'attend.

Liz attendit avec impatience que le portail s'ouvre lentement. Ce luxe sécuritaire lui semblait prétentieux. Quand elle avait rencontré Mark Sinclair, elle avait été fascinée par sa famille et leurs relations. Alors que son père connaissait beaucoup de monde et avait beaucoup d'amis, même haut placés, la famille de Mark appartenait définitivement à la catégorie de ceux qui n'ont pas besoin de travailler pour vivre. En effet, ça faisait plusieurs générations que les membres de la famille de Mark n'avaient pas dû gagner leur vie. Ça ne signifiait pas qu'ils ne travaillaient pas, puisque tous les hommes de la famille travaillaient, mais ils n'en avaient pas besoin. Les femmes ne menaient pas de carrière. Leur travail consistait à lever des fonds pour les œuvres de bienfaisance et organiser des soirées de charité. Ce n'était certainement pas une catégorie que Liz avait envie de fréquenter.

Mais un soir, alors qu'elle prenait un verre au bar du Top of the Mark après un spectacle à San Francisco, Amy, la copine de Liz, lui montra Mark Sinclair à l'autre bout de la pièce, engagé dans ce qui semblait une discussion sérieuse avec un homme plus âgé qui leur tournait le dos.

- C'est Mark Sinclair, un des célibataires les plus en vue de la Bay Area. Il est superbe, non ?

Liz regarda ce jeune homme élancé avec sa cravate noire, ses traits ciselés et son calme placide. Elle acquiesça. Il était superbe.

- Je te parie la prochaine tournée que tu n'arriveras pas à te faire payer un verre par lui.

Liz, peu encline à reculer devant un tel défi et, au désarroi évident d'Amy, se leva et se dirigea vers Mark Sinclair.

- Excusez-moi, mais je vous ai reconnu Mark Sinclair. Je suis Liz Leahy et mon père a battu le vôtre en justice. Vous voulez bien m'offrir un verre ?

Se tournant vers le vieux monsieur qui avait l'air surpris, Liz reconnut Jonathan Sinclair et rougit.

- Oh, je suis désolée. Je voulais juste connaître votre fils. Je n'avais aucune intention particulière avec cette remarque. J'espère que je ne vous ai pas offensé.

- Agressive, sachant ce qu'elle veut, mais avec de l'éducation tout de même. Non, Mademoiselle Leahy, je ne suis pas du tout offensé. Votre père m'a effectivement battu en justice. En fait, il nous a aidés et le reste de la profession s'est attaché à mettre plus de rigueur dans les contrats afin de se protéger d'une récidive. Je veux également m'excuser. Je pense que vous devriez faire connaissance, tous les deux. Mark, je te verrai à la maison plus tard.

Mark Sinclair avait l'air perdu.

- Je suis désolé mais voulez-vous me répéter qui vous êtes ? bredouilla-t-il, en transpirant et en renversant son verre.

- Je suis Liz Louise Leahy. Mon père est Michael Leahy, l'avocat qui représentait Jason Livingston dans le procès que MegaTrust a intenté contre lui pour vol de propriété intellectuelle.

- Oh, je suis désolé, bégaya-t-il. Je ne sais rien de ça. Quand était-ce ?

- Il y a quelques années. Jason avait créé des logiciels pour MegaTrust, sous contrat. Logiciels qu'il vendit plus tard sous une autre forme à une autre société. MegaTrust l'a poursuivi et a perdu. Ce procès a changé la manière dont les droits de propriété intellectuelle sont pris en compte par les contrats de développement de logiciels avec les contractuels indépendants.

- J'imagine que j'étais pris par mes études. Pourtant, il me semble que quand on paye quelqu'un pour qu'il développe quelque chose pour nous, on en est le propriétaire. N'est ce pas logique ?

- Oui, à un certain niveau. Si Jason avait été un employé et que MegaTrust avait inclus dans son contrat de travail des garanties sur son droit à la propriété intellectuelle, alors oui définitivement. En revanche, avec les contractuels indépendants, l'idée est qu'ils travaillent de façon indépendante, utilisent leurs outils, leur expertise et dans certains cas, des choses qu'ils ont déjà produites pour remplir le contrat. Donc, avec ces règles, les sociétés comme MegaTrust doivent désormais inclure davantage de clauses sur la propriété et mieux définir, dans leurs contrats, les contours de la mission de leurs sous-traitants indépendants.

Mark semblait légèrement perdu.

- Je m'excuse de nouveau mais je ne comprends pas tout ça. Êtes-vous avocate ?

- Je suis en dernière année de droit et j'ai grandi dans une maison où, dès ma naissance, j'ai été abreuvée de droit.

- Qu'est-ce que vous étudiez et que faites-vous pour

MegaTrust ? Vous travaillez pour MegaTrust, n'est-ce pas ?

- Ah oui, je travaille pour MegaTrust. J'ai fini mon Master d'Administration des Entreprises à Yale l'an dernier et Pa... mon père m'a fait entrer dans MegaTrust. Je travaille pour le directeur financier. En ce moment, je passe l'essentiel de mon temps à créer des tableaux et des Power Point pour lui. Je crois que je commence à avoir une bonne vision verticale de l'entreprise. Je suis désolé, permettez-moi de vous offrir un verre.

Le barman s'approcha au signe de tête de Mark.

- Que voulez vous ? demanda Mark

- Un scotch soda, s'il vous plaît, répondit elle en se tournant vers le barman

- Je vais prendre la même chose, ajouta Mark.

Ils regardèrent le barman mixer avec expertise leurs boissons et les installer sur le bar devant eux.

Liz leva son verre en direction de Mark

- A notre nouvelle amitié !

- A notre nouvelle amitié, répondit Mark, en trinquant avec elle.

Liz but une gorgée et se tournant vers Amy, leva son verre dans sa direction.

- Qui est-ce ? s'enquit Mark.

- Oh c'est Amy, ma copine. Elle a parié avec moi que j'étais incapable de me faire payer un verre par vous.

- Êtes-vous toujours aussi frontale ? demanda Mark, légèrement vexé.

- J'essaye de l'être. Ne soyez pas vexé, lui dit-elle d'un ton apaisant, mettant sa main sur son bras, avec un large sourire. Je suis vraiment ravie de vous rencontrer. Qui sait, peut-être que nous serons comme Romeo et Juliette, mais sans la tragédie. Peut-être que nous parviendrons à réconcilier nos deux familles.

Quand elle eut fini son verre après ce qui était pour elle une conversation sans intérêt, Liz expliqua à Mark qu'elle devait retrouver Amy. Elle écrivit son numéro de téléphone sur la paume de sa main, ce qui le prit complètement au dépourvu. A son tour, il lui tendit une de ses cartes professionnelles en lui montrant son numéro de portable.

Mark était intrigué. Beaucoup des femmes qu'il avait rencontrées à la demande de sa mère étaient entreprenantes, aucune ne l'était à la manière de Liz. Elles semblaient ne vouloir parler que de galas de charité, de relations communes et de réceptions. Le monde de ses parents était tellement terne. Liz, au contraire, semblait remplie d'une énergie inépuisable et d'une vraie soif de vivre. Elle l'avait perturbé dès les premiers mots et il sentait qu'il aurait à faire des efforts pour s'élever à son niveau. En fait, il prit conscience qu'il n'avait pas œuvré vraiment dans ce sens pendant le verre qu'ils avaient partagé. Il s'efforcerait de compenser son insignifiance.

Le jour suivant, Mark appela Liz et l'invita à dîner, lui demandant de s'habiller chic. Il l'emmena au restaurant Chez Panisse à Berkeley où Alice Waters l'accueillit en personne et nommément. Mark présenta une Liz abasourdie à la légendaire restauratrice et ils partagèrent un dîner intime dans un des meilleurs restaurants de Bay Area.

Les semaines suivantes, Mark sortit le grand jeu. Il l'invita à différentes soirées dans son cercle social. Outre le fait de rencontrer les gens en vue de San Francisco, Liz fut subjuguée par le tourbillon de célébrités que Mark lui présenta. Jude Law, Kiera Knightley, Beyonce et plein d'autres connaissaient Mark personnellement et félicitaient Liz d'être en sa compagnie.

Le père de Mark trouvait Liz agréable bien qu'un peu effrontée. Mais, malgré son charme, Liz était incapable d'adoucir le comportement glacial de la mère de Mark. Margery Sinclair restait distante. Comme elle l'apprit plus tard de Mark, sa mère ne trouvait pas que Liz était issue d'un milieu social approprié pour intégrer sa famille. Mark ne devrait pas perdre son temps avec elle.

A l'inverse, le père de Mark aimait les débats animés avec Liz. Débats qui dépassaient Mark le plus souvent. A la différence de sa femme, Jonathan Sinclair trouvait que Liz était certainement du niveau de Mark. Connaissant bien son fils, il présageait, pour lui, une souffrance sentimentale. Mark ne serait jamais capable d'atteindre le niveau d'intelligence de Liz et bien qu'elle fût éblouie par leur mode de vie et leurs fréquentations, il savait aussi qu'elle n'était pas intéressée par leur argent et que vraisemblablement, elle se fatiguerait de Mark dès que la fascination pour son milieu s'estomperait.

Liz était captivée par le monde que Mark lui présentait. Son seul problème était que Mark n'avait pas l'air physiquement intéressée par elle. Elle avait beau porter les vêtements les plus suggestifs, lui susurrer des propositions lascives, il ne semblait pas y faire attention. En l'observant dans les soirées, elle remarqua qu'il ne portait pas grand intérêt aux femmes. Il semblait indifférent aux robes moulantes, aux décolletés plongeants, aux belles jambes qui évoluaient autour de lui. Si elle ne l'avait pas connu, elle aurait pu penser que Mark était gay. Il était délicat, sensible, respectueux, sa conversation agréable et authentique. Mark semblait s'éprendre d'elle.

Un soir, après un dîner raffiné, copieusement arrosé, Liz demanda à Mark de l'accompagner chez elle. Elle alluma des bougies dans sa chambre et, à la grande surprise de Mark, commença à se déshabiller dans la lumière vacillante, en lui tournant le dos. Elle lui demanda de lui passer son ample t-shirt qui pendait d'une des colonnes du lit et se retourna alors qu'il s'approchait. Voyant son visage rougir, elle se dressa sur la pointe des pieds et il se pencha pour l'embrasser. Elle l'attira vers le lit et l'aida à se déshabiller alors qu'ils se caressaient frénétiquement. Quand Liz vit le pénis de Mark en érection, elle faillit suffoquer. Elle n'en avait jamais vu un aussi gros, même dans les quelques films pornos de ces dernières années. Quand il se mit sur elle, elle était plus excitée qu'elle ne l'avait jamais été, même si elle avait peur. Allait-elle avoir mal ?

Elle eut mal mais Liz connut un des orgasmes les plus puissants de sa vie une ou deux minutes plus tard alors que Mark explosait en elle. Elle enveloppa leurs deux corps dans les couvertures et ils s'endormirent. Se réveillant aux premières heures du matin, elle vit Mark qui la regardait amoureusement.

« C'était merveilleux, dit-il. Voudrais-tu m'épouser ? »

Sans même réfléchir, Liz répondit par l'affirmative. Elle pensait qu'ils allaient refaire l'amour mais Mark se contenta de sourire, l'embrassant chaleureusement, puis se blottit contre elle et s'endormit.

Leurs fiançailles furent annoncées, au grand dam de Margery Sinclair. Jonathan Sinclair eut plusieurs conversations à cœur ouvert avec Mark, lui expliquant ses craintes mais lui souhaitant le meilleur.

Pendant les mois suivants, ce fut la même chose : soirées, événements sociaux, dîners pharaoniques, voyages exotiques, l'opéra, les concerts. C'était un cran au-dessus de la vie de Liz jusque-là. De son côté, Liz s'arrangeait pour suivre ses cours, rester près de ses amis et de sa famille et continuer le delta plane. La vie sociale des Sinclair venant s'ajouter à sa propre vie, Liz était comblée.

Malheureusement, Liz découvrit que, bien que Mark fût merveilleux à de nombreux égards, il affichait des insuffisances au lit. Alors que leur première rencontre avait été magique, les choses n'avaient cessé d'empirer depuis. Mark n'avait pas de besoins sexuels. Liz essayait de le séduire environ une fois par semaine, mais même cela représentait un combat. Après les premières semaines, la magnitude de cet immense orgasme s'estompait et Liz était déçue de découvrir que Mark n'avait aucune envie de modifier ses habitudes pour elle. Il acceptait volontiers le sexe oral mais l'offrir en retour lui était intolérable. En fait, à l'entendre, Liz n'avait qu'à se satisfaire de son pénis.

Il en était ainsi à d'autres égards. Les rapports avec Mark étaient douloureux et les rares fois où Mark était embrasé par sa passion, il ne pouvait contrôler la profondeur de sa pénétration. Liz avait la sensation qu'il dévastait son intimité. Ses pénétrations trop rapides la laissaient sans plaisir et, comme il s'abîmait dans un sommeil immédiat et brutal, elle restait insatisfaite.

En réfléchissant à sa vie future avec Mark, elle réalisait que le sexe avec lui poserait toujours problème. Son manque de plaisir et son absence de désir de la satisfaire allaient être catastrophiques. Elle avait également remarqué qu'alors que Mark était charmant et que tous ses amis le trouvaient agréable, ceux-ci avaient besoin de l'aider dans beaucoup de leurs échanges intellectuels lors de leurs réunions.

Aujourd'hui, après le dernier affront de ses parents, visiblement fomenté par Margery, Liz admettait que même sa future vie avec les amis et la famille de Mark serait un combat. Tout bien considéré, le moment semblait venu de rompre. Elle détestait cette perspective. Mark était quelqu'un de fondamentalement gentil. Mais Liz savait ce qu'elle voulait faire de sa vie et il était sûr qu'elle n'allait pas se réaliser si elle épousait Mark.

Sortant de sa rêverie, prête désormais à affronter cette séparation, Liz montait les escaliers de marbre de la demeure des Sinclair. William, le majordome de la famille, lui ouvrit la porte et la conduisit vers la salle de jeux où Mark regardait un match des Giants.

Mark bondit sur ses pieds et se précipita pour accueillir Liz, l'embrassant passionnément, lui caressant le cou.

- Je sais que ça ne fait que deux jours mais tu m'as réellement manqué, dit-il. Veux-tu du champagne ? On peut regarder le match ensemble si tu le souhaites.

Liz comprit que ça allait être plus dur qu'elle ne le pensait.

- Mark, j'aimerais qu'on aille dans ta chambre ? Je veux vraiment te parler en privé. »

Sans même l'interroger du regard, Mark lui prit la main et la conduisit à l'étage dans sa chambre. En croisant William en chemin, Mark lui demanda de porter une bouteille de champagne et deux verres.

En fait, c'était davantage une suite. Décorée, élégante, un peu trop féminine au goût de Liz mais belle et confortable. Liz s'assit sur le canapé, un sofa du dix-neuvième siècle, en bois massif couvert d'un velours à la végétation luxuriante. Mark s'assit à côté d'elle et avant qu'ils n'aient échangé un mot, ils entendirent un grattement discret à la porte. William entra avec le champagne. Il ouvrit la bouteille en silence. Le bruit du bouchon aurait été inconvenant. Il versa deux verres, enveloppant la bouteille d'un linge et la plaçant dans le seau à glaces.

- Ça sera tout, Monsieur ?

- Oui, William. Merci pour votre service toujours irréprochable !

William sortit, fermant silencieusement la porte derrière lui.

- S'il s'agit de la soirée de tes parents, commença Mark, je suis vraiment désolé. Ma mère peut être tellement insensée. J'aurais dû probablement l'ignorer et venir chez toi. Je suis vraiment désolé.

- Mark, ce n'est pas ça. Au moins pas totalement. En revanche, j'ai commencé à réfléchir depuis cet incident. Ma famille est très importante pour moi. Alors que ton père et tes amis m'ont accueillie avec beaucoup de bienveillance, je n'imagine pas que nos deux familles puissent s'entendre. J'ai envisagé ma vie de femme mariée comme le moyen d'avoir une autre famille, nos deux familles s'enrichissant mutuellement. Il est évident que ceci n'arrivera jamais. Pire, je pense qu'il y aura toujours un conflit larvé. Je ne veux pas vivre ça.

- Es-tu en train de me dire que tu romps avec moi ? demanda Mark, visiblement au bord des larmes. Je t'aime Liz. Tu es la personne la plus extraordinaire que j'ai connue. Grâce à toi, je me sens meilleur que je ne suis. Je veux t'épouser.

- Je t'aime aussi Mark, répondit Liz, le prenant dans ses bras tandis qu'il enfouissait sa tête dans son cou, en pleurant doucement. Je me suis battue contre ça mais je pense que c'est la meilleure des choses à faire. On ne pourrait jamais être heureux.

Il te faut quelqu'un qui intègre ton cercle social. Ça n'est pas mon cas.

- Est-ce que ça a à voir avec le sexe ? supplia Mark en prenant son sein gauche. Je sais que je peux faire mieux.

- Non, mentit Liz.

Elle dirigea la main de Mark sous sa chemise et le sentit durcir en retour. Ils glissèrent vers le lit de Mark. Il était doux avec elle, prenant son temps. Il la regarda intensément alors qu'il finissait et s'effondra sur elle en pleurs.

- Je suis triste, dit-il.

- Moi aussi, je suis triste, Mark.

Liz le garda dans ses bras jusqu'à ce qu'il s'endorme puis se glissa en silence hors du lit. Elle s'habilla, prit les vêtements de Mark, les posa au bout du lit. Elle prit une enveloppe dans son sac à main, la plaça au sommet des vêtements de Mark et partit après avoir salué William.

Alors qu'elle s'éloignait dans sa voiture, Liz pensa à ses autres ruptures. Elle était un peu honteuse en reconnaissant qu'elle avait utilisé la même formule à chaque fois. Mais elle savait aussi que ça marchait. Elle était toujours amie avec chacun de ses anciens amants.

Les hommes placent tellement d'ego dans le sexe, même des hommes comme Mark qui ne sont pas obsédés par la question. La plupart de ses amies ne croyaient pas à un acte sexuel en guise d'adieu. Quand c'était fini, c'était fini. Elles refusaient de revoir leurs amis ou maris. Il en résultait de la suspicion, des doutes ou des dommages majeurs à l'ego. La vengeance était souvent la réponse et plus d'une de ses amies avaient trouvé, en représailles, des photos compromettantes sur internet. Pire, ça créait des divisions dans le tissu social quand il fallait choisir son camp, les hommes avec les hommes et les femmes avec les femmes. Bien qu'il ne fût pas inhabituel de voir une amie, à la recherche d'une proie facile, s'approcher du mâle abandonné.

Liz était persuadée que le sexe d'adieu conditionnait une rupture réussie. Cette rupture pouvait avoir tous les motifs possibles mais tous les hommes qu'elle avait connus étaient persuadés que c'était à cause du sexe. Leur ego blessé, ils contre-attaquaient le plus souvent et les amitiés solides et les amours passionnés évoluaient le plus souvent en guerres farouches et irréparables dissensions. Une petite baise était rassurante. Ça déplaçait le mobile de la rupture vers autre chose que le sexe et l'ego de l'homme était épargné, au moins sur ce front. Si vous pouviez fournir une raison indiscutable, les choses devenaient vraiment faciles. L'homme comprenait que c'était l'intérêt de tous même s'il était déçu. Les appeler plus tard pour leur demander un conseil quelconque et les inviter avec d'autres amis fonctionnait et les choses se passaient mieux. Les amants devenaient des amis. Liz était sure que Mark resterait son ami.

3

Jim maudissait la circulation de ce vendredi après-midi alors qu'il faisait route vers Berkeley. Curieusement, sur San Mateo Bridge, il était parvenu à rouler à la vitesse maximale mais dès qu'il avait tourné vers le nord pour la Highway 880, le trafic s'était complètement arrêté. Ça allait être long. Il y avait une trentaine de kilomètres à faire mais il sentait que ça allait prendre au moins une heure. Le dîner était à sept heures et demie. Il arriverait probablement à l'heure malgré tout.

Jim était ravi de dîner avec Liz, Steve, Bob et Bill chez Liz. Après le délicieux moment passé chez les Leahy le dimanche précédent, Jim avait l'impression de développer enfin son réseau d'amis. Entre le travail et ses difficultés avec Sharon, il n'avait pas eu de temps à consacrer à de nouvelles amitiés, ces dernières années. Sharon n'était pas des plus sociables et bien qu'il aimât ces interminables parties de Scrabble, de Boggle et autres variations ainsi que leur tête-à-tête, rétrospectivement, il savait maintenant que quelque chose de fondamental manquait. Peut-être que sa vie sans Sharon ne serait pas mal après tout.

Et Liz. Liz, c'était autre chose. Elle était friande de vie sociale, belle, assurée, sportive et intelligente. Quelle combinaison ! Peut-être qu'elle n'avait pas l'intelligence pure de Sharon mais ne venait-il pas de lire quelque chose sur les intelligences multiples ? Liz excellait probablement dans différents domaines. Mieux encore, Liz semblait s'intéresser à Jim. Il ne savait pas bien sur quoi cela allait déboucher. Elle était toujours fiancée. Il était toujours marié. Et il y avait ce cercle d'amis et sa famille qui, de façon intrusive, étaient au courant de tout. Fallait-il abandonner toute intimité au profit de ces relations élargies ? Peut-être que Jim serait forcé de sortir de ses retranchements. Sharon et lui avaient vécu une vie simple. Leur vie intime n'intéressait personne. D'ailleurs ils n'avaient jamais eu des amitiés aussi proches. Leur vie s'articulait exclusivement autour de leur travail et leur intimité. Rien d'autre. L'intimité était certes quelque chose d'estimable mais la vie pouvait-elle se limiter à une seule personne ? Les autres n'ont-ils pas de nombreux amis et familles sur qui compter ?

Pourtant Jim n'arrivait pas à en vouloir à Sharon. Il savait qu'il avait toujours eu l'âme d'un solitaire. C'était probablement son éducation dans l'univers militaire. Comment développer des amitiés durables quand on déménage tous les trois ans ? Vous connaissez des gens, développez des liens étroits avec eux pour les quitter et ne jamais les revoir. Vous pourriez penser qu'avec une vie comme celle-ci, vous vous rapprocheriez de votre famille immédiate mais, au moins dans le cas de Jim, cela n'était jamais arrivé. Il ne s'était jamais rapproché de sa sœur, ses parents étaient toujours occupés ailleurs. Et pourtant il avait choisi d'épouser quelqu'un qui lui ressemblait en tous points. Non, Jim n'avait que lui-même à blâmer.

Mais avec le divorce, le bouton principal de redémarrage avait été actionné. Ou, comme on disait dans son secteur d'activité, il y avait eu une réinitialisation. Il lui appartenait maintenant de choisir d'être différent et c'est bien ce qu'il avait l'intention de faire. Le monde de Liz était stimulant intellectuellement. Ils étaient tous issus d'un milieu bien plus cossu que ceux que lui et sa famille connaissaient et à l'évidence, ils n'avaient pas peur de la vie. Jim se promit de s'ouvrir à ces nouvelles expériences, d'être moins en résistance qu'il ne l'avait été pendant toute sa vie. Si des opportunités se présentaient avec ce groupe, Jim n'allait pas les bouder. Pas d'hésitation.

Jim s'arrêta devant l'adresse que Liz lui avait donnée et gara sa Subaru sur une place de parking de l'autre côté de la rue. Il sonna à la porte mais ne recevant aucune réponse, il ouvrit précautionneusement et entra dans la petite maison de style Craftsman. La musique était forte et Jim trouva tout le monde dans la petite cuisine, coupe de champagne à la main, comme il se doit.

- Jim, on se demandait où tu étais, dit Liz en souriant, se précipitant vers lui pour l'embrasser.

- Désolé mais la circulation un vendredi est une vraie gageure, répondit Jim, tendant à Liz sa bouteille de Ridge Zinfandel. Ça sent bon. Qu'est-ce qu'il y a pour dîner ?

- Ah, c'est bien les hommes. La première question qu'ils posent, c'est à propos du dîner. Voyant Jim rougir, Liz continua : je plaisante. On va manger mon plat favori, des spaghettis à la carbonara avec une délicieuse salade et un bon vin rouge.

- Ton plat favori, grogna Steve. Admet le Liz, c'est ton seul plat.

Cette fois, ce fut au tour de Liz de rougir.

- Bien on ne peut pas être tous des cuisiniers raffinés comme toi. Quand j'y pense, je me demande pourquoi je cuisine.

- Tous les hommes adorent être servis par une belle femme, répondit Steve avec sérieux. Mon talent culinaire ne peut certainement pas rivaliser avec ça.

- Toujours aussi galant, s'amusa Bill. Je me souviens de l'époque où Liz essayait de cuisiner des linguines aux palourdes. Notre souffrance durait tout le repas et on finissait la nuit à genoux devant la cuvette des WC et ce n'était pas le vin qu'on avait bu, comme Liz aurait voulu nous le faire croire.

Voyant le visage de Liz s'assombrir, Bob rebondit.

- Les amis, nous sommes invités. Nous ne savons pas si ses carbonara sont bonnes. Je suis impatient de le découvrir. Vous êtes insensés d'insulter notre délicieuse hôtesse. Elle pourrait nous renvoyer, la faim au ventre. C'est certainement pas ce que nous voulons, n'est-ce pas ?

Voyant Bill pencher la tête, d'un air faussement contrit, Bob continua :

- Ok, l'affaire est close. On passe à table !

Chacun se saisit d'une grande assiette et fit la queue devant le four tandis que Liz versait la mixture de carbonara dans ce qui devait être le plus grand pasta pot que Jim ait jamais vu. Elle commença à remuer les spaghettis.

- Je vais apporter les pâtes et vous pourrez vous servir de la salade. Les assaisonnements et le parmesan râpé sont sur la table et le pain à l'ail sortira du four quand vous serez assis.

Quand Jim eut son assiette, il se mit à table et revint à la cuisine pour ouvrir la bouteille qu'il avait emmenée. En finissant de remplir le cinquième verre, il regretta de ne pas en avoir pris une autre.

- Ne t'inquiète pas, lui dit Liz d'un ton rassurant. Steve a également emmené une bouteille. On va la boire après.

- Ouais, mais elle ne sera pas aussi bonne que ce Ridge, répliqua Steve, en faisant tourner son verre et en se délectant de son parfum.

- Malheureusement je n'ai encore qu'un budget d'étudiant et ce Cinnabar est ce que j'ai pu acheter de mieux.

- Je ne ferai certainement pas de critiques sur ce Mercury Rising, répondit Jim. C'est vraiment un de mes favoris.

Quand tout le monde fut assis, Liz se tourna vers Jim :

- Jim, voudrais-tu dire les grâces avant ce repas, s'il te plaît ?

Jim fut pris de panique. Sa famille d'ex-catho n'avait jamais pratiqué la religion et il n'avait jamais dit les grâces avant un repas. Jim fit un tour de table du regard. Tous croisaient leurs mains et baissaient la tête.

- Les grâces ? demanda-t-il penaud
- Bravo ! Steve lui claqua le dos. Tout le monde riait.
- A notre amitié ! Bill proposa ce toast
- A notre amitié !

Chacun but une gorgée du Zin et sourit en direction de Jim avec reconnaissance.

- Il est vraiment bon, dit Bob. Je bois du vin rouge mais je dois reconnaître que je n'ai jamais vraiment aimé ça. Ça me surprend.

- Tu devrais sortir un peu plus, commenta Liz.

- Les pâtes sont excellentes, complimenta Jim après sa première bouchée.

Tout le monde acquiesça et Liz rayonnait de plaisir.

- Je voudrais apporter une précision, entreprit Liz. Certains d'entre vous en ont entendu parler mais autant que tout le monde le sache, poursuivit Liz en regardant Jim directement. Mark et moi avons rompu. En réalité, j'ai rompu nos fiançailles. Comme vous le savez, Mark est un type sympa mais il n'est pas, pour autant, des plus intelligents. Avec ses parents qui nous ont snobés en organisant une soirée alors que nous les avions invités, la seule chose que j'ai vue, ce sont les problèmes qui s'annonçaient. Mark l'a bien pris et on continuera d'être amis.

Liz lança un regard circulaire interrogatif.

Steve décida de rompre le silence.

- Je suis, pour ma part, ravi d'entendre cela. Comme tu le dis, Mark est un chouette type mais il n'est pas celui qu'il te faut. Pire que ça, tu es quelqu'un de sociable et son milieu familial, en dépit de toutes ses connections, est un peu prétentieux pour une femme dotée du sens du réel comme toi. De plus, avec son argent, avoir Mark dans le club des ex de Liz signifie qu'il réglera les factures pendant quelques temps. Joli coup, Liz.

- Merci Steve. J'espère que son sentiment est partagé par vous tous. Voyant que tout le monde opinait, Liz continua, décidant qu'il était temps de changer de sujet. Donc, en oubliant ça, les gars, êtes-vous prêts pour les championnats nationaux ?

- En fait, je n'ai jamais volé à Dunlap, répliqua Jim. A quoi ça ressemble ?

- Des pets de dinde, répondit Liz hilare.

- Des pets de dinde ? s'enquit Jim perplexe.

- En fait, entreprit Steve, en fronçant les sourcils en direction de Liz, c'est un super endroit pour voler. A plusieurs égards, ça ressemble à Elk Mountain. Le départ est à 1500 mètres et le point d'atterrissage à 730 mètres. Sa particularité est qu'il se trouve à la base de King's Canyon. Il y a un gros potentiel pour des vols de distance vers le nord ou le sud. Très peu de gens ont pensé à traverser la Sierra puisque Mount Whitney se trouve tout droit vers l'est. Je ne connais qu'une seule personne qui l'ait tenté et ça ne s'est pas très bien passé. Il a atterri dans le canyon, il a cassé son aile et n'a rejoint la route la plus proche qu'au prix d'une marche pénible. Que je sache, personne n'a essayé depuis.

- C'est vraiment un site idéal pour les Nationaux parce qu'ils incluent les courses de distance et il y a plein de place pour ça. J'y ai fait plusieurs vols. C'est assez intuitif, une combinaison de crêtes, des générateurs thermiques évidents. Habituellement il y a assez d'ascendants de crêtes pour garder l'altitude et donc vous avez tout le temps pour chercher des courants.

- Des thermiques puants, pouffa Liz.

- Oui, continua Steve. Il y a plusieurs élevages de dindes dans la vallée, sous le départ et, comme ils ont ouvert des espaces au milieu des arbres, ils génèrent des thermiques qui sentent la fiente de dinde. Parfois t'es obligé de retenir ta respiration tout en prenant de l'altitude, en cherchant d'autres zones moins nauséabondes.

- Tu ne penses pas vraiment que ce sont ces espaces ouverts qui génèrent ces thermiques puants ? taquina Liz. Tout le monde sait que les thermiques sont le résultat de milliers de dindes qui pètent en même temps ! Je ne suis pas sûr de vouloir voler dans un pet géant.

Liz but du vin et ne put contrôler son rire. Elle renifla et le vin jaillit par ses narines. Puis elle toussa de façon incontrôlée tout en essayant de contenir son rire.

- Voilà une femme de classe comme il ne m'a pas été donné d'en voir depuis longtemps, la gourmanda Steve, visiblement fâché par les blagues puériles de Liz et son manque de contrôle.

- Je n'ai jamais prétendu être une femme de classe, répondit Liz avec un aplomb contrefait.

- Peu importe, Bill et moi nous sommes mis d'accord pour y aller le weekend prochain. Qui voudrait venir ? Peut-être que Liz viendra si elle peut s'accommoder de l'odeur des dindes. D'un autre côté, si elle conduit et ne vole pas, elle n'aura pas à sentir les thermiques.

- Pas question Steve, répondit Liz avec force. Je suis libériste et je volerai comme vous autres. On peut faire des tours pour conduire.

- Bien sûr, j'aimerais venir, reprit Jim. Si on prend deux voitures, on n'aura pas besoin de deux conducteurs.

- Très bien, mettons tout ça au point.

Le dîner continua et les discussions rebondirent de la politique au droit en passant par l'économie. Après avoir levé les assiettes, Liz proposa :

- J'ai de la glace à la vanille et des mûres fraîchement cueillies dans la propriété de mes parents. Quelqu'un veut-il du dessert ?

Tout le monde en voulait.

- J'ai également des nouvelles, déclara Liz avec énergie en se retournant pour prendre le dessert.

Quand tout le monde fut servi, les yeux se tournèrent vers Liz. Artiste consommée, elle laissa l'anticipation s'installer puis annonça :

- J'ai trouvé un travail.

- Un travail pour Elizabeth Louise Leahy ? s'amusa Steve. Mais tu as de l'argent de famille ! Pourquoi ne pas profiter de la vie jusqu'à l'examen du barreau ? Pourquoi ne pas t'accorder l'été sans travailler ?

- Comme vous le savez tous, c'est une prérogative féminine que de changer d'avis selon notre bon vouloir. Je viens de décider qu'avec vous tous qui travaillez, je n'ai pas envie de paresser tout l'été. Mon père et moi avons déjeuné avec Mark Mansfield de Mansfield, Mason, et Williams et ils sont d'accord pour m'embaucher. Ils espèrent que je vais tomber amoureuse de leur cabinet et que je resterai après l'examen du barreau. Mais je suis pratiquement sûre que ça n'est qu'une étape temporaire pour moi. Je ne sais toujours pas ce que je vais faire de mon diplôme de droit.

« De toutes les façons, ça ne représente que trois jours de travail par semaine. J'ai donc beaucoup de temps pour moi. La bonne nouvelle est que je vais vraiment avoir une véritable expérience juridique. En plus du travail de base, je vais recevoir des clients pour recueillir des faits et rédiger des procédures. Je vais également suivre l'évolution de mes procès. Je commence lundi.

Brisant le silence soudain qui oppressait la pièce, Jim se leva, dressa son verre et porta un toast :

- A Liz. Qu'elle trouve tout ce qu'elle veut dans ce travail.

Tout le monde le rejoignit : « A Liz ! »

Quand la conversation sur la nouvelle situation de Liz se fut épuisée, Bob se tourna vers Jim et dit :

- Hey Jim, as-tu une de ces Shaggy Dog stories ?

- Oui, j'en ai quelques-unes. Voyons. OK. En voici une que j'aime. Elle n'est pas trop longue et je vais essayer de la raccourcir un peu.

« Il était une fois, sur une île distante du Pacifique, un roi vénéré par son peuple. Tout le monde sur l'île, le roi inclus, vivait dans une maison de chaume. Grâce aux prouesses d'une architecture d'exception, le peuple de ce royaume avait construit une maison à deux étages. Le roi gouvernait avec rigueur mais justice et tout le monde vivait une vie idyllique sur cette île paradisiaque.

« Malheureusement, l'île voisine était régie par le frère du roi. Il gouvernait d'une main de fer, brutalisant les gens pour les soumettre et confisquant la plus grande partie des récoltes et des produits de la chasse et de la pêche pour lui et sa famille. Il était craint et détesté.

« Malgré son succès financier, il était jaloux de son frère. Il ne comprenait pas pourquoi son frère était si aimé alors que lui était haï.

« Un jour, le mauvais roi décida d'attaquer l'île de son frère pour en prendre le contrôle et le bannir.

« Comme les guerriers approchaient, les sentinelles alertèrent le bon roi qui rallia son peuple pour défaire les envahisseurs. Ils les repoussèrent à la mer, vers leur île où les agresseurs finirent par se soumettre.

« Vu l'état des affaires sur l'île de son frère, le bon roi convoqua le conseil des sages de l'île et composa un nouveau gouvernement où il ne se donna qu'un rôle emblématique. Le mauvais roi accepta à contrecœur, contraint par la seule alternative qui lui était offerte : la mort. Le bon roi aiderait à superviser et défendre les droits du peuple voisin. Quand tout fut en place, le bon roi retourna sur son île où une immense célébration l'accueillit.

Le temps passa (et je pourrais continuer ainsi indéfiniment) et un jour, un gros catamaran arriva avec un immense paquet pour le roi

- Je parie que c'était un cheval de Troie, interrompit Liz
- Chut !

- Non, ce n'était pas un cheval de Troie mais un trône. Les gens de l'île voisine avaient levé des fonds pour commander un trône sur mesure pour le roi. Il était composé d'or fin et de bois précieux tout incrusté de bijoux. En fait, c'était beaucoup pour la vie simple que le roi s'était donnée mais il ne pouvait pas refuser cet hommage. Dès lors, il tint sa cour sur ce trône d'or incrusté de bijoux, incongruité dans une maison de chaume qui n'empêcha pas les deux royaumes de vivre côte-à-côte en harmonie.

« Cependant, le roi félon ourdit un complot. Il recruta plusieurs de ses anciens gardes, leur promettant de les payer grassement s'ils volaient le trône de son frère. Encore une section où je pourrais délayer à l'envi mais je veux vous épargner.

« Une fois de plus, le bon roi eut de la chance et les voleurs furent déroutés avant de voler le trône. Mais après cet incident, le roi s'inquiéta. Ce trône avait beaucoup d'importance pour les gens de l'autre île ainsi que pour ceux de la sienne. Pour le protéger, il décida de le ranger à l'étage à la fin de la journée, de sorte qu'un éventuel voleur soit obligé de passer à côté de lui et sa femme pour atteindre le trésor. Cet arrangement fonctionna. Certains de ses sujets les plus forts montaient le trône à l'étage et le descendaient le matin suivant.

« Une nuit, pendant que le roi et la reine dormaient, le lourd trône tomba à travers le plafond et s'écrasa, les tuant tous les deux.

- Je n'imaginais pas cette fin. Quelle histoire horrible ! dit Liz

- Horrible en effet, poursuivit Jim. Mais connaissez-vous la morale de cette histoire ?

- Trône roi île Pacifique or s'écraser.

- Les rois avec des trônes ne devraient pas , ah……

- Okay. Voici la morale : les gens qui vivent dans des maisons de chaume

- Ne devraient pas ranger des trônes[1] ! » finirent en chœur Liz, Steve, Bob et Bill.

Bob remercia tout le monde et se dirigea vers la porte. Il avait besoin de revenir vers sa famille. Après le café et porto, Bill, Steve et Jim aidèrent à lever la table puis Bill et Steve annoncèrent qu'ils devaient partir eux aussi.

- Jim, pourrais-tu rester quelques minutes ? demanda Liz

- Bien sûr.

Ils accompagnèrent Bill et Steve jusqu'à la porte et regardèrent leur voiture s'éloigner.

- J'avais envie que tu me bordes, demanda Liz
- Bien sûr, j'adorerais

Liz invita Jim à la conduire dans sa chambre et à s'asseoir sur un fauteuil inclinable rembourré, près du lit. Saisissant un ample t-shirt qui pendait d'une des quatre colonnes du lit, Liz dit : « Je reviens ».

Jim regarda tout autour dans la pièce, la trouvant féminine, peut-être plus encore que sa chambre dans la maison de ses parents. L'édredon était d'un imprimé délicatement fleuri de bleu, ourlé de dentelle comme les taies d'oreiller. Une pendule ancienne et une lampe en porcelaine trônaient sur un bureau élégant. Des tableaux de ballets et d'opéras décoraient les murs.

Liz entra et, souriant à Jim, accrocha sa robe dans la penderie, déplaça la plupart des animaux en peluche vers la chaise vide en face de lui et se glissa dans le lit.

- Oh, j'adore le lit, roucoula-t-elle, se couchant sur le ventre, la tête tournée vers Jim.

Curieusement, Jim ne prit pas ça comme une invitation. Il n'y avait rien de sexuel là-dedans. Liz était allongée et avait chaud en se pelotonnant dans son lit.

- Tu veux les couvertures serrées ou lâches, demanda Jim
- Serrées, si tu veux bien. J'aimerais vraiment que tu restes avec moi jusqu'à ce que je m'endorme. Tu repartiras par la porte d'entrée. Elle se refermera derrière toi.

Jim enfonça les couvertures et s'assit au bord du lit près d'elle. Il lui frotta le dos lentement, avec douceur et lui caressa les cheveux. En quelques minutes, le visage de Liz se détendit en un sourire épanoui et sa respiration ralentit.

Jim se leva, éteignit la lumière et embrassa Liz délicatement sur le sommet de la tête.

- Bonne nuit. Merci pour cette belle soirée

Il se dirigea vers la porte de la chambre et se retourna pour un dernier regard sur Liz profondément endormie, la lumière du couloir projetant son ombre dans la chambre. Il entendit une petite voix, endormie, comme celle d'une petite fille.

- Je t'aime vraiment Jim.
- Je t'aime aussi, répondit Jim, fermant la porte de la chambre derrière lui.

Par sécurité, Jim vérifia, par deux fois, la porte d'entrée avant de partir. Puis il descendit les escaliers vers sa voiture en traversant le brouillard qui venait d'envelopper Berkeley.

---

[1]N.d.T. Le dicton anglais initial est « People who live in glass houses shouldn't throw stones. » Dans cette Shaggy Dog Story, ce dicton évolue en calembour « People who live in grass houses shouldn't stow thrones. »

4

Pour Mike, l'entraînement avait payé. Il était fin prêt. Ces dernières semaines, May et lui avaient bouclé la course, sans la natation. Pour simuler cette épreuve, ils nageaient dans la Bay, faisant des longueurs à partir de la ligne d'arrivée officielle. Ils avaient découvert que, si Mike était un bien meilleur nageur que May, cette dernière le laissait sur place dans l'épreuve de vélo. Quant à la course, ils étaient maintenant à peu près au même niveau. Ce qui n'était pas le cas quand ils avaient partagé leur premier entraînement. May n'avait même pas transpiré, ni escaladé lentement les marches tant redoutées, comme Mike. Peu à peu, ils avaient atteint une forme de parité dans cette discipline. May était en meilleure condition physique et pouvait probablement courir sur une plus longue distance mais leurs vitesses pouvaient se comparer. Mike découvrait avec amertume que les épreuves du triathlon n'étaient pas équilibrées, la plus longue étant celle du vélo. A l'évidence, celle-ci favorisait les cyclistes chevronnés. La plus courte étant la natation, les meilleurs nageurs s'en trouvaient pénalisés. Dans l'Escape, pour les athlètes de haut niveau, la natation représentait seulement 20% du temps total. Ce n'était pas équitable. En tout cas, pas aux yeux de Mike qui était meilleur nageur que cycliste. May soulignait que c'était encore pire avec l'Ironman où la natation représentait moins d'une heure, le vélo quatre heures et la course un peu plus de trois heures.

Ils avaient discuté de la manière dont ils aborderaient l'Escape. Aucun des deux n'accordait vraiment d'intérêt aux temps. Mike se satisfaisait d'arriver au bout et May ne considérait cette épreuve que comme un entraînement à l'Ironman du Canada prévu un peu plus tard cet été-là. Il ne s'imaginait pas faisant quatre kilomètres de nage suivis de cent quatre-vingts kilomètres de vélo pour ensuite faire un marathon. L'Escape serait suffisamment dur. Mais elle était sûre qu'elle pouvait faire l'Ironman du Canada et avait espoir de se qualifier pour celui d'Hawaii dans un an ou deux.

Pour l'Escape, ils étaient d'accord pour faire la course ensemble plutôt que courir séparément et se retrouver après. En fait, c'est elle qui avait décidé, le prenant au dépourvu. Il le découvrit pendant leur préparation : May était une gagneuse. Elle savait déjà qu'elle pouvait le battre parce qu'il allait perdre son avantage de nageur pendant la course à vélo.

La seule épreuve difficile en partageant cette course serait la natation. A la différence du vélo et de la course, la natation en milieu ouvert, avec près de deux mille autres participants, interdisait de se mettre en rythme avec son partenaire. Par ailleurs, bien qu'ils soient dans le groupe des quarante-quarante-cinq ans, les femmes et les hommes commençaient séparément. Ils convinrent donc que Mike attendrait May sur l'aire de transition, en faisant des échauffements et des étirements. Il installerait le rythme et elle se calerait sur lui. Ils avaient programmé aussi qu'elle le rattraperait pendant l'épreuve de vélo et qu'ils continueraient ensemble mais il y avait le risque que May ne voit pas Mike dans la foule et qu'elle file tout droit. Ils feraient également la course à pied ensemble et termineraient ensemble. Pourtant, il avait le sentiment qu'elle essaierait de le semer sur les dernières longueurs et que probablement elle gagnerait.

Après être monté à bord du San Francisco Belle au Quai N° 3, Mike jeta un œil en direction de May qui s'échauffait et s'étirait comme la plupart des athlètes à bord. Sentant son regard sur elle, May leva les yeux et lui sourit avec bienveillance. Ces dernières semaines, ils étaient devenus bons amis. En plus d'être tous deux des flics, ils avaient beaucoup en commun. Même leurs backgrounds se ressemblaient. D'une certaine manière, ils semblaient en être arrivés au même point dans la vie : début de la quarantaine, divorcés, pas d'enfant, stabilité financière, un travail qu'ils aimaient et peut-être, plus important, une certaine compréhension de l'autre. Tous deux avaient approché le mal et la violence extrême, beaucoup de victimes et un nombre surprenant de gens sincères confrontés à un système judiciaire qui valorisait davantage les arguments que la vérité. A fréquenter tout ça, ils avaient acquis un profond cynisme. En tuant prématurément beaucoup de leurs amis, cette violence avait renforcé le sentiment qu'ils devaient apprécier ce qu'ils avaient et chérir ce que la vie leur offrait de particulier. Or il semblait y avoir quelque chose de particulier entre eux.

Tandis que le bateau ralentissait et virait, Mike fut la proie d'une soudaine nausée. Ça n'était pas le mal de mer. C'était les nerfs. Il se sentait prêt et nerveux à la fois. L'adrénaline allait déferler et son corps l'anticipait. Il regardait avec attention tandis que les premiers groupes sautaient dans l'eau et commençaient à nager. Cela semblait dément. La Baie de San Francisco, jusque-là paisible, venait de se transformer en un chaos d'éclaboussures et de turbulences tandis que les nageurs essayaient de trouver leur propre place et commençaient à nager. Il y avait des collisions. Il y avait même de légères empoignades et des coups échangés.

Mais avant qu'il ait analysé comment éviter la mêlée, ce fut son tour de partir. Il chercha May en vain et sauta dans l'eau. Curieusement, il n'eut pas le choc du froid. En combinaison intégrale et après le trajet glacial jusqu'à la Baie, la température de l'eau lui semblait étonnamment confortable. Mike se décida à nager. Il tendit la main pour son premier battement et fut frappé au visage. En même temps, quelqu'un lui agrippa la jambe et le tira en arrière. Puis quelqu'un le frappa sur le côté et il sentit des bras tourbillonner autour de lui. Il recommença à nager et, une fois de plus, fut frappé au visage. Cette fois, ses lunettes lui furent arrachées. Mike commença à paniquer mais se souvenant de son entraînement de maître-nageur et de ses années d'instructeur, il se détendit, s'éloigna de la foule en nageant la brasse et regarda autour pour comprendre ce qui se passait. Il vit un autre groupe de nageurs sur le point de se mettre à l'eau. Il examina l'horizon et comprit qu'il pouvait choisir une trajectoire plus large, parallèle à la foule mais en dehors. Il réajusta ses lunettes et commença à nager. Après une vingtaine de brasses, il trouva son rythme et s'installa dans une cadence méditative, alternant brasse et respiration, levant les yeux régulièrement pour rester dans l'axe de la course.

May regardait Mike qui essayait de se calmer. Elle avait oublié de le prévenir de la violence du départ. Elle se souvenait de son premier triathlon : elle avait pensé qu'elle se noyait. Elle avait failli abandonner. Dans les triathlons plus récents, elle avait appris à ne pas nager avec la meute et, au contraire, à faire son départ au large, même si cela rallongeait la course. Ça n'était pas comme quand on pouvait s'éloigner de plusieurs centaines de mètres sur une plage. Heureusement Mike avait compris. Il était en train de dépasser son groupe. Elle aimait le regarder nager. Il avait la puissance, le contrôle et la fluidité. A le voir, ça avait l'air facile. En fait, tout avait l'air facile avec lui. Elle avait connu beaucoup de gens dans sa vie mais n'avait jamais rencontré quelqu'un d'aussi facile à vivre. Pendant leur période d'entraînement, ils avaient partagé plusieurs petits-déjeuners et déjeuners et étaient devenus de réels amis. Et l'amitié était un grand départ. Surprise par ce vagabondage intime, May se reprit. On ne regarde jamais les dents du cheval qu'on vous offre, se dit-elle. Elle avait la chance d'avoir un grand ami en Mike. Il ne fallait pas qu'elle en attende davantage ou alors elle risquait de tout gâcher. May n'eut pas le loisir de penser plus avant. C'était son tour. Elle sauta dans l'eau.

Mike attendait May dans l'aire de transition des vélos.

- J'espère que je ne t'ai pas fait attendre trop longtemps.

- Pas aussi longtemps que tu crois. La première partie de la natation m'a vraiment déstabilisé.

Il la regardait enlever sa combinaison avec beaucoup plus de plaisir qu'il n'aurait dû. Il ne pouvait s'empêcher de voir ses tétons durcis pointer au travers de la fine matière de son Speedo tandis qu'elle se glissait, résolument, dans ses chaussures de vélo.

- Prêt ? demanda-t-elle.

- On y va !

Aux deux tiers de la course à vélo, May remonta au niveau de Mike

- Tu as trois minutes d'avance sur notre rythme pendant l'entraînement. Comment te sens-tu ?

- Ça va. Je ne suis pas du tout fatigué.

- Bon, ne force pas trop. La course va être plus difficile que tu ne le crois.

May le mettait en garde

Ils arrivèrent à l'aire de transition sans problème et enfilèrent rapidement leurs chaussures de course. Ils trottèrent pendant les premiers quatre cents mètres pour se débarrasser de la sensation flageolante du long trajet à vélo. Puis ils accélèrent pour trouver une cadence confortable leur permettant de courir côte à côte sauf quand il fallait éviter ou dépasser quelqu'un. Ils atteignirent le point de demi-tour sur Baker Beach. A l'évidence, Mike était en train de faiblir.

- Ça va ? s'inquiéta May.

- Oui. Je suis fatigué mais je sais que je peux finir.

Tandis qu'ils approchaient l'échelle de sable, Mike ralentit.

- Ah merde ! grogna-t-il.

May ralentit et se glissa derrière lui.

- Marche si c'est nécessaire. Tu n'as pas à battre de record aujourd'hui.

Mike ralentit jusqu'à trotter. A une cinquantaine de pas du sommet, Mike dut se mettre à marcher.

- Je suis vraiment désolé. Je ne crois pas que je vais y arriver

- Bien sûr, tu vas y arriver. Le sommet franchi, c'est de la descente pour l'essentiel. Contente-toi de marcher sur cette dernière partie et on va finir tranquillement. Surtout ne t'arrête pas complètement.

Les cinquante marches furent éreintantes et Mike fut tenté de s'asseoir pour contempler la vue. Mais, avec May derrière, il continua d'avancer lentement. Quand ils furent au sommet, May l'encouragea à trottiner. Effectivement, moins de quatre cents mètres plus tard, il se remit à courir. Au bout de huit cents mètres, ils retrouvèrent la foulée de leur entraînement.

A proximité de la ligne d'arrivée, les gens les encourageaient. Mike regarda May qui n'avait pas du tout l'air fatiguée.

- Accélérons, dit-elle alors qu'il ne leur restait qu'une centaine de mètres à parcourir.

Mike savait qu'il devait se dépasser et il donna le meilleur de lui-même. A la dernière seconde, May ralentit et Mike finit premier, à sa grande surprise.

- Bravo Mike ! s'exclama May, le prenant dans ses bras dès qu'ils furent sortis de la zone d'arrivée. Tu as été vraiment impressionnant. Tu sais, je n'aurais pas pu courir l'Escape pour mon premier triathlon. Il m'a fallu des années et plus d'une douzaine de courses préparatoires avant d'y arriver. Plus que ça, si tu soustrais le temps où tu m'as attendu, tu as terminé en moins de trois heures. Tu peux être fier de toi.

Mike était légèrement distrait. La seule chose qui séparait le corps de May du sien était son Speedo. Il sentait ses petits seins se presser contre lui et il aimait l'odeur qui se dégageait de son corps ferme en sueur. Il enfouit sa tête dans ses cheveux. Il avait connu plusieurs femmes au fil des ans mais il n'avait jamais ressenti quelque chose comme ça. Elle était belle et il la respectait. En fait, il l'admirait vraiment. Elle pouvait faire des choses dont il n'était pas capable et, tout en étant une battante, elle restait séduisante. Peut-être qu'il y avait beaucoup plus dans cette relation qu'il ne s'était permis de penser.

- Merci May. Je n'ai jamais rien fait de comparable. Je sais que je te le dois.

May le serra un peu plus et ils restèrent ainsi quelques instants avant que May ne rompe l'enchantement.

- Prêt à manger.

Laissant l'intensité s'effacer et essayant de retrouver un peu de légèreté, Mike répliqua :

- Oui, bien sûr, à quoi penses-tu ?

- Eh bien, malgré sa réputation touristique, j'aimerais t'amener au Cliff House. Ils font de très bons petits-déjeuners et c'est une des plus belles vues de la Cité.

- Tu sais, j'ai vécu ici toute ma vie et je ne suis jamais allé au Cliff House. J'ai toujours pensé que c'était un piège à touristes. Bien sûr que je suis partant.

Après s'être changés rapidement, ils chargèrent les vélos dans la voiture de May

- Tiens, dit May. Jette un œil là-dessus pendant que je conduis.

Mike ouvrit le classeur et vit qu'il y avait un long rapport technique sur la Baie et les courants de l'océan.

- J'ai reçu ça vendredi. Il n'y a pas de grandes révélations mais ça devrait nous aider. As-tu eu des nouvelles de la police des mœurs ?

- Pas vraiment. On sait que la première victime était un étudiant de City College qui dealait et avait des contacts dans le Tenderloin mais on n'est pas encore en mesure de le relier à la prostitution. L'équipe de mon ami est toujours à la recherche d'un témoin avec qui parler de lui. Je pense que les gens ont peur de se retrouver mêlés à sa mort. Aussi se taisent-ils.

Mike se recentra sur le rapport et ils continuèrent en silence. Comme May s'engageait dans un parking le long de Great Highway, à cinquante mètres de la Cliff House, Mike remarqua :

- Si je comprends bien, il y a 93% de chances que tous les corps aient été mis à l'eau quelque part entre Fort Point et Fort Mason. Il n'y a pas tellement d'endroits suffisamment isolés pour jeter un corps sans être remarqué. Dans la plupart des endroits, il faut le traîner sur une sacrée distance avant d'arriver au bord de l'eau. Je pense au yacht club, certaines des digues de Fort Mason, comme des endroits très probables. De toutes les façons, il semble que toutes les victimes aient été mises à l'eau à San Francisco…

- Hé, l'interrompit May visiblement agacée. Tu ne vas pas remettre l'affaire à cette juridiction ?

- Non, non. Je ne vais certainement pas t'écarter de cette affaire. On va continuer à travailler ensemble comme jusqu'à présent. Mais ta victime a été vraisemblablement assassinée dans la Cité. Aussi en supposant qu'on mette la main sur le suspect, le procès se tiendra probablement ici. S'il te plaît, ne t'inquiète pas.

On forme une équipe !

May se sentit coupable. Pourquoi avait-elle réagi aussi violemment ? Elle avait confiance en Mike

- Désolée, dit-elle. J'ai sur-réagi. J'ai été mise à l'écart d'autres affaires pour des raisons de juridiction. De plus, je ne veux vraiment pas que notre collaboration cesse.

- Si je peux donner mon avis, commença Mike, en souriant généreusement, j'aimerais qu'on passe du temps ensemble, au-delà du travail et de l'entraînement. Peut-être que les endorphines de la course me mettent dans un état d'exaltation mais je pense que le courant passe entre nous et je n'ai pas l'intention de gâcher ça.

Ils sortirent de la voiture et May inséra quelques pièces dans le parcmètre. En remontant la colline, Mike prit la main de May. Plusieurs surfeurs attendaient les vagues dans Kelly's Cove, un spot de surf populaire à l'extrémité nord d'Ocean Beach. On avait peine à croire que San Francisco puisse avoir des plages aussi belles. Quelques kilomètres plus au sud, il y avait Fort Funston, lieu prisé des pratiquants d'aile-delta. Les falaises s'arrêtaient brutalement et les dunes de sable, au-dessus de la longue plage plate, couraient jusqu'à Kelly's Cove près de Seal Rock et les hauteurs perfides de Land's End.

Ils arrivèrent à Cliff House, juste au-dessus du promontoire escarpé de Land's End. On leur dit qu'il y avait trente minutes d'attente. On donna à Mike un biper électronique actif jusqu'à 60 mètres du restaurant. May entraîna Mike dehors.

- Je sais que tu es originaire de San Francisco, mais si tu n'es jamais venu au Cliff House, tu peux très bien ne pas savoir comment c'est.

- En fait, je n'y ai jamais mangé. J'ai passé pas mal de temps à Land's End. Le sentier commence juste après les ruines de Sutro Bath et rejoint celui sur lequel on a couru aujourd'hui. Je traînais par là quand j'étais jeune. J'ai fait des randonnées sur le sentier du dessous qui est assez scabreux par endroits et j'ai souvent couru le long des falaises à l'extérieur du Golden Gate, vers Marina Green. C'est un de ces endroits auxquels peu de gens pensent, même parmi ceux qui vivent à San Francisco. Tu y es déjà allée ?

- Oui. Parfois je vais dans la Cité et souvent je commence ma journée en courant d'ici à Marina aller-retour et je termine par un petit-déjeuner ici. Je suis surprise de ne t'avoir jamais vu courir.

- Peut-être que tu m'as vu. Peut-être qu'on s'est croisé sans se voir.

Ils marchèrent en silence pendant quelques minutes en direction des ruines de Sutro Bath et jusqu'à l'endroit où l'eau coulait dans les bains.

- Et la Camera Obscura ? demanda May.

- La Camera Obscura ?

- Bon Dieu ! Je ne peux pas imaginer que tu ne connaisses pas ça. Certes le prix d'entrée est démesuré mais si tu ne l'as pas vue, ça vaut le coup. Allons-y.

Ils remontèrent la colline en passant devant Cliff House et May entraîna Mike vers une bâtisse étrange au sud de Cliff House. C'était une construction carrée avec un toit plat et un objet cylindrique rotatif sur le toit. Un homme assis consultait les tarifs.

May demanda deux tickets et paya. Elle prit la main de Mike et lui dit

- Attends-toi à être impressionné.

C'était exactement l'inverse : Mike ne s'attendait pas du tout à être impressionné. Ça semblait même n'avoir aucun intérêt. Il n'y avait personne, pas de file d'attente. Le type devant avait l'air de s'ennuyer prodigieusement. Si c'était si exceptionnel, pourquoi n'y avait-il pas plus de monde ?

Ils passèrent l'entrée étroite en écartant un rideau. Sur les murs il y avait des hologrammes désuets. Mike n'en avait pas vu depuis des années et il pensait qu'avec l'avènement des nouvelles technologies en 3-D, ces derniers n'avaient pas survécu à l'épreuve du temps. Pour autant, ils demeuraient des artefacts intéressants du début de l'ère technologique. Mike espérait que ce n'était pas l'idée que May se faisait de quelque chose d'intéressant.

En contournant l'angle, Mike aperçut le disque au centre de la pièce, illuminé par un rayon de lumière venu du plafond. En s'approchant, il vit un panorama mouvant de Seal Rock, des lions de mer, des surfers dans l'eau, de Kelly's Cove et de la pointe nord d'Ocean Beach.

Il connaissait pas mal de choses en photographie et un peu en dessin. Mais de toutes les images, photos et films qu'il avait vus au fil des ans, il n'avait jamais vu quelque chose d'une résolution aussi remarquable. C'était plus vrai que nature. Surréaliste n'était pas le mot qui convenait parce que tout était étrange. Non, cette image n'était rien d'autre qu'intense. Quand vous commenciez à la regarder, vous ne pouviez plus vous en détacher. C'est sûr que cette image était magnifiée mais il y avait quelque chose d'autre. Il était fasciné, non par l'image elle-même mais par l'étonnante concision et précision de tout ça.

- Cool, non ? demanda May

- Vraiment, je ne m'attendais pas à être aussi impressionné. C'est vraiment phénoménal. Sais-tu comment ça marche ?

- On pourrait très bien demander à Robert de venir nous expliquer mais je veux bien m'y risquer. Ces choses existent depuis des siècles. Certains disent que ce sont les Chinois qui les ont inventées au cinquième siècle. Puis elles sont devenues populaires au quinzième siècle et De Vinci a créé de nombreux dessins à partir de ces images. La technologie est assez simple.

« Il y a un miroir ou des miroirs qui renvoient des images vers un objectif. Cet objectif a un autre objectif en face de lui qui, dépendant de la distance focale, permet une projection de l'image sur une surface à une distance donnée. Ici, ils ont ce disque parabolique d'un mètre quatre-vingts et ils ont mis un moteur dessus pour assurer la rotation de la 'caméra'. C'est la combinaison d'un sténopé et d'un périscope. Les images sont tellement réalistes que, jadis, l'Eglise Catholique les a bannies dans beaucoup d'endroits en clamant que c'était l'oeuvre de Satan. Pendant la Renaissance, de nombreux artistes les ont utilisées pour leurs peintures. Je ne sais pas grand-chose là-dessus, mais j'ai lu quelque part que Vermeer a réalisé ses quasi-surréalistes jeux de lumières grâce à ce qu'il voyait dans sa camera obscura .

Ils regardèrent dans un silence paisible pendant plusieurs minutes, le temps que la caméra ait fait plusieurs rotations.

- Tu as faim ? demanda May

- Oui vraiment. Allons-y.

Le biper se manifesta au moment où ils franchissaient l'entrée du bâtiment et ils se dirigèrent vers le restaurant. Ils tendirent le biper à l'hôtesse qui les conduisit à une table près de la fenêtre, avec une vue incomparable sur les rochers de Land's End et les surfers qui bravaient des vagues chaotiques entre les rochers.

- Aujourd'hui c'est Mark qui va s'occuper de vous. Bon brunch !

Une minute plus tard, un jeune homme blond, bien bâti

s'approcha de la table.

- Bonjour, je m'appelle Mark et c'est moi qui vais vous servir. Puis-je vous proposer quelque chose à boire ?

- Et bien, Mark, commença May sans s'arrêter, avec mon ami, nous venons de finir l'Escape depuis Alcatraz. Nous avons soif et nous sommes affamés. Pourriez-vous nous porter de l'eau et des popovers chauds ?

- Certainement. Je reviens avec ça. Pendant ce temps, prenez le temps de consulter le menu et n'oubliez pas de regarder notre carte des boissons. Vous devez célébrer votre succès.

- Merci Mark, poursuivit May. On a tellement faim que je pense qu'on sera prêt à vous passer commande dès votre retour.

Mike était impressionné. D'abord, May l'avait aidé pendant toutes les épreuves de l'Escape. Puis elle lui avait montré des endroits de la ville qu'il ne connaissait pas. Maintenant, elle prenait le leadership au restaurant. Un homme pouvait très bien se laisser diriger de la sorte. Il ne se souvenait pas d'avoir rencontré une femme aussi organisée et capable que May et avec suffisamment d'assurance pour ne pas s'en remettre à lui. Et Mike n'avait aucune envie de rivaliser avec elle. Il se trouvait trop bien.

- Qu'est- ce que tu conseilles pour un petit-déjeuner, lui demanda-t-il ?

- Personnellement j'aime les Johnson Omelets. C'est trois œufs avec du crabe, des avocats, une crème acide servie avec des pommes de terre et des fruits.

- Tu as été parfaite en toutes choses. Continuons comme ça.

- Je ne suis pas trop directive ?

- Je passe mes journées à prendre des décisions. A longueur de temps, je suis le patron. Je croule sous les responsabilités. C'est vraiment agréable de se laisser aller un moment. J'apprécie que tu aies pris les initiatives et tout ce que tu as fait pour moi avec l'entraînement, en m'aidant à terminer aujourd'hui. Je n'y serais pas arrivé sans toi.

- Bien sûr que tu y serais arrivé. J'espère que ça a été un peu plus drôle en ma compagnie, dit May, en se maudissant de son audace.

- C'est sûr et comme j'ai commencé à te le dire, j'espère que nous connaîtrons de bons moments ensemble.

Mark, le serveur, arriva avec une carafe d'eau, un panier de popovers, du beurre et une série de confitures.

- Ce sont des confitures d'abricot, de fraises et de baies

mélangées. Après avoir brûlé tant de calories, je suis sûr que vous ne ferez qu'une bouchée de ce panier de popovers. Aussi je reviendrai dans cinq minutes avec un autre. Je n'ai pas voulu en porter davantage parce que je voulais m'assurer que vous les mangiez tant qu'ils étaient chauds. Froids, ils ne sont pas aussi bons. Je vous laisse également la carafe d'eau pour que vous vous resserviez à volonté. Avez-vous décidé ce que vous allez prendre ?

- On aimerait des Johnson Omelets, retourna May

- Et comme boisson ?

- Je pense qu'on va continuer avec l'eau pour l'instant.

- Parfait ! Je reviens tout de suite avec un supplément de popovers. Bon appétit.

May mit du beurre et un soupçon de confiture de baies sur son assiette et prit un popover dans le panier. Elle en coupa un morceau, ajouta un peu de beurre, un peu de confiture et l'enfonça dans sa bouche. Elle soupira de plaisir.

- Désolée. Je ne pouvais pas attendre. Prends en un !

Deux minutes plus tard, ils en avaient mangé deux chacun. Elle prit le dernier, le coupa en deux et en donna la moitié à Mike. A cet instant, Mark, le serveur, apparut avec un autre panier et mit deux verres de champagne sur la table.

- Je pense que vous avez soif et que vous avez besoin de vous réhydrater. C'est la maison qui offre. On a pensé que vous deviez célébrer votre exploit. Votre plat sera prêt dans dix minutes.

- Merci Mark, s'exclamèrent-ils à l'unisson.

Mike prit les deux verres de champagne et en tendit un à May.

- A une femme remarquable que j'aimerais connaître beaucoup mieux.

- A un homme bien dans sa peau et que j'aimerais connaître beaucoup mieux.

5

Liz regarda la carte de Jim et composa son numéro sans hésiter. Après tout, si une fille veut quelque chose, il faut qu'elle ose. Jim décrocha à la première sonnerie.

- Jim Henderson

- Salut Jim, c'est Liz. Je sais que tu es en plein travail et j'espère que je ne te dérange pas mais je me demandais si tu voudrais te joindre à moi pour un restaurant japonais et un film français au Shattuck Cinema ce soir ?

- Liz, tu peux patienter une seconde ?

- Bien sûr

Jim parlait à quelqu'un. Il semblait organiser un rendez-vous pour le lendemain.

- Désolé pour ça. Je ne t'ai pas mis en attente parce que je n'ai pas voulu t'infliger notre message publicitaire. J'ai essayé de leur faire ajouter des standards de blues ou même de jazz mais les spécialistes du marketing sont sûrs que nos messages publicitaires vont inciter les gens à acheter. Je sais que pour moi, ça ne fonctionne pas mais, après tout, je ne suis pas un spécialiste du marketing !

- Je suis désolée si j'ai interrompu une réunion.

- En fait, on avait fini et on voulait convenir de la suite à donner. Un dîner et un film ce soir ? Laisse-moi réfléchir un instant ! Oui, bien sûr. A quelle heure ?

- C'est toi qui vas devoir faire la route à la sortie des bureaux. A quelle heure penses-tu arriver à Berkeley ?

- Voyons. Si je pars à six heures, je devrais arriver vers sept heures, sauf problème. En revanche, si je pars à sept heures, je dois arriver vers sept heures quarante environ. Evidemment, ça nous fait partir plus tard.

- Eh bien, je suis désolée de t'imposer l'enfer de la circulation mais si on veut faire dîner et cinéma, on doit partir dès que possible. Je vais réserver pour sept heures et demie. On devrait attraper la séance de neuf heures.

- D'accord. Je t'appelle si je pense que je pars en retard.

Ils raccrochèrent et Jim réalisa qu'il n'avait même pas demandé le nom du film.

Le reste de l'après-midi de Jim se passa rapidement et sans problème. Il eut le plaisir de quitter le bureau avant six heures. Il monta dans sa Subaru et s'engagea dans le trafic de fin d'après-midi. La circulation fut lente mais régulière jusqu'à la moitié de San Mateo Bridge où tout s'arrêta. A la radio, Jim apprit qu'il y avait un accident à près de deux kilomètres de là. Comme il était sur le pont, il ne pouvait qu'attendre la fin du bouchon. Il essaya d'appeler Liz mais n'obtint que sa boîte vocale. Il lui laissa un message disant qu'il ne savait pas quand la circulation allait reprendre mais qu'il appellerait de nouveau dès qu'il aurait franchi le pont. Puis il coupa le moteur, sortit un livre de son sac à dos et se mit à lire pendant que les informations et la circulation ronronnaient autour de lui.

Liz rentra chez elle avec une tenue pour la soirée. La robe bleu sombre qui dévoilait ses épaules contrastait délicatement avec ses longs cheveux châtains tandis que la veste blanche ajoutait une touche de discrétion. Les chaussures étaient ravissantes. Elle voulait faire impression en évitant d'être trop sexy.

Elle vérifia sa boîte vocale et trouva le message de Jim. D'un rapide calcul, elle comprit qu'avec ce retard, le film était compromis. Il fallait qu'elle trouve une autre idée que Jim ne jugerait pas trop osée. Une surprise agréable pour magnifier la soirée.

Après plus d'une demi-heure, Jim vit les voitures redémarrer et avancer lentement. Vingt-cinq minutes plus tard, il quittait le pont pour entrer sur Highway 880. Il appela Liz et n'eut que sa boîte vocale une fois de plus. Il laissa le message qu'il arriverait dans environ vingt minutes mais il était inquiet. Avait-il mal compris l'heure du rendez-vous ? Avait-il tout gâché avec son retard ? Bon Dieu, il détestait être en retard.

Quand il s'arrêta devant la maison de Liz, il vit avec soulagement les lumières allumées. La porte s'ouvrit avant qu'il ne toque et Liz apparut, souriante, d'une beauté éblouissante. Elle l'embrassa furtivement sur les lèvres :

- Désolée pour ce trajet pénible. Je vais faire de mon mieux pour que la soirée te le fasse oublier. J'ai réservé pour huit heures. Il faut qu'on parte. Je vais conduire puisque je connais la route. Peux-tu prendre ce sac marin ? Ne regarde pas dedans ! C'est une surprise pour plus tard.

Sidéré, presque incapable de parler, Jim répondit :

- Oui, bien sûr. Tu es splendide !

- Merci milord, répondit-elle, taquine. Suis-moi.

Jim souleva le sac marin et essaya d'imaginer ce qu'il pouvait contenir. Le centre du sac semblait compact. Il devait peser près de cinq kilos.

- Souviens-toi, on ne regarde pas ! avertit Liz, en souriant.

Elle l'entraîna vers une Porsche Boxer Roadster rouge cerise, ouvrit le coffre afin qu'il place le sac marin à l'intérieur et lui dit de monter.

S'installant dans le fauteuil en cuir doux, Jim inspira profondément et expira lentement. La soirée semblait défiler trop vite. Ils n'avaient pas encore quitté la maison de Liz.

- Ça va ? demanda-t-elle.

- Oui. Je suis désolé. Je suis légèrement stressé. Je déteste être en retard. Mon père m'a véritablement formaté pour la ponctualité et ça me met vraiment sur les nerfs quand je perds le contrôle de l'heure comme aujourd'hui. Désolé d'être la cause de cette précipitation.

- Ne t'inquiète pas. Je vais descendre la capote et on va prendre la route panoramique. Je vais même rouler en dessous de 150 km/h. En voyant l'air paniqué sur le visage de Jim, elle se pressa d'ajouter : je plaisante. Je suis sûre que Yoshi va nous garder nos réservations quelques minutes.

Le toit rabattu, Liz décolla lentement du trottoir.

- Jim, laisse toi aller en arrière et regarde les étoiles. Détends-toi. Pas de stress ce soir. Pas de contrainte de temps, rien ne presse. J'ai juste envie de passer cette soirée avec toi.

Il suivit le conseil de Liz tandis que celle-ci conduisait avec souplesse en montant une route sinueuse. Arrivée au sommet, elle coupa le moteur et ils regardèrent en silence la Baie de San Francisco dessous. Des rubans de lumières striaient la Baie vers le nord, l'ouest et le sud et Jim distinguait d'imposants bateaux entrant dans le port d'Oakland. Ils restèrent en silence tandis qu'il goûtait l'air frais de la nuit. C'était calme et paisible comparé à la fébrilité de la Baie dessous. Il sentait qu'il se détendait.

- Ça va mieux ? demanda Liz

- Bien mieux. Merci d'avoir ralenti un peu.

- C'est à peine à cinq minutes de chez moi et je viens souvent ici en haut quand j'ai besoin de me détendre. Quand je suis prise par les tensions de la vie quotidienne, je suis toujours étonnée de trouver autant de sérénité si près de chez moi.

- Tu as raison. J'habite au pied de Montara Mountain et à quelques minutes de Devil's Slide mais, je ne sais pas pourquoi, j'en profite rarement. Je devrais vraiment y aller plus souvent. Maintenant Jim souriait.

- Tu as faim ?

- Oui vraiment !

En redescendant vers la civilisation, il regardait Liz. Ses cheveux flottaient en arrière, dégageant son visage en ondulant sous le vent. Elle descendait la colline avec sérénité. Jim s'étonnait de n'avoir jamais rencontré une femme aussi belle et avec autant d'assurance. Ça n'était pas de la vanité, juste de la confiance en soi. Liz savait qui elle était et ce qu'elle voulait.

- Parle- moi de ta voiture, entreprit-il, tentant de relancer la conversation.

- Je sais que ça peut surprendre mais mon père me l'a offerte pour mon diplôme. J'adore cette voiture. Elle est vraiment marrante à conduire. Pendant mes années de droit, j'avais une vieille Honda toute déglinguée. Aussi j'apprécie vraiment celle-ci. Evidemment il n'est pas question de transporter un delta plane sauf à faire installer d'énormes racks rectangulaires sur les pare-chocs avant et arrière, avec des barres au-dessus de la voiture. Mais je ne ferai jamais ça à mon 'bébé'. Je vais juste m'en remettre à de gentils inconnus pour monter et descendre la montagne.

- Et pour aller jusqu'à la montagne ?

- Et pour aller jusqu'à la montagne également. Peut-être que quand je serai vraiment installée avec un travail à temps plein, je pourrai m'acheter un 4x4 pour les loisirs.

- Ça me semble une bonne idée. Justement quels sont tes projets ? Diplômée de Boalt, j'imagine que tu n'auras aucune difficulté à trouver un emploi bien payé dans un cabinet de premier plan comme celui pour lequel tu travaillais : Mansfield quelque chose….

- Ah, Mansfield, Mason et Williams. Ajoutée aux relations de mon père, cette expérience devrait me pousser vers le haut. Mais je ne sais pas. Peut-être que c'est le fait d'être au bout de trois années d'études de droit épuisantes mais je ne suis pas prête à rejoindre une grosse société pour accumuler des centaines d'heures par semaine. En fait, je commence à m'interroger sur mon orientation et sur le droit. Bien que j'aie grandi là-dedans, que mon père et ses amis m'aient appris comment plaider et qu'ils m'aient montré comment le système fonctionne, je dois admette qu'après avoir vu de nombreuses injustices, je doute vraiment du système accusatoire. J'en comprends la logique et je comprends que le système judiciaire soit totalement fondé sur ce concept mais je me demande comment nous sommes plus centrés sur la victoire que sur la vérité. En même temps, j'adore débattre et je pense que je serais un bon plaideur. As-tu eu des hésitations quand tu as commencé ta carrière ?

Jim pesa sa réponse délibérément avant de répondre.

- En fait non. Depuis le début de mes études, je ne me suis jamais lassé de l'informatique. J'utilisais des ordinateurs avant et j'avais même fait un peu de hacking, mais quand j'ai découvert cet enseignement, j'ai été intrigué par les innombrables problèmes qu'on peut résoudre. J'aime l'idée que mon travail contribue à améliorer le monde en rendant l'information plus accessible.

- Mon Dieu, ça doit être plaisant d'avoir une vision aussi précise. C'est sûr que j'aimerais ça. Mes priorités sont tellement confuses. En plus, tu ne t'en es pas rendu compte, mais j'ai tendance à tout gâcher pour ensuite demander désespérément de l'aide pour me remettre sur les rails. Mais ne parlons pas de ça, ce soir. Je ne voudrais pas te faire peur.

- Je ne suis certainement pas en position de dire ça, s'aventura Jim tout penaud. Mais si on est piégé par le système accusatoire, ne penses-tu pas qu'il faut de bons avocats qui sachent comment plaider et comment manœuvrer le système pour protéger ceux qui se font prendre ?

- Oui, c'est vrai. Comme je le dis, parfois je perds la notion de mes priorités. Peu importe, nous voilà chez Yoshi, remarqua-t-elle en tournant pour entrer dans l'immense garage. Je me souviens quand ils étaient dans ma rue à Oakland. Maintenant ils ont pris beaucoup d'envergure.

Liz monta en tournant le long de la rampe du garage jusqu'au sommet à ciel ouvert. Elle choisit une place à l'écart. En sortant, Jim regarda les étoiles visibles malgré les lumières de la ville. Au nord-ouest, il apercevait Bay Bridge et les feux des voitures qui roulaient vers San Francisco et Oakland.

Elle lui prit la main et le conduisit vers l'ascenseur.

- Es-tu déjà venu ici ?

- A Jack London Square, oui. Mais c'était de jour. Le Port d'Oakland est un de nos clients. Mais je ne suis jamais venu chez Yoshi. J'ai entendu dire que c'est un grand club de jazz et de blues avec une excellente nourriture japonaise. Ce qui semble presque contradictoire.

- Mon père amenait souvent la famille à celui de Claremont quand j'étais petite. Je me souviens de la nourriture mais pas de la musique. Je ne pense pas que c'était un endroit comme celui-ci.

J'ai assisté à plusieurs spectacles et la nourriture est exceptionnelle. Elle s'est éloignée des plats japonais plus traditionnels de mes souvenirs. Je pense que ça va te plaire. Je n'ai pas réservé pour le spectacle. J'avais prévu un film après mais peut-être qu'on pourrait le faire une autre fois.

Les portes de l'ascenseur s'ouvrirent au premier étage et Jim réalisa qu'il tenait toujours la main de Liz. Ça lui semblait naturel, comme une habitude. En même temps, il se sentait un peu coupable. Après tout, il n'était pas encore divorcé.

Liz se dirigea vers le maître d'hôtel.

- Ah, Miss Leahy. Ça fait plaisir de vous revoir. J'ai fait préparer votre table. Veuillez me suivre, s'il vous plaît.

Il les conduisit à une table isolée des autres.

- Daniel va vous servir ce soir. Je vous souhaite une bonne soirée et transmettez mes meilleurs souvenirs à votre père.

- Est-ce que tout le monde connaît ton père ? demanda Jim, vraiment impressionné.

- Oui. Je suis une fille qui a de la chance. Ma vie est vraiment parfaite. Il faut seulement que je réfléchisse à ce que je veux en faire.

Daniel, le serveur, apparut, compta les plats et prit la commande des boissons. Liz commanda un Bellini. Jim lui demanda ce que c'était et, après les explications de Daniel, commanda la même chose.

- On va également partager le Hamachi Crudo et les choux de Bruxelles Panko comme amuse-gueule, décida-t-elle en prenant l'initiative.

- Les Hamachi sont mes favoris, commenta Daniel. Je reviens avec vos Bellinis suivis de vos amuse-gueule. Prenez votre temps pour le menu.

Jim la regarda avec admiration. Il ne pouvait s'empêcher de la comparer à Sharon. Liz avait une beauté classique avec une énergie contagieuse. Elle était charismatique et les gens étaient attirés par elle. Elle n'avait pas vécu beaucoup de tragédies dans sa vie ou, en tout cas, elle n'en avait pas été beaucoup affectée. Sharon était hantée par ses démons. Liz avait une famille qui la soutenait et l'encourageait. Sharon était tirée vers le bas. La vie de Jim ressemblait plus à celle de Sharon qu'à celle de Liz, qui était très séduisante.

- Donc Jim, je vais être très directe. Je suis attirée par toi et j'aimerais te connaître mieux. Ceci dit et avant de plonger les deux pieds dedans, pourrais-tu m'en dire plus, sur ton mariage et ton divorce en cours ?

- Bien sûr. Tu sais, c'est drôle. Je n'en ai jamais vraiment parlé à quelqu'un. Bien que mes amis sachent ce qui se passe, je n'ai jamais donné de détails. Je suis sûr qu'en partie, c'est parce que j'espérais que nous allions revenir ensemble et je ne voulais rien dire qui puisse donner aux autres une mauvaise impression sur ma femme Sharon et notre relation.

Jim marqua une pause, regarda Liz, puis lui raconta toute l'histoire, interrompu seulement par Daniel qui portait les boissons, puis les amuse-gueule et enfin leur dîner, tout en remplissant régulièrement leurs verres de saké chaud.

Quand il eut fini, elle demanda :

- L'aimes-tu encore ?

- C'est drôle, répondit-il. Des mois ont passé depuis que nous avons cessé de nous voir et les choses ont changé. Je me suis toujours dit que je l'aimais encore. Mais quand j'y pense, tout ça me semble loin. Je sais que cinq mois, ce n'est pas une longue période mais, quand j'étais jeune, j'ai tellement connu de déplacements et j'ai si souvent été séparé de gens que je connaissais. Je me souviens d'eux, je me souviens de mes sentiments et des choses que j'ai vécues, mais l'immédiateté a disparu. Pourtant, par respect pour le souvenir de Sharon, je pense que je l'aime toujours mais c'est presque comme si le dossier était classé. Désolé, je ne peux pas mieux expliquer ça.

Jim se sentit embarrassé et regarda son assiette vide, pensant qu'il avait plombé la soirée.

Pourtant, c'est elle qui avait voulu savoir.

- Merci de t'être ouvert là-dessus. Je vois bien que ça a été pénible pour toi. Et bien que tu puisses penser que tu as ruiné notre soirée, je peux t'assurer du contraire. Je voulais vraiment comprendre où tu en étais. Merci de m'avoir fait confiance.

« Tu sais, j'ai connu ça. Bien que je n'aie pas été mariée, j'ai eu plusieurs longues relations. Quand j'y repense, je peux dire en toute honnêteté que j'aime encore chacun de mes ex. Mais, comme tu l'as vu avec Bob, Bill et Steve, cet amour a évolué et tous mes ex sont maintenant de grands amis. J'espère que, bien que la relation avec Mark vienne de se terminer, lui et moi allons être amis pendant longtemps aussi.

« D'après ce que tu dis, Sharon et toi êtes toujours en bons termes. Peut-être que votre relation va évoluer. S'il y a une chose que j'ai apprise dans ma courte vie romantique, aimer quelqu'un n'est pas forcément suffisant pour une longue relation, pas plus que la compatibilité d'ailleurs. Je pense (bien que je ne l'aie pas encore vécu) qu'il faut la combinaison des deux avec quelque chose de plus : une adéquation des tempéraments. Il faut pouvoir s'entendre sur de multiples domaines. Parfois les choses peuvent se résoudre. Parfois non. Bien que ce ne soit pas à moi de le dire, c'est là que ta relation avec Sharon a échoué. Vous aviez une grande adéquation par votre passé, vos projets et vos niveaux d'intelligence mais ta stabilité et ta cohérence inhérentes étaient probablement de vrais défis pour elle. Bien sûr, elle aurait pu changer mais d'après mon expérience, il faut des bouleversements dans la vie pour espérer un tel changement. Je suis vraiment désolée que ça n'ait pas marché pour vous et que tu aies eu à traverser cette souffrance. Il faut espérer qu'avec chaque nouvelle relation, nous apprenions quelque chose qui nous permette de rencontrer la bonne personne.

- Cela veut-il dire que tu ne crois pas à l'être unique ? Jim était vraiment surpris.

- Avec plus de huit milliards d'individus sur la planète, je trouve difficile de croire qu'il n'y a qu'un seul être parfait pour chacun d'entre nous. Si on pense à la vie d'une personne en particulier, celle-ci subit des changements majeurs consécutifs à des événements et à des expériences. Bien que j'aie envie de souscrire à cette notion très romantique qu'on peut trouver la bonne personne et vivre le bonheur éternel, excepté les jumeaux qui vivent les mêmes expériences en éprouvant les mêmes réactions, les autres vont changer de différentes manières. Il n'est pas garanti qu'ils arrivent à conserver leur compatibilité. Cela ne veut pas dire que tu as besoin de trouver quelqu'un exactement comme toi pour vivre une relation longue et réussie mais tu as besoin d'une compatibilité fondamentale dans la manière dont vous vous connectez, dans la manière dont vous réagissez aux bonnes et aux mauvaises situations et la manière dont vous évoluez. Je pense que c'est ça qui offre les meilleurs chances de réussir. Mais la vie, c'est le changement et on ne sait jamais vraiment. Tout ce qu'on peut faire, c'est agir de notre mieux, apprendre de nos erreurs et continuer à avancer.

Jim était abasourdi. Qui était cette femme ? Quel âge avait-elle ? Vingt-cinq ans ? Comment était-elle arrivée à une sagesse aussi aboutie ? A vrai dire, tout ce qu'elle disait était dans le droit fil de ce qu'il pensait. Après avoir grandi comme enfant de militaire et avoir perdu tant d'amis et vécu tant de bouleversements dramatiques dans sa vie, il ne pouvait s'empêcher de penser que chaque changement était une opportunité. Il n'y avait pas de bonnes et de mauvaises décisions dans la vie. Il n'y avait que des décisions différentes qui vous engageaient dans des directions différentes. Des directions qui affectaient ou dirigeaient votre carrière, vos relations et vos perspectives d'avenir. Qui peut dire que l'une est meilleure que l'autre ? Tout n'est qu'arbitrage. Arbitrage entre le choix de carrière et le temps libre. Arbitrage entre la vie sociale et l'intimité. Arbitrage même entre les différents plats d'un dîner. C'était vrai également pour les relations.

Voyant l'assiette de Liz vide et la regardant terminer son saké, Jim lui demanda si elle voulait un dessert.

- Bien qu'ils en aient de délicieux ici, le dessert justement fait partie de ma surprise. Voyons. Il est neuf heures et demie. Parfait. Payons le repas et allons-nous-en. Au fait, comme je t'ai invité et que je t'ai forcé à affronter la circulation, la note est pour moi. La prochaine fois, peut-être que ce sera ton tour.

Jim apprécia que, malgré le récit de ses déboires conjugaux et la permanence de ses sentiments pour Sharon, Liz veuille continuer à le voir. Ils se chamaillèrent un court instant pour payer l'addition mais c'est Jim qui l'emporta.

- D'accord, capitula-t-elle. En revanche, il est hors de question que la surprise ne soit pas à ma charge. D'accord ?

- Bien sûr.

Après un court arrêt pour se délecter de la vue, bras dessus, bras dessous, au sommet du garage, ils entrèrent dans la Porsche de Liz. Elle parvint à se faufiler à travers une circulation dense et prit l'autoroute au nord, sortant sur University Avenue. Elle tourna à gauche pour s'engager dans une rue que Jim ne reconnut pas, suivie d'allées résidentielles déjà plongées dans l'obscurité. Elle s'arrêta devant ce qui semblait être une petite maison entourée de haies et plantations hautes qu'il ne pouvait identifier dans la nuit.

Elle ouvrit le coffre.

- Jim, veux- tu sortir le sac marin du coffre ? Même principe : on ne regarde pas.

Ils remontèrent un chemin pavé de pierres, puis des escaliers qui menaient au porche d'une maison de style Craftsman. Un panneau fiché en hauteur à côté de la porte indiquait : Japanese Teahouse.

Bien que ce panneau intriguât Jim, il n'était pas préparé à la beauté de l'intérieur. Les planchers et les murs étaient en bois précieux, avec une grande diversité de tons. Plusieurs bancs, chaises, tables et étagères de bois exotique sculpté à la main bordaient les murs. De superbes orchidées ornaient la pièce ainsi que des peintures murales décrivant la vie japonaise.

- Ah Miss Leahy, ça fait bien longtemps que je ne vous aie vue. Votre réservation pour ce soir m'a fait plaisir, les accueillit une Japonaise dans la quarantaine, vêtue d'un kimono traditionnel rouge et or.

- Hello, Miko, je suis désolée que ça ait été si long. J'essaierai de revenir plus souvent à l'avenir. Ça m'a vraiment manqué. Miko, voici mon ami, Jim.

- Très honorée de vous rencontrer Jim et j'espère que vous allez aimer votre visite chez nous. Miss Leahy, j'ai réservé la pièce que vous avez demandée. Quelle sorte de thé désirez-vous ?

- Pour commencer, du Marnier Tea. Je pense que Jim va l'aimer.

Miko prit deux paquets blancs et les conduisit le long d'un couloir lambrissé de bois et orné de pierres avec encore plus d'estampes japonaises au mur. Ils s'arrêtèrent devant la porte portant un écriteau en bois sculpté arborant 'Ochitsuki'. Elle leur tendit les deux paquets, ouvrit la porte et dit Dozo.

Alors qu'ils entraient, elle ajouta :

- Sonnez si vous avez besoin de quelque chose. Je vous apporterai le thé dans quelques minutes et le laisserai devant la porte. Elle referma derrière elle et Liz verrouilla. En voyant la surprise de Jim, Liz le rassura.

- Ne t'inquiète pas, Jim. Tu n'es pas mon prisonnier. Si tu n'es pas partant, on peut faire autre chose. Sinon, détends-toi et apprécie.

Tandis que ses yeux s'adaptaient à la faible lumière, Jim promena son regard autour de la pièce. Le plancher, les murs et le plafond étaient tous faits du même lambris. Un jacuzzi bouillonnait doucement, excentré à droite de la pièce. A gauche, il y avait deux portes, dont une avec une petite fenêtre. Entre elles, il y avait une section en pierre avec un banc et une douche suspendue. Au-delà de la dernière porte, se trouvait une longue table avec une nappe brodée. Des gouttes de condensation perlaient de la carafe qui reposait sur un plateau avec deux verres. L'autre extrémité de la pièce était ouverte avec des portes coulissantes Shoji, en papier, qui donnaient sur un jardin japonais étonnant, avec de petites chutes d'eau, des ponts, des plantes et des poissons exotiques. Des tatamis bordaient l'accès.

- C'est, heu, superbe ! bredouilla Jim, en posant la glacière. Je ne m'y attendais pas. Puis, en prenant son temps, « Qu'est- ce que veut dire Ochtisuki ? J'ai vécu au Japon pendant une période quand j'étais gamin mais je ne connais pas ce mot. »

- D'après ce que j'en sais, commença Liz en enlevant ses chaussures et en engageant Jim à faire de même, c'est un mot qui veut dire calme et relaxation. J'avais l'habitude de venir ici après les exams pour décompresser. C'est tranquille et paisible avec ce beau jardin. Il n'y a que quelques chambres et la plupart donnent sur ce jardin mais elles sont orientées de telle manière qu'elles offrent toutes une intimité absolue. Je ne sais pas comment ils ont fait mais le bruit est totalement cloisonné. Je suis venu ici souvent et je n'ai jamais entendu quelqu'un d'autre alors que je savais qu'il y avait du monde.

A ce moment-là, on frappa discrètement à la porte.

- C'est le thé.

Liz ouvrit la porte et rentra un plateau avec une théière en céramique ornée de tasses, des serviettes en tissu et un plateau de petits cookies. Elle le porta jusqu'au tatami en face du jardin et le plaça sur une petite table que Jim n'avait pas vue depuis l'entrée. Elle s'assit et soupira profondément en regardant le jardin. Jim la rejoignit et scruta son visage, délicatement illuminé par les lampes du petit jardin. Elle le regarda en retour et sourit en silence. Elle revint au plateau et versa deux tasses de thé, plaçant les cookies sur les soucoupes et lui en tendant une.

- A la tendresse, à la douceur, à la quiétude, soupira-t-elle doucement, en frottant légèrement sa tasse à celle de Jim.

Un peu incertain quant à la référence à la tendresse, Jim répéta doucement :

- A la tendresse, à la douceur, à la quiétude.

Suivant Liz, il prit une gorgée de thé et regarda silencieusement vers le jardin. Le mouvement de l'eau et des plantes qui ondulaient doucement sous la brise contribuait à alléger son stress. Il but une autre gorgée de thé et prit, d'un seul coup, conscience des différentes saveurs. Il y avait de l'orange, comme dans le Grand Marnier dont il portait le nom, un soupçon de cannelle, de clous de girofle et probablement de la pomme. Les saveurs étaient distinctes, tout en se mêlant intimement. La chaleur du thé l'apaisa de l'intérieur. Il soupira profondément et se relâcha, fermant les yeux pour mieux écouter le bruissement de l'eau et du vent dans le jardin.

Après quelques minutes, il ouvrit les yeux pour trouver Liz qui lui souriait.

- Ça va mieux ?

- Bien mieux, répondit Jim. Tu as un plan ?

- Pas vraiment un plan, mais plutôt une idée. La première porte correspond à une salle de bain. On peut se mettre en peignoir puis aller dans le sauna pendant quelques minutes. Je trouve que quelques instants de bonne transpiration suffisent à nettoyer la peau et font de véritables miracles. Après le sauna, on pourra ouvrir ma surprise et alors peut-être pourra-t-on se baigner un moment. Qu'en penses-tu ?

- Ça me semble super. Tu sais, je n'ai jamais fait quelque chose comme ça. J'ai été dans quelques saunas, toujours avec d'autres gens, mais je n'ai jamais trouvé ça vraiment relaxant. Ici, c'est différent. Merci !

- Pourquoi n'emmènes-tu pas la glacière jusqu'ici pour la mettre sur la table pendant que je me change ? suggéra Liz, debout avec le paquet que Miko lui avait donné.

- Bien sûr.

Quelques minutes plus tard, elle sortit de la salle de bain, enveloppée dans une serviette, le peignoir drapé autour des épaules.

- Je te retrouve au sauna.

Jim entra dans la salle de bains et vit sa robe pendue à une patère ouvragée. Il ne put s'empêcher de regarder dessous. Elle avait laissé son soutien-gorge et sa culotte. Etait-il prêt pour ça ? D'un autre côté, jusque-là, rien de sexuel ne s'était produit. Peut-être que ça allait être une soirée de détente. Il se dévêtit, suspendit ses vêtements au crochet, près de ceux de Liz et s'entoura la taille de la serviette. Il sortit de la salle de bains, regarda une fois de plus le jardin, puis inspira profondément et entra dans le sauna faiblement éclairé. L'air chaud le fit suffoquer un instant.

Liz était allongée sur le ventre sur un des bancs, la serviette pudiquement entourée autour de la taille. Jim s'étendit sur le banc perpendiculaire, sa tête près de la sienne. Ils restèrent en silence pendant quelques minutes. Jim se retourna sur le ventre. La chaleur était intense et une douce torpeur s'empara de lui. A peine remarqua-t-il que Liz se levait. Elle alla vers un grand seau d'eau, prit la louche et versa de l'eau sur les charbons dans le coin. La vapeur remplit brièvement la pièce et cet apport d'humidité rendit la respiration plus facile. Elle vint vers lui, l'enjamba et lui massa doucement le dos en commençant par les trapèzes, travaillant vers le bas sous les omoplates, puis vers la taille et en remontant. C'était très agréable. Alors qu'il avait administré d'innombrables massages dans sa vie, Jim n'en avait pas reçu beaucoup. C'était, pour la plupart, de maladroites tentatives. Mais Liz savait y faire. Elle savait ce qu'elle faisait et il le lui dit.

- J'ai suivi des cours de massage pendant que j'étais à la fac. J'ai vraiment aimé et un moment, en fait pendant un temps très court, j'ai envisagé d'arrêter le droit pour les massages.

- J'imagine que ton père n'aurait pas vraiment apprécié ça, s'amusa Jim avec légèreté.

- En fait, non. J'en ai parlé avec lui à cette époque et il était très encourageant. Il m'a seulement demandé si je pourrais aimer une vie avec si peu de challenge intellectuel. Et comme on le savait tous les deux, il était clair que je n'aurais pas pu. Donc aujourd'hui, c'est une sorte d'amusement.

Liz continua encore pendant quelques minutes.

- Ok, à moi maintenant, proposa Jim.

Liz se recoucha sur le ventre et abaissa la serviette jusqu'à la taille. Il commença de la même manière que Liz, travaillant la partie la plus haute, sous les omoplates et descendant vers le bas du dos. Revenant vers le haut, il lui massa le cou et la tête, pressant vers le haut et l'extérieur, en étirant doucement puis en caressant vers le bas au-dessus des oreilles, vers le cou à nouveau et reprit tout le processus très lentement.

- Mon Dieu, tu masses bien, le complimenta Liz

Les minutes passèrent dans un état de félicité sensuelle.

- Je crois qu'il est temps de sortir et de se calmer, suggéra Liz. C'est trop d'efforts pour toi, avec cette chaleur. Pourtant c'est délicieux. Merci !

Elle remonta sa serviette et sortit du sauna, tenant la porte pour Jim. Malgré un contact brutal avec l'air frais, ils se sentirent soulagés. Liz alla vers la table à l'autre bout de la pièce et remplit des verres d'eau fraîche. Elle en tendit un à Jim qui but goulûment et revint se servir tandis que Liz buvait le sien. Puis il remplit le verre de Liz. Elle mit son peignoir et laissa la serviette tomber. Elle la posa près du jacuzzi. Jim fit de même.

- C'était parfait, dit-il. Je me sens vraiment bien. Bon, je pense que je suis prêt. C'est quoi la surprise ?

Liz sourit de façon énigmatique et ouvrit la glacière. Elle retira une paire de serviettes de table noires, deux assiettes en carton et un paquet rectangulaire enveloppé dans du papier blanc, lié par un ruban vert. Puis elle sortit deux flutes et une bouteille de champagne. Elle lui tendit la bouteille et lui demanda de l'ouvrir tandis qu'elle défaisait le paquet.

Jim remarqua que c'était un Veuve Cliquot et essaya de se souvenir de ce qu'il avait appris sur l'ouverture des bouteilles de champagne lors de la soirée chez les parents de Liz. Après avoir enlevé le papier alu, il dévissa précautionneusement le fil de fer. Il le remua doucement pour donner du jeu au bouchon puis l'enleva. Il garda sa main au-dessus du bouchon tout en le bougeant doucement d'avant en arrière jusqu'à ce qu'il commence à monter. Il laissa s'échapper un peu de pression avec son sifflement caractéristique. Quand celle-ci eut diminué, il enleva le bouchon.

- Impressionnant, commenta Liz en souriant. Peu de gens savent comment ouvrir une bouteille de champagne. Je vais servir. Pourquoi ne pas t'asseoir près du jardin ?

Les verres étaient aussi frais que le champagne et Liz les remplit de ce breuvage doré et frémissant. Elle lui tourna le dos pour cacher ce qu'elle faisait puis plaça quelque chose sur les assiettes de papier.

- Prêt ? demanda-t-elle doucement.

- Parfaitement !

Jim vit Liz prendre un des verres de champagne. Elle saisit une des assiettes en papier et se tourna :

- Surprise !

Jim prit le verre et regarda avec attention le contenu de l'assiette dans la lumière tamisée, distinguant à peine deux morceaux de ce qui semblait être du chocolat noir.

- Ce sont des fraises trempées dans du chocolat noir et injectées de Grand Marnier.

Liz prit son assiette et son verre et s'assit près de Jim. Mordant dans une des fraises, elle leva son verre, proposant un toast :

- A ce nouveau départ !

Jim mordit dans les fraises couvertes de chocolat et fut assailli par les saveurs distinctes et complices de fruit frais, de chocolat et de liqueur. De son verre, il effleura celui de Liz et se perdit dans ses yeux bruns rieurs tout en dégustant son champagne, nettoyant sa bouche des morceaux de chocolat et de fraise.

- Où travailles-tu ? demanda-t-elle d'un air presque moqueur.

Jim commença à répondre mais, alors qu'il fouillait son cerveau à la recherche du nom de sa société, il comprit ce que visait Liz. Il se relâcha et le travail qui, jusque-là, n'avait jamais déserté son esprit, se trouvait d'un seul coup très loin, presque un souvenir lointain.

- On s'en fiche. Tout de suite, j'ai l'impression que le centre de mon univers est ici.

Liz prit le dernier morceau de fraise et une gorgée de champagne. Malgré la faible lumière, il distinguait le chocolat fondu sur ses lèvres. Alors qu'il la regardait avec désir, elle se pencha en avant et l'embrassa. Ils s'attardèrent dans un long baiser profond. Jim se délectait du chocolat, du Grand Marnier et de Liz. Etait-ce le champagne ou le Grand Marnier ? D'un seul coup, il se sentit grisé. C'était une délicieuse sensation. D'un seul coup, le monde avait la même saveur chaude que les lèvres de Liz.

Se dégageant avec douceur, elle le regarda intensément.

- Je voudrais passer un moment avec toi dans le jacuzzi. Je vais me doucher avant.

Et sans lui laisser la possibilité de refuser, elle se leva, étendit précautionneusement sa serviette et son peignoir sur le sol près du jacuzzi et entra dans la douche. Elle se tourna pour lui faire face et pencha sa tête en arrière dans le jet d'eau brûlant, tandis que le souvenir de Liz sous la douche à Elk Mountain submergeait Jim. Elle laissa couler l'eau et se glissa dans l'eau tiède et frissonnante du jaccuzi.

Il était très excité. Il était aussi très gêné. Il ne pouvait pas s'imaginer marchant nu vers le jacuzzi dans son état actuel.

- C'est ok, dit Liz d'un ton rassurant. C'est vraiment bien ici. Douche-toi et viens me rejoindre. Je ne regarde pas.

Jim fit ce qu'elle avait dit et fidèle à sa parole, Liz ne regarda pas. Il se glissa près d'elle et ils restèrent assis tranquillement, se trempant tout en se détendant pendant plusieurs minutes, se touchant seulement de la main.

Jim n'eut pas à tenter d'évacuer les images de Sharon de son esprit. Ce qu'il avait dit avant se vérifiait. A cet instant, son univers se limitait à cette pièce. La seule présence qui l'envahissait était celle de Liz.

Elle devinait ses pensées. Elle se renversa vers lui et Jim se pencha pour l'embrasser. Ce baiser fut encore plus intense que le précédent. Bien qu'il ait connu plusieurs femmes et ait vécu nombre d'expériences sexuelles, il ne s'était jamais senti à la fois détendu et excité. La pulsion qui le submergeait venait du plus profond de son être. Il attira Liz sur ses genoux, son dos appuyé contre lui. Il lui caressa doucement les seins tout en se frottant le nez sur son cou qu'il embrassait. Liz tendit la main par-dessus sa tête et caressa les cheveux mouillés de Jim. Puis elle roula, l'enjamba et le glissa en elle.

Ils s'embrassèrent sans bouger, puis il glissa avec elle jusqu'aux marches du jacuzzi qu'il monta et sortit de l'eau sans jamais perdre contact avec elle. Il se mit à genoux sur la serviette, puis s'assit et se laissa consumer par Liz, la chaleur, le jardin, la quiétude et l'embrasement de leur étreinte.

6

Jim et Liz suivirent Steve et Bill dans la sèche, plate et chaude Central Valley de Californie. Ils s'arrêtèrent à Fresno, à seulement une demi-heure de leur destination pour faire le plein d'essence et prendre des provisions de dernière minute ainsi que des boissons fraîches. Bill était vraiment excité et Jim, un peu nerveux par anticipation comme chaque fois qu'il visitait un nouveau site de deltaplane. Après avoir utilisé les installations, ils prirent le Highway 180 vers King's Canyon. Le paysage évolua rapidement, les plates immensités laissant place aux collines ondoyantes qui grossissaient alors qu'ils progressaient vers l'Est. La Sierra Nevada se profilait en toile de fond et on avait de brefs aperçus des pics enneigés, vision surréaliste par quarante degrés de température. Quand ils se garèrent dans le camping, Jim sentit vraiment les déjections des dindes.

- Peut-on s'habituer à une telle odeur ? demanda-t-il à Steve, en sortant de la voiture pour être accueilli par Dan Fleming, le propriétaire du camping et de l'aire d'atterrissage.

Liz s'esclaffa en articulant à leur endroit : « pets de dindes ».

- A force, je ne la sens plus, répondit Steve. Dan, je ne sais pas si tu te souviens de Bill et Liz, mais ils ont également déjà volé ici. Jim s'est qualifié pour les championnats nationaux et il veut passer un weekend ici. Il veut comprendre le site avant l'épreuve.

- Personne ne pourrait oublier Liz, plaisanta Dan. Bill, content de te revoir. Jim, bravo ! Je pense que tu vas aimer notre site. Rentrons pour signer les formulaires et les décharges. Je vous donnerai la configuration du terrain avant que vous ne voliez.

Trente minutes plus tard, les formalités accomplies, Jim avait déjà une idée assez précise de la zone d'atterrissage et de la localisation des bons thermiques. Bien sûr, sur le terrain, sa vision de la montagne ne serait pas la même qu'à partir de photos et de cartes.

- Donc, s'enquit Steve, installons-nous d'abord le campement, pour ne pas avoir à le faire à notre retour ou faisons-nous un vol en premier ?

- Bon, il est 12h30. Je suggère que nous volions avant afin de ne pas manquer les meilleures conditions de la journée, proposa Bill.

- Je ne suis pas d'accord, s'interposa Liz. On a vraiment toute la journée. Je n'imagine pas que cela nous prenne plus d'une demi-heure, de tout décharger et de nous préparer. Quand bien même ça serait plus long, les conditions seront certainement bonnes jusqu'au coucher de soleil. Vous vous souvenez de la dernière fois ? Le soir, quand le vent est tombé et que tout l'air de la vallée semblait monter vers nous ?

La proposition de Liz fut acceptée. Ils déchargèrent rapidement les voitures et montèrent les tentes. Trois en tout, Liz et Jim faisant tente commune. Jim nota que ni Steve, ni Bill n'avaient l'air surpris. Ils sortirent des boissons fraîches et des glaçons de la grande glacière que Steve avait emmenée, les mirent dans une plus petite, chargèrent les ailes-delta de Jim et Liz sur le 4x4 de Steve et montèrent la colline.

C'était une journée chaude, sans vent et avec de la poussière mais quelques cumulus se profilaient au-dessus de King's Canyon. Tandis qu'ils roulaient dans un silence paisible, Jim se sentait nerveux à l'idée de voler sur un nouveau site.

- C'est possible que l'un de nous atterrisse en haut pour éviter la navette avec les voitures ? demanda Jim, pour se distraire de la piste sinueuse du Service Incendie.

- En fait, il y a plein de place en haut, répondit Steve. Le décollage se fait sur un terrain privé, près d'une maison et les propriétaires gèrent les départs et fixent les règles. Ils ont demandé que personne n'atterrisse en haut, donc on ne peut pas échapper à la navette. Ça fait une demi-heure à chaque voyage, aussi doit-on s'assurer de se laisser le temps de la rotation. Même avec le soleil qui ne se couche pas avant huit heures et quart, la lumière peut nous faire défaut et j'avoue que je n'ai pas envie de faire cette route dans l'obscurité. Je pense que Liz a eu raison de nous faire installer le campement en premier.

Les arbres du bord de la route laissèrent la place à une grande clairière alors qu'ils approchaient le sommet de la crête. Jim aperçut les tours de transmission à peu de distance de là. Steve entra dans un grand parking de terre près de quelques autres véhicules équipés de racks pour deltaplanes, mais il n'y avait pas une seule aile en vue. Ils sortirent de la voiture, s'étirèrent et Steve les conduisit au départ.

- Une rampe, s'exclama Jim, en admirant la structure semblable à une passerelle en bois qui s'inclinait vers le bas depuis le bord de la crête.

- Quelle vue somptueuse !

- Ouais. C'est vraiment chouette. Ça facilite les décollages.

Vous avez vu la meute ? demanda Steve en montrant le ciel, légèrement au nord-ouest.

Effectivement, il y avait six deltaplanes qui tournaient dans un thermique, à environ un mile au nord-ouest, six cent mètres facilement au -dessus du point d'envol.

- Allons-y, ordonna Bill.

Ils se préparèrent rapidement et firent la vérification de leurs ailes, ajoutèrent leurs instruments et se mirent d'accord sur la fréquence des radios.

- Je pars le premier, annonça Bill.

- Eh bien, répondit Liz, je suis bien contente de ne pas être le wind dummy aujourd'hui.

- On n'a pas besoin de wind dummy. Il suffit de regarder ces gars !

Bill emmena son aile jusqu'au point de lancement, se clippa, regarda le buisson dessous pour le mouvement et se mit à descendre la rampe en courant. Dès que ses pieds quittèrent le sol, il fut happé par un thermique et commença à grimper. Il fit quelques virages à 180 degrés devant et derrière la crête, montant régulièrement. A quelques dizaines de mètres au-dessus du point de départ, il commença à faire des cercles.

- Hiiiihaaa ! Bougez-vous le cul, je vous attends !

- En tant que doyen de l'équipe, je partirai en dernier, dit Steve. Liz, pourquoi ne pars-tu pas maintenant ?

Jim n'avait pas vu voler Liz. Comme Bill, elle amena son aile au sommet de la rampe, s'harnacha, attendit patiemment, surveillant le buisson avant le décollage. Voyant venir ce qu'elle attendait, elle prit son aile, la pointa vers le bas, parallèle à l'inclinaison de la rampe et courut. A la différence de Bill, elle ne monta pas. Elle tourna à droite et plongea lentement sous le point de départ. Quelques centaines de mètres au nord-ouest, elle se retourna et passa à quelques dizaines de mètres sous le départ, cap vers le Sud. Alors qu'elle s'apprêtait à revenir, elle commença à monter. Après quelques secondes d'ascension, elle inclina l'aile et fit des cercles vers le haut en montant très rapidement.

- A toi, proposa Steve.

Jim marcha vers le point de départ et fut d'un seul coup pris d'inquiétude à la pensée d'être celui qui irait tout droit vers l'aire d'atterrissage. C'était déjà arrivé. L'attente fut interminable. Quelques minutes plus tard, tout en bas de la colline, il vit le buisson s'agiter vivement. Dès qu'il sentit la première bouffée d'air, il descendit le tremplin en courant et s'éleva immédiatement dans le thermique. Il s'éleva directement dès le départ, grimpant à plus de deux cents mètres par minute, selon son variomètre. Quand l'aile fit un sursaut vers le haut, Jim sut qu'il avait touché le cœur. Il inclina l'aile presque verticalement et commença à faire des cercles, montant à plus de trois cents mètres par minute. Il tournait et tournait encore. Les bâtiments près du point de décollage étaient de plus en plus petits. L'air était plus frais. Il vit les ailes de Liz et Bill bien au-dessous de lui. Ils volaient vers lui, cherchant à l'évidence à rejoindre son thermique mais celui-ci faiblissait à grande vitesse. Il regarda son altimètre et vit qu'il était à plus de deux mille cinq cents mètres d'altitude. La vue s'étendait de la Central Valley jusqu'à l'ouest des sommets enneigés de la Sierra Nevada derrière Mount Whitney. Jim décida de mettre le cap au nord-ouest en longeant la crête, sachant qu'il faudrait peut-être du temps avant qu'il ne retrouve un nouveau thermique.

- C'est sympa, ici en haut, entendit-il crépiter dans son casque.

En regardant autour, il vit Steve à la même altitude un peu à l'est.

- Comment t'es arrivé ici, demanda Jim, visiblement intrigué.

- Juste après le départ, j'ai trouvé un thermique qui grimpait encore plus vite que le tien. Je t'ai regardé monter jusqu'à ce que tu plafonnes pas très loin de moi. On a dû toucher une couche d'inversion. Ecartons-nous. De cette manière on peut doubler nos chances de trouver un autre bon thermique.

Quelques kilomètres plus au nord, Jim entendit : « J'en ai un » et regarda au-dessus pour voir Steve s'élever en cercles. Il le rejoignit rapidement et ils firent les cercles ensemble, plafonnant de nouveau un peu au-dessus de deux mille cinq cents mètres.

Ils recommencèrent leur stratégie qui marchait bien. A vingt - cinq kilomètres environ du départ, au-dessus de Pine Flat Lake, Steve proposa de rentrer. Le soleil déclinait et les thermiques s'espaçaient. Ils se retrouvèrent au niveau de la crête, à plusieurs kilomètres encore du point d'atterrissage, repartant dans le faible courant ascensionnel fourni par la légère brise qui montait le long de la crête.

- J'en ai un léger, annonça Jim.

Steve le rejoignit et ils tournèrent en se prélassant, grimpant à moins de quatre-vingt-dix mètres minute. Ils plafonnèrent à mille cinq cents mètres.

- On dirait que la fête est finie, se lamenta Jim. J'espère que nous arriverons à rejoindre la zone d'atterrissage.

- Je ne m'inquiéterais pas trop. Il n'y a pas beaucoup de zones d'air descendant entre ici et là-bas et, en principe, à cette heure-ci, la magie opère.

- La magie, interrogea Jim.

Ils continuèrent vers le sud en trouvant quelques petits thermiques qui faiblissaient progressivement. Quand ils atteignirent le niveau de la crête, ils se retrouvèrent dans de l'air sensiblement plus chaud. Jim avait déjà connu ça dans quelques autres sites. Ils appellent ça le calme du soir. L'air chaud de la vallée semblait monter d'un coup vers l'air plus frais du dessus tandis que le soleil déclinait. Effectivement, ils eurent un vol facile jusqu'à l'aire d'atterrissage, arrivant avec près de six cent mètres de garde au sol. Steve commença à faire des wingovers, plongeant rapidement puis inclinant l'aile à plus de cent trente degrés. Jim fit de même mais fut moins radical avec une inclinaison de cent dix degrés.

Jim regarda tandis que Steve se préparait à atterrir puis il fit de même, touchant le sol à environ cinq mètres à gauche de Steve.

- C'est un endroit extraordinaire pour voler ! s'exclama Jim après s'être détaché et avoir enlevé son casque. C'est comme ça tout le temps ?

- Hé bien, répondit Steve. La route est interdite aux libéristes la plus grande partie de l'hiver. Le printemps est plus tonique sans le calme du soir. L'été, c'est comme ça la plupart du temps, soumis aux vents d'ouest assez aléatoires. L'automne est imprévisible. Pourtant c'est un des sites les plus généreux en thermiques. On comprend facilement qu'ils l'aient choisi pour les championnats nationaux.

- Enlevons les équipements et allons voir si Bill et Liz ont fait quelque chose pour le dîner.

- N'oublie pas qu'on a à faire une navette.

- Bon sang ! C'est vrai !

Leurs ailes démontées, ils les emmenèrent jusqu'au terrain de camping.

Voyant Bill et Liz paresser à une table de pique-nique, une bière dans une main et des cartes dans l'autre, Steve maugréa :

- J'imagine facilement qui va faire la navette. Non, non, surtout ne vous levez pas. On se charge de la sale besogne.

- Oh, ne t'inquiète pas, répliqua Liz, amusée. On ne va pas se lever. Ça fait un moment qu'on est ici et on en a décidé ainsi parce que vous avez eu la chance de faire un vol interminable alors que le nôtre n'a duré qu'une heure. On a pensé qu'en compensation, vous pourriez faire la navette.

Steve faillit lui répondre que, puisqu'ils étaient arrivés depuis si longtemps, ils auraient pu ramener la voiture mais il se retint.

- Steve, allons-y, proposa Jim.

- Ok, mais puisque c'est moi qui fais le dîner, est-ce que vous pourriez démarrer le feu d'ici une demi-heure ?

- Zut ! réagirent Liz et Bill simultanément.

- Désolé ! On aurait dû aller chercher la voiture. J'ai oublié que c'était toi qui faisais la cuisine ce soir. Tout sera prêt pour commencer quand vous reviendrez.

Décidant qu'ils avaient été suffisamment punis, Steve monta dans la Subaru de Jim et ils escaladèrent la montagne de nouveau.

Tandis qu'ils s'engageaient sur la route des services forestiers, Jim demanda :

- Qu'est-ce que tu penses de Liz et de moi ?

Steve réfléchit un instant et répondit :

- Je pense que vous êtes très bien. Vous allez vraiment bien ensemble.

- Et pas vous, quand tu étais avec elle?

- En fait, c'est une longue histoire et je n'ai pas envie d'entrer dans les détails mais oui, c'était probablement comme ça quand on était ensemble. Et ce n'est pas que les choses ont réellement changé. C'est plutôt que les germes de ce soi-disant grand amour n'ont pas continué à grandir. On était très amis au départ et amants ensuite. J'ai aidé Liz à traverser des périodes difficiles et elle m'a beaucoup soutenu, même pour mon retour à l'est. Je pense que c'est alors qu'il est devenu clair que nous étions plus dans une amitié que dans la romance. Quand elle a commencé à voir Mark, j'ai su que ça n'allait pas durer. Bien que sachant ce qui fondait leur relation et connaissant Liz particulièrement, j'ai compris qu'il n'allait pas la combler malgré tout son argent et ses relations.

- Et tu penses que je lui corresponds davantage ?

- A vrai dire, je ne te connais pas assez mais je connais bien Liz et je sais qu'elle est déjà folle de toi. A ce que je vois, vous semblez aller dans la même direction et je ne vois pas beaucoup de choses à opposer si tu décides de continuer.

Ils roulèrent pendant plusieurs minutes dans un silence que

Jim rompit :

- Des conseils ?

- Je craignais que tu ne me poses cette question. Je n'aime pas beaucoup me mêler des affaires des autres mais puisque tu me le demandes …. Mon conseil serait d'y aller doucement. Sois sûr que tu veux vraiment ça. Alors qu'elle semble forte et déterminée, il y a une part de fragilité chez Liz. J'en ai eu des aperçus mais je pense que tu devrais creuser ça avant de t'engager plus avant. Il y a certains côtés obscurs chez elle que tu ne connais pas, de même que des côtés remarquables.

- Je pense qu'on peut dire ça de tout le monde. Je sais que j'ai ma part d'ombre, moi aussi. Mais je vais suivre ton conseil et je vais avancer aussi lentement que je pourrai et qu'elle me le permettra.

- Ne me fais pas dire ce que je n'ai pas dit, reprit Steve. Je pense que vous serez en parfaite adéquation, vous deux. Je t'apprécie vraiment et j'aimerais vraiment que notre amitié survive à mon départ pour Chicago. J'aimerais que vous veniez me voir et qu'on mette sur pied des voyages de deltaplane. Bien évidemment, on peut aussi prévoir des choses sans Liz, si elle l'accepte bien sûr.

- Ouais, si elle le permet, reprit Jim en riant

Ils arrivèrent au point de lancement et Steve sauta de la voiture pour monter dans la sienne. Le coucher du soleil était proche et bien qu'ils fussent tentés de contempler ce spectacle depuis le bord de la crête, la perspective de faire la route dans l'obscurité ne les ravissait pas.

Jim décida de descendre la colline derrière Steve, gardant un intervalle de sécurité afin d'éviter la poussière. Steve freina brutalement à plusieurs reprises et Jim vit des cerfs bondir dans le faisceau des phares. Trente minutes plus tard, ils étaient de retour au camping. Fidèles à leur engagement, Liz et Bill avait préparé des braises pour la cuisine.

- Si tu regardes dans la glacière, tu trouveras un gros paquet enveloppé dans du papier alu. Mets-le dans les braises et pose le grill dessus. Je vais prendre une douche rapide et je reviens dans dix minutes. Liz, veux-tu ouvrir le vin, le servir et préparer la salade ?

-Jawohl ! Mein Commandant ! répondit Liz se mettant au

garde-à-vous et faisant claquer un salut militaire.

Quand Steve revint, Bill et Liz avaient couvert la table de pique-nique usée par le temps, d'une élégante nappe en tissu brodé et avaient installé la salade, les assiettes, les verres à eau et à vin, l'argenterie, les serviettes en tissu et deux bougies décoratives. Liz versa le vin et l'eau à tout le monde tandis que Bill servit la salade.

Jim tendit à Liz l'assiette de brownies qu'il avait apportée.

- Est-ce que je peux prendre une douche aussi ? demanda-t-il en voyant Steve sortir de la glacière deux grands plats de four en verre recouverts de papier alu.

- Ouais, si tu ne prends pas trop de temps. Le dîner sera sur la table dans quinze minutes.

Quand Jim revint, il regarda avec étonnement Steve faisant tourner les brochettes de viande et de légumes sur le grill et ajouter des pointes d'asperge marinées. Quelques minutes plus tard, il plaça trois brochettes dans chaque assiette avec quelques pointes d'asperge. Il retira le grill puis le paquet enveloppé d'alu. Après l'avoir ouvert, il ajouta plusieurs pommes de terre rouges dans chaque assiette.

Une fois assis, Steve sourit à tout le monde :

- J'espère que vous aimez les brochettes au gingembre, au sésame et à la sauce de soja, les asperges ainsi que mes pommes de terre à l'ail, au cumin, au piment de Cayenne, avec mon épice secrète. Maintenant, qui va dire les grâces ?

Pensant qu'ils lui jouaient un tour comme lors du dernier dîner partagé, Jim sourit. Tout le monde le regarda avec gravité comme s'il avait brisé la solennité de l'instant. Jim se sentit embarrassé et rougit, regardant son assiette. Ils se mirent tous à rire.

- Je t'ai eu, proféra Bill.

- Bon, j'ai quelque chose à dire, interrompit Liz. Je veux remercier les dieux et toutes les forces du ciel de nous avoir donné cette journée parfaite, en créant ces événements qui nous ont rassemblés, et pour ce merveilleux repas que Steve a préparé. Sans tomber dans le mélo, je veux également le remercier de m'avoir fait rencontrer Jim. Désolée si je gêne quelqu'un mais c'est ce que je ressens. Je sais que ce n'est pas Thanksgiving mais j'ai beaucoup de gratitude. En fait, je me sens tellement reconnaissante que demain je vais conduire pour vous les gars.

- Est-ce qu'on peut manger maintenant ? demanda Bill, Liz le fusillant du regard dès que ces mots furent proférés

Jim, quant à lui, se sentait subjugué. Ça n'était pas la révélation de Liz ou ce dîner exotique dans un camping rustique, c'était ce sentiment d'appartenance. Il avait passé la plupart de sa vie à part, seul. Il avait eu des amis de travail ou à la fac mais ça n'était rien de plus que des connaissances. Même dans ses relations amoureuses, il avait gardé de la distance et il se reprit à penser à Sharon. Avec elle aussi, avec toute l'intime proximité de leur couple, ils avaient exclu les autres. Ils avaient vécu sur le mode - seuls au monde-. Mais ici, c'était différent. Il appartenait à un groupe.

Jim leva son verre :

- Merci à vous tous de m'avoir accepté. Je ne veux pas non plus faire dans le mélo mais ça a beaucoup compté à une période critique de ma vie. A cette amitié !

Le repas fut encore meilleur que son aspect et ses effluves ne le promettaient. Ils dévorèrent et comme à l'accoutumé, engagèrent des conversations à caractère politique, se concentrant cette fois sur l'économie. Steve, avec son expertise en ce domaine, domina, bien que chacun défendît son point de vue. Fatigués et rassasiés, ils se couchèrent tous vers minuit. Après une nouvelle journée d'excellentes conditions de vol, ils retournèrent vers la Bay Area et essayèrent de faire la transition mentale avec la semaine de travail qui les attendait.

7

Les semaines suivantes, Jim et Liz commencèrent à installer une forme d'organisation. Les deux travaillaient et leurs emplois étaient à plus de cinquante kilomètres l'un de l'autre, séparés par San Francisco Bay. Ils décidèrent de passer la nuit du mercredi ensemble, une semaine à Berkeley, l'autre à Pacifica. Ce rendez-vous hebdomadaire était un véritable défi parce qu'il fallait affronter la circulation et il était souvent sept heures et demie, huit heures quand ils se retrouvaient. Les quelques heures qu'ils partageaient avaient un caractère d'urgence, d'autant qu'ils essayaient de concilier dîner, télévision et amour. Le rush du matin était comique, aucun des deux n'étant familiarisé avec les habitudes de l'autre. Ils riaient de leurs collisions fréquentes et malgré ce chaos, ils sentaient que leur intimité grandissait tout en calculant le timing de leurs ablutions matinales. Ils avaient échangé leurs clés, ce qui leur donnait libre accès au domicile de l'autre et facilitait les dîners-surprises quand celui qui travaillait arrivait en retard.

Au début, Jim éprouva de la réticence à laisser Liz passer la nuit à Pacifica. Après tout, cette maison, il l'avait achetée avec Sharon et bien qu'ils se soient entendus sur le partage, le divorce n'était pas terminé. Pourtant, ils n'avaient pas vécu longtemps ensemble et Sharon avait emporté tout ce qu'elle avait amené. Pour une raison mystérieuse, Liz ne se formalisait pas de tout ça. Dans cette maison, elle ne voyait que Jim. Ses couleurs, ses éléments de décoration, ses goûts masculins étaient partout. Elle ne tarda pas à laisser ses marques. Elle apporta des vêtements, du maquillage, des lotions, un sèche-cheveux, un fer à friser et tout ce dont elle avait besoin pour dormir et s'habiller. Elle ajouta également sa touche à la décoration. Elle fut attentive à ne pas être trop envahissante, en commençant avec des objets pratiques comme des nappes, des serviettes et des bougies. De temps en temps, elle amenait un bibelot et un objet d'art pas trop féminin comme la sculpture de jade que son père lui avait rapportée de ses voyages en Chine.

Jim appréciait les changements que Liz apportait. Ils l'aidaient à atténuer le souvenir de Sharon dans cette maison et lui donnaient l'impression de construire un futur avec Liz.

Un mardi soir, Jim rentra à Pacifica tard après le travail et trouva la voiture de Liz garée devant chez lui. En entrant dans la maison, il eut l'agréable surprise de trouver la table mise avec des bougies allumées. La visite de Liz était totalement imprévue et il était content de ne pas avoir à préparer le dîner. Liz courut vers lui et se blottit contre lui.

- En fait je n'ai pas préparé le dîner, confessa-t-elle. Installe-toi. J'ai apporté un repas chinois. C'est dans le micro-ondes. Ça devrait être chaud dans cinq minutes.

- A quoi dois-je cette délicieuse surprise, demanda Jim tandis que Liz lui caressait le cou.

- On en parlera pendant le dîner, répondit-elle d'un ton énigmatique, légèrement inquiétant.

Jim mit son ordinateur et ses agendas dans le bureau et vérifia rapidement ses emails pour voir si quelque chose d'urgent s'était passé au bureau. Ne voyant rien d'important, il alla dans sa chambre, enleva ses chaussures, mit un pantalon de coton et un t-shirt à manches longues. A son retour dans la salle à manger, le dîner était sur la table.

- Je te propose de la soupe aigre-douce, des raviolis chinois à la sauce piquante, des légumes chow mein, du poulet kung pao, ultra relevé. J'ai également ouvert une bouteille de Zin de ta réserve. J'espère que tu ne m'en veux pas.

- Certainement pas ! C'est merveilleux.

Ils se servirent et avant de manger, Jim porta un toast :

- A Liz, toujours pleine de surprises.

Elle fondit en larmes.

Jim bondit, passa de l'autre côté de la table et la serra dans ses bras.

- Je suis désolé, dit-il. Je ne sais pas comment je t'ai fait de la peine mais je suis sûr que ça va aller.

- Non, non, ce n'est pas de ta faute. J'ai une surprise pas très agréable et ton toast m'a pris à contre-pied. Mangeons un peu et puis, on parlera.

Jim revint à sa place à contrecœur. Ils trinquèrent et burent. Liz souriait chaleureusement. Elle prit une inspiration profonde, soupira et commença à manger.

- Comment s'est passée ta journée ? demanda-t-elle.

Ne voulant pas insister, Jim décida de lui raconter sa journée pour la distraire et lui permettre de se calmer. Quand il eut fini de lui raconter deux problèmes signifiants et une excellente réunion avec des clients, Liz le regarda calmement et déclara d'un ton neutre :

- Je suis enceinte.

Sans la moindre hésitation, Jim répondit :

- C'est merveilleux. Il fit le tour de la table et la prit dans ses bras. Je sais que ce n'était pas prévu, continua-t-il, mais ce n'est pas un problème. Ça ne fait juste qu'accélérer un peu les choses. Je t'aime.

Liz se glissa hors de son étreinte et lui dit :

- S'il te plaît, Jim, retourne t'asseoir. Ça n'est pas si simple et il faut vraiment qu'on parle. J'espère seulement que tu ne me détesteras pas quand j'aurai fini.

- Ne sois pas ridicule !

Voyant l'air résolu de Liz, Jim revint à sa place et attendit avec impatience, un sourire béat lui barrant le visage.

- Jim, je sais que tu es heureux mais j'ai une mauvaise nouvelle. Tu devrais te préparer.

L'exaltation de Jim s'évapora.

- D'accord, j'écoute. Mais quoi qu'il en soit, je t'aime.

Liz respira profondément et commença :

- Je ne suis pas sûre que ce soit de toi.

Voyant l'air choqué de Jim, elle déglutit et continua.

- Non, je ne t'ai pas trompé. Mais j'ai fait l'amour avec Mark le jour de notre rupture et c'est juste quelques jours avant que toi et moi ayons cette merveilleuse soirée à la Tea House. Je suis vraiment, vraiment désolée.

Jim essaya de réfléchir rapidement. Pouvait-il élever l'enfant d'un autre ? Bien sûr, mais pas dans ces conditions. Mark était un géant et il avait les cheveux et les yeux foncés. Il y avait de bonnes chances que l'enfant soit de lui. Fallait-il prendre le risque ? Il voulait dire quelque chose à Liz mais son esprit n'allait pas assez vite pour répondre.

Le voyant réfléchir activement et se débattre avec le problème, Liz rompit le silence.

- Jim, je voulais te le dire parce que je ne veux pas que nous ayons le moindre secret. Mais le fait est que j'ai déjà pris une décision. Je veux juste que tu me soutiennes.

Voyant Jim acquiescer timidement, Liz continua.

- J'ai déjà pris un rendez-vous pour un avortement vendredi matin. J'espère que tu vas pouvoir prendre la journée et t'occuper de moi après.

Un avortement ! Jim avait toujours soutenu le droit des femmes à disposer de leur corps mais là, il s'agissait peut-être de son enfant. Ajouté à la pensée que Liz allait subir une intervention invasive, la possibilité d'une infection, le risque de lésions du système reproducteur, non ce n'était pas la bonne chose à faire.

- Penses-tu vraiment que cela soit nécessaire ? L'avortement est une solution radicale et ça comporte des risques. Peut-être qu'on devrait prendre le temps de la réflexion. Je pense qu'on devrait trouver une solution.

- Ecoute Jim, j'ai vraiment réfléchi. Je sais que c'est un choc pour toi mais, en fin de compte, la décision m'appartient et je l'ai prise. Je ne suis pas prête à devenir mère. C'est une période difficile de ma vie et je n'ai vraiment pas envie d'ajouter le stress d'un bébé à notre relation naissante. Quant aux risques, pour certaines femmes, c'est vrai. En fait, j'ai fait plusieurs avortements déjà et je n'ai jamais eu de problème. Par ailleurs, ils n'ont affecté ma fertilité en aucune manière. Après tout, je suis tombée enceinte cette fois- ci alors que je prenais la pilule. Et je ne manque jamais une prise.

- Plusieurs avortements, demanda Jim timidement, visiblement en état de choc.

- Oui. On n'a jamais parlé de mon passé sexuel mais j'ai eu quatre avortements. Le premier, à treize ans. Si tu veux qu'on en parle maintenant, on peut, mais crois -moi quand je te dis que ce n'est pas une affaire, à l'inverse de ce que la majorité des gens pensent. Et n'oublie pas, je ne suis enceinte que de six ou sept semaines. Il s'agit d'un embryon, juste quelques cellules. Il ne s'agit pas encore d'une personne.

Jim était abasourdi. Etait-ce un des côtés obscurs de Liz dont Steve avait parlé ? Il la regarda et vit sa détermination s'adoucir. Soudain, elle semblait incroyablement vulnérable et Jim ne put se retenir. Mettant ses sentiments de côté au profit de ceux de Liz, il se dirigea vers elle et la prit dans ses bras. Elle pleura doucement.

- Est-ce que tu me détestes ? soupira-t-elle dans un sanglot rauque.

- Bien sûr que non !

Jim amena Liz dans sa chambre. Il retira les couvertures et l'étendit sur le lit en la recouvrant. Elle roula sur le ventre en cachant sa tête dans l'oreiller. Jim entreprit de lui masser le dos. Il sentait qu'elle commençait à se détendre. Elle lui demanda de l'aider à enlever ses vêtements sans arrêter son massage. Vingt minutes plus tard, elle s'endormait. Jim se leva pour sortir de la pièce et se retourna pour regarder Liz qui avait l'air si vulnérable. L'ombre des arbres qui ondulaient sous la brise semblait caresser sa forme endormie. Juste avant de fermer la porte, il entendit une petite voix murmurer :

- Jim, je t'aime.
- Je t'aime aussi Liz.

8

Plus tard, ce matin-là, Jim était à son travail, totalement accaparé quand le téléphone sonna :

- Jim Henderson, répondit-il.

- Salut Jim, c'est moi.

Cela faisait plusieurs mois que Jim n'avait pas parlé à Sharon et maintenant elle l'appelait. En pensant à la nuit précédente, Jim se demanda si les femmes n'ont pas une forme de sixième sens.

- Salut Sharon, comment tu vas ?

- En fait, je vais beaucoup mieux. Après tous ces mois, les choses semblent enfin s'arranger pour moi. Mais je ne t'appelle pas pour t'ennuyer avec ma vie. La procédure de divorce est pratiquement achevée. Il ne nous reste qu'à signer un document : la Stipulation et Déclaration Finale de Divulgation. Ça a l'air impressionnant mais, comme on a déjà un accord signé et déposé, il ne manque plus que notre signature. Ceci fait, on devrait avoir le Jugement Final dès que le Tribunal nous le retournera. Par hasard, serais-tu libre ce soir ? Pourrais-tu venir chez moi, juste quelques minutes, pour signer ce document ? Je sais que tu es loin de Walnut Creek mais il faut vraiment qu'on le fasse.

Jim calcula quelques instants et conclut que c'était jouable. Il pouvait signer le document et passer la nuit avec Liz à Berkeley.

- Sûr, je peux venir. Est-ce que sept heures et demie, ça irait ?

- Parfait. A tout à l'heure, donc.

Jim appela Liz et lui dit qu'il devait voir Sharon pour signer les derniers papiers du divorce et qu'il serait à Berkeley vers huit heures et demie. Liz lui répondit qu'elle garderait une pizza au chaud. La journée de Jim se poursuivit par un travail soutenu mais sans événement marquant.

Ce soir-là, il eut la bonne surprise de trouver une circulation fluide. Il appela Sharon et lui laissa un message disant qu'il aurait probablement trente minutes d'avance. Si elle n'était pas là, il l'attendrait.

Il trouva facilement l'ensemble immobilier de Sharon. Bien qu'il ait son adresse, il n'avait jamais été la voir auparavant. Il n'était pas facile de s'orienter dans ce groupe d'immeubles et il arriva à la porte de Sharon à sept heures cinq. Il entendit aboyer. Puis la voix de Sharon :

- Calme-toi, Odie. C'est Jim.

La porte s'ouvrit et il fut submergé par des sentiments qu'il croyait éteints depuis longtemps. Debout devant lui, sa femme. Elle était superbe. Il y avait une lumière dans ses yeux qu'il n'avait pas vue depuis des années et elle avait l'air heureuse, comme jamais auparavant.

- Entre, l'invita-t-elle. Je te présente Odie. Odie, je te présente Jim.

Il regarda ce mélange de petit terrier qui remuait la queue frénétiquement en le regardant avec intérêt. Il s'accroupit et tendit sa main vers le chien. Curieusement, au lieu de la renifler, Odie mit la patte droite dans sa main. Jim la remua doucement :

- Ravi de te rencontrer, Odie.

Odie semblait content. Il regarda Sharon, puis Jim, se retourna et traversa la pièce pour rejoindre son panier dans lequel il sauta. Il se coucha et regarda intensément Sharon.

- Gentil chien, Odie, le félicita-t-elle. Jim, j'ai les papiers sur la table. Veux-tu faire un tour rapide de l'appartement. Ça ne peut qu'être rapide parce que l'appartement est petit.

Il acquiesça et Sharon lui montra son logement en commençant par le bureau, sa chambre, la salle de bain et la vue sur Mount Diablo depuis le living room. Il la suivit à la table et s'assit tandis qu'elle se rendait à la cuisine derrière le bar. Elle servit deux verres de vin qu'elle emmena, puis s'assit en face de lui.

Elle lui tendit un verre et proposa un toast :

- A des jours meilleurs pour nous deux.

- Comment vas-tu ? tenta Jim.

- Bien. En fait, très bien. J'ai traversé une très mauvaise période après être partie. Ma mère est devenue folle. Elle m'appelait en permanence et débarquait tout le temps sans prévenir. Elle ne cessait de me répéter que je détruisais ma vie et que je la décevais. Aucun homme ne voudrait de moi et je la privais de petits-enfants.

J'ai commencé à voir un psychologue et ça m'a fait du bien. Ces séances, seule, m'apportaient plus que nos séances en couple. Finalement, j'ai compris que les problèmes venaient de moi. Cette thérapie de couple ne pouvait donc pas nous aider.

Dans un premier temps, les choses ont empiré puis se sont améliorées. J'avais des douleurs abdominales pénibles et je suis tombée vraiment malade. J'avais des saignements internes dus à un kyste ovarien qui a éclaté. Si quelqu'un au travail ne m'avait pas traînée chez le docteur, je serais probablement morte.

Voyant de la compassion sur le visage de Jim, Sharon continua rapidement.

- Comme je l'ai dit, les choses ont empiré puis se sont améliorées. Quand ils ont diagnostiqué le problème, il a fallu prendre des décisions. La chirurgie était inévitable mais j'avais plusieurs options. Finalement, j'ai décidé de faire enlever un ovaire et de me faire ligaturer l'autre trompe de Fallope. Je sais que ça semble radical – je ne pourrai jamais avoir d'enfants – mais il y avait le risque de complications et j'ai donc décidé de ne pas avoir d'enfants. Si je change d'avis, je pourrai toujours adopter, comme je l'ai fait avec Odie. Ça a bien marché.

Au final, le meilleur résultat a été l'obligation pour ma mère de se taire. Quand elle a découvert que je ne pourrais pas avoir d'enfants, notre relation a changé. Je pense qu'elle est désolée pour moi. Elle est convaincue que je resterai seule toute ma vie. Au moins, je ne l'ai plus sur le dos. Ceci, combiné à une thérapie et mon nouveau travail qui marche très bien (je te remercie vraiment), tout ça m'a redonné de la sérénité et du bien-être pour la première fois de ma vie. Plus de stress majeur, plus de changements d'humeur. Possible que ces bienfaits résultent également de la chirurgie. Apparemment, le mauvais ovaire causait beaucoup de perturbations hormonales. En tout cas, je suis vraiment heureuse maintenant. Je suis désolée qu'il y ait eu des tourments pendant notre vie commune. Et je suis désolée de ne pas avoir compris comment être une meilleure partenaire pour toi, pour nous. Comme je te l'ai dit, Jim, ça n'était vraiment pas de ta faute. Oui, on a tous des problèmes. Oui, on peut tous s'améliorer. Mais mes problèmes ont été destructeurs dans toutes les relations que j'ai eues. J'espère que je pourrai faire mieux à l'avenir.

En tout cas, voici les derniers papiers. Tu n'as qu'à les signer et les dater.

Jim regarda les papiers. Il regarda Sharon intensément. Elle sourit sans donner la moindre indication de ses intentions. Mais, après un moment, voyant ses hésitations, elle se leva, vint vers lui et lui prit la main. Jim se leva et Sharon le conduisit vers la chambre. Sentant une tension soudaine, elle s'arrêta, se retourna et le regarda dans les yeux. Les liens entre eux étaient toujours là. Elle le sentait. Il le sentait. Elle tendit ses lèvres vers le haut et ils s'embrassèrent. C'était doux, long et lent. Son corps se détendit et elle fondit dans Jim. Il lutta contre l'envie de la prendre et de la porter dans la chambre.

Jim interrompit leur baiser avec douceur et regarda intensément le visage de Sharon.

- Je suis vraiment désolé, dit-il délicatement. Mais je vois quelqu'un.

Curieusement Sharon ne sembla pas affectée.

- Je m'en doutais, vraiment. Tu es un bel homme, très désirable. Je ne suis pas étonnée que quelqu'un se soit emparé de toi. C'est sérieux ?

Pensant à la grossesse et à l'avortement imminent, Jim ne pouvait que convenir que c'était sérieux.

- Ne t'inquiète pas, Jim. Parfois le timing n'est pas le bon. Je pense qu'on a raté une opportunité mais sache que tu es mon mari et qu'il y aura toujours une place particulière pour toi dans mon cœur.

Jim regarda Sharon et une fois de plus, il essaya de réfléchir rapidement. Il savait que c'était un moment-clé de sa vie. Il se trouvait à la croisée des chemins et il lui fallait choisir. Et une fois de plus, comme la nuit précédente, Jim se trouvait dans l'impossibilité de trier toutes les options rapidement pour faire un choix avisé. Aussi, par défaut et étant un homme de parole, il décida de poursuivre le chemin sur lequel il était engagé.

- Sharon, je t'aimerai toujours. Je le pense vraiment. Mais j'ai pris des engagements que je ne peux pas renier. Je ne sais pas bien quelle direction ma vie va prendre mais je dois essayer. Je suis désolé. Comme tu l'as dit, si le timing avait été un peu différent ……

Ils revinrent à la table et Jim signa et data les documents. Ils marchèrent jusqu'à la porte ensemble et avant que Jim ne parte, ils s'enlacèrent une dernière fois. Les sentiments étaient toujours là. Les liens étaient toujours là. En allant à sa voiture, Jim ne put s'empêcher de penser qu'il faisait la plus grande erreur de sa vie.

9

Liz attendait avec une pizza dans le four quand Jim arriva. Elle décela de la culpabilité sur son visage mais choisit de l'ignorer pour l'instant. Elle le serra dans ses bras et sentit immédiatement l'odeur de l'autre femme mais pas l'odeur de sexe. Elle se sentit soulagée. Jim avait probablement pris dans ses bras sa future ex.

- Comment ça s'est passé ?

- Ça a été plus dur que je ne le pensais. Elle a changé. Elle est mieux.

Puis voyant la surprise sur le visage de Liz, il continua.

- Ne t'inquiète pas. Je suis avec toi maintenant. Le timing n'a pas fonctionné entre Sharon et moi, c'est tout.

- Vous êtes encore mariés. Tu peux faire marche arrière.

Jim considéra l'éventualité un moment et essaya de s'imaginer, recommençant la vie avec Sharon. Malgré ses changements apparents, une seule chose lui venait à l'esprit : leur ancienne vie ensemble, les larmes, les frustrations, les hauts et les bas. Même si elle avait changé, il n'était pas possible que tous ces problèmes se règlent automatiquement. Et il avait lui aussi ses propres problèmes. Non, il devait fermer la porte sur ce passé exactement comme il l'avait fait, chaque fois que sa famille s'était délocalisée quand il était enfant. Il était temps d'avancer. Avec Liz, il avait l'opportunité d'une nouvelle vie. Une vie avec famille et amis, intellectuellement stimulante, nourrie de débats animés. C'était différent de ce qu'il avait connu avec Sharon ou avant Sharon. Il voulait ce que la vie avec Liz promettait.

- Non, je ne le veux pas. Cette partie de ma vie est terminée. Sharon et moi avons eu notre chance et nous ne l'avons pas saisie. Le temps a passé pour nous deux et on a pris, chacun, des chemins différents. J'ai signé les derniers papiers et ainsi j'ai refermé la porte. Je dispose désormais de ma vie et je peux recommencer une nouvelle histoire. Merci à toi de faire partie de ma nouvelle vie.

Liz sourit et le serra fortement. Elle était sûre que Jim n'en avait pas complètement terminé avec Sharon. Mais elle-même, en avait-elle totalement terminé avec Steve, ou Bill ou Bob. ? Comme elle, Jim avait décidé d'avancer. C'était de bon augure pour leur avenir commun.

Après la pizza et quelques bières, ils se préparèrent pour se coucher.

- Es-tu sûre de vouloir aller au bout de ton projet ? demanda Jim prudemment.

Calme et confiante, Liz répondit :

- Bien sûr. C'est la meilleure chose à faire. Et ne t'inquiète pas. Ce n'est rien. Le pire c'est de devoir se priver de sexe pendant une semaine ou deux, en fait de rapport seulement.

Ils montèrent se coucher et Jim massa délicatement le dos de Liz. En peu de temps, elle s'abîma dans un sommeil profond. Il prit le livre sur la table de chevet et commença à lire, la caressant inconsciemment avec douceur. Après quelques minutes, il éteignit la lumière. Il s'étonna des ombres qui ondulaient en travers du lit, projetées par les lumières de la nuit dehors.

- Je préférerais qu'elle ne le fasse pas, dit Liz d'une petite voix, pourtant totalement endormie.

- Faire quoi, Liz ? soupira Jim.

- Ça n'a pas d'importance. Tu ne peux rien faire pour l'arrêter. Bonne nuit.

- Bonne nuit, Liz.

Le lendemain matin, au petit déjeuner, des bagels de chez Noah les attendaient, ainsi que des yaourts et des fruits rouges. Jim demanda à Liz si elle se souvenait de leur conversation. Elle lui répondit par la négative. Elle lui dit qu'elle parlait souvent pendant son sommeil.

Après le petit déjeuner et quelques échanges légers sur les nouvelles du jour, ils se rendirent à la clinique en voiture. Jim attendit qu'on emmène Liz pour l'intervention. Elle revint quarante-cinq minutes plus tard, un peu pâle mais souriante.

- Tout s'est passé comme prévu. Pas de complication.

Le voyant inquiet, probablement perturbé, Liz vint vers lui :

- Ne t'inquiète pas. Calme-toi. Je vais bien. Tu as l'air plus mal que moi.

Et c'était vrai. Jim avait la nausée. Il se sentit chanceler en se levant pour aller à la rencontre de Liz. Il n'avait jamais subi d'intervention médicale et il ne pouvait imaginer ce que Liz avait traversé. Il ne pouvait pas croire que c'était aussi facile pour elle qu'il le semblait. Leur enfant, ou plutôt leur enfant en devenir, venait d'être avorté. Jim avait toujours voulu des enfants. Ce qui aurait pu être son fils ou sa fille n'existait plus et Jim se sentit submergé par la tristesse. Une nouvelle porte semblait se refermer sur son avenir. Il voulait dire à Liz ce qu'il ressentait mais il jugea qu'il valait mieux attendre. Si elle avait la moindre sensibilité là-dessus, ce n'était vraiment pas le moment d'en discuter. Après tout, c'est Liz qui était concernée, pas lui, non ?

10

Des semaines plus tard, Steve, Jim, Bill et Liz s'arrêtaient à Dunlap dans le 4x4 de Steve, prêts à affronter les Championnats Nationaux US de deltaplane. Ils s'enregistrèrent rapidement et commencèrent à installer leur campement.

- Est-ce que tu sens l'énergie de cet endroit ? demanda Steve, vraiment enthousiaste.

- Ah oui, je trouve ça un peu intimidant, répondit Jim nerveux. Comparé à d'autres pilotes, je ne suis qu'un débutant. Je ne suis pas sûr d'être à ma place ici.

- Bien sûr que tu es à ta place, répondit Liz en l'encourageant. Tu n'as peut-être pas l'expérience de tous ces gars mais tu as de grandes aptitudes.

- De plus, comme tu nous l'as dit, continua Bill, tu ne cherches pas à gagner. Tu es juste là pour apprendre. Ou alors ça n'était que de la fausse modestie ?

- Non, tu as raison. Mais regarde ces gars. Leur équipement est de premier choix et ils ont du matériel que je n'ai encore jamais vu. Je ne me sens vraiment pas dans le coup.

- Allons, ordonna Steve. Laisse-moi te les présenter. Tu verras que ces gars sont juste comme nous. Ils adorent voler et cette compétition est vraiment une manière de célébrer ce que notre sport est devenu. Ce n'est quand même pas une compétition féroce. Bien sûr, tout le monde veut gagner mais ce n'est pas comme dans les autres sports avec tout cet argent et tous ces sponsors. Très peu de ces gars sont des pilotes professionnels. Ils sont comme nous. Ils ont tous besoin de travailler et voler est pour eux un loisir. Hey Mick !

Un jeune homme, grand, mince, barbu, aux cheveux bruns, dans la trentaine se tourna vers Steve en souriant.

- Steve ! C'est sympa de te voir, dit-il avec force, en lui serrant la main et l'attirant pour le serrer dans ses bras. Je savais que tu t'étais qualifié et j'espérais te voir avant que tu ne partes pour Chicago. Comment vas-tu ?

- Bien, Mick. Ouais, je suis assez partagé sur la perspective de retrouver le plat pays du Midwest. Hé, je veux te présenter Jim Henderson. Ça ne fait que deux ans qu'il vole et il a fini cinquième aux championnats de région. Ce gars a des qualités naturelles. Jim, je te présente Mick Mickerson. Il a gagné les championnats nationaux l'an dernier. Il a terminé troisième aux championnats du monde et détient actuellement le record de distance avec cinq cents quatre-vingt kilomètres, je crois bien.

- Oui, cinq cents quatre-vingt douze exactement. Sympa de te connaître Jim. Bienvenu aux nationaux. Il me tarde de te voir voler. Si Steve pense que tu as du talent et que tu es arrivé si haut et si vite, tu dois être bon. J'espère que tu fais partie des pilotes équilibrés. J'ai vu plusieurs tragédies avec des gars qui montaient trop vite et qui se retrouvaient dans des problèmes parce qu'ils ne savaient pas bien lire les conditions.

- Ah non ! Je suis très prudent. Et je suis ici pour apprendre. Je ne cherche pas à faire quelque chose d'exceptionnel.

- Modeste. Une qualité probablement importante pour un libériste. Certainement plus que ce type, dit Mick en souriant, montrant un libériste visiblement très au point, entouré par des groupies.

- Qui est ce ? demanda Jim.

- C'est Brent Powers. Un vrai connard. Il commercialise plein d'équipements customisés : des GPS, des variomètres, des systèmes de communication, des systèmes de tracking, des harnais et des casques haut de gamme, presque tout ce dont on a besoin dans ce sport. Sa société le sponsorise et il cherche à se faire un nom et à faire connaître sa boîte, peu importe qui il abuse. Il prend des risques en vol, met les autres en difficulté et s'il y a une chose dont ce sport n'a pas besoin, c'est de risque additionnel. On a déjà à gérer les caprices de Dame Nature. Je plains le gars qui va tomber contre lui dans la compétition. Comme tu sais, on est dans une compétition par binômes. En tout cas, si Brent arrive à ce qu'il veut, le parapente et le vol libre vont terminer comme les autres sports hauts de gamme et à gros budgets. En fait, peut-être plus comme le Nascar. Il essaye vraiment d'en faire un sport plus risqué qu'il ne l'est véritablement. Tu sais que les gens adorent regarder les sports où il peut y avoir des morts. J'espère vraiment qu'il va échouer dans sa promotion de la folie et du danger. J'aime les choses telles qu'elles sont en ce moment. Ce sport est bien plus sûr que beaucoup d'autres, plus encore que l'aviation bien qu'on souhaite avoir plus de sécurité pendant les compétitions.

- Oui, Jim sauta sur l'occasion. Quand j'ai commencé ce sport, j'ai fait des recherches dans les statistiques comme je pense que la plupart des gens font. J'ai été agréablement surpris de voir que, dans le vol récréatif, les accidents mortels ont vraiment diminué ces dernières années. En fait, je pense que les seuls accidents de l'an dernier ont concerné des gens qui ont oublié de s'attacher sous leurs ailes, sautant de la falaise sans leurs ailes, ni plus ni moins. De plus, statistiquement, par heure de participation, ce sport est moins risqué que les sports équestres et la plongée avec bouteille. Paradoxalement, j'ai vu le nombre d'accidents mortels en compétition augmenter, ce qui est plutôt inquiétant pour un nouveau venu comme moi.

- C'est malheureusement vrai. On travaille à rendre les compétitions plus sûres, mais on a encore des choses à apprendre. Dans l'Owens Valley, lors du Cross Country Classic, on a perdu deux pilotes ou plutôt trois, selon la façon de compter, en une journée. Les jours précédents, ils avaient fait valoir que le responsable de la sécurité n'était pas en mesure d'annuler un jour de vol, que cette décision revenait aux libéristes puisqu'ils connaissaient leurs propres capacités. Un libériste talentueux pouvait accomplir les épreuves du jour quand les autres ne le pouvaient et, par conséquent, il lui appartenait de prendre cette décision. Or laisser les compétiteurs décider n'était pas une bonne option.

Mick marqua une pause après avoir regardé sa montre.

- Désolé, les gars, mais j'ai une réunion avec les directeurs de la course. On pourrait reprendre cette conversation pendant le dîner, Steve ?

A l'évidence, les talents culinaires de Steve étaient connus.

- Bien sûr, joins-toi à nous, dit Steve en riant. Emmène quelques amis si tu veux et quelques boissons alcoolisées.

- D'accord ! répondit Mick tout en courant vers la table des officiels.

- Ça a l'air d'être un type sympa.

- Oui, comme la plupart des pilotes ici. Pour lui, il ne s'agit que de voler et de promouvoir ce sport comme activité récréationnelle. Si les gens le perçoivent comme quelque chose d'amusant et de sûr, on pourra ouvrir d'autres sites. Les propriétaires des sites seront contents de nous laisser des endroits où voler. Sinon, avec plus d'accidents, de danger et de cons, les sites resteront fermés. Notre ami Brent nous a valu la fermeture d'un des meilleurs sites dans la Bay Area après avoir provoqué un propriétaire en plongeant plusieurs fois en direction de la baie vitrée de sa maison. Je garde cette histoire pour le dîner.

- A propos de ce Brent, dois-je être inquiet ?

- Probablement pas. Avec peu de points de compétition, tu fais partie des moins bien classés. Ils vont probablement te mettre face à quelqu'un comme Mick. Ils opposent souvent une tête de série à un libériste qui a un petit classement pour les premiers tours. Ça peut sembler injuste mais ils vous mettent face à des types expérimentés pour qu'ils veillent sur vous et que vous appreniez en les regardant. Très probablement, tu seras éliminé avant que tu n'arrives au niveau de Brent, au moins pendant cette rencontre. Avec ma chance habituelle, je vais certainement tomber sur lui au tirage au sort. On est pratiquement au même niveau de classement.

Steve continua de faire le tour avec Jim, le présentant à certains des meilleurs libéristes mondiaux. Tous se montrèrent très accueillants avec lui.

Le dîner fut un régal, apprécié de tous, sous un déluge de louanges. Steve exultait. Jim fut ravi de voir que tous les compétiteurs limitaient vraiment leur consommation d'alcool et qu'aucune drogue ne circulait. Bien qu'il y eût un véritable climat de camaraderie, chacun se préparait psychologiquement à la compétition du lendemain.

Liz et Jim lièrent leurs sacs de couchage ensemble et firent l'amour avec passion, Liz voulant aider Jim à se calmer. Pourtant il resta totalement éveillé. Il caressait les cheveux de Liz machinalement pendant qu'elle sommeillait. Il ouvrit la tente et regarda les ombres que la pleine lune projetait sur le terrain de camping.

- Ne t'inquiète pas, dit une petite voix endormie. Je sais que ça va bien se passer.

- Merci, Liz. Bonne nuit.

- Bonne nuit.

Une journée splendide se levait. La météo prévoyait des conditions de vol parfaites pour Dunlap. A 8 heures du matin, les soixante-dix pilotes avec les chauffeurs, les wind dummies et le staff arrivèrent pour le coup d'envoi de la rencontre. Après avoir accueilli chacun, rappelé les règles de vol et le but premier de la rencontre qui était que tout le monde prenne du plaisir, les officiels décrivirent les épreuves du jour, un parcours triangulaire de soixante kilomètres. Puis ils affichèrent les binômes.

Comme on pouvait s'y attendre, Jim se retrouva face à Max Johansson, une des têtes de série. A son grand désarroi, Steve se retrouva face à Brent Powers et pire, fut programmé pour être le premier à partir. Ça impliquait des conditions plus molles et ils allaient vraiment peiner à finir la course.

Liz avait accepté de conduire et Bill fut désigné comme wind dummy. Lors des vols récréatifs, les libéristes qui partaient les premiers dans des conditions incertaines étaient appelés les wind dummies. En compétition, c'était les pilotes désignés pour déterminer les conditions afin que les officiels décident quand lancer la compétition et si les conditions se dégradaient, quand l'arrêter, évitant aux compétiteurs d'être injustement pénalisés par une météo aléatoire.

Ils grimpèrent la montagne. Les wind dummies et les dix premières paires se préparèrent et firent leur inspection de pré-vol. Les officiels arrivèrent et examinèrent les équipements de chaque compétiteur : aile, harnais, casque, couteau à suspente (en cas d'atterrissage dans l'eau ou les broussailles) et GPS. Les premiers thermiques commençant à débouler vers le point de lancement, un wind dummy décolla. Après quinze minutes passées à traquer vainement les ascendants alentour, il finit piteusement sur l'aire d'atterrissage. Trente minutes plus tard, un second wind dummy décolla avec la même infortune, atterrissant en moins de vingt minutes.

Les rafales de thermique semblaient gagner en puissance quand vint le tour de Bill de décoller comme wind dummy. Il fit un départ laborieux, exploitant le moindre mouvement d'air vers le haut pour stabiliser son altitude mais, après vingt minutes, il eut l'impression qu'il allait échouer comme les autres. Les pilotes commençaient à céder au découragement. Cette journée s'était annoncée tellement pleine de promesses. Pourtant quelques nuages de cumulus se formaient, indiquant des crêtes d'air chaud et humide. Pourquoi les thermiques ne seraient-ils pas meilleurs ?

- Regardez, cria Liz à tout le groupe après que la plupart se fussent éloignés du départ.

Pas de doute, Bill avait trouvé un thermique. Il était bien en-dessous du point de lancement, mais il montait régulièrement. En quelques minutes, il se retrouva au niveau du départ et quelques instants plus tard, trois cent mètres au –dessus, fonçant vers la base d'un cumulus. La rencontre était engagée.

Steve avait perdu au tirage et dut décoller le premier. Il aurait espéré de meilleures conditions mais, comme c'était des duels un contre un, même s'il n'arrivait pas à terminer la course, il lui suffirait de battre son concurrent par son avance. Il ne doutait pas qu'il ne puisse battre Brent Powers. Ce gars était une grande gueule et il savait focaliser l'attention, mais en réalité il n'était pas un grand libériste.

Voyant un frémissement prometteur dans les taillis dessous, Steve courut vers le bas de la rampe. Le faible thermique le souleva pendant une seconde puis s'évanouit. Il chercha à le retracer mais en vain. Il explora les strates inférieures mais sans davantage de succès.

- Vous avez trente secondes pour décoller ou vous êtes disqualifié, cria le directeur de la course à Brent Powers.

- Ah m…... ! maugréa Brent en courant le long de la rampe ;

Surprise agréable, Steve venait de contacter un thermique et grimpait à vive allure, bien qu'il soit encore trois cent mètres sous le point de lancement. Brent se dirigea vers Steve et fut récompensé par un bond du variomètre. Il commença ses cercles et revint rapidement près du niveau de départ. Mais Steve montait plus vite, beaucoup plus vite. Et tandis que Brent atteignait le niveau de lancement, Steve était juste dessous.

Les règles du vol plané exigent que le libériste dont l'ascension est la plus rapide ait la priorité. Avec les planeurs, ce principe est important sans être critique. Il permet au pilote en-dessous d'avoir, à travers le verre du cockpit, la visibilité vers le haut. En deltaplane, cette règle est vitale parce que le pilote du dessous a sa vision occultée par l'aile.

De toute évidence, Brent Powers n'allait pas se plier à ce règlement.

- N'essaye pas de me doubler, connard ! cria-t-il. Je prends mon parachute et je te rentre dedans si tu fais ça.

Tout le monde l'entendit au point de lancement. Pas Steve malheureusement. Steve n'avait absolument pas conscience que Brent était au-dessus de lui quand il entra dans le cœur du thermique. Alors qu'il terminait un cercle particulièrement serré, Steve entendit un craquement. Le bord de l'aile le plus haut se plia et le deltaplane commença à tomber en vrille. Il prit son parachute et le jeta violemment mais c'était trop tard. La collision se produisit à seulement une trentaine de mètres au-dessus du lancement. Le temps de comprendre la situation et la vrille qui entraînait le deltaplane à plus de trois cent mètres minute empêcha le parachute de s'ouvrir. La plupart des gens sortent indemnes de ce type d'accidents. Habituellement, un deltaplane, grâce à sa voilure, ne tombe pas à cette vitesse. Mais Steve n'eut pas cette chance. Non seulement il tomba à une vitesse vertigineuse à cause de la vrille, mais l'aile incontrôlable l'envoya percuter, tête la première, un affleurement rocheux. Il fut tué sur le coup.

Brent Powers déploya son parachute facilement. Il s'ouvrit et le déposa, lui et son aile, sans dommage quelques centaines de mètres derrière le lancement.

Tous les libéristes se précipitèrent pour sauver Steve. Ils dégrafèrent l'aile emmêlée qui s'était refermée sur lui comme un linceul et découvrirent son corps inerte. Liz bouscula les gens et prit Steve dans ses bras, pleurant silencieusement. Les pilotes qui s'étaient précipités pour appeler les secours apprirent qu'il était trop tard. Les autres restèrent silencieux, ne sachant que faire.

C'est alors que Brent Powers, confiant, arriva à grands pas. Son ombre recouvrit la forme inerte de Steve.

- Hé mec, désolé. Mais je t'avais averti de ne pas me doubler.

Liz se leva. Elle se tourna vers Brent. Jim vit une Liz qu'il ne connaissait pas. Les larmes avaient disparu. La femme qui se tenait là était d'une froideur glaciale. Elle marcha vers Brent :

- Tu l'as tué, bâtard. Maintenant, c'est ton tour.

En y repensant plus tard, Jim ne sut pas ce qui l'avait alerté d'un danger imminent. Il courut vers Liz et Brent et la saisit juste après qu'elle ait tiré le couteau à suspente du harnais de Brent et avant qu'elle ne tranche sa veine jugulaire. Il essaya de la retenir, ne trouvant à lui dire que des banalités :

- Il ne le mérite pas, Liz.

Mais Liz le repoussa avec une force inattendue, presque surhumaine et repartit vers Brent :

- N'essaye jamais de me retenir comme ça, Jim, l'avertit-elle.

Ces mots le glacèrent alors qu'il découvrait une Liz qui l'effrayait.

De son côté, Brent Powers battait en retraite, les mains levées.

- Hé, plaida-t-il. C'est un accident. Je suis désolé.

- Que tu sois désolé ne va pas le ramener mais, au moins, je vais libérer le monde d'une crevure comme toi.

Brent se retourna et s'enfuit. Liz commença à courir derrière lui mais fut plaquée au sol par un groupe de quatre libéristes. Quand elle comprit qu'elle ne pouvait pas les dominer, son visage s'adoucit. Elle laissa tomber le couteau et d'une petite voix plaintive:

- Jim, s'il te plaît, aide moi !

Jim arriva et Liz le regarda, suppliante :

- Tout va bien maintenant. Jim, s'il te plaît, dis-leur que je ne vais faire de mal à personne.

Jim fit un signe de la tête aux pilotes qui la libérèrent. Il la leva par un bras et l'entraîna à l'ombre d'un vieux chêne où il l'installa au sol. Liz semblait abasourdie. Ses yeux étaient grand ouverts comme si elle venait de se réveiller d'un rêve, ignorant où elle se trouvait.

- Tu vas bien ? demanda Jim avec délicatesse.

- Oui, j'ai sommeil. Je peux faire un petit somme ? Je peux mettre ma tête sur ton ventre pendant quelques minutes ?

Jim s'assit et lui caressa la tête et le visage pendant qu'elle se détendait. Elle souriait légèrement. Juste avant qu'elle ne s'endorme, elle chuchota de sa voix assoupie :

- Je t'aime Jim.

- Je t'aime aussi Liz.

Jim se mit à raisonner sur ce qui s'était passé. Steve, peut-être le meilleur ami de Liz et son ancien amant, venait d'être tué par un imbécile bouffi de suffisance. Evidemment la colère de Liz était prévisible. Il avait entendu parler de ces accès d'adrénaline qui donnent aux gens une force passagèrement surhumaine. Il avait aussi entendu dire qu'ils sont habituellement épuisés quand l'adrénaline disparaît et que, souvent, ils ne se souviennent plus de ce qu'ils ont fait. Aussi ce ne fut pas une grande surprise quand Liz se réveilla en lui demandant ce qui s'était passé. Elle ne semblait pas étonnée, elle non plus. Elle reconstituait ses souvenirs au gré des explications de Jim.

La compétition fut annulée pour la journée. Les responsables allaient essayer de recueillir des témoignages. Ils allaient réunir tous les pilotes. Tout le monde était supposé y assister. Jim décida dans l'instant qu'il allait quitter cette compétition. En fait, il n'était même pas sûr de voler après ça. En tout cas, il ne participerait plus à une compétition.

Durant toute la journée, les gens furent convoqués dans la tente du manager pour répondre aux questions. Deux représentants du sheriff de Fresno y assistaient. Liz, Bob et Jim prirent un dîner frugal dans un silence glauque. Ils ouvrirent une bouteille de vin de grand prix que Steve avait apportée pour célébrer la fin de la rencontre. Ils portèrent des toasts à la mémoire de Steve et entamèrent le processus de deuil en racontant des histoires sur leur rencontre et leurs nombreuses aventures ensemble. A sept heures, avec le reste des pilotes et le staff, ils se dirigèrent vers la tente du manager. Le responsable de la rencontre s'y trouvait, flanqué du responsable de la sécurité et de policiers.

- Bonjour tout le monde. C'est un jour dévastateur pour nous tous. C'est un sport à risque et la plupart d'entre nous connaissons quelqu'un qui a perdu la vie dans la pratique de ce sport, surtout parmi les pionniers de la première heure. Avant que les équipements et les programmes d'entraînement ne progressent, faisant de ce sport un des plus sûrs. Nous espérons toujours que ce genre d'accidents soit dépassé. Mais alors que les accidents en vol récréationnel sont sur des plus-bas historiques, le vol de compétition atteint un taux d'accident inégalé jusqu'ici. Par tempérament, la plupart d'entre nous avons l'esprit de compétition. Mais la compétition dans un sport à risques est un facteur supplémentaire de danger et nous avons besoin d'être plus vigilants.

« Je veux que vous sachiez qu'après cette rencontre, il n'y aura plus d'événement officiel avec ce format d'un contre un. On envisage d'autres formats qui garantiront une certaine équité entre les concurrents et réduiront les risques d'accident. Nous voulons également améliorer la sécurité en augmentant les pouvoirs du responsable de la sécurité afin qu'il contrôle qui vole et dans quelles conditions.

« Malheureusement, pour cette rencontre, nous devons poursuivre avec le format actuel. Beaucoup d'entre vous convoitent les Championnats du Monde et ont besoin de cette compétition pour se qualifier. On ne peut pas annuler cette rencontre et malheureusement nous n'avons ni le temps, ni la ressource pour en changer le format. Demain les épreuves reprennent.

« J'imagine qu'il est inutile que je vous exhorte à voler prudemment mais je supplie les compétiteurs les plus agressifs de prendre le temps de réfléchir. Steve Franklin était un grand libériste. Il ne faisait pas d'erreurs. Et pourtant, aujourd'hui, il est mort. Ce n'est pas mon rôle de faire l'éloge de Steve mais je veux dire qu'il va me manquer. C'était un grand ami et quelqu'un de très attentionné et prévenant.

« Notre sport a une réputation de danger que nous nous efforçons de corriger. Si les gens pensent que c'est une activité sûre, on aura plus d'endroits où voler et on assistera à un regain d'intérêt pour notre sport. Des tragédies comme celle-ci nous font régresser de plusieurs années. S'il vous plaît, ne faites pas ce genre de choses à notre sport et ne les faîtes pas à vous-mêmes. Nos compétitions devraient n'être que du plaisir, sans risque majeur. Demain et pendant le reste de la rencontre, je vous demande d'être particulièrement prudents et précautionneux avec les autres.

« Ceci dit, je veux vous dire où en est notre enquête. Après plusieurs entretiens et échanges, il est clair qu'il ne s'agit pas d'un accident. La collision était voulue. Brent Powers sera interdit de vol à vie. De plus, les services du Sheriff de Fresno ont émis un mandat d'arrêt contre lui. Il sera poursuivi pour homicide volontaire. Comme vous le savez, c'est une charge très grave assortie de peines très sévères.

« Malheureusement, Brent Powers a disparu. Sa tente et son matériel de camping sont là mais sa voiture n'est plus là. Personne ne l'a vu depuis la collision. Nous espérons qu'il reviendra et assumera ce qu'il a fait. En attendant, si quelqu'un a des informations qui pourraient aider à le retrouver, merci de les communiquer aux services de police.

« Pour les amis et la famille de Steve Franklin, merci de bien vouloir accepter mes condoléances. Je suis désolé de dire que j'ai fait tout mon possible pour éviter ça et que faire plus me semble impossible. Pourtant j'essaierai de le faire. Je m'y engage.

« Je souhaite à chacun d'entre vous de trouver le sommeil. On vous verra à huit heures demain matin au point de ralliement des libéristes. Puisque plusieurs pilotes ont renoncé à la compétition, nous allons recomposer les binômes et ils seront affichés demain.

Brent fut finalement arrêté. A cause de sa conduite à risque, il fut incarcéré. A l'audition préliminaire, le juge qui n'y connaissait rien en aile delta et qui croulait sous les dossiers convainquit le procureur d'un règlement hors-cour. Il argumenta qu'il serait difficile de convaincre un jury (ainsi que lui-même) que, dans un sport à risques comme le deltaplane, il ait pu y avoir homicide volontaire.

Lors des négociations avec l'avocat de la défense, le procureur comprit qu'il s'agissait d'un procès impossible à gagner et ils s'accordèrent pour réduire les charges à homicide involontaire et la peine d'emprisonnement au temps déjà purgé, à douze mois de probation, ainsi qu'à une amende de dix mille dollars. Brent Powers était libre. Avec son bannissement des événements officiels de deltaplane et le récit de ce qu'il avait fait, le mot circula à travers toute la communauté du deltaplane. Son commerce fut boycotté et il fut obligé de fermer.

La relaxe de Brent arriva rapidement et Liz, Jim et Michael Leahy le surent trop tard. Liz jura de venger Steve. Jim essaya de la calmer. Michael Leahy prédit que Brent Powers recommencerait et que ça ne serait pas aussi facile pour lui la seconde fois. Ils envisagèrent de se porter partie civile mais la famille de Steve ne voulut pas poursuivre. Ils voyaient eux aussi le deltaplane comme un sport dangereux et voulaient tourner la page, en évitant un procès interminable, loin de chez eux.

11

Après un voyage funeste jusqu'à Chicago pour les funérailles de Steve, la vie revint à la normale pour Liz et Jim. Elle abandonna définitivement le deltaplane, vendant son aile et ses équipements. Jim les garda, s'imaginant monter, dans des conditions parfaites, avec des cercles infinis, vers des cumulus bouffis. Il suspendit pourtant cette activité pendant un moment. Il revint vers le surf et se remit à courir la plupart des jours de la semaine.

Son divorce d'avec Sharon arriva à son dénouement et ils se séparèrent bons amis, tous deux regrettant que la vie n'offre des opportunités qu'à contretemps. Mais ils étaient suffisamment réalistes pour savoir qu'ils avaient chacun besoin de poursuivre leur route séparément. Dans leur arrangement, Jim racheta la part de Sharon sur leur maison de Pacifica. C'était la première maison qu'il avait jamais eue et malgré tous les souvenirs de Sharon qui imprégnaient ces murs, il ne pouvait se résoudre à la quitter, avec sa vue exceptionnelle sur l'océan et son accès facile à Montara Mountain.

Liz continua de travailler pour Mansfield, Mason et Williams mais, n'ayant pas passé le Certificat d'Aptitude à la Profession d'Avocat, ses attributions étaient limitées et elle commençait à trouver le travail ennuyeux. Après quelques mois dans ce cabinet, elle connaissait le fonctionnement intime d'une structure de cette taille et devoir faire des quantités d'heures par semaine en vue d'un éventuel partenariat n'avait plus rien à voir avec son projet initial. Même si elle en retirait un revenu confortable et même si cette expérience étoffait son curriculum vitae en lui permettant de rencontrer des gens influents pour sa carrière.

Après trois mois passés à affronter les embarras de la circulation pour leur rendez-vous hebdomadaires, ils prirent la décision d'emménager ensemble. Grâce à un mobilier et une décoration haut de gamme ainsi qu'à des changements subtils, Liz eut tôt fait de changer la maison de Jim, en effaçant l'empreinte de Sharon sans enlever celle de Jim.

Le troisième dimanche de chaque mois, les parents de Liz organisaient une fête, l'après-midi, semblable à celle à laquelle Jim avait assisté. Ils invitaient la famille et les amis proches pour un brunch au champagne, au moins une fois sur deux. Malgré son peu de goût pour le champagne, Jim aimait les brunchs. Liz et lui amenaient des fleurs, du champagne, optant toujours pour la Veuve Cliquot et s'il faisait beau, les festivités se tenaient dehors sur la terrasse à la vue imprenable. Jim avait toujours des shaggy dog stories à raconter, pour la totale délectation de Mickey Leahy qui les complétait du récit des joutes juridiques de sa carrière.

Par un dimanche après-midi d'automne radieux, après que la plupart des invités se furent éclipsés et que le soleil se fut couché, allongeant les ombres projetées, un homme plus âgé s'avança sur la terrasse.

« Richard ! » cria Mickey, en bondissant pour prendre dans ses bras ce nouvel arrivant.

- Quand es-tu arrivé ?

- En fait, mon avion a atterri il y a deux heures. Comme je connaissais tes fêtes de l'après-midi, j'ai décidé de débarquer.

- Votre attention, commença Mickey. Pour ceux qui ne connaissent pas mon illustre collègue et ancien partenaire, je vous présente Richard Johnson. Il est de retour après un an passé à l'étranger. En Chine, n'est-ce pas ?

- Oui. J'ai passé le plus clair de cette année à voyager en Chine, me déplaçant d'un endroit à l'autre pour recueillir des recettes. J'adore la cuisine chinoise et je suis amusé à l'idée d'ouvrir un restaurant chinois haut-de-gamme, proposant des plats que la plupart des Occidentaux ne connaissent pas. J'ai trouvé des recettes incroyables. Peut-être que je pourrai vous en emmener quelques-unes lors de votre fête, le mois prochain.

- Ce serait fantastique, ponctua Janice avec enthousiasme, se levant pour prendre Richard par le bras. Laissez-moi vous présenter nos amis.

Pendant que Janice faisait le tour des invités, Mickey se tourna vers Jim.

- Richard et moi nous connaissons depuis plus de trente ans. On a fait nos études de droit ensemble. On a travaillé ensemble dans l'étude du procureur. Puis j'ai quitté le navire pour m'embarquer dans une nouvelle aventure et Richard m'a rejoint pour devenir, plus tard, mon associé. Il a connu une belle réussite dans cette société. Mais il a fait un héritage important il y a quatre ans. Il a décidé d'abandonner le droit et de s'adonner à une passion de longue date : la cuisine. Il a passé un an à prendre des cours avec les meilleurs chefs du pays puis a commencé à voyager, travaillant comme apprenti dans les cuisines des meilleurs restaurants. Pour son dernier voyage, il a passé un an en

Chine. Je suis sûr qu'il a des histoires à nous raconter pour des semaines entières. C'est un homme totalement universel, il réussit quasiment tout ce qu'il entreprend. Il a même installé notre premier site et notre système de données.

Janice s'approcha d'eux, Richard à son bras.

- Richard, je voudrais te présenter l'ami de Liz, Jim. Jim est directeur technique de MacroData Systems, une startup performante de Silicon Valley. Jim, je voudrais vous présenter Richard. Je suis sûr que vous avez plein de choses à échanger.

- Ravi de vous rencontrer, Jim, dit Richard, en serrant chaleureusement la main de Jim. J'espère que vous vous occupez bien de Liz

- J'essaye.

- Et Lizzy ! s'exclama Richard, en avançant vers Liz et la cachant un instant à Jim. Ça fait des siècles que je ne t'aie vue. Tu es devenue une jeune femme incroyablement belle.

Tandis que Richard la prenait dans ses bras, Jim remarqua un changement chez Liz. Ses bras devinrent flasques, ses yeux s'élargirent et son visage se détendit. Elle regarda Jim, puis Richard et dans un soupir :

- Bonjour Richard. Ça fait bien longtemps effectivement.

Janice interrompit l'étreinte et entraîna Richard pour lui présenter un autre groupe d'invités. Liz prit le bras de Jim et d'une petite voix, lui dit :

- Jim, je ne me sens pas bien. On peut partir ?

Elle alla vers Mickey. Il la serra dans ses bras :

- Ok, ma chérie. J'espère que tu n'as pas mangé quelque chose de mauvais. Jim, prenez bien soin d'elle et appelez nous plus tard pour nous dire comment elle va.

- Je n'y manquerai pas, Mickey.

Liz prit le bras de Jim, mit sa tête sur son épaule et ils se dirigèrent vers la voiture. Jim salua tout le monde, disant à la cantonade que Liz ne sentait pas bien.

Une fois dans la voiture, Liz s'endormit spontanément. Elle dormit pendant tout le retour à Pacifica, se réveillant seulement quand ils s'arrêtèrent dans l'allée.

- Ça va mieux ?

- Ah oui, répondit elle d'une voix endormie. Qu'est-ce qu'on fait à la maison ?

- Tu ne te souviens pas ? Tu as dit que tu ne te sentais pas bien et que tu voulais quitter la réunion.

- Ça a dû vraiment me perturber. Je ne me souviens pas de notre départ. Je sais que j'ai bu beaucoup de champagne mais je ne pensais pas que j'étais ivre. Je suis contente d'être à la maison avec toi.

12

- Salut Dawn, comment ça va, ce nouveau travail ?
- Salut Eve ! Ça va pas mal. C'est un énorme changement avec mon « travail » précédent, comme tu peux imaginer. Je ne gagne pas autant d'argent mais je me sens mieux dans ma vie personnelle et professionnelle. Même si parfois je m'ennuie.
- Tu t'ennuies ?
- Tu sais, travailler dans la rue est tout sauf ennuyeux. Même quand je passais le temps à attendre les clients, je regardais les gens dans la rue et je m'étais fait des amies parmi les autres filles. Bien sûr, leurs proxénètes ne m'aimaient pas et supportaient mal que je leur parle. Je pense qu'ils craignaient que je leur mette en tête qu'elles pouvaient travailler sans leur protection. Bien sûr, j'avais Jane. Elle avait su se faire respecter même si elle ne travaillait pas avec eux.

« Mais travailler dans un bureau toute une journée n'est pas facile. Je suis étonnée par les intrigues et les mesquineries dont je suis témoin. Je pensais que le mal était dans la rue mais ça n'a rien à voir avec ce que les gens sont capables de se faire dans le monde du travail juste par ambition. Et pour des sommes d'argent tellement dérisoires ! Vraiment, je ne comprends pas.

- Oui, je sais. Si tu trouves le travail de bureau difficile, t'imagines même pas comment c'est à l'université. Tu connais la maxime : soit tu publies, soit tu meurs. Eh bien, c'est pire que ça. Les gens se battent pour trouver des subventions et sauver leur emploi. Ils sont prêts à tout pour se faire titulariser. Alors que les professeurs titularisés se laissent vivre, au moins en ce qui concerne l'enseignement. Il est quand même regrettable que les profs les plus accomplis ne soient pas ceux qui donnent le plus de cours ou ceux qui dirigent et accompagnent les étudiants. Quand j'y travaillais, j'adorais ce que je faisais. Mais le fonctionnement est détestable. Je suppose que c'est comme ça dans la plupart des secteurs.

« Au fait, tu as parlé de Jane. Qu'est- ce qu'elle devient ?
- Oh tu sais Jane, elle a disparu à nouveau. Dès que j'ai quitté la rue, elle a disparu. J'imagine qu'elle a pensé que je n'avais plus besoin de protection dans mon nouveau métier. Elle a toujours été tellement solitaire. Elle a beau être perturbée, elle me manque.
- As-tu eu des nouvelles de Liz ? Elle a un nouveau garçon dans sa vie.

- En fait, non. Même si j'ai quitté la rue, je ne suis pas encore prête à affronter la famille. Que s'est-il passé ? J'ai entendu dire qu'elle avait rompu avec Mark Sinclair. J'ai également appris ce qui était arrivé à Steve. C'est vraiment triste. D'après les échos que j'ai eus, Liz aurait arrêté ce sport. Elle sera plus en sécurité. A-t-elle commencé à sortir avec ce garçon qu'elle a rencontré au deltaplane ?

- Oui. Il est cadre supérieur dans une startup de Silicon Valley. Il est plutôt sympa. Ils forment un beau couple. A différents égards, il me rappelle ton père. Il s'est construit tout seul. Il a de l'humour et il est ambitieux. Je pense qu'il pourrait très vite se déclarer. D'après moi, les fiançailles ne vont pas s'éterniser. Liz est éprise de lui.

- J'espère que ça va marcher. On est une famille de filles perturbées. Tu es la seule qui semble stable. Je suis une prostituée. Jane est psychopathe. Liz est imprévisible et elle a eu ces horribles avortements. Seule Betty y a échappé et on verra comment elle va évoluer quand viendra la puberté. Mon Dieu, je suis tellement amère parfois !

- En vérité, je suis probablement plus perturbée que vous toutes. Je n'ai jamais éprouvé le moindre intérêt pour le sexe. En fait, je suis encore vierge.

- Mon Dieu, Eve. Je ne le savais pas. J'imagine que personne ne le sait. On est vraiment une famille bizarre. J'espère vraiment que Liz et Betty vont mieux s'en sortir.

- Moi aussi !

CHAPITRE 4

« Pour garder le feu vif et ardent, il y a une règle simple. Rapprocher deux bûches, assez près pour qu'elles se tiennent chaud mutuellement, et assez loin, la largeur d'un doigt, pour que l'air circule. Bon feu et heureux mariage : tous deux obéissent à la même règle. »

- Mamie Reed Crowell

Steve Jackowski

1

En février, Liz réussit l'examen du barreau du premier coup. Michael Leahy organisa une fête à cette occasion au Quince de San Francisco où sa famille et ses amis vinrent la féliciter. Tous lui demandèrent si elle allait intégrer le cabinet de son père. A sa réponse négative, on l'interrogea sur l'éventualité de briguer un partenariat chez Mansfield, Mason et Williams. Liz répondit qu'elle avait en projet d'y rester jusqu'à ce qu'elle ait mieux défini ses intentions.

Malheureusement, les semaines suivantes, maintenant que Liz était diplômée de droit, la société commença à crouler sous les dossiers. Liz totalisait plus de quatre-vingt-dix heures de travail par semaine. Elle ne voyait presque plus Jim.

De son côté, la société de Jim lançait une nouvelle gamme de produits. Lui non plus ne comptait plus ses heures de travail. Ils ne se voyaient que furtivement le matin, au lever et juste avant de se coucher. Ils étaient trop fatigués pour faire l'amour et s'effondraient sur leur lit. Le matin, l'urgence recommençait.

Un vendredi soir, alors que Liz rentrait à neuf heures et demie du soir, titubant de fatigue, Jim l'attendait avec un verre de vin.

- Merci de votre délicate attention, cher Monsieur.

- J'ai une surprise pour toi.

- Jim, je pense que je suis trop fatiguée pour ta surprise ce soir. Peut-être qu'on pourrait se lever de bonne heure et faire ça rapidement avant de foncer au bureau.

- On va se lever de bonne heure mais pas pour faire l'amour à la sauvette et tu n'auras pas à te précipiter au bureau. J'ai appelé Jonas Mason et je lui ai dit que s'il ne te donnait pas le weekend, ses associés devraient me poursuivre pour meurtre. J'ai dit la même chose à mon patron. J'ai parlé le plus sérieusement du monde et ils ont accepté de nous laisser même le lundi. J'imagine qu'on devra rattraper les heures mais je pense qu'on a besoin de ça. J'ai loué la nuit de demain et de dimanche, à Lucia Lodge à Big Sur.

- Tu n'as pas vraiment dit à mon patron que tu allais le tuer s'il ne me laissait pas libre ?

- Eh bien, pas exactement, mais quoi que j'ai pu dire, ça a marché. Souviens-toi, on ne regarde pas les dents du cheval qu'on vous offre !

Liz but une gorgée de vin, posa son verre et sauta dans les

bras de Jim, l'embrassant avec fougue. Il l'entraîna en chancelant dans la chambre où ils rattrapèrent les semaines perdues, libérés d'un seul coup du poids de leur fatigue.

Le lendemain matin, ils préparèrent le petit-déjeuner et traînèrent ensemble avant de foncer vers la côte. Ils s'arrêtèrent à Moss Landing pour le déjeuner et reprirent la route en passant la Péninsule de Monterey vers Big Sur. Ils arrivèrent à Lucia Lodge juste avant que de grosses gouttes de pluie ne commencent à tomber.

- Voilà notre weekend à Big Sur, commenta Liz, visiblement dépitée. Puis pensant aux glissements de boues et de roches qui ferment régulièrement Highway 1 : j'espère que nous pourrons rentrer chez nous lundi.

- Je ne suis pas inquiet, répondit Jim, d'un sourire malicieux, en exhibant un parapluie monumental. J'ai vérifié la météo avant de venir et jusqu'ici, les choses se passent comme prévu.

Ignorant le regard interrogateur de Liz, ils se précipitèrent dans la boutique qui servait de réception au Lodge. Une jeune et belle femme avec des yeux bleus pétillants et des cheveux bruns tressés leva les yeux quand ils entrèrent en s'ébrouant.

- Bonjour, j'ai réservé au nom d'Henderson.

- Oui, Jim Henderson et Elizabeth Leahy. On vous a donné le Cottage 10 : le Cottage Lune de Miel. Reculez votre voiture jusqu'à l'allée. Il y a plein de places de stationnement et vous êtes dans le dernier cottage au bout de la falaise. Je vois que vous avez réservé pour le dîner à sept heures. On vous verra à ce moment là. Nous n'avons qu'un autre couple qui reste avec nous pour le weekend mais ils dînent ailleurs. Vous aurez très probablement la salle à manger pour vous tout seuls.

- Bon séjour, dit-elle en clignant de l'œil à Jim subrepticement.

- C'était vraiment grossier, ragea Liz alors qu'ils regagnaient la voiture.

- Quoi ?

- Elle t'a vraiment dragué

- Non, je ne le crois pas, lui dit Jim d'un ton apaisant. Essayons de trouver la chambre avant d'être complètement trempés. Attends ici une minute. Je vais amener les bagages jusqu'à la chambre. Après il faudra courir.

Quelques minutes plus tard, Jim ouvrit la portière du passager, tenant le parapluie géant au-dessus de Liz tandis qu'elle sortait. Ils affrontèrent le vent en avançant le long de la falaise, risquant de perdre le parapluie plusieurs fois. Le vent et la pluie étaient tellement violents que, malgré cet abri, ils finirent trempés avant d'avoir atteint la petite entrée du cottage.

Jim ouvrit la porte et poussa Liz à l'intérieur. Il entra derrière elle et ferma alors qu'une rafale faisait trembler toute la structure et que la pluie martelait la mince fenêtre. C'était le milieu de l'après-midi mais, avec les nuages qui menaçaient, la lueur du feu qui dansait dans le poêle à bois illuminait à peine la pièce.

Liz regarda autour d'elle. Au centre du cottage, trônait un immense lit à baldaquin avec une structure en bois rustique taillé à la main. Il y avait un petit sofa, deux chaises rembourrées et des tables robustes. Un seau à glace argenté avec une bouteille de Don Perignon scintillait dans la lumière vacillante à côté de deux flûtes en cristal et d'une petite boîte en velours.

- Mon Dieu ! s'exclama Liz, comprenant que Jonas Mason, le patron de Jim et même la réceptionniste du lodge avaient conspiré pour cette surprise.

Prenant la boîte et la posant sur son genou, Jim leva les yeux vers Liz qui ruisselait devant le poêle.

- Elizabeth Louise Leahy, voudriez- vous m'épouser ?

Ils se débarrassèrent de leurs vêtements mouillés et arrivèrent avec trente minutes de retard au dîner.

2

James Mitchell Henderson et Elizabeth Louise Leahy se marièrent un jour radieux d'octobre dans la maison de Michael et Janice. Les invités étaient principalement des amis et la famille de Liz. Privé de famille, Jim invita la plupart de ses collègues de Macrodata. La Californie du Nord profitant, cette année-là, d'un bel été indien, le mariage fut organisé à l'extérieur par près de 25 degrés. Des rangées de chaises blanches décorées de fleurs automnales faisaient face à un autel en voûte. En dépit de leurs origines catholiques, Jim et Liz décidèrent de faire appel à une officiante laïque qui les accompagna dans l'expression de leurs vœux. Quand la cérémonie toucha à sa fin, elle déclara avoir un message à délivrer à ce jeune couple.

- Jim et Liz, comme vous vous engagez mutuellement, j'ai une requête très simple. Je suis bien plus âgée que vous et j'ai marié des dizaines de couples. J'ai toujours espéré que ces mariages marchent et que les couples soient heureux pour toujours.

« La réalité est qu'aujourd'hui, la plupart des mariages, même ceux contractés sous mon office, se sont terminés par un divorce. Je ne veux pas entacher une telle occasion par des commentaires négatifs mais ce sont des choses auxquelles je veux que vous pensiez et je veux que vos témoins les comprennent afin de pouvoir vous aider quand vous en aurez besoin, ce qui ne manquera pas d'arriver.

« Notre culture moderne nous pousse à reproduire les changements rapides de notre société, de nos technologies, de nos vies. Tout va tellement vite aujourd'hui. Vu le rythme de cette évolution, dans cinq ans, vous serez différents. Dans dix, vingt ou trente ans, vous ne pourrez pas croire que vous étiez ce que vous êtes aujourd'hui.

« Je ne peux pas prédire si vous serez un de ces rares couples qui passent leur vie ensemble mais je peux vous proposer un petit conseil qui pourrait améliorer vos chances. Au cours de votre mariage, vous rencontrerez des obstacles. Chacun fera de son mieux pour les surmonter mais vous pourrez adopter des approches différentes. Dans beaucoup de cas, vous ne comprendrez pas ce que l'autre essaye de faire.

« Mais souvenez-vous de ceci. Vous vous aimez. Aucun de vous ne veut blesser l'autre. Les relations sont chargées de torts imaginés. Vous croyez avoir entendu l'autre dire quelque chose et vous êtes blessé. Vous répondez de la même manière et c'est l'escalade. Vous vous disputez.

« A chaque dispute, le couple se lézarde. Vous avez du mal à croire que l'autre vous aime et vous soutient. Vous développez de la suspicion et commencez à chercher des problèmes. Vous les trouvez et la dispute suivante vous divise encore plus. Une spirale vers le bas s'installe et vous rencontrez une oreille compatissante qui vous attire. Peut-être que cette personne sera plus gentille, plus compréhensive.

« Mais la réalité est que, dans la plupart des cas, la relation suivante connaîtra les mêmes problèmes. Les gens qui divorcent une fois ont tendance à divorcer à nouveau, parfois plusieurs fois. Ce n'est pas forcément le problème de trouver l'âme soeur. La plupart du temps, même vivre avec ce partenaire idéal se révélera problématique.

« Quelle est donc la réponse magique pour garder un couple uni ? Mon conseil va vous paraître simple mais son application est difficile. Le voici : Soyez GENTIL avec l'autre. Quoi qu'il arrive, que vous soyez en colère, quel que soit le mal qui a été fait, SOYEZ GENTIL.

« Vous serez surpris par le nombre de disputes qui peuvent être évitées si vous témoignez assez de respect à votre conjoint pour qu'il soit GENTIL en retour.

« Vous serez surpris par le nombre de malentendus qui peuvent être évités si vous êtes GENTIL.

« Et vous serez surpris par la facilité que vous aurez à rester proches et à communiquer si vous êtes toujours GENTIL !

« Aussi, en complément des voeux très romantiques que vous avez échangés, je vous demande de vous faire une promesse supplémentaire.

« Elizabeth Louise Leahy, promettez-vous, de tout votre possible et quels que soient les obstacles qui se dressent devant vous, d'être toujours GENTILLE avec Jim ?

- Je le promets, répondit Liz.

- James Mitchell Henderson, promettez-vous, de tout votre possible et quels que soient les obstacles qui se dressent devant vous, d'être toujours GENTIL avec Liz ?

- Je le promets.

- Dans ce cas, par les pouvoirs qui me sont conférés par l'Etat de Californie, je vous déclare mariés. Félicitations !

Jim et Liz s'embrassèrent avec ardeur. D'un baiser pudique et passionné à la fois. Toute l'assistance fut transportée par tant de ferveur.

On servit du champagne, l'orchestre joua du rock et du blues et chacun se délecta de ces réjouissances.

Pour sa part, après avoir entendu les vœux et vu le couple s'embrasser, Eve ressentit le vertige de l'espoir. Peut-être que les choses s'arrangeraient pour Liz. Elle le méritait vraiment. C'était dommage que Dawn ne soit pas venue au mariage. Elle aurait compris. Et Jane. Peut-être qu'elle aurait été touchée par la cérémonie. Elle ne se souvenait pas de Jane gentille une fois dans sa vie. Jane tolérait un petit nombre de personnes mais pour l'essentiel, elle se tenait à l'écart du monde. Peut-être que c'était mieux ainsi. Eve aperçut Betty pendant la cérémonie. Betty avait l'air heureuse pour Liz. Elle essaya de la rattraper mais la perdit dans la foule.

Cette idée d'être GENTIL était peu répandue mais comme Eve la considérait, elle comprit qu'il y avait peut-être de la sagesse dans ces mots malgré leur simplicité.

Comme elle pensait aux autres couples qu'elle connaissait, même Mickey et Janice, elle comprit que ceux qui réussissaient semblaient faire preuve d'un respect constant l'un pour l'autre. Ils étaient toujours gentils. Bien sûr, peut-être que c'était seulement une image qu'ils projetaient aux autres. Mais même si c'était vrai, au moins ils faisaient cet effort.

On porta des toasts, le dîner fut servi, le gâteau coupé et les vraies festivités commencèrent.

Les nouveaux mariés commencèrent leur « première danse », pour laquelle ils s'étaient préparés lors de leçons à San Francisco. Jim avait toujours aimé la danse mais n'avait jamais pris de cours. Il avait accepté à contrecœur les leçons mais était intrigué par la précision des mouvements exigés par la rumba sexy et romantique que Liz avait choisie. Elle fut indulgente avec lui et leur danse se termina sous les applaudissements. Jim promit à Liz que la danse deviendrait une partie de leur vie.

Liz dansa avec Mickey et Jim avec Janice qui semblait enfin détendue. Elle tenait Jim serré et lui dit qu'Elizabeth était une fille très spéciale. Elle avait besoin de quelqu'un de fort pour prendre soin d'elle. Jim promit d'être toujours là pour elle.

Des heures plus tard, complètement épuisés, ils se préparaient à rejoindre un petit hôtel à San Francisco. Mickey et Janice s'assurèrent que la fête continuait après que tout le monde eut souhaité au couple le meilleur pour leur lune de miel.

Après un matin tranquille avec le petit-déjeuner servi au lit, Jim et Liz prirent un taxi pour l'aéroport de San Francisco où ils embarquèrent dans un avion pour Francfort et, la destination finale, Venise.

3

Une semaine plus tard, Mike McKensey traversait le Golden Gate Bridge pour emmener May vers leur sortie du samedi soir, désormais habituelle. Il se sentait un peu nerveux.

Il sonna à la porte de la petite maison dans le quartier paisible de San Raphael et May répondit immédiatement.

- Tu es superbe, complimenta-t-elle.

Regardant May, Mike fut impressionné. Alors que tous deux s'obligeaient à une certaine rigueur vestimentaire lors des séances de tribunal, le reste du temps ils s'habillaient décontracté. Ce soir là, dans sa robe noire à paillettes, son petit boléro blanc agrémenté d'un sac-à-main assorti, May était éblouissante.

- Tu es splendide, bredouilla-t-il.

- Tu ne devrais pas montrer autant tes émotions, si tu veux marquer des points avec une fille, le taquina May, en s'avançant pour l'embrasser. Bon, quel est le programme ? C'est la première fois que tu m'as demandé de m'habiller, un samedi soir. Je suis vraiment intriguée.

- Sois patiente. C'est une surprise.

Mike ouvrit la portière passager de sa BMW 2002ti de 1973, entièrement reconditionnée et tint la main de May pendant qu'elle s'asseyait et rentrait sa jambe fine couverte d'un bas. Il courut de l'autre côté, sauta dans la voiture et roula jusqu'à Highway 101.

- Si j'avais su que tu allais à la Cité, j'aurais pu passer te prendre.

- Pas question, tu aurais gâché ma surprise.

Maintenant c'était elle qui se sentait nerveuse. Ils se voyaient depuis un certain temps maintenant. Peut-être était-ce leur âge ou ce qu'ils avaient traversé mais, malgré le stress de leur travail, leurs horaires incroyables et les aléas incontrôlables qui régulièrement sabotaient leur rendez-vous et leurs moments intimes, ils s'entendaient merveilleusement. La Patience. C'était, semble-t-il, le maître-mot. Chacun était incroyablement indulgent avec l'autre. Peut-être qu'avec toute cette violence dont ils étaient témoins, tous ces gens qui se battaient juste pour s'en sortir, ils avaient appris que dans une relation, il faut montrer de la tolérance face aux erreurs et aux malentendus et être patient pour ne pas sur-réagir. Ça marchait vraiment bien pour eux. Après tout ce temps, ils ne s'étaient jamais disputés. Ils étaient devenus amants tout en restant bons amis.

Ils avaient parlé de vivre ensemble et savaient que ça arriverait, mais ils n'avaient pas encore décidé d'une date. Exerçant leur profession dans deux villes différentes, leur manière actuelle de vivre leur convenait. Aucun n'avait à affronter les affres de la circulation. D'un autre côté, May savait que s'ils devaient vivre ensemble, ce serait probablement chez Mike. Ainsi elle prendrait le trafic à contre sens. Elle savait qu'il était possible d'aller de chez Mike à Western Addition, chez elle, en vingt minutes sans circulation. Elle avait cette maison depuis des années. Était-elle prête à la laisser ? Pouvait-elle vivre dans la Cité ?

May jeta un coup d'œil vers Mike qui était anormalement silencieux. Il était nerveux. Elle savait ce qui se préparait ce soir et pas seulement parce qu'elle était détective. Toutes les femmes devinent ce genre de choses.

Vivre ensemble était une chose. Elle pourrait toujours rentrer chez elle si les choses ne marchaient pas. Et vu ses antécédents, les choses ne marchaient jamais. Vraiment, les civils comme son ex n'étaient pas de bons partenaires. Et les rares flics avec lesquels elle était sortie se comportaient en machos. Mike était différent. Ils s'entendaient vraiment bien. Mais le mariage ?

May ferma les yeux, tenta de mettre de l'ordre dans ses idées et se détendit pendant un moment.

Elle fut surprise quand Mike la caressa doucement.

- Nous y voici. Désolé de t'avoir réveillée. Tu as l'air si merveilleusement détendue quand tu dors.

May n'avait pas réalisé qu'elle s'était endormie. Elle regarda autour d'elle et comprit qu'ils étaient garés sur le Quai numéro 3. C'était là qu'ils étaient montés à bord du San Francisco Belle pour l'épreuve de natation de l'Escape du triathlon d'Alcatraz.

- On a commencé l'Escape d'Alcatraz ici et j'ai pensé que ce serait sympa de donner à cet endroit un sens différent en réservant un dîner croisière.

- Quelle merveilleuse idée Mike ! Je n'ai jamais fait quelque chose comme ça.

Lui non plus. La soirée commença par quelques verres tandis que le bateau s'éloignait du quai sur fond de piano. Mike et May se tenaient la main et firent le tour des ponts, se délectant de la vue depuis le bateau. Quand les lumières de la Cité, du Golden Gate Bridge et du Bay Bridge s'allumèrent, ce fut le signal du dîner et on conduisit le couple à une élégante table sur le troisième pont près d'une grande fenêtre. Une bouteille de champagne attendait dans un seau de glace décoré, près de la table.

Presque instantanément, une jeune blonde enjouée approcha, ouvrant la bouteille de champagne tout en se présentant.

- May et Mike, je suis Janet et c'est moi qui vous sers ce soir. Versant le champagne, elle continua : je veux que ce soit un souvenir inoubliable pour vous. Aussi s'il y a quelque chose que vous voulez ou dont vous avez besoin, n'hésitez pas à me le faire savoir. Je ne serai pas loin.

« Voici les menus. Vous pouvez choisir entre les nombreux amuse-gueules, entrées et desserts. La plupart des gens attendent la fin du dîner pour rejoindre la piste de danse. Mais, comme vous le voyez, il y en a toujours quelques-uns qui dansent avant et entre les plats. Joignez-vous à eux si vous le souhaitez.

« Et pour finir, voici notre liste de vins. Si vous le souhaitez, je peux vous aider à choisir vos vins en fonction de vos plats.

« Prenez votre temps et savourez le champagne. Faîtes-moi signe quand vous serez prêts pour la commande ou si vous avez des questions.

Janet s'éloigna et Mike prit son verre de champagne, en regardant May :

- A cette soirée particulière. Merci de m'avoir fait entrer dans ta vie.

May sourit chaleureusement, se sentant plus détendue après ce premier cocktail.

- A nous, dit-elle d'un ton encourageant, presque impatient.

- Envie de danser ? proposa Mike

- Bien sûr, allons-y.

Ils se dirigèrent vers la piste et commencèrent à danser sensuellement sur une chanson de Frank Sinatra, se tenant l'un l'autre un moment après la fin de la chanson, puis se tournant poliment pour applaudir l'orchestre.

May entraîna Mike vers la table tandis que le bateau passait sous Bay Bridge près de Treasure Island. Les guirlandes du pont se reflétaient sur l'eau à leur passage. Ils dégustaient le champagne tout en faisant leur choix de plats.

Le dîner et le service dépassèrent leur attente. Comme Janet l'avait suggéré, ils se levèrent pour danser entre les plats. Comme toujours, leur conversation allait sans heurt, curieusement lisse en cette sortie romantique. Même l'évocation du travail ne semblait pas pouvoir perturber cette quiétude.

- Tu sais, s'il n'y avait pas eu tous ces meurtres, on ne se serait jamais rencontré. Maintenant qu'ils se sont arrêtés, je ne peux m'empêcher de penser que si le timing avait été différent, on ne serait pas ici ce soir. Je trouve que j'ai beaucoup de chance, commença Mike

- Ouais, je sais ce que tu veux dire. On s'est retrouvé, par hasard, confrontés à un cas étrange. Je t'ai mis en copie dans mon questionnaire au profiler. As-tu lu sa réponse que rien dans cette affaire ne faisait sens, surtout maintenant que ces meurtres se sont arrêtés ?

- Oui, je l'ai vu. Mais je ne crois pas avoir mentionné que mon ami de la police des mœurs m'avait recontacté après tout ce temps. Il semblerait qu'il y avait une jeune prostituée que personne n'osait ennuyer mais elle a disparu. Il n'y a pas de véritable corrélation mais elle n'avait pas de souteneur et pourtant les plus radicaux de ce milieu lui témoignaient du respect. Je ne peux pas m'empêcher de penser que ce respect avait été gagné sur fond de violence. A ce stade, nous sommes dans une impasse. Avec cette affaire, bien sûr.

Ils finirent leurs dîners, ils savourèrent leur dessert et décidèrent de boire leurs digestifs – un Tawny Port pour May et un Grand Marnier pour Mike – dehors sur le pont tandis qu'ils passaient sous Golden Gate Bridge, la tache sombre de l'océan infini se mêlant aux étoiles de l'horizon.

- May, je ne suis pas des plus romantiques et j'ai même plutôt tendance à être un peu trop dans le concret, aussi ma question risque de te paraître maladroite, mais que penserais-tu si on se mariait ?

May leva les yeux vers Mike et sourit. Oui, il aurait pu se mettre à genoux pour lui offrir une bague mais ce n'était pas le style de Mike. Leur relation jusqu'à ce jour avait été d'égal à égal. Il était évident qu'il voudrait parler de ça avec elle, que le moment de décider de leur avenir était arrivé.

- Mike, c'était une soirée très romantique. C'est une soirée dont je me souviendrai le reste de ma vie.

Voyant la déception sur le visage de Mike, elle enroula ses bras autour de son cou.

- Bien sûr qu'on devrait se marier. On forme une équipe parfaite. Et on n'avance pas en aveugle. Plus que ça, je veux être la première à le dire haut et fort : je t'aime Mike McKensey.

- Je t'aime aussi, May.

Mike McKensey et May Reeves se marièrent deux semaines plus tard au sommet du Mont Tamalpais, au lever du soleil. L'officiant les déclara unis juste quand le soleil apparut au-dessus de la douce couverture d'un brouillard blanc qui s'étendait des centaines de mètres sous eux.

4

Chaque année, MacroData Systems donnait une fête au début décembre. La société louait habituellement une salle spacieuse dans un hôtel de San Francisco. Ils engageaient un orchestre, proposaient un somptueux buffet avec de nombreux stands ainsi qu'un open bar. Il y avait même un groupe d'étudiants disponibles à la fin de la soirée pour ramener chez eux en toute sécurité ceux qui avaient un peu abusé de l'alcool.

L'orchestre jouait déjà quand Liz et Jim arrivèrent. Ils trouvèrent une table avec tous les ingénieurs de Jim et leurs épouses. Ils échangèrent quelques mots rapides avant de faire le tour des buffets. Liz était particulièrement attirée par l'étal des sushi et elle garnit plusieurs assiettes de rouleaux de sushi exotiques.

Les vins des vallées de Napa et de Shenandoah étaient à l'affiche en ce soir particulier et plusieurs exploitants vinicoles étaient présents pour parler de leurs productions spécifiques. En revenant à leur table, Liz et Jim mangèrent avec appétit et revinrent plusieurs fois au buffet.

Pendant le dîner, Jim eut une discussion soutenue avec l'un des ingénieurs. Alors que les autres épouses roulaient des yeux en attendant que la conversation revint à un registre plus urbain que la conception de bases de données et le langage d'interrogation. Liz s'excusa et partit faire le tour des tables, saluant tous ceux qu'elle connaissait et s'en remettant à eux pour la présenter aux autres.

A un moment donné, Rajiv Kumar, le fondateur de MacroData Systems interrompit une conversation légère que Liz avait avec une femme d'ingénieur et l'invita à danser. Ils se dirigèrent vers la piste de danse où ils dansèrent un swing rapide suivi d'un sobre foxtrot. Ramenant Liz à sa table, Rajiv présenta sa femme une nouvelle fois. Le vin, les nombreux desserts et plusieurs cafés plus tard, les trois étaient résolument investis dans de sérieux échanges sur MacroData et son rang dans l'industrie.

De son côté, Jim passait un bon moment. Il ne s'inquiétait pas pour Liz. Il savait qu'elle avait un vrai don pour la vie sociale, aussi se détendait-il tout en savourant les conversations avec ses ingénieurs dans un cadre non-professionnel. Il les découvrait davantage et écoutait attentivement leurs femmes et leurs perceptions de MacroData et des rôles de leurs maris dans la compagnie.

La soirée avançait et, consommation de vin et mélanges aidant, Jim ne pas fut surpris de voir les ingénieurs et leurs épouses investir la piste de danse. Bien qu'il sache que beaucoup de ses collègues étaient d'origine indienne, c'était la première fois qu'il les voyait exprimer leurs racines culturelles. L'orchestre changea de musique et Jim, absorbé par la piste, eut l'impression de se retrouver dans une production de Bollywood. Ses ingénieurs et leurs femmes dansaient de concert, selon une chorégraphie parfaitement synchronisée et, par dizaines, ils se déplaçaient ensemble sur la piste.

Nombre de gens parlaient de l'influence asiatique à Silicon Valley. La plupart faisaient référence au mouvement 'orgueil asiatique ' dans les écoles où quantité d'enfants d'immigrés chinois travaillaient bien mieux que leurs homologues américains paresseux et se retrouvaient en tête de classe. Mais Jim comprenait que les immigrés indiens et leurs enfants, nés sur le sol américain, étaient tout aussi performants. Ils semblaient mieux adaptés. Ils avaient une sérénité qui les aidait à s'intégrer plus rapidement dans la culture américaine que les enfants chinois. C'était une force avec laquelle il fallait compter et ils devenaient très influents dans Silicon Valley. Il suffisait de voir Rajiv. Il était arrivé d'Inde vingt ans plus tôt comme étudiant en Sciences de l'Informatique et aujourd'hui, il était PDG d'une startup prospère.

Jim regarda autour de lui et ne fut pas surpris de voir Liz riant avec Rajiv et sa femme Vinaya, quelques tables plus loin. Comme la plupart des gens de sa table se trouvaient sur la piste, il se dirigea vers eux.

- Je vois que vous avez charmé ma femme afin qu'elle m'abandonne, plaisanta Jim.

- Oh non, je pense que c'est l'inverse, répliqua Rajiv. Liz a captivé mon attention avec sa présence et son esprit fascinants. On en a oublié nos autres invités. Pourquoi n'entraînez-vous pas Liz sur la piste qu'on puisse faire le tour des tables ?

- Oui, bien sûr. Malgré les quelques cours de danse que j'ai pris, ces pas indiens restent un défi pour moi.

- Ne vous inquiétez pas. L'orchestre va certainement passer à quelque chose de plus américain très vite.

Et comme si les musiciens avaient entendu les mots de Rajiv, ils commencèrent à jouer un morceau de Nat King Cole. Ainsi que son PDG le lui avait demandé, Jim entraîna Liz sur la piste où ils combinèrent, avec succès, un foxtrot avec des pas de rumbas. Puis il y eut un swing suivi d'un autre foxtrot.

Liz et Jim dansèrent jusqu'à une heure avancée de la nuit, passant du vin aux boissons non alcoolisées, se dégrisant rapidement pour apprécier les moments partagés sur la piste.

La soirée toucha à sa fin. Après avoir salué toute l'équipe et remercié Rajiv et Vinaya pour cette belle fête, Jim et Liz sortirent dans l'air vif de la nuit de San Francisco en demandant au voiturier d'avancer la voiture.

- Il y a quelque chose que je veux te dire, commença Liz

- Quoi, tu me quittes pour Rajiv ? déclara Jim d'un ton malicieux

- Non, c'est sérieux. Il faut qu'on parle.

- D'accord, je suis prêt. Anéantis-moi, poursuivit-il.

Liz arrêta Jim, lui prit les deux mains et le regarda dans les yeux sérieusement.

- Rajiv m'a offert un poste de conseil dans sa société et j'ai accepté provisoirement. Je lui ai dit qu'il fallait que je t'en parle avant.

Le portier arriva et Jim lui donna un pourboire généreux après qu'il ait ouvert la portière pour Liz et donné les clés à Jim.

Il attendit qu'elle ait mis sa ceinture de sécurité puis démarra sans un mot.

Liz respecta quelques minutes son silence et dit :

- Qu'en penses-tu ? J'aime vraiment cette idée mais je ne vais pas accepter si tu n'es pas d'accord. J'aime la perspective de travailler avec toi, de faire le trajet avec toi, de travailler sur les mêmes rythmes et de tendre vers les mêmes objectifs. Qu'en penses-tu ?

Jim ne savait que répondre. Il ne comprenait pas pourquoi il était agacé par cette perspective. Il essaya de repenser à leur mariage. Soyez GENTILS. Soyez gentils. Soyez gentils.

Le mantra se répétait à l'infini dans son esprit et il tentait de réprimer sa colère déraisonnable. Liz attendait impatiente.

- J'aurais vraiment aimé en parler avec toi avant que tu n'en parles à Rajiv, déclara Jim d'un ton neutre.

- Je n'avais pas le choix. Lors de notre discussion, on n'a pas arrêté de faire des allers-retours entre MacroData et mon travail chez Mansfield, Mason et Williams. Je pense que c'est, en partie, de ma faute parce que je lui ai dit que je ne prenais pas de plaisir à fournir un nombre d'heures incalculable pour un travail inintéressant et que ce type de recherche m'ennuyait.

« Rajiv et Vinaya m'ont demandé mon avis sur plusieurs problèmes de MacroData et tu me connais, j'adore donner mon point de vue.

« J'imagine que j'ai dû dire quelque chose qui a fait mouche parce que les deux, presque simultanément, m'ont demandé si j'envisagerais de travailler pour une société comme MacroData. Au bout d'un moment, ils ont fini par m'offrir un emploi.

« Je dois admettre que j'étais et que je suis toujours intriguée. J'envie ton travail : une startup, les technologies qui peuvent changer le monde. J'aimerais faire partie de ce projet. Cela n'a rien de commun avec les synthèses que j'écris pour des procès fallacieux qui n'auront aucune portée positive pour l'humanité.

« Mais tu as raison. J'aurais dû t'en parler avant de répondre. Ça ne s'est pas passé comme ça. Je ne sais pas comment j'aurais pu mieux dévier la conversation. Je t'en prie, réfléchis et pardonne- moi d'avoir dépassé mes limites. Je ne veux pas interférer avec ta carrière. En même temps, cela me semble une grande chance pour moi. Je sais que si tu n'avais pas travaillé pour MacroData, j'aurais accepté spontanément.

« S'il te plaît, ne sois pas fâché. Réfléchis-y. Laisse passer la nuit et parlons en demain. On a tout le week-end pour s'habituer à cette idée. Si on n'est pas d'accord, lundi j'appellerai Rajiv et lui ferai mes excuses. Qu'en penses-tu ?

Jim considéra sa proposition. Il ne s'attendait certainement pas à ça. Il avait toujours pensé que sa carrière et celle de Liz devaient être séparées. N'était-ce pas trop de proximité ? Deux personnes pouvaient-elles travailler dans la même entreprise et sauver leur mariage ? Comment éviter cette sensation que Liz envahissait son espace ? Sois Gentil. Sois Gentil.

- Ok Liz. Je ne peux pas dire que ça me fasse plaisir. MacroData est à moi. En tout cas, c'est ainsi que je le ressens. J'ai toujours pensé que tu avais ta carrière et moi la mienne et que nous aurions ainsi beaucoup de choses à nous dire le soir à la maison. J'apprendrais de toi et tu entendrais mes histoires. Je n'ai jamais imaginé qu'on travaillerait ensemble.

« C'est mon tour de formuler une requête. Je te demande d'être patiente et de me laisser le weekend pour y réfléchir. N'en parlons plus jusqu'à dimanche soir. Je sais que c'est beaucoup te demander et que tu attends ma réponse, mais laisse-moi m'habituer à l'idée.

N'étant pas quelqu'un de remarquablement patient, Liz riposta en lui disant qu'elle méritait ce poste, qu'elle n'avait pas à lui demander la permission de l'accepter et que cette offre lui avait été faite en raison de son mérite uniquement. Mais elle aussi se recentra sur la recommandation de l'officiant. Soyez GENTIL. Soyez Gentil.

- D'accord. Je comprends que ce soit une surprise. Je vais essayer de ne pas en parler jusqu'à samedi soir. Je suis très excitée par cette perspective. Aussi je ne sais pas si je vais y arriver. Mais je vais essayer.

Quand ils revinrent à la maison, Liz était épuisée. Jim mit plusieurs minutes à se détendre après la route et la proposition de Liz.

Il la borda dans le lit et lui caressa le dos doucement tandis qu'elle s'enfonçait dans le sommeil. Il éteignit la lumière et regarda, fasciné, les lumières de la nuit projeter l'ombre vacillante des arbres sur la forme endormie de Liz, une fois de plus.

- Je ne pense pas qu'elle devrait faire ça, dit une petite voix endormie.

- Qu'est-ce que tu veux dire ? demanda Jim.

Mais Liz dormait et Jim n'eut pas de réponse.

5

Liz commença à travailler pour MacroData comme conseiller juridique principal et très rapidement sa présence se fit ressentir. Quand elle n'avait pas la réponse à une question, elle interrogeait son réseau de relations, contactant le plus souvent Michael Leahy. Elle se révéla une bonne recrue, au-delà des attentes de Rajiv.

Pour sa part, Jim était ravi que les choses se passent aussi bien pour Liz. Même s'ils travaillaient dans la même structure, Liz passait le plus clair de son temps à traiter de sujets qui ne le concernaient pas. C'était presque comme s'ils menaient deux carrières différentes. A la fin de la journée, quand ils rentraient chez eux et parlaient de leurs journées respectives, ils avaient beaucoup de choses en commun. Liz absorbait le récit des décisions technologiques prises par Jim tandis que celui-ci découvrait qu'il n'avait aucune idée de la complexité des problèmes juridiques dans une startup comme MacroData.

La vie lui souriait et Jim était plus heureux qu'il n'avait jamais été. Il avait tout : un travail intéressant, une femme qui partageait ses intérêts, plein d'argent, une nouvelle famille et un nouveau groupe d'amis qui lui procurait la vie sociale dont il avait rêvé.

Fin novembre, après un dîner de Thanksgiving raffiné avec ses beaux-parents, Liz conduisit Jim à son ancienne chambre.

- Il neige à la montagne, commença-t-elle.

- Oui, j'ai entendu dire que ça allait être une grande saison là-haut.

- Oui, si je me souviens bien, tu n'as jamais appris à faire du ski, ni du snowboard, n'est-ce pas ?

- Non, répondit Jim timidement. Ma famille ne skiait pas et, très franchement, nous n'avons jamais eu l'argent pour faire des sports comme celui-là.

- Aimerais-tu apprendre ? On a l'argent qu'il faut maintenant et le ski me manque vraiment. Je n'ai pas rechaussé depuis que j'ai commencé mes études de droit. J'aimerais t'apprendre à skier. C'est sûr que le snowboard serait plus en phase avec ton background de surfeur, mais je ne serais d'aucun secours dans cette discipline.

- Bien sûr, je suis partant. Tes parents n'ont-ils pas un logement à Bear Valley ?

- Oui, je n'ai vraiment pas envie d'y aller. Bear, c'est pour les skieurs moyens. Je préférerais t'emmener à Kirkwood. Il y a de grandes pistes pour débutant et c'est facile de progresser. Les conditions et les pistes sont faciles à lire. Et si on y allait le weekend prochain ?

Ils montèrent le weekend suivant, puis le suivant et le suivant encore et ils passèrent la semaine entre Noël et le premier de l'an à Kirkwood. Vers la fin janvier, Jim skiait les pistes noires damées. Liz s'était révélé un excellent prof, n'amenant jamais Jim dans des endroits au-dessus de son niveau, ne le poussant jamais, l'encourageant au contraire à affronter ses peurs en lui donnant des techniques qui l'aideraient.

Un jour au début de février, ils s'arrêtèrent au bas d'une piste noire.

- Je pense que le moment est venu pour toi de skier les bosses. Tu vas tomber, ça ne sera pas facile mais ce savoir-faire est important. Je pense qu'une fois que tu le maîtriseras, tu auras assez confiance pour explorer d'autres domaines et tu découvriras un aspect du ski entièrement nouveau.

- Ok, je suis partant. Que dois-je faire ?

- Comme tu le vois, à notre gauche, c'est une zone pleine de bosses. C'est le début d'une piste intermédiaire, ce n'est pas très pentu. Ils l'ont damée presque toutes les nuits, les bosses ne sont pas énormes. Je pense que c'est un bon endroit pour démarrer.

« Le ski de bosses exige une technique différente. Tu auras tendance à contourner les bosses. Ce n'est vraiment pas possible. C'est difficile de tourner aussi vite. La bonne technique, c'est de skier la bosse directement avec le poids en avant. Quand tu atteins le sommet, parce que la bosse est essentiellement ronde au sommet, tu peux pivoter les skis dans toutes les directions très rapidement puisque ça descend sur tous les côtés. Le poids en avant, tu pousses tes skis vers le bas et tu vises la bosse suivante. Laisse les bosses te ralentir et pas les cares de tes skis. Et quoi que tu fasses, ne te penche pas en arrière

- Je ne pense pas que je vais me souvenir de tout ça, mais je vais essayer.

- Ok. Essaye de me suivre et imite-moi.

Liz s'engagea dans le champ de bosses et Jim suivit, désireux de faire ce qu'elle avait suggéré. Elle skia la première bosse et descendit de l'autre côté, les extrémités de ses skis ne quittant jamais la neige. Quand elle descendit la deuxième bosse, Jim attaqua la première. Il essaya de garder le poids en avant mais alors qu'il montait la première bosse, cet inhabituel mouvement vers le haut lui fit perdre l'équilibre et son poids partit en arrière. Il essaya de faire un virage rapide mais ses skis se croisèrent à l'arrière et ce fut la chute avec la perte d'un ski et d'un bâton. Il trouva un endroit plat, remit son ski et regarda avec méfiance le champ de bosses en-dessous.

- Quand tu t'approches de la bosse, tend ton bâton vers l'avant, touche la bosse et propulse-toi vers le haut et autour du bâton, puis recommence ;

Jim essaya, réussit à passer une bosse mais s'effondra sur la suivante.

- Ne sois pas frustré. Cela exige de l'entraînement.

- J'ai envie de te retrouver au remonte-pente. Je préférerais m'habituer à ça tout seul un moment.

- A la vitesse à laquelle tu vas, je vais faire une autre descente et je te retrouve ici ou au remonte-pente si tu arrives aussi loin avant moi.

Elle partit. Jim regardait, inquiet, Liz qui skiait les bosses comme si elles n'avaient pas existé. Le haut de son corps ne bougeait pas et ses jambes montaient et descendaient sans heurt comme si ses skis ne quittaient jamais la neige. C'était incroyablement gracieux.

Jim parvint à passer deux bosses puis rechuta. Deux de plus, la même chose. Puis trois. Puis quatre. Comme il arrivait au bout du champ de bosses, Liz passa à côté de lui en skiant :

- Ça a l'air d'aller.

Jim tomba à nouveau.

- Juste quand je pensais que j'y étais.

Liz s'arrêta.

- Ne t'inquiète pas. Tu as un ski naturel. Ton corps va apprendre. N'analyse pas trop.

A la fin de la journée, Liz était épuisée. Ils se restaurèrent autour d'un copieux repas, arrosé d'un Zinfandel du Comté d'Amador à la Kirkwood Inn.

Consumés par la fatigue et le vin fin, ils se couchèrent de bonne heure. Jim frotta le dos de Liz. Il aimait la sentir se détendre dans ses mains. La lumière de la lune projetait des ombres sur son lit créant une atmosphère incroyablement romantique.

- Tu as été vraiment bon aujourd'hui, lui dit Liz de sa voix endormie

- Je n'avais aucune coordination. J'ai trouvé ça frustrant. En même temps, ça me plaît d'apprendre quelque chose de nouveau. Je pense que je vais y arriver et je crois que j'arriverai à skier honorablement.

- Ne t'inquiète pas. Tu vas être bon. Je suis tellement heureuse de voir que vous allez si bien ensemble, vous deux.

- Vous deux ? demanda Jim, surpris. Que veux-tu dire par nous ? Es-tu réveillée ou dors-tu ?

- Je suis endormie et bien sûr je veux dire nous. J'ai tellement sommeil. Je t'aime Jim !

- Je t'aime aussi, Liz

Une semaine plus tard, ils faisaient une offre d'achat pour un chalet à environ trente minutes de Kirkwood. Cette structure triangulaire exposée au sud était située sur un hectare, avec vue sur Central Valley. Comme ce côté était essentiellement en verre, la maison était chauffée par le soleil, les jours d'hiver. Le terrain bordait une forêt domaniale et il y avait des pistes et d'anciennes voies d'exploitation forestière qui s'étendaient sur des kilomètres, traversant des ruisseaux, passant devant des mines d'or abandonnées et offrant un cadre de délicate sérénité aux joggings de Jim et aux randonnées du couple pendant le printemps, l'été et l'automne. La rivière Mokelumne se trouvait à une dizaine de minutes de là et le couple batifolait souvent nu dans quelques trous d'eau isolés, les jours les plus chauds.

Par une chaude journée de printemps, alors qu'ils s'apprêtaient à tenter un bain dans les eaux glacées par la fonte des neiges, Jim aperçut un couple de pêcheurs à la mouche venant vers eux. Quand ils approchèrent, il réalisa qu'il y avait une femme. Il regarda fasciné leurs lignes se cintrer avec grâce d'avant en arrière, pour atterrir loin devant dans la rivière et dériver le long du courant. De temps en temps, l'un d'eux attrapait un poisson, le ramenait à terre puis le relâchait dans le courant. Cela évoquait une paisible méditation unissant l'air, leur talent et la rivière tumultueuse.

Jim s'approcha et les interrogea sur leur pratique. Comme la plupart des passionnés, ils étaient heureux de partager leur expérience et ils le conseillèrent pour ses débuts. Un an plus tard, Jim était un pêcheur à la mouche compétent sinon expert. Quant à Liz, elle préférait le regarder déployer sa magie tout en se prélassant au soleil.

Hormis le sentiment de Jim d'avoir moins d'argent qu'ils ne devraient, la vie était parfaite. Ils envisagèrent de planifier un budget mais, comme ils n'étaient jamais vraiment à court d'argent, ce projet devint caduc.

6

Liz acquérait de l'expérience à MacroData et Rajiv lui faisait de plus en plus confiance, la laissant négocier des contrats toute seule. Désormais il n'assistait plus à toutes les réunions, que ce soit avec un client potentiel, un fournisseur ou un partenaire stratégique. Au contraire, Rajiv et son homologue établissaient les bases de l'accord et laissaient le soin à Liz et son correspondant de rédiger le contrat en lissant les détails. Il revenait sur ces accords si des termes décisifs avaient changé ou si des concessions imprévues devaient être consenties. Mais Liz se révélait une âpre négociatrice et il était rare que MacroData ait à faire des concessions. Cette société prospérait et Rajiv envisageait une introduction en bourse. Il voulait profiter du temps le mieux possible et se dégager de la charge juridique représentait justement un immense gain de temps.

Dix-huit mois après la titularisation de Liz, Rajiv la présenta à Martin Davies, PDG de Majormajormajor, une société de software investie dans l'administration médicale. Marty était un ancien camarade de faculté et visiblement un grand fan de Joseph Heller et de son Catch 22, affirmant que ce livre lui avait appris à ne jamais se prendre au sérieux. Il voulait donner sa licence au système de bases de données de MacroData, pour rationaliser le fichier automatisé des dossiers et des analyses.

- Liz, Marty et moi avons défini les termes généraux et je voudrais que vous travailliez avec lui et son gourou juridique pour finaliser ce contrat. Je pense que ce sera stratégique pour MacroData, en nous permettant de nous introduire dans l'industrie de la santé.

- Je pense que cette association est bénie des dieux, souligna Marty avec enthousiasme. Avec votre technologie, nous allons devenir les leaders du marché dans notre spécialité.

Une semaine plus tard, Rajiv appela Liz dans son bureau.

- Où en sommes-nous avec le contrat de Majormajormajor ?

- Je suis encore en train de négocier. C'est dur de les amener à se plier aux questions d'octroi de licence.

- Mais ces points ont été décidés entre Marty et moi. Vous n'avez pas à négocier ça.

- Ecoutez Rajiv, vous m'avez embauchée pour que je veille aux intérêts de la compagnie. Si ce contrat est aussi important que vous le pensez, nous devons nous assurer un maximum de royalties. Nous ne devrions certainement pas leur consentir les allégements que vous proposez.

- Liz, je n'ai pas proposé des choses, je les ai promises. Ça n'est pas votre rôle de reconsidérer mes propositions. Contentez-vous de finir le contrat dans les termes dont Marty et moi sommes convenus et faîtes le rapidement.

Les yeux de Liz s'enflammèrent. Elle se leva avec fureur et se précipita vers la porte de Rajiv, fonçant dans le bureau de Jim où elle claqua la porte.

- Ce fils de pute ! J'ai passé un nombre d'heures incalculable à essayer de protéger la compagnie et maintenant, il est prêt à tout foutre en l'air.

- Calme-toi, proposa Jim d'un ton apaisant. Dis-moi ce qui s'est passé.

Après avoir raconté la situation, contenant avec peine une rage que Jim ne pouvait comprendre, Liz regarda Jim intensément et lui dit :

- Tu dois lui parler !

- Liz, je suis désolé. Je ne peux pas faire ça. Ce n'est pas mon domaine. C'est quelque chose que lui et toi devez arranger.

- Je savais que tu prendrais son parti. Les hommes sont toujours solidaires.

- Liz, comment tu peux dire ça ? Tu sais que ce n'est pas vrai. Mais bien que tu ne veuilles pas l'entendre, Rajiv est le PDG et il prend les décisions qu'il veut. Il est passé outre mon avis plusieurs fois pour des questions de commercialisation et j'ai appris que je devais lui faire confiance. Je n'aime pas ça mais il est le patron et c'est sa société.

- T'as pas de couilles, Jim.

Avant qu'il ne réponde, Liz était déjà partie.

Quand l'heure fut venue de quitter le travail, Jim chercha Liz mais elle ne se trouvait nulle part. Il alla au parking. La voiture était partie. Comme personne à MacroData n'habitait dans les environs, Jim n'eut d'autre alternative que de recourir à un taxi au tarif exorbitant.

La voiture était dans l'allée mais la maison était dans le noir.

- Liz, appela Jim en entrant.

- Fiche moi la paix ! cria Liz derrière la porte de la chambre.

- Mais Liz, on doit parler de ça.

- Fous-moi la paix !

Voyant qu'elle avait besoin de temps pour se calmer, Jim se

prépara un dîner avec des œufs brouillés et regarda la TV. Vers minuit, il alla dans la chambre sombre, se déshabilla et se glissa à côté de Liz.

- Elle a raison, tu sais, dit Liz de sa petite voix endormie.

- Qui a raison ? demanda Jim, surpris que Liz lui parle.

- Liz, répondit la voix endormie.

- Mais tu es Liz, protesta Jim.

- Je suis Liz qui dort. Mais Liz qui est éveillée a raison. Rajiv devrait faire ce qu'elle veut.

Etait-ce un jeu qu'elle essayait d'instaurer ? Jim décida de se prêter à ce jeu.

- Elle a peut-être raison mais parfois il faut faire confiance aux décisions des autres. Parfois ils considèrent des choses qui nous échappent. Dans le cas de Rajiv, il est le patron et il s'agit de sa décision.

- Pourrais-tu parler à Rajiv pour qu'on sache ce qu'il a considéré ? Si on l'explique à Liz, peut-être que ça lui passera ?

- Bien, commença Jim, plus déstabilisé que jamais par cette conversation. Je pourrais lui parler mais ça serait un non-respect du protocole de la société. Ce n'est pas mon domaine. Je ne suis pas impliqué dans ce contrat et je devrais probablement en ignorer l'existence. Pire, on pensera que je te protège – ah, que je protège Liz – et que je la fais bénéficier de privilèges que les autres employés n'ont pas. Ça créerait des problèmes, à Liz et à moi

- Hum, réfléchit la petite voix, je vois.

Jim se perdit dans ses pensées pendant quelques instants. Pour lui, Liz était profondément endormie et c'était la fin de l'intermède.

- Je vais arranger ça, dit la petite voix. Bonne nuit Jim.

- Bonne nuit.

Quand Jim se réveilla le lendemain matin, Liz n'était pas dans le lit. Sa voiture n'était plus là.

Il se doucha, s'habilla, dévora une banane et fila au bureau, ignorant comment la journée allait se dérouler, essayant de comprendre ce qui était arrivé à Liz et à leur relation jusque-là sereine. Plus tard, dans l'après-midi, Rajiv convoqua une réunion générale et annonça l'accord avec Majormajormajor. Les ingénieurs s'amusaient avec le nom de la compagnie et tout le monde était ravi de découvrir ce nouveau domaine d'activité.

7

Jim quitta le bureau de bonne heure et prit du champagne, des fleurs, du saumon et de l'assaisonnement pour salade. Sur une musique de Frank Sinatra, il prépara le dîner pour qu'il fût prêt avant le retour de Liz.

En passant la porte, Liz afficha un large sourire alors que Jim lui tendait une coupe de champagne.

- Merci, très cher.

Il porta un toast :

- Ne nous disputons plus.

- Oui, d'accord.

Après un repas paisible, ils dansèrent un slow, puis gagnèrent la chambre et firent l'amour.

Se reposant après ces ébats, Liz confia :

- Jim, j'ai toujours eu des problèmes avec l'autorité. J'ai toujours eu des ennuis à l'école mais maman m'a toujours défendue. Je me demande si ça ne m'a pas rendue trop impétueuse. Au lycée, j'ai été arrêtée après avoir donné un coup de poing à un flic.

- Tu as fait quoi ?

- Oui, je me rends compte maintenant que j'ai été gâtée mais quand le flic a maintenu que j'avais grillé un stop alors que je m'y étais arrêtée, j'ai perdu la tête et je lui ai mis un coup de poing. En fait, je ne me souviens pas de l'avoir fait mais il avait le nez qui saignait et papa a dû payer une caution pour que je sorte de prison. Heureusement, il a obtenu que la plainte soit retirée.

- Dans le monde du travail, à moins d'être ton propre patron, tu dois toujours te soumettre à l'autorité. Et même si tu as ta propre société, il y a des investisseurs, des clients, des employés auxquels tu dois rendre compte. S'opposer à l'autorité peut être parfois judicieux mais, le plus souvent, il faut savoir reculer.

- Oui, je sais, répondit Liz penaude. J'étais tellement obsédée par l'objectif. Je veux le meilleur pour MacroData et quand je vois une décision inadéquate, je me sens obligée de m'y opposer. En fait les termes que j'ai négociés sont bien plus avantageux que ceux que Rajiv a demandés et je peux te dire que c'était un vrai bénéfice pour l'entreprise.

- Liz, tu ne peux pas faire ça. C'est lui le patron. C'est lui qui montre la voie et nous, les employés, nous nous sommes engagés à le suivre. On apporte notre contribution mais il lui revient de prendre les bonnes décisions. Si on n'aime pas sa manière de gérer les choses, on est libre de partir. Mais jusqu'à présent, Macrodata marche bien et il y a même une introduction en bourse qui se profile.

- Mais tu pourrais partir, proposa Liz gravement. On pourrait démarrer notre propre société. Tu serais un bon PDG

- Peut-être un jour, mais avec le succès que connaît cette société, je ne vois pas l'intérêt de partir maintenant.

Le mois suivant, tout semblait revenu à la normale. MacroData se portait bien et au moins apparemment, Rajiv semblait avoir repris confiance en Liz. Jim pensait que Liz s'était excusée auprès de Rajiv mais quand il le lui demanda, elle changea de sujet.

Un vendredi après-midi, alors que Jim bouclait un compte-rendu de spécifications de conception, il entendit des voix qui s'élevaient à travers le mur qui séparait son bureau de celui de Rajiv. Rajiv était un être tellement pacifique que Jim ne se souvenait pas de l'avoir déjà entendu crier. Pourtant il était presque sûr d'entendre Liz crier. Comme les choses s'envenimaient, Jim décida d'aller voir. En sortant de son bureau, il vit que Megan, son assistante administrative ainsi que celle de Rajiv, était totalement perturbée et ne savait que faire.

Jim frappa à la porte sans que les cris ne cessent. Il ouvrit la porte au moment où Liz projetait Rajiv contre le mur.

- Liz, cria-t-il

Alors que Rajiv tombait au sol, visiblement terrorisé, Liz se tourna vers Jim, yeux et narines dilatés. D'un seul coup son visage se transforma. Ses yeux écarquillés faisaient le tour de la pièce. Elle bouscula Jim et courut vers son bureau, refermant la porte derrière elle.

Jim alla vers Rajiv et l'aida à se relever.

- Que s'est-il passé ?

Debout et essayant de défroisser ses vêtements, Rajiv semblait abasourdi.

- Une fois de plus, cela a commencé avec un problème de contrat, commença-t-il. Comme il y a eu escalade, j'ai compris que je perdais le contrôle de la discussion et de moi-même. Je ne me souviens pas avoir déjà perdu mon sang-froid comme ça déjà. En tout cas, pas depuis ma prime jeunesse.

« Quand j'ai compris que j'étais en partie responsable du problème, j'ai tendu la main pour la toucher et essayer de l'apaiser. Elle est devenue folle et m'a projeté contre le mur. Je pense qu'elle m'aurait réellement blessé si vous n'étiez pas arrivé.

« Jim, évidemment, je n'ai pas eu le temps d'y réfléchir mais Liz ne peut plus travailler ici. Je suis sûr que nous trouverons un arrangement mais, à tout le moins, je vous suggère de la décider à consulter. Elle a visiblement des difficultés à dominer ses colères et elle a des problèmes avec l'autorité. Avez-vous des problèmes à la maison ? Y-a-t-il des problèmes de famille qui la conduisent à agir de la sorte ?

- Je ne sais vraiment pas, répondit Jim, gêné et inquiet. Je suis vraiment désolé de ce qui s'est passé. Je ferais mieux de la ramener à la maison. Je vous vois lundi.

Rajiv avait retrouvé son sang-froid.

- Bonne chance, Jim, dit-il en entourant ses épaules et en l'accompagnant jusqu'à la porte du bureau. J'espère que ça n'altérera pas notre relation dans le travail. Je n'ai jamais pensé que c'était une bonne chose qu'un couple travaille ensemble. Mais j'ai fait une exception parce que Liz me semblait…. tellement exceptionnelle. La société fera tout son possible pour vous aider. A lundi.

Jim alla jusqu'au bureau de Liz et frappa doucement. N'obtenant pas de réponse, il entra et trouva Liz endormie à son bureau.

- Il faut qu'on rentre à la maison, Liz

- On a tout gâché, non ? dit la petite voix endormie

- Exactement.

Ils allèrent en silence jusqu'à la voiture. Arrivé à la maison, Jim prépara un dîner léger et ils regardèrent la TV jusqu'à dix heures, quand il réalisa que Liz s'était endormie à côté de lui. Il la conduisit jusqu'au lit, l'aida à se déshabiller et la borda. Comme il caressait son visage avec douceur, sa main allant du front vers l'arrière de la tête, la petite voix se fit entendre :

- Je suis désolée, Jim. Je pensais vraiment qu'on avait tout ça sous contrôle. Elle va perdre son emploi, non ?

- Je le crains. Tu as vraiment dépassé les limites. La violence est inadmissible sur un lieu de travail. Peut-être qu'avec une aide médicale, si tu arrivais à progresser, tu pourrais retrouver ton emploi. D'un autre côté, je n'ai jamais vraiment pensé que c'était une bonne idée de travailler tous les deux pour MacroData. Je pense qu'il vaudrait mieux que tu cherches quelque chose d'autre.

« Dans tous les cas, je pense qu'un accompagnement thérapeutique est incontournable. Si tu peux te laisser emporter de la sorte avec quelqu'un comme Rajiv, comment être sûr que ça n'arrivera pas ailleurs et que les conséquences ne seront pas pires. Liz, je pense que c'est vraiment important.

- Je ne pense pas qu'elle voudra consulter. Elle déteste vraiment les psys. Elle a dû en voir un il y a des années et ça ne s'est pas bien passé.

- Pourquoi dis-tu « elle » ? Tu es Liz, non ?

- Oui, en quelque sorte. Comme je l'ai déjà dit, je suis la Liz qui dort.

- Donc, tu es là seulement quand Liz dort ?

- Oui, le plus souvent mais pas que là.

- Quand autrement ?

- Eh bien, parfois quand les choses sont difficiles pour Liz, elle s'endort et je prends la relève

- Comme cet après-midi, quand je suis entré dans la pièce ?

- Oui, c'était moi. J'ai été un peu surprise de voir Rajiv au sol. J'ai vu cette expression sur ton visage et j'ai décidé de nous sortir de là

- Y-a-t-il eu d'autres fois ?

- Oui. C'est moi qui ai parlé à Rajiv après le dernier incident et qui me suis excusée. Il y a eu d'autres fois avec la famille et à l'école. Comme je l'ai dit, quand ça devient trop difficile pour Liz, je prends la relève pour l'aider.

- Quelqu'un d'autre sait-il que tu es différente de la vraie Liz ?

Liz plissa son nez et fronça les sourcils un instant.

- Pour l'instant, personne. Tu es le seul en qui j'ai confiance. Elle t'aime vraiment, tu sais. Et je t'aime aussi. Je pense que tu es quelqu'un de bien, que tu es celui avec lequel Liz doit être.

- Tu as dit 'pour l'instant '. As-tu parlé à quelqu'un d'autre ? Est-ce que d'autres savent que vous êtes différentes ?

- En fait, j'ai parlé avec Steve. Je l'aimais bien. Liz aussi. Il était son meilleur ami. Mais ce n'était pas comme toi. Steve et Liz n'étaient pas destinés à vivre ensemble. On parlait quand-même, le plus souvent quand Liz dormait.

Jim s'assit sur le lit en silence, un instant, continuant à caresser le visage et la tête de Liz. Quand il entendit sa respiration ralentir et sut qu'elle dormait, il revint au living room où il prit son ordinateur portable et commença à écrire ses pensées, espérant donner ainsi du sens à cette situation. Ce n'était pas la Liz qu'il connaissait. Mais une fois encore, la connaissait-il vraiment ? Il aurait aimé que Steve soit toujours là pour avoir son point de vue. Steve, aussi, semblait penser que Liz et Jim étaient faits pour être ensemble. Il avait œuvré pour qu'ils se rapprochent.

Jim continuait d'écrire. Il consignait tout ce dont il se souvenait : leur rencontre, l'évolution de leur relation, les événements les plus importants, les amis, la famille et les situations au travail. Il se souvenait de l'expression sur le visage de Liz pendant les Nationaux quand elle semblait prête à tuer Brent Powers. Il se souvenait des réunions de famille quand Liz avait besoin de partir précipitamment. Il avait vu, plusieurs fois, Liz les yeux écarquillés. C'était souvent qu'elle ne se souvenait pas de ce qui s'était passé. Même quand ils s'étaient rencontrés pour la première fois, il y avait cette histoire d'avortement. Il n'en avait pas tenu compte à l'époque mais c'était peut-être un des nombreux indices qu'il avait ignorés. Récemment ils avaient même parlé de Liz à la troisième personne. Que s'était-il passé ? Comment avait-il pu ignorer tout ça ?

L'esprit de Jim tournait en rond. Il se leva, alla à la cuisine et se versa un verre de vin. De nouveau, revenu à son ordinateur, il relut ses notes. Puis il commença des recherches sur Internet. Il trouva une version en ligne du Manuel Diagnostique et Statistique des Troubles Mentaux et passa les heures suivantes à s'informer sur les désordres de la personnalité. C'était assez troublant. Peut-être que Liz souffrait de personnalité histrionique ou peut-être de personnalité borderline ? Il ne pensait pas qu'elle fût schizophrénique mais peut-être que 'Liz l'endormie' et 'Liz qui marchait' étaient deux personnes différentes et qu'elle souffrait du TDI ou trouble dissociatif de l'identité, jadis appelé trouble de la personnalité multiple. Cette éventualité semblait la plus probable. Aussi continua-t-il à lire des articles sur des cas vraiment étranges et découvrit-il qu'il y avait eu plusieurs livres et plusieurs films sur ce sujet.

Une chose cependant ne semblait pas coller. Selon ce qu'il avait lu sur ces personnalités multiples, la personnalité principale était docile et effacée, les autres personnalités s'exprimant par des comportements plus agressifs et outranciers. Liz, au moins la principale Liz (il ne pouvait s'empêcher de la caractériser ainsi) ne manquait pas d'assurance. Elle était ouverte et chaleureuse. Ça ne correspondait à aucun des cas qu'il avait lus. Cela devait être quelque chose d'autre.

C'était presque le point du jour, Jim était épuisé. Il alla se coucher, se glissa dans le lit à côté de Liz et s'abîma rapidement dans un sommeil profond.

Un peu plus tard, il se réveilla en sursaut, réalisant qu'il faisait grand jour et que Liz n'était plus dans le lit. Il regarda sa montre et vit qu'il était midi passé. Se levant et appelant Liz, il se dirigea vers la cuisine où il trouva une note sur la table. Elle était partie chez ses parents pour la journée et serait de retour pour le dîner. Elle avait besoin de temps pour remettre les choses en place. Et lui aussi probablement.

Repensant à ses recherches, il était encore plus confus qu'avant. Son inconscient n'avait pas fait le tri. Même s'il était sur la bonne piste, comment ils allaient gérer ça ? 'Liz l'endormie ' lui avait dit que Liz allait refuser une psychothérapie. Cette option était donc hors de question.

Et peut-être qu'il faisait fausse route. Après tout, sa famille et ses amis avaient vécu avec Liz toute sa vie et ils n'avaient rien remarqué. Ou peut-être que si ? Peut-être encore qu'il s'agissait d'une évolution récente. Etait-ce lié à un trouble hormonal comme celui que Sharon avait vécu avec son kyste ovarien ? S'agissait-il d'un problème psychologique ? Trop d'interrogations. Jim avait besoin d'en savoir plus sur l'adolescence de Liz pour voir si les signes étaient déjà présents.

Jim se demanda à qui il pourrait parler. Mickey lui semblait l'interlocuteur le mieux choisi. Il lui envoya un mail lui proposant un déjeuner en tête-à-tête la semaine suivante. Pendant ce temps, il essaierait de voir si les choses entre eux pouvaient revenir à la normale. Il espérait vraiment que ce qu'il vivait n'était pas la nouvelle donne.

8

Liz rentra ce soir-là chargée de boîtes odorantes.

- J'ai acheté du Thaï pour dîner, annonça-t-elle à un Jim méfiant

- Comment vas-tu ? demanda-t-il avec délicatesse en l'aidant à installer la table.

- Ça va. Et toi ?

- Comme tu l'imagines, je suis très inquiet. Il faut qu'on parle de ce qui s'est passé. Es-tu prête ?

Voyant son hochement de tête, Jim continua.

- Je ne sais pas ce dont tu te souviens mais tu as été violente avec Rajiv. Tu l'as projeté contre le mur et j'ai l'impression que si je n'étais pas arrivé dans la pièce, tu l'aurais sérieusement blessé.

« Curieusement, Rajiv, bien que légèrement commotionné, semble penser que cette escalade verbale est en partie de sa faute. Mais ta violence soudaine l'a pris au dépourvu. Ça l'a effrayé mais, pire que tout, quand il a repris ses esprits, ça l'a inquiété. Entre ton manque de respect pour l'autorité et ce qui semble être, chez toi, un problème de gestion de la colère, Rajiv est soucieux. Il craint que tout ça ne t'empêche d'accéder à la réussite. Il suggère que tu fasses une psychothérapie dès que possible.

« Très franchement, il serait en droit de te faire arrêter.

Liz acquiesça de la tête, les yeux pleins de larmes.

- J'ai passé la journée avec mes parents et je leur ai dit ce qui s'était passé. Ils m'ont rappelé l'époque où c'était déjà arrivé et papa m'a suggéré d'envisager une psychothérapie. J'imagine que tu penses la même chose mais je ne suis pas prête pour ça. Je suis sûre qu'on peut arriver à comprendre ce qui se passe et que je peux arranger les choses toute seule.

« Aussi pour l'instant, je te demande d'être patient et de me laisser voir si je ne peux pas me reprendre.

« Je vais prendre un congé, commencer à m'entraîner physiquement, manger plus sainement et je vais écrire. J'espère que ça va m'aider à réorganiser mes pensées et à être plus apte à réfléchir objectivement à mes humeurs et à mes actes. Vas-tu m'aider ?

Jim pensa à sa proposition. De nombreux psychiatres vantaient les bénéfices d'une alimentation saine et de l'exercice physique pour les maladies mentales. L'idée du journal lui semblait bonne. Cela donnerait à Liz la possibilité de réfléchir à ses comportements. Dans le pire des cas, ça lèverait un voile sur la pensée de Liz. Peut-être qu'il s'en dégagerait quelques pistes. Si elle n'allait pas mieux, elle pourrait chercher de l'aide.

- Je suis d'accord mais à certaines conditions.

Voyant que Liz se mettait en colère, Jim leva la main et continua :

- Ecoute, Liz. Ce que tu as fait à Rajiv est inacceptable. Non seulement dans un cadre professionnel mais en toutes circonstances, sauf dans un cas de self-défense.

- Mais je ne me souviens pas de ça. On parlait d'un nouveau contrat et les choses se sont légèrement envenimées. Mais rien ne justifiait une quelconque violence.

- Liz, je t'ai vue. Le fait que tu ne te souviennes pas de ce qui t'est arrivé devrait t'inquiéter. En tout cas, moi, je suis inquiet. Je veux bien essayer ta proposition mais voici mes conditions. Et je suis désolé si ça te vexe mais nous sommes mariés, nous sommes une équipe et on doit travailler là-dessus ensemble. Ma vie professionnelle a été impactée par ce que tu as fait. Ma relation avec Rajiv sera beaucoup plus difficile dorénavant. Il espère que lui et moi arriverons à dépasser ceci et qu'on retrouvera notre relation de travail habituelle mais je sais que beaucoup va dépendre de l'aide que tu vas trouver.

« Je ne veux pas quitter MacroData. J'ai participé à la construction de cette société et elle commence à marcher. J'aimerais profiter de cette réussite. Tu es plus importante pour moi que ma carrière mais j'aimerais garder les deux. Toi et moi devons trouver une manière de rendre ça possible et une grande partie va dépendre de notre travail ensemble pour que tu retrouves une certaine stabilité.

« Donc, je suis d'accord pour attendre un mois. Tu écriras dans ton journal chaque jour. Je n'ai pas besoin de voir ce que tu écris mais je veux savoir si tu as écrit. Quant au régime, bien sûr, soyons végétariens pendant un mois et arrêtons l'alcool également. Un mois entier au vert ne va certainement pas nous faire de mal. S'agissant de l'exercice, trouve quelque chose d'amusant qu'on puisse faire la plupart des jours de la semaine et si tu le veux, je me joindrai à toi aussi souvent que possible. On peut certainement faire plein de choses ensemble les weekends.

« A la fin du mois, on se retrouvera pour parler de tout ça. Je voudrais lire ton journal pour en discuter avec toi. Il se peut qu'on y trouve des indices utiles. Alors, on fera le point sur la réelle nécessité d'un accompagnement psychologique. Avec de la chance, cela ne se justifiera plus. Mais si je ne suis pas convaincu, tu dois admettre aujourd'hui que tu devras au moins faire un essai.

- D'accord Jim. Faisons ça. Je sais que j'ai des problèmes mais tu as raison. On est une équipe et on peut résoudre ça tout seuls. Je t'aime, Jim.

Jim commençait à croire que c'était possible. Liz allait s'en sortir probablement. Et dans le pire des cas, il avait sa promesse qu'elle accepterait une aide psychologique si les choses ne s'arrangeaient pas. Un mois ne devrait pas faire une énorme différence.

- Je t'aime aussi Liz.

9

Jim rencontra Mickey au Café Claude, un restaurant français réputé de San Francisco. Ils décidèrent de déjeuner tard pour éviter l'affluence. Mickey était déjà assis à une table dehors quand Jim arriva. Il bondit sur ses pieds, saisit la main de Jim et l'attira pour le serrer dans ses bras.

- Comment va mon gendre préféré ? demanda-t-il avec empressement.

- Je suis votre unique gendre, répliqua Jim en souriant.

- Mais mon favori tout demême, s'amusa Mickey. Vous avez l'air épuisé. Asseyez-vous et discutons devant un repas agréable.

Jim consulta le menu sans conviction et quand le serveur vint pour prendre leur commande, Jim demanda 'les pates aux champignons'.

- Vous pouvez les faire vegan : végétalien ?

- 'Bien sûr ', répondit le garçon.

- Vegan ? s'enquit Mickey.

- Oui. Liz et moi allons essayer ça ce mois-ci : une forme de diète. Elle va également faire du sport et tenir un journal. Nous espérons que tout ça l'aidera à s'en sortir

Elle vous a dit ce qui est arrivé, n'est-ce-pas ?

- Oui, bien sûr, répondit Mickey gravement. Mais en bon juriste, j'aimerais entendre votre version. Non que je pense qu'il y aura de grandes divergences mais parfois un faisceau de perspectives aide à comprendre.

- C'est exactement pour ça que je suis là, Mickey. J'aime Liz et j'ai l'intention de passer le reste de ma vie avec elle quels que soient les problèmes que nous ayons à affronter.

- J'admire et respecte votre sens de l'engagement. Poursuivez s'il vous plaît. Dites moi ce qui s'est passé.

Quand Jim eut fini, Mickey réfléchit :

- Je ne pensais pas que c'était aussi grave. Vous pensez réellement qu'elle aurait pu le blesser sérieusement ?

- Bien que ça me coûte de l'admettre et que je préférerais le nier, il n'y aucun doute là-dessus. Si je n'étais pas rentré dans la pièce et si je n'avais pas hurlé pour l'arrêter, Liz serait en prison.

Le serveur amena de la salade pour Jim et de la soupe pour Mickey. Ils mangèrent en silence pendant quelques instants.

- Mickey, je suis le mari de Liz et, vu mon inquiétude, j'espère que vous m'aiderez à comprendre certaines choses chez Liz, particulièrement des choses qui auraient pu se passer quand elle était plus jeune. Je n'essaye pas de jouer au psy. J'ai besoin de voir s'il s'agit de sa nature profonde ou si cela correspond à quelque chose de récent. Et, bien sûr, si c'est dans son tempérament, si ça empire ou si c'est quelque chose qui n'arrive que de temps en temps.

Après un instant de réflexion, Mickey inspira profondément. Son visage ouvert et souriant s'assombrit et il commença à parler tranquillement, presque comme s'il ne voulait pas entendre ses propres mots.

- Les enfants sont une bénédiction et un défi à la fois, surtout pour un couple. Elizabeth a été le plus grand problème de notre relation. Vous savez ce que je ressens à ce propos. Je suis incroyablement fier d'elle et fier d'être son père. Mais elle a de graves problèmes. Janice et moi avons fait de notre mieux. Et bien que j'aie du pouvoir dans une salle d'audience, à la maison, ma sicilienne de femme porte la culotte. Quand on avait des désaccords à propos de Liz, c'était toujours Janice qui prenait les décisions. C'est elle qui a décidé que nous garderions secrets les problèmes d'Elizabeth, pour la protéger.

« Il y a eu des problèmes de violence, de drogues, d'alcool et des fugues. Janice les a toujours occultés en ne les considérant que comme des outrances d'adolescent. Quand Elizabeth vivait chez nous, avoir un œil sur elle et venir à son secours était facile. A l'université, certaines choses ont empiré et sont devenues beaucoup plus difficiles. Maintenant qu'elle est seule au monde, je ne peux pas dire complètement seule : vous êtes là. Maintenant qu'elle ne vit pas sous notre protection, je crains pour sa sécurité et très franchement, pour la sécurité des autres.

« Ayant été impliqué dans des procédures d'internement psychiatrique, je connais le sens profond de cette formule : un danger pour elle et pour les autres. Je suis atterré de devoir l'utiliser pour ma fille.

- Mickey, je sais que c'est difficile mais est-ce que Liz a toujours été comme ça ? Comment était-elle petite fille ?

Mickey réfléchit un instant puis regarda Jim et sourit.

- Non, absolument pas. C'était une merveilleuse petite fille. Pétillante. Intelligente. Toujours souriante et prête à nous faire plaisir.

- Quand est-ce que cela a changé ?

- Je pense qu'elle avait entre douze et treize ans. Elizabeth s'est développée rapidement. Ce qui terrorise tout père. Mais les garçons qu'elle amenait à la maison étaient respectueux. Elizabeth était heureuse et ne semblait pas les prendre au sérieux. Ils n'étaient que de bons amis. Elle avait toujours un entourage d'amis.

- Je déteste interrompre mais n'a-t-elle pas eu un avortement à treize ans ?

- Elle venait à peine d'avoir treize ans, répondit-il avec tristesse. On ne sait toujours pas qui était le père. Elizabeth ne nous l'a jamais dit. J'ai cuisiné chacun de ses amis mais aucun ne semblait coupable. Et comme vous le savez, j'ai certaines facilités dans des confrontations comme celle-là. Non, on n'a jamais trouvé.

« Mais le changement s'est opéré plusieurs mois avant cet incident. Elizabeth était devenue morose et solitaire. Elle évitait les réunions de famille, s'excusant dès que c'était possible et passant beaucoup de temps seule, dans sa chambre ou dehors à marcher. On a essayé une thérapie, elle s'est murée dans le silence dès qu'on est entré chez le praticien. Elle a refusé de parler.

« Puis il y a eu cet avortement. Elle a insisté pour cette solution. Elle n'a même pas voulu considérer l'alternative. Et comme les médecins pensaient qu'il y avait un risque pour elle en gardant l'enfant, on a accepté à contrecœur. Vu son état mental, on a pensé que les choses allaient empirer. Mais curieusement, Elizabeth s'est trouvée mieux. A de nombreux égards, après cet avortement, elle redevenait elle-même, au moins la plupart du temps.

« Quelques fois par an, quelque chose arrivait qui ne lui ressemblait guère. Elle se faisait arrêter par la police et je recevais un appel, soit pour conduite sans permis ou actes de vandalisme mineurs. Plus tard, ce fut les drogues, cocaïne incluse et il y a eu plusieurs cas de violence.

« J'ai demandé à Janice de proposer à Elizabeth une aide thérapeutique mais elle a refusé.

- Cela va probablement vous paraître grossier, commença Jim avec diplomatie. Mais avez-vous pensé à l'éventualité d'un viol ?

- J'apprécie vos efforts pour rendre les choses plus faciles mais parfois il faut regarder les problèmes en face. Dieu sait que je ne l'ai pas fait depuis des années. Oui. On a pensé à un viol. Mais on n'a absolument pas trouvé comment ça avait pu se passer. Elizabeth n'est jamais rentrée avec des contusions et des blessures, excepté celles de ses sports et je pense que si un étranger l'avait attaquée, elle se serait défendue.

- Et si ce n'était pas un étranger ?

Mickey eut l'air surpris.

- On ne l'a jamais envisagé. Mais aujourd'hui ça fait plus de dix ans. Je ne sais pas comment on trouverait. Liz soit ne sait pas soit ne veut pas le dire. J'ai eu plusieurs conversations poussées de père à fille après son avortement. Et mon intuition me dit qu'elle ne sait pas qui était le père.

Ils finirent le déjeuner en silence. Mickey paya la note. Ils revinrent vers la voiture de Jim et celui-ci lui tendit la main.

- Vous m'avez donné beaucoup d'éléments sur lesquels réfléchir, dit-il. Merci de votre franchise. Je pense qu'il y a une solution. Cela pourra prendre du temps mais on va trouver.

Mickey attira Jim dans ses bras à nouveau.

- Elle a eu raison de vous choisir, Jim. Je ferai tout ce que je peux. Je ne peux pas dire la même chose de Janice. Avec elle, il se peut qu'on aille dans le mur mais je ferai de mon mieux.

- C'est tout ce qu'on peut faire, répondit Jim.

- Vous êtes très sensé malgré votre jeunesse, mon gendre.

10

Le mois commença sous de bons augures. Liz reprit le crossfit et l'entraînement. Au bout de quelques jours, son corps commença à changer, devenant plus ferme et résistant. Son comportement semblait s'améliorer aussi. Outre le fait qu'elle ne travaillait pas, leur vie semblait revenir à la normale. Avec le régime végétarien sans alcool, même Jim devait admettre qu'il se sentait mieux.

Certains matins, avant le travail, Liz se joignait à lui pour courir dans la montagne de Montara. Il voyait que sa condition s'améliorait. Elle manifesta même l'envie de commencer à surfer. Aussi achetèrent-ils un longboard et une combinaison et les jours où les vagues étaient petites, il l'amena à la plage de Linda Mar où il poussait sa planche dans les vagues. Elle apprit rapidement à se lever et vite elle prit des vagues toute seule. Jim avait toujours rêvé d'avoir une femme avec laquelle il pourrait surfer. Cela ouvrirait la porte à davantage d'expériences partagées et de voyages dans des contrées exotiques.

Périodiquement, il lui demandait de lui montrer son journal. Elle le gardait dans son ordinateur dans un dossier non crypté. Jim faisait son possible pour être fidèle à sa parole et il assurait à Liz qu'il respecterait son intimité et que, selon leur accord, il ne le lirait pas avant la fin du mois. Entretemps, il se contentait de regarder les dates et de vérifier qu'elle écrivait chaque jour. D'après ce qu'il voyait, elle écrivait beaucoup, habituellement plusieurs pages. Il était impatient mais il savait qu'il devait attendre.

Tard un soir, il s'apprêtait à aller au lit quand il entendit la petite voix endormie.

- Je ne pense pas qu'elle puisse continuer, dit-elle doucement, visiblement inquiète.

- Mais ça va tellement bien. Liz et moi passons les meilleurs moments de notre vie de couple. Elle a l'air très bien et semble se rétablir.

- Oui, je sais que c'est ce qui parait de l'extérieur mais, à l'intérieur, quelque chose ne va pas. Je pense que les choses qui ont besoin de sortir vont sortir et que toutes ces bonnes actions ne sont qu'un couvercle sur quelque chose qui va déborder.

- Quelles sortes de choses ?

- Je ne sais pas comment expliquer. C'est trop compliqué. Fais attention Jim.

- Attention ?

Mais Liz dormait profondément et il n'entendit rien d'autre cette nuit.

Quand il se réveilla le lendemain, Liz était partie. Pas de note. Rien pour indiquer où elle était

Jim, espérant le meilleur, supposa que Liz était partie pour une de ses séances d'entraînement. Mais quand il revint ce soir-là, Liz n'était pas rentrée. Il essaya son téléphone portable et eut sa boîte vocale après plusieurs appels, ce qui signifiait qu'elle ne décrochait pas. Il appela Mickey mais n'eut aucune réponse. Il laissa un message. Il appela Janice et là encore, dut laisser un message.

Quelques heures plus tard, Janice le rappela. Elle n'avait pas de nouvelles de Liz et Mickey non plus. Ils avaient appelé Bill et certains de ses amis mais personne n'avait de nouvelles. Ils n'avaient pas envisagé d'appeler la police parce que Liz n'était partie que pour la journée. Peut-être qu'elle avait besoin de s'isoler. Peut-être qu'elle était à la montagne. C'est quelque chose que Jim n'avait pas envisagé. Ils convinrent d'en reparler la nuit suivante si Liz n'était pas réapparue.

Jim appela à la montagne et n'obtint que le répondeur. Cela ne lui donnait aucune indication. Si Liz ne répondait pas à son portable, elle ne répondrait pas davantage à ce téléphone là-haut.

Jim revint à son ordinateur où il se plongea dans d'autres recherches sur les désordres mentaux. Il repensa à sa conversation avec Mickey et aux changements qui s'étaient opérés en Liz au début de son adolescence. Il était compréhensible que ses parents aient passé sous silence ses égarements liés à la puberté et aux tourments de l'adolescence. Mais s'ils s'étaient trompés ? Si quelque chose de terrible était arrivé à Liz et qu'ils ne l'aient jamais su ? Les conséquences psychologiques pouvaient avoir été désastreuses et expliquer le comportement actuel. Il lui fallait creuser encore.

Peu après minuit, il entendit une voiture dans l'allée. Il alla à la porte. Le brouillard était rentré dans les terres et les lumières de la rue rougeoyaient vaguement à travers l'humidité. L'ombre des lignes électriques et des arbres environnants semblait flotter dans la brume, ne se posant jamais au sol. La porte de la voiture s'ouvrit. Liz sortit. Elle avança vers l'escalier, titubant légèrement.

- Oh, Jim, je t'aime tellement ! cria Liz dans cette nuit si calme qu'un soupir pouvait s'entendre un bloc plus loin. Emmène-moi au lit.

Jim la porta sur la moitié des escaliers puis la dirigea vers la chambre où elle s'écroula sur le lit. Il l'aida à se déshabiller et la coucha. Elle ne se réveilla pas. Il lui caressa la tête, espérant entendre la voix de Liz endormie mais, au contraire, elle le gratifia de légers ronflements.

11

Le lendemain matin, Jim eut le plaisir de la voir encore dans le lit à côté de lui. Il se leva et prépara un breakfast à base de flocons d'avoine avec des raisins, de la cannelle, du pain grillé et un jus d'orange fraîche. Quand il entra dans la pièce avec le plateau, Liz se réveilla.

- Comment suis-je arrivée ici ? demanda-t-elle à moitié endormie.

- Tu es rentrée en voiture toute seule mais comme tu pouvais à peine marcher, je pense que ce n'était pas une très bonne idée. De quoi te souviens-tu ?

Jim arrangea les oreillers, elle s'assit. Il posa le plateau sur ses jambes. Il s'assit à côté d'elle les jambes croisées et l'observa tandis qu'elle avalait une cuillère de flocons d'avoine, mordait dans le pain grillé et buvait son jus d'orange. Jim prit son bol et sa cuillère dans le plateau et mangea à son tour. Il n'avait rien avalé la nuit précédente et avait plus faim qu'il ne le pensait.

- Je suis désolé, Jim. Je n'en pouvais plus. Ce truc végétarien. Pas d'alcool. Etre parfait tout le temps. Ce n'est pas moi. Je me suis réveillée hier matin et, pour moi, cette page était tournée. Je suis sortie et j'ai pris des œufs et des saucisses au petit-déjeuner, un énorme cheeseburger, un milkshake à midi et un steak saignant au dîner. Oui, je suis allé dans un bar de la Cité et j'ai bu pas mal. Je dois reconnaître que malgré un léger mal de tête et une légère déshydratation, je me sens mieux que depuis le début de ce fiasco.

Jim ne savait pas bien comment réagir. Il y avait un accord entre eux. Devait-il être frontal et lui demander qu'elle commence une thérapie ? Cela ne semblait pas le bon moment.

- D'accord, commença-t-il prudemment. Qu'allons-nous faire ?

- Je pense à ça depuis ces dernières semaines. Je vois bien que je n'ai jamais vraiment fait partie de MacroData. En fait, je ne pense pas pouvoir travailler pour quelqu'un d'autre.

- Tu penses que tu devrais lancer ta propre entreprise ? Avoir ta propre enseigne ?

- Oui, j'imagine que je devrais mais je pense que ça serait plus logique qu'on travaille tous les deux ensemble. On forme une bonne équipe et je ne crois pas qu'on aurait le genre de différend que j'ai eu avec Rajiv. J'aimerais que tu donnes ton congé à

MicroData pour qu'on démarre notre propre affaire. Je pense que tu réussirais. Je le sais.

- Liz, on en a déjà parlé, je ne veux pas quitter MacroData. J'ai participé à l'émergence de cette société et maintenant qu'elle marche, je veux profiter de sa réussite. Je veux récolter les bénéfices de mes efforts.

- Mais tu ne vois pas que c'est fini avec eux ? Ils vont te considérer différemment maintenant que ta folle de femme a agressé le PDG. Tu ne pourras plus avoir de relations avec quiconque dans cette société et tu sais que c'est un groupe très lié. C'est ce qui fait que les choses se passent bien et que tout le monde donne sans compter. Je sais que c'est de ma faute. Mais c'est pour du mieux. Tu dois partir.

- Liz…..

- Jim, au moins, promets-moi que tu vas y réfléchir. Parle à Rajiv. Je pense qu'il va admettre que la situation actuelle n'est pas gérable. Vous pouvez commencer à réfléchir à une rupture conventionnelle.

Jim savait que ce que disait Liz était fondé. En même temps, ça l'agaçait vraiment que Liz imagine qu'il allait se plier à ses désirs. Pire encore, elle ne semblait même pas considérer qu'il devrait quitter ce travail qui avait été sa passion pendant des années, qu'elle lui demandait de recommencer alors qu'il était si près d'une grande réussite. Elle lui demandait beaucoup trop.

- Liz, je ne pense pas que je puisse faire ça. MacroData a été ma vie jusqu'à ce jour. Je ne veux pas quitter tout ça. Je vais y réfléchir, je vais demander à Rajiv mais ne te fais pas trop d'illusions.

- Jim, ça n'est pas négociable. Tu t'es engagé envers moi avec notre mariage et je n'imagine pas que notre couple puisse durer si tu continues à travailler avec MacroData. Réfléchis bien.

Jim se leva et partit au travail. Il était en colère.

Il parla à Rajiv. Ce dernier ne pensait pas que la situation avec Liz poserait problème. En ce qui le concernait, l'incident était oublié. Selon lui, les autres employés étaient dans le même état d'esprit. Seule Megan avait réellement vu que Liz avait été violente et ni elle ni Rajiv n'en avaient parlé aux autres. La version officielle demeurait inchangée : Liz et Rajiv avaient eu un différend majeur et elle avait décidé de partir. Il n'y avait pas de ressentiment.

Quand Jim revint chez lui, la maison était plongée dans

l'obscurité. Il trouva un mot dans la cuisine disant que Liz était chez ses parents et qu'elle rentrerait tard. Jim ne devait pas l'attendre.

Vers minuit, Jim se coucha mais ne put trouver le sommeil. Liz rentra et se coucha sans le toucher. Il sentit l'odeur de l'alcool à nouveau. Il se tourna de l'autre côté et finit par s'endormir.

Le lendemain matin, Jim fut réveillé par l'odeur du jambon et des œufs.

A l'évidence, le régime végétalien appartenait désormais au passé. Jim fut quand même agréablement surpris que Liz ait préparé le petit-déjeuner.

Assis à la table, il leva les yeux sur une Liz souriante posant, devant lui, une assiette avec des œufs, des pommes de terre sautées et du bacon. Elle versa deux verres de jus d'orange puis s'assit face à lui.

- Comment ça s'est passé avec tes parents ?

- Bien. Vraiment bien. Ils pensent que c'est une excellente idée que tu lances ta propre entreprise et ils sont convaincus que tu vas réussir. Et avec Rajiv ?

- Très bien. On a eu une longue discussion et il veut que tu saches qu'il ne garde aucune rancœur. Il pense qu'il a sa part de responsabilité et il te demande de l'excuser. Excepté Megan, personne ne sait ce qui s'est passé et personne ne le saura. Il a expliqué à l'équipe que tu avais décidé de partir et que vous vous étiez entendus pour un arrangement. Ce qui ne lui a pas plu au départ, ceci laissant entendre que le différend viendrait de là. Il pense qu'il n'y aura pas de problème avec la couverture sociale. Ce sera comme avant que tu ne rejoignes MacroData.

- Jim, tu ne vois pas qu'il te dit ça pour te garder ? Il connaît ta valeur et il sait que tu serais une menace pour son entreprise. Tu ne vas pas gober ça, hein ?

- Si et j'y crois aujourd'hui encore. J'aime travailler pour MacroData et je ne vois aucune raison de partir.

- Jim, tu dois réfléchir davantage et essayer de comprendre quels sont les enjeux réels. Je vais aller passer quelques temps au chalet pour te laisser reconsidérer tout ça.

Sur ces mots, Liz se leva, sortit avec fracas et partit en voiture. Jim resta assommé, incapable de finir son repas. Comment se pouvait-il qu'un mariage, jusque- là parfait, se désintègre aussi vite ?

Ce soir-là, Jim rentra du travail pour trouver sa maison de

nouveau plongée dans l'obscurité. Liz avait laissé une note disant qu'elle voulait rester seule quelques jours. Elle l'invitait à la rejoindre au chalet le week-end.

12

Le vendredi soir, après que la circulation se fut calmée, il fila vers les montagnes. Liz et lui avaient échangé quelques mails et elle semblait l'attendre avec impatience. Elle avait promis de le recevoir avec un dîner.

C'était une soirée agréable dans les montagnes. Les lumières illuminaient l'allée et projetaient l'ombre d'innombrables papillons de nuit et de chauves-souris sur la chaussée. Jim distinguait une bougie sur la terrasse et la table était mise à l'extérieur pour le dîner. Les lumières de Stockton scintillaient mille deux cents mètres au-dessous et à quatre-vingt kilomètres de là. La pleine lune venait de se lever à l'Est.

Jim monta les marches jusqu'à la terrasse, un peu raide après ce trajet de trois heures et légèrement inquiet de l'accueil que Liz allait lui réserver. Leur couple était-il en péril ?

Liz sortit de la maison en courant, se précipita et bondit dans ses bras, l'encerclant de ses jambes, manquant de le renverser. On avait frôlé un drame, la terrasse se trouvant dix mètres au-dessus de la pente de la colline.

- Jim, tu n'as pas idée à quel point tu m'as manqué, s'exclama-t-elle avec enthousiasme. Tu te souviens de notre premier dîner, toi et moi ?

- La Pizza à Upper Lake ? tenta Jim.

- Non, idiot. La première fois que j'ai cuisiné pour toi !

- Spaghetti carbonara ? s'enquit Jim, l'estomac grommelant à cette évocation.

- Exactement. Assieds-toi ! Pour commencer, il y a de la salade, du pain à l'ail prêt à passer au four et une bonne bouteille de Zin de la Shenandoah Valley, au pied de la colline.

- Ah, ok, répondit Jim, troublé par l'enthousiasme de Liz. Laisse-moi le temps d'aller aux toilettes et de descendre mes affaires. Liz l'embrassa tendrement, puis se colla à lui lascivement avant de s'éloigner, promesse sensuelle qui embrasa Jim.

Quelques minutes plus tard, il revint sur la terrasse. La lune était plus haute et les pins et les sapins dardaient de longues ombres sur le sol. On aurait dit qu'il faisait jour. Liz attendait à table avec impatience. Elle avait servi le vin et les salades et Jim sentait le pain à l'ail dans le four.

- A mon mari, à l'Amour de ma Vie ! formula Liz en guise de toast. Bien que nous ne l'ayons pas dit lors de notre mariage, je veux vivre avec toi jusqu'à ce que la mort nous sépare. Je suis désolée de créer tous ces problèmes. Parfois je ne comprends pas pourquoi je fais de telles choses. J'espère que tu voudras rester avec moi.

- Liz, tu es l'amour de ma vie et je veux rester avec toi toute ma vie, répondit Jim, ému.

Ils burent l'excellent Amador Zinfandel et Jim avala quelques feuilles de salade tandis que Liz regardait, attentive.

- Oh mon Dieu ! s'exclama-Jim. C'est toi qui as fait ça ? Je n'ai jamais mangé une salade aussi bonne. C'est du chou frisé, non ?

- Chou frisé mélangé à de la citronnelle, des olives en morceaux, du poivre rouge écrasé et un peu d'huile d'olive. Ce n'est pas mauvais, hein ?

- Incroyable. Je croyais que tu ne savais pas cuisiner.

Jim regretta ses paroles avant même qu'elles n'eussent quitté sa bouche, mais Liz s'amusa de sa gêne.

- J'ai du mal à l'admettre, mais c'est vrai. A part les spaghetti carbonara, je ne sais pas cuisiner. Mais maintenant que j'ai du temps, je trouve que lire des recettes et les essayer m'aide autant qu'une méditation. J'aime ça. Si je prolonge mes congés, je pense que je pourrai devenir un grand cuisinier. Peut-être que je vais abandonner le droit pour devenir chef. Non, je blague.

Ils mangèrent en silence pendant quelques instants tandis que la lune s'élevait et que les ombres s'évanouissaient. Liz s'excusa de façon formelle et retourna dans la maison. Elle revint avec un énorme saladier de carbonara, de pain à l'ail et du parmesan fraîchement râpé.

- Tu vas revenir bientôt à la maison ? demanda Jim.

- On peut en parler plus tard mais, pour l'instant, je veux te dire que je n'ai pas encore recouvré le contrôle de moi-même. On a essayé le végétarisme, sans alcool, le sport et j'ai cru devenir folle. Très franchement, j'ai des problèmes et je dois les résoudre toute seule. Si je n'y arrive pas, je suis résolue à chercher de l'aide. Mais je ne crois pas que notre couple survivrait à notre tentative conjointe de me sauver. Aussi, je te demande d'être patient. Laisse-moi du temps. Viens les week-ends. Ici c'est calme et je suis isolée de ces choses qui semblent me perturber. Voyons si je parviens à trouver une certaine stabilité. Excuse-moi une fois encore. Je dois mettre le dessert au four.

A son retour, ils parlèrent sereinement de la famille de Liz et discutèrent de différentes perspectives pour l'avenir, l'une d'elles étant qu'elle ouvrit son propre cabinet. Ils partagèrent de longs intervalles de silence paisible, contemplant les arbres et les lumières de Central Valley au loin.

Quand ils eurent leur content de carbonara, Liz remplit les verres, leva les assiettes et retourna à la cuisine chercher le dessert. Jim se sentait mieux. C'était ce couple qu'il voulait. C'était possible. Il faudrait peut-être de la patience, du travail mais ils pouvaient y arriver. Il était sûr de ça.

Liz revint et plaça une assiette devant Jim.

- Mon plat de prédilection, annonça-t-elle. J'ai toujours aimé le Lava Cake et n'avais jamais compris que c'était facile à faire. Je sais que tu l'aimes et ça va parfaitement avec le Zin.

C'était vrai. Le gâteau chaud au chocolat et son centre fondu tout noir contrastaient parfaitement avec la noix de crème glacée à la vanille tandis que le caractère fruité du Zin faisait ressortir les saveurs de chocolat. Pour Jim, c'était un des meilleurs repas faits à la maison.

Après dîner, ils se dirigèrent vers le loft où ils firent l'amour. Jim s'assoupit un instant puis se réveilla totalement. Il regardait le corps nu de Liz sous la lumière de la pleine lune et il fut spontanément excité. Il caressa délicatement Liz qui répondit et se réveilla lentement.

- Aimerais-tu essayer quelque chose de différent ? soupira-t-elle de façon aguichante.

- Oh oui, bien sûr. A quoi penses-tu ?

Liz s'assit rapidement, ses seins charnus ondulant sensuellement et fouilla dans le tiroir de la table de chevet. Elle en sortit un joint et un briquet, elle se lécha les lèvres et le glissa entre elles. Elle l'alluma, inhala profondément et retint la fumée. Elle l'exhala et proposa le joint à Jim, manifestement choqué et décontenancé.

- T'as déjà fumé, non ? demanda Liz.

- En fait, jamais au lycée. J'ai bien essayé une fois à la fac mais j'ai été ridiculement paranoïaque et très franchement, je n'ai jamais réessayé depuis. Ça me fait peur. Je n'ai rien contre les gens qui fument de l'herbe, sauf que c'est illégal et que je n'aime pas l'idée de soutenir ce marché et les dealers.

- Bon, celle-ci est cultivée par un ami, donc il n'est pas question de dealers. J'ai toujours trouvé que ça magnifiait l'amour. La moindre sensation semble durer une éternité. Essaye. Je te promets que je veillerai sur toi.

Jim prit le joint à contrecœur et aspira profondément, gardant la fumée jusqu'à ce que ses poumons lui donnent l'impression d'exploser. Puis il le passa à Liz qui prit une bouffée et lui repassa. Une nouvelle bouffée profonde chacun et elle écrasa le joint.

Ils commencèrent à faire l'amour. Jim sentait la drogue qui faisait son effet. Le rythme des choses semblait ralentir. Il savourait le goût de Liz alors qu'il embrassait toutes les parties de son corps. Quand il enfonça son visage entre ses cuisses, elle gémit. Il se laissa complètement absorber par la chaleur, l'humidité et les mouvements subtils de ses hanches.

Il sentait monter son excitation et savait qu'elle était sur le point de jouir. Ses hanches poussèrent brusquement vers le haut et elle soupira d'une voix rauque :

- Un peu à gauche.

Jim fut glacé. Un peu vers la gauche ? S'y prenait-il mal ? Lui avait-il fait mal ? N'avait-il pas entendu quand elle lui avait demandé la première fois ? Avait-il passé trop de temps sur la droite ? Mon Dieu, quel piètre amant !

- N'arrête pas, ordonna Liz.

Jim fit comme elle lui demandait. Il se concentra sur la gauche mais pas trop. Ou était-ce trop ? Ou peut-être pas assez ? Il ne pouvait empêcher ses pensées de tourner en rond. Il ne pensait qu'à une seule chose à la fois et il n'y pouvait rien. Il avait perdu le contact avec le monde environnant tandis qu'il était consumé par une seule pensée, une seule sensation. Il semblait que le monde tel qu'il l'avait toujours perçu se fût évanoui. Maintenant il ne voyait qu'un tunnel ou peut-être était-ce ses pensées, ses sensations qui étaient enfermées dans un tunnel, se déplaçant vers l'avant hors de son contrôle. Il voulait retrouver la perception de son monde. Ne voir qu'une seule chose à la fois était intéressant un instant mais ne pas sentir le reste du monde était effrayant. C'était comme être aveugle au milieu d'une autoroute encombrée où on pourrait entendre les voitures et les camions, sans les voir, ni sentir le vent, ni pouvoir sortir de la circulation.

De son côté, Liz semblait ne rien remarquer et plus tard (Jim ignorait si ce fut au bout de quelques secondes ou quelques heures),elle eut un orgasme dévastateur qui la fit crier avec véhémence. Quelqu'un allait-il appeler la police ? Allait-on penser qu'une femme se faisait assassiner ? Irait-il en prison ? Comment ça serait en prison ? Allait-il se faire violer ?

- Prends-moi, maintenant, Jim ! ordonna-t-elle.

Jim monta sur elle et essaya de la pénétrer mais il avait perdu son érection à la pensée de se faire violer en prison.

- Tu ne peux pas arrêter tout ça ? supplia-t-il.

- Arrêter quoi, mon amour ? demanda Liz avec langueur.

- Je n'arrive pas à contrôler mes pensées. Je continue de tout faire mal. Je ne peux pas arrêter. Aide-moi !

Liz secoua sa torpeur et regarda Jim avec attention. Elle avait entendu dire que des gens réagissaient de la sorte, sans l'avoir jamais vu et ne pouvait vraiment imaginer cela après deux bouffées de ce bon shit maison.

- Ça va aller, dit-elle pour le calmer. Tiens, mets ça dans tes narines et sniffe dur, bien plus qu'avec un spray nasal.

Trop effrayé pour la questionner, Jim fit ce qu'elle lui demandait. Quelque chose dans la petite fiole lui percuta la narine droite et il sentit une brûlure doublée d'un goût acre au fond de la gorge.

- Maintenant l'autre.

Jim respira la substance et laissa Liz le retourner sur le dos.

- Maintenant ferme les yeux et essaye de te détendre. Pense au deltapl.... non ! Pense au ski : tu es sur une piste fraîchement damée avec sa texture de velours côtelé. Visualise chaque virage et sens tes jambes se plier et se détendre pendant que tu glisses, glisses, glisses.

Effectivement, les brumes de l'herbe s'estompaient. Il se voyait skier. En fait, plus il descendait cette pente, plus ses représentations gagnaient en clarté. Quand il atteignit le pied de la pente, il vit Liz qui le regardait amoureusement.

- Je pense que c'est la première fois que tu m'as laissé prendre soin de toi. J'aime ça et ça me fait du bien de savoir que quand tu as peur, tu peux me faire confiance.

- C'était quoi ? demanda Jim timidement, connaissant et craignant à la fois la réponse.

- De la coke, bêta. Tu n'as jamais essayé la coke avant ? Tu ne sens pas les effets ? Tu ne sens pas une clairvoyance inhabituelle ?

Jim réfléchit un instant, regardant la pièce tout autour, puis Liz, les arbres dehors dans la clarté de la lune. Il se sentait de nouveau normal. Son esprit avait cessé de tourner en rond et il pouvait se concentrer sur de nouveaux sujets.

- Non, je n'en ai jamais pris. Comme tu le vois, je suis un novice dès qu'il s'agit de drogue. J'ai évité les analgésiques, même après de graves accidents de surf. Un peu d'anesthésique local suffit à me donner la nausée et me rend fébrile parce que je suis trop sensible à l'adrénaline. Je bois juste un peu d'alcool avec modération de temps en temps. Je ne touche pas à d'autres drogues et tu comprends désormais pourquoi.

Liz retourna Jim sur le ventre et l'enfourcha. Elle commença à lui masser le cou et les épaules tout en parlant de ski, de randonnée, de natation dans les rivières, tout ce qui pouvait faire naître de belles évocations dans son esprit. Après un moment, il s'endormit. Liz se leva et descendit à la cuisine où elle se servit plusieurs doigts de brandy. Elle sortit sur la terrasse et s'assit à la table, buvant tranquillement son alcool, nue dans la lumière de la lune.

Le lendemain matin, Jim se réveilla dans un état de confusion. Liz lui prépara un petit-déjeuner de céréales et fruits et pendant quelques instants, il se sentit revenu à la normale. Puis les manifestations revinrent. Son esprit bloquait sur quelque chose et il ne pouvait contrôler ses pensées. Comme s'il était défoncé de nouveau. Heureusement, cela ne dura que quelques minutes. Vers midi, ces sensations s'espacèrent mais il était épuisé et il dut faire une longue sieste. Il se réveilla tard en ayant faim. Liz travaillait dehors, elle sembla ravie de le voir sur la terrasse.

- Ça va mieux ?

- Je crois. Est-ce que les effets vont continuer ? Je ne vais pas pouvoir travailler si je suis comme ça lundi.

- En vérité, je ne sais pas. Je n'ai jamais vu quelqu'un aussi affecté par deux bouffées d'herbe. Mais je sais qu'habituellement, les tests sanguins ne révèlent rien après vingt-quatre heures, alors je pense que tu seras bien demain.

Jim choisit d'ignorer comment Liz connaissait la durée de vie du cannabis dans le sang. De toute évidence, il y avait un côté de Liz qu'il n'avait pas vu auparavant. Etait-ce la femme qu'il avait épousée ?

- Donc, continua-t-elle, et le dîner ? J'ai pensé à l'Union Hotel à Volcano.

Ignorant son malaise grandissant, Jim acquiesça. Ils dînèrent très agréablement dans un patio-jardin et burent un autre excellent Zinfandel du Conté Amador dans la Shenandoah Valley.

Quand Jim fut revenu à la normale, ils retrouvèrent leurs rites. Il la borda en lui caressant la tête jusqu'à ce qu'elle s'endorme. Liz était certainement une énigme. La vie avec elle ne serait jamais une routine. Mais ne serait-ce pas trop dévorant ? Trop dangereux ?

Comme si elle avait entendu ses questions intérieures, la petite voix endormie se manifesta :

- Ça va Jim ? Je regrette qu'elle t'ait fait prendre de la drogue.

- Là, ça va. Mais ça m'a vraiment perturbé. Je peux gérer le stress au sport ou au bureau mais, à la maison, alors que je pense que je suis en sécurité, c'est beaucoup plus difficile. Est-ce que Liz prend souvent de la drogue ? demanda-t-il, surpris d'avoir parlé de Liz à la troisième personne sans même réfléchir.

- Hé bien, tu l'as vue boire. Parfois, elle est très exaltée, boit et fume de la drogue pour se calmer. Parfois elle est très déprimée et utilise de la cocaïne pour se remonter. D'autres fois, elle semble bien, souvent pendant des semaines entières mais je me fais du souci à cause de cette alternance de hauts et de bas.

- Penses-tu qu'elle puisse être bipolaire ? D'après mes lectures, il semblerait que oui. Est-ce qu'elle a toujours ces hauts et ces bas ?

- Il est possible qu'elle soit bipolaire mais pas moi. Je suis équilibrée, dit la petite voix avec fierté.

- Oui, tu as l'air. Que penses-tu que je devrais faire ? Comment puis-je aider Liz ?

Liz resta silencieuse un moment et Jim pensa qu'elle avait replongé dans le sommeil quand elle se fit entendre :

- Je ne pense pas que tu puisses l'aider maintenant. Il se passe des choses que je n'arrive pas vraiment à expliquer mais tant qu'elle n'est pas prête, je crois que la meilleure des choses à faire, c'est d'être patient et compréhensif. Ça risque de ne pas être facile.

- Que veux-tu dire ? demanda Jim.

Mais la voix s'était évanouie et Liz était désormais complètement endormie.

13

Dawn était épuisée. Elle n'avait eu que trois clients ce soir-là, mais elle était éreintée. Il ne lui restait aucune énergie. Peut-être avait-elle perdu le sens du métier, ayant vécu une autre vie pendant ces derniers mois. Pour autant, cette explication ne semblait pas la bonne. Elle avait l'impression que son corps entier était fatigué et faible. Peut-être qu'elle était en train de tomber malade. Un peu de soupe chaude allait lui faire du bien avant d'aller au lit.

Dawn ne regrettait pas d'être retournée à la rue. Elle était convaincue que le travail de bureau n'était pas pour elle. La mesquinerie y était souveraine. Les gens se faisaient les pires bassesses, juste pour quelques points d'avancement. Elle ne comprenait pas ces pratiques. Il n'y avait pas beaucoup d'argent à gagner, ni beaucoup de satisfactions à attendre de ce travail. Au moins dans la rue, elle gagnait de belles sommes et elle avait le sentiment de rendre ses clients heureux. Elle contrôlait tout ça. Peut-être que c'était ça. Ici elle contrôlait. Au bureau, les choses lui échappaient.

D'un seul coup, elle fut percutée par le côté et on se saisit de son sac à main. Heureusement, peut-être malheureusement, celui-ci avait une courroie passée autour de sa tête et était coincé sous son bras. Pensant qu'il s'agissait d'un vol à l'arraché, elle se prit à sourire. Mais comme le sac en bandoulière ne cédait pas, son agresseur entoura Dawn de ses bras, la souleva et l'entraîna dans une allée voisine où il la jeta au sol.

Dawn leva les yeux et reconnut Jimmy. Les filles parlaient de lui. Celles qu'il avait sous sa coupe vivaient dans une terreur permanente et exhibaient régulièrement les blessures qu'elles lui devaient. La plupart ne vieillissaient pas dans le métier parce qu'il gérait mal leur addiction à la drogue et elles dégénéraient rapidement en junkies. Plusieurs étaient mortes d'overdose.

- Hé, ma belle, dit-il d'un ton mielleux. J'ai entendu dire que t'étais revenue. Tu penses que tu peux toujours travailler sans protection ? Hé bien, tu as tort. Tu travailles pour moi désormais. Donne-moi ton sac. Je veux savoir combien tu as fait ce soir. Après, toi et moi, on va pouvoir s'amuser. Je veux savoir ce que tu as qui te rend si spéciale.

Dawn s'assit, pantoise. Qu'allait-elle faire maintenant ? Elle passa la bride de son sac par-dessus la tête et lui tendit tout sans toutefois le lâcher complètement, afin qu'il la remette sur pieds. Peut-être allait-il se contenter de prendre l'argent et lui ficher la paix ?

Jimmy ouvrit le porte-monnaie et le jeta après avoir pris l'argent.

- Trois billets ? C'est ça ? On m'a dit que tu faisais beaucoup plus que les autres filles. Ça, c'est de la merde. Va falloir que tu t'améliores à l'avenir. Mais tu vas me donner un petit acompte tout de suite, lui ordonna-t-il, la saisissant par le bras pour la plaquer au mur.

Jane vit Jimmy attaquer Dawn. Elle savait qu'elle aurait dû se trouver à côté. Elle était supposée protéger Dawn. C'est la seule chose qu'elle savait faire et elle venait de tout compromettre. Qu'est-ce qui n'allait pas chez elle ? Pourquoi était-ce allé si loin ? Dawn était en danger. Jane se pressa.

- Je ne sais pas si Dawn a quelque chose à te donner mais moi oui, dit-elle impériale, en glissant avec précision son surin entre les côtes de Jimmy, directement dans le cœur.

Quelques heures plus tard, ayant vu Jane déplacer le corps de Jimmy et le faire disparaître avec maîtrise dans la Baie, Dawn sortit de son silence prostré.

- Tu as déjà fait ça, n'est-ce-pas ?

- Oui. Ça ne me plaît pas que tu aies repris ce travail mais Jimmy avait raison. Tu as vraiment besoin de protection. Il y a tellement de salauds. D'ailleurs ça ne me pose aucun problème de les éliminer s'ils tentent de te faire du mal. Ils ne méritent pas de vivre ici-bas.

- Je savais que tu n'étais pas loin et que tu veillais sur moi. Mais je ne savais pas que tu les tuais. Je ne suis pas d'accord avec ça, Jane.

- Dawn, une partie de toi le savait. Tu es la seule fille sur le trottoir sans souteneur. Comment penses-tu que tu as pu vivre comme ça ? Jusqu'à Jimmy, ils ont tous eu peur de toi et au fond, de moi. Le problème, c'est que tu as disparu pendant tant de temps et la rue a la mémoire courte. Mais tu es de retour et je suis là. Je suis sûre que Jimmy s'est vanté de ce qu'il allait faire. Maintenant qu'il a disparu, les autres vont y regarder à deux fois.

- Combien ?

- Je ne sais pas. Cela n'a pas d'importance. Est-ce que tu me demanderais combien de moustiques je tuerais s'ils tourbillonnaient autour de toi ? C'est ainsi, c'est normal. Ça ne doit pas te tourmenter. Tout homme qui te fait du mal est condamné.

Dawn revit par la pensée ses clients. Ceux qui s'étaient mal comportés avec elle ou l'avaient menacée. Il y avait aussi ce dealer qui avait disparu. Jane les avait-elle tous tués ? Certes il y avait parmi eux de mauvaises personnes. Peut-être qu'ils méritaient ce qui leur était arrivé. Mais il y avait ce client. Il l'appelait d'un nom qu'il répétait sans cesse. Qui était-ce ? Il lui demandait de faire comme si elle était son ex-épouse. Il était en plein désarroi. Selon ses mots, elle ressemblait à sa femme quand elle était jeune. Elle se souvenait de lui, de la montée de son excitation, de la pression qu'il exerçait sur sa tête au point de la faire presque vomir. Il ne lui avait pas fait de mal mais elle s'était enfuie.

- Te souviens-tu d'un homme dans la quarantaine, habillé avec élégance. Je lui faisais une fellation. Il était trop excité et il m'a appuyé la tête vers le bas. Il était en colère après son ex-femme et je faisais semblant d'être elle. Tu l'as tué aussi ?

- Je ne me souviens pas de ces nazes. S'ils te font du mal, ils meurent.

- Mais il ne m'a pas vraiment fait mal. Il ne représentait pas une menace. Je me suis laissé glisser pour m'éloigner et en partant, je l'ai entendu pleurer. Il était vraiment contrit de ce qu'il avait fait et je pense qu'il cherchait de l'aide, un exutoire à cette vie qui lui était devenue insupportable. Il avait perdu tout ce qui comptait pour lui.

- Donc, j'ai fait quelque chose de bien en l'arrachant à sa misère.

Dawn était sidérée. Elle ne pouvait plus parler.

Elles revinrent à la maison en silence.

CHAPITRE 5

« Le chaos est l'ordre sur lequel s'écrit la réalité. »

- Henry Miller

1

Dimanche soir, Jim rentrait chez lui après la montagne. Il ne pouvait s'empêcher de se demander s'il était de nouveau bien dans sa tête. Il aimait Liz et il tombait amoureux de la petite voix endormie également. Bien sûr, elle faisait partie de Liz, aussi il n'y avait rien d'anormal à ça. Mais les drogues, les changements d'humeur, la vie séparée. Etait-ce la vie qu'il s'était représentée quand ils s'étaient mariés ? Certainement pas. Liz était-elle mentalement malade ? Cette éventualité semblait excessive. Elle avait traversé la vie sans qu'un handicap semblable n'ait jamais été décelé. La plupart du temps, elle se montrait intelligente, attentionnée et charmante. Mais pouvait-il vraiment dire ça ? Etait-ce la plupart du temps ? Quelque chose avait changé. Il ne savait pas bien quand ni où, mais quelque chose avait définitivement changé et Liz semblait décliner. Elle semblait même en être consciente. Ainsi que la petite voix.

Quelle était la meilleure aide qu'il pouvait lui apporter ? Elle ne voulait pas envisager un accompagnement psychologique. Il n'était certainement pas en position de l'y contraindre. D'après ce que Mickey avait dit, Janice ne soutiendrait pas cette démarche et Mickey ne s'opposerait pas aux décisions de sa femme. Du moins, il ne l'avait jamais fait jusqu'ici. Qu'est-ce-que Jim devait faire ? La voix endormie n'était pas quelque chose de signifiant. Beaucoup de gens parlent pendant leur sommeil et ne se souviennent plus de ce qu'ils ont dit à leur réveil. L'incident avec Rajiv pouvait très bien n'avoir été que le fait d'un mauvais jour. Il ne savait pas véritablement ce qui s'était passé dans ce bureau et bien qu'il doutât que Rajiv ait pu mal se comporter, il était possible que Liz se fût simplement protégée. Non. Il n'y avait vraiment rien là de bien consistant. Peut-être était-ce la drogue ? La petite voix lui avait révélé que Liz prenait de la drogue depuis longtemps. Peut-être que tout ça ne résultait que de la drogue.

A la maison, Jim appela le chalet pour dire à Liz qu'il était arrivé à bon port. Il fut accueilli par la petite voix endormie.

- Désolé. Est-ce que je t'ai réveillée ? demanda-t-il.

- Oui. Mais tout va bien. Je suis contente de savoir que tu es bien rentré à la maison. Jim, je t'aime, tu sais. Liz t'aime aussi. Je ferai de mon mieux pour veiller sur elle quand tu n'es pas là. Ne t'inquiète pas trop.

- Je t'aime aussi, répondit-il, plus confus que jamais.

J'appellerai demain après le travail. Bonne nuit !

- Bonne nuit.

Après avoir raccroché, Jim se connecta à sa banque pour vérifier ses relevés de compte. Avant de rencontrer Liz, il avait été plutôt économe. Il comparait ses dépenses avec ses revenus, s'assurait qu'il économisait de l'argent et cotisait le plus possible à son épargne retraite. Chaque mois, il se connectait à un logiciel de gestion pour faire des états mois par mois et année par année.

Peut-être était-ce dû à Liz, à sa famille fortunée ou peut-être était-il dans le déni mais Jim avait cessé de suivre ses dépenses. Il n'avait plus utilisé le logiciel de gestion depuis leur mariage. Il avait un bon salaire et Liz également. L'épargne retraite n'était plus alimentée que par leurs économies et ils vivaient très confortablement. Ils étaient convenus de faire la plupart des achats avec les cartes de crédit et de rembourser le solde chaque mois. Ceci leur permettait de faire des reports sur leurs dépenses et de transporter le moins d'argent liquide possible. Cela leur aurait également permis de contrôler leurs dépenses au plus prés, mais comme ils avaient l'impression d'avoir beaucoup d'argent, Jim avait cessé de s'en préoccuper. Le moment était venu de rattraper tout ça.

Quatre heures plus tard, Jim avait entré toutes leurs opérations, séparant les siennes de celles de Liz, ainsi que leur dépenses ensemble et avait fait un état de rapprochement bancaire. Alors il commença à dresser un bilan.

La première chose qu'il remarqua fut qu'ils allaient beaucoup au restaurant. Ces dépenses excédaient largement ce qu'ils dépensaient en courses alimentaires. Ils achetaient aussi beaucoup d'alcool. Il avait conscience du champagne qu'ils achetaient pour les fêtes de famille et du vin qu'ils ramenaient régulièrement de leurs fréquentes tournées des vignobles de Californie du Nord mais Liz avait fait des achats réguliers chez différents cavistes, beaucoup dépassant plusieurs centaines de dollars.

Les dépenses d'habillement étaient élevées sans être extraordinaires. Il aimait la voir s'habiller avec goût et ils faisaient souvent le shopping ensemble. Jim adorait la regarder présenter des vêtements telle un mannequin.

Mais le plus dérangeant, au-delà des dépenses d'alcool, était les grands retraits que Liz faisait. Ils s'élevaient à plusieurs milliers chaque mois. Etait-ce de l'argent pour la drogue ? Avait-elle une manie qui coûtait des milliers de dollars chaque mois ? Si on ajoutait à ça l'alcool, il était clair que Liz avait un problème majeur de drogue et d'alcool. Ceci pouvait certainement expliquer son comportement. Comment allait-il aborder cette question ?

2

Le lendemain soir, Jim appela Liz comme convenu. Elle avait l'air de bonne humeur et semblait s'occuper. Jim lui raconta sa journée, sans trop s'attarder sachant qu'elle avait toujours de la rancœur contre MacroData. Ils n'avaient plus parlé de son départ de la société depuis la nuit où elle s'était mise en colère. Maintenant elle semblait se garder de soumettre Jim à la moindre pression.

Au contraire, elle parla de ses projets de jardinage. Elle avait fait plusieurs voyages à la rivière pour ramasser des pierres et border les allées du jardin. Elle tentait d'empêcher les chevreuils de tout dévaster.

Rassemblant son courage, Jim décida d'aborder la question de l'argent.

- Liz, j'ai décidé de me pencher sur nos finances hier pour voir où nous en sommes.

- On est bien, non ? demanda ou plutôt affirma Liz.

- Oui certes. Tout va bien mais nous dépensons beaucoup plus que je ne le pensais. Nous avons deux maisons maintenant aussi il semble raisonnable de contrôler un peu plus les choses.

- Et avec moi qui ne travaille pas, n'est-ce-pas ?

- En fait, non. Ce n'est pas ma préoccupation première. On doit parfaitement y arriver avec mon salaire pendant un moment.

- Ok. Donc quel est ton souci ? demanda Liz.

- Ce qui me préoccupe, c'est qu'une grande partie de notre argent passe en achat d'alcool et que la plupart de tes retraits d'argent servent à acheter de la drogue. Certes ces drogues sont illégales mais je suis surtout inquiet de leurs effets sur toi. Peut-être que ceci explique certains de tes comportements récents comme l'incident avec Rajiv.

- Mon comportement ? Tu n'es pas en position de mettre en cause mon comportement. Oui, je bois et j'utilise de la drogue de façon festive. Je fais ça depuis des années et je m'en suis sortie jusqu'à ce jour, je te remercie.

- Liz, on a parlé de ça. Tu as admis que tu avais des problèmes. On est mariés. On est une équipe et je veux t'aider.

- Oui. On est mariés. Mais le mariage implique la confiance. On a discuté de cette situation et j'ai dit que j'allais faire le nécessaire. Mais il a fallu que tu ailles fouiller les comptes à la recherche d'une putain de preuve. Tu ne me fais pas confiance, tu ne me laisses pas l'espace dont j'ai besoin, même pendant une courte période. J'en ai marre. Maintenant fous-moi la paix !

Liz raccrocha brutalement.

Peut-être avait-elle raison. Ils étaient convenus de lui laisser le temps de travailler à ses problèmes. Mais c'était l'accord d'origine. Là elle venait de rompre cet accord. Puis il avait découvert l'usage de la drogue. Ce qui avait été une surprise totale. Comment avait-il pu la connaître depuis si longtemps, vivre avec elle, l'épouser et ignorer son usage de la drogue ? Peut-être qu'il en faisait trop ? D'un autre côté, pourquoi le cachait-elle ? De quoi avait-elle peur ? Et puis comment il aurait vécu ça, si elle avait fouillé dans tous ses achats ? Bien sûr, il n'avait rien à cacher mais il devait admettre qu'il aurait trouvé le procédé intrusif. Jim décida de lui laisser du temps.

Il n'appela pas le soir suivant, ni celui d'après et Liz ne l'appela pas non plus. Le vendredi matin, il alla à Albany, le village près de Berkeley et trouva le magasin de chocolat où Liz avait acheté les fraises enrobées de chocolat qu'ils avaient partagées dans le spa du salon de thé japonais. Il les plaça avec une bouteille de Veuve Cliquot dans la glacière qu'il avait prise avec lui et il se mit en route vers la montagne.

Se garant dans l'allée derrière la voiture de Liz, il remarqua que toutes les fenêtres étaient ouvertes. Il entendait des voix mais pas distinctement. En montant les marches de la terrasse, il nota la voix d'une femme à l'accent anglais

- Mais Dawn, ça ne peut pas être aussi sérieux que ça.

Une autre voix qu'il ne reconnut pas répondit

- Mais Eve, c'est très grave. Elle a tué des gens.

Jim contourna l'angle de la terrasse et regarda à travers les grandes fenêtres. Un frisson le parcourut.

Liz s'adressait avec un accent anglais à quelqu'un en face d'elle qui de toute évidence n'était pas là.

- Dawn, ce n'est pas possible que tu veuilles dire qu'elle a littéralement tué quelqu'un.

Liz fit un pas en avant, se retourna et répondit avec l'autre voix.

- Eve, je l'ai vue tuer quelqu'un et se débarrasser du corps. Elle est très efficace. Elle a reconnu avoir tué quiconque me menaçait. Je pense qu'il y en a eu plusieurs.

Jim lâcha la glacière de stupeur. Liz se tourna vers le bruit et voyant Jim, son visage se transforma. Le premier était celui de Liz mais plus sexy. Le second avait un air résolument britannique avec des sourcils dressés suspicieusement. Le troisième était le visage qu'il avait vu dans le bureau de Rajiv, yeux écarquillés et surpris. La petite voix demanda :

- Jim, laisse-nous quelques minutes. Veux-tu retourner à la voiture et revenir plus tard ?

Jim acquiesça de la tête, pas certain de vouloir revenir. Il sentait un impérieux désir de fuir. Des gens tués ? De qui parlait Liz ? Pourquoi ces voix ? Il chercha fébrilement une explication et il ne put que conclure que Liz répétait pour la compagnie locale de théâtre de Volcano. Ça tenait debout. Mais la présence de la petite voix lui fit penser que c'était plus sérieux. Qu'avait-elle dit ? Qu'elle se manifestait pour sortir Liz des situations difficiles ? Jim était épouvanté.

- Jim, appela-Liz depuis la terrasse de sa voix normale. Oh toi, mon homme merveilleux. As-tu apporté les fraises enrobées de chocolat et le champagne ?

Après réflexion, Jim répondit. Il était assez sûr que Liz ne se souvenait pas de l'échange qu'elle avait eu avec elle-même. Il se retourna et se trouva face à une Liz souriante. C'était la femme qu'il avait épousée. Elle avait l'air heureuse de le voir et on ne peut plus normale. Etait-il possible qu'elle n'ait aucun souvenir de ce qui venait de se passer ? Ne l'avait-elle pas vu sur la terrasse ?

- Oui, répondit Jim un peu méfiant. Je réalise que j'ai été un idiot de ne pas te faire confiance et de fouiller tes dépenses. Je voulais m'excuser et prendre un nouveau départ pour ce weekend ensemble.

- Super. Laisse-moi une minute et allons faire un pique-nique au bord de la rivière. J'ai découvert des endroits sympas pendant ma chasse aux pierres. Prends ton matériel de pêche à la mouche.

- Liz, qu'est-ce qui s'est passé à l'intérieur, il y a quelques minutes ?

- Que veux-tu dire ? J'ai vu la glacière sur la terrasse, j'ai regardé dehors et j'ai vu ta voiture. Je me suis demandé pourquoi tu avais laissé la glacière. Est-ce que tu voulais me faire une surprise ?

De nouveau, il prit son temps avant de répondre. A l'évidence, ce n'était pas le moment de la heurter. Il essaya de chasser de son esprit ce qu'il venait de voir. Si Liz était de retour, il lui fallait essayer de reconnecter avec elle.

- Absolument, répliqua-t-il, aussi enthousiaste que possible. Je suis vraiment content que tu ne sois pas en colère contre moi.

- Jim, tu es l'amour de ma vie et il me serait impossible de rester en colère contre toi.

Ils emballèrent quelques objets supplémentaires et firent route vers la rivière où ils dégustèrent le champagne en se donnant mutuellement la becquée avec les fraises au chocolat. Jim commençait à se détendre, charmé par le merveilleux de ce moment. Peut-être que cette mauvaise passe était terminée. Peut-être que désormais tout serait comme cet instant. Jim voulait y croire et, un moment, il y crut.

Ils firent l'amour lentement, sensuellement à la lumière du soleil, à côté d'une cascade. Allongés, savourant paisiblement le bruissement de la rivière, le chant des oiseaux et le murmure du vent dans les arbres. Puis ils rejoignirent, un peu plus bas, les eaux calmes et profondes d'une retenue pour nager.

Ils se séchèrent et s'habillèrent, sereins, dans ce silence partagé. Jim prit son matériel de pêche et descendit la rivière pour la remonter en pêchant tandis que Liz fouillait les rives à la recherche de pierres. Lui se concentra sur ses lancers. Il s'installa dans le rythme méditatif de la pêche à la mouche.

Plus tard, le soleil s'enfonça derrière la colline et de longues ombres rafraîchirent les rives. Jim attrapa et relâcha plusieurs petites truites arc-en-ciel. Quand il revint au lieu de leur pique-nique, il découvrit que Liz avait rassemblé un nombre conséquent de pierres.

- Sympa, les pierres, non ? dit-elle avec fierté.

Evidemment, Liz avait trouvé des cailloux en quartz avec des pépites de pyrite, des cailloux de minerai de fer, des cailloux volcaniques, même quelques jadéites et de gros morceaux d'obsidienne.

- J'imagine que tu attends que je charrie tout ça jusqu'à la voiture ? la taquina-t-il.

- Je fais ça toute seule chaque jour. Je suis sûre que tu peux y arriver. Ça te fera un excellent exercice.

Quarante-cinq minutes plus tard, les pierres étaient chargées dans la voiture. Ils suffoquaient sous la chaleur et dégoulinaient de transpiration. Avant de partir, ils décidèrent de nager une dernière fois. Liz fit le saut de l'ange depuis un rocher de trois mètres dans un trou profond. Jim piqua une tête, pénétrant l'eau sans la moindre éclaboussure.

- J'ignorais que tu savais plonger, s'émerveilla Liz.

- J'ai des talents qui pourraient te surprendre, promit Jim, la prenant nue sensuellement entre ses bras.

Ils jouèrent dans l'eau jusqu'à ce que chacun soit rafraîchi, puis ils retournèrent à la voiture. Le dîner à l'Union Inn de Volcano fut un véritable délice. Jim essaya d'oublier l'alcool, la drogue, ces colères incontrôlées, ces conversations dont il avait été témoin. C'était la Liz d'avant. A cet instant, il retrouvait le couple qu'il avait imaginé. Les choses avaient commencé ainsi et elles allaient continuer ainsi. Jim en était presque convaincu.

Arrivés à la maison, Liz avoua qu'elle était épuisée. Jim la borda et lui caressa la tête, espérant entendre la petite voix. Alors qu'il allait abandonner, elle se manifesta :

- Tu m'attendais, n'est-ce-pas ?

- Oui. Je n'ai pas voulu parler avec Liz de ce qui s'était passé cet après-midi, avant d'en avoir parlé avec toi. Peux-tu m'aider à comprendre ? Liz a un trouble dissociatif de l'identité, n'est-ce-pas ?

- Je ne sais pas ce qu'est ce truc dissociatif mais c'est vrai, Liz n'est pas toute seule dans son corps. Elle le partage avec moi et d'autres.

- Combien êtes-vous ?

La petite voix resta silencieuse un instant puis répondit de façon réfléchie.

- Je ne sais pas avec certitude. Je pense que nous sommes cinq, avec Liz.

- Mais qui sont-elles et comment cela fonctionne-t-il ? Est-ce que chacune a un nom différent ?

Liz fronça les sourcils.

- Hé bien, laisse-moi voir si je peux expliquer. On voit toutes Liz mais Liz ne nous voit pas. On peut parfois se voir les unes les autres mais pas toujours. Imagine que tu sois dans un théâtre avec des spots. On est assis sur les côtés jusqu'à ce que ce soit notre tour, puis on saute dans la lumière. La seule chose étrange est que Liz ne nous voit jamais. Elle s'endort quand l'une de nous est activée.

- D'accord, toi je te connais. J'ai pensé que tu étais Liz endormie. Et c'est ce que tu es. Aujourd'hui, j'ai vu une anglaise qui, je pense, s'appelle Eve et une autre femme qui s'appellerait Dawn. Ce qui est étrange, c'est qu'elles avaient l'air différent de Liz. Toi aussi, réfléchis !

- Bien sûr, on est différentes. On est des personnes

différentes, gros bêta.

- Pourquoi ces noms ? Qui sont ces femmes ? Portes-tu un nom différent ?

- Oui, je réponds toujours au prénom de Liz mais moi, c'est Betty. Je suis la petite sœur de Liz. Dawn est sa sœur cadette et Eve, notre cousine.

Jim ressassa ces informations et compta silencieusement.

- Ça fait quatre. Qui est la cinquième ?

- Je n'ai vraiment pas envie d'en parler. Je ne la connais pas. J'ai juste entendu parler d'elle. Aussi je ne veux rien dire. Je pourrais me tromper.

Jim décida de ne pas insister.

- Tu sais, commença Jim. J'ai lu pas mal de choses là-dessus. La plupart des gens n'ont qu'une personnalité. Vous en avez plusieurs. Les psychiatres appellent ça un trouble dissociatif de l'identité, bien qu'ils soient nombreux à ne pas croire que ça existe. Il semble que ce soit causé par un traumatisme majeur pendant la jeunesse. Chaque personnalité ne représente qu'une partie de la personne. Elles peuvent penser qu'elles sont une personne à part entière mais en fait elles ne sont qu'une partie de la personne d'origine dont elles se sont détachées. Il y a des thérapies pour réintégrer les personnalités.

- Ça me fait peur, Jim.

- Pourquoi devrais-tu avoir peur ? Ne voudrais-tu pas être une personne complète ? Ne voudrais-tu pas que Liz soit une personne complète ?

- Je suis une personne complète, insista Betty. Si on est réintégrées, que vais-je devenir ? Je meurs, n'est-ce-pas ?

- Non, bien sûr que non, répondit Jim moins sûr de lui. Tu seras toujours là, mais tu seras une partie de Liz.

Jim s'assit un moment, avec l'espoir de prolonger cette conversation mais il comprit que Betty n'avait plus rien à lui dire ce soir-là. Il se leva, prit une bière et sortit sur la terrasse éclairée par la lune, là où il avait pris la mesure de cette situation choquante. Pouvait-il vivre avec des personnalités multiples ? Comment le verraient-elles ? Et cette conversation qu'il avait entendue ? N'était-il pas question d'un meurtre ? Qui était la cinquième personnalité ? Liz était-elle une meurtrière ? Non. C'était totalement insensé. Bien sûr qu'elle ne l'était pas. Il n'avait pas lu un seul cas où une de ces personnalités était un meurtrier. Ça paraissait totalement improbable. Mais comment allaient-elles évoluer désormais ? Il aimait Liz et était résolu à l'aider contre la maladie, même si cela ne faisait pas partie de leur engagement initial. Mais comment allaient-ils arriver à dépasser ceci ? Ce problème les consumait. Jim n'était pas en train de traiter avec une seule personne. Il traitait avec cinq.

Le lendemain matin, pendant le petit-déjeuner, Jim rapporta ce qui s'était passé la veille et raconta à Liz la conversation avec Betty.

- Daddy m'appelait Betty quand j'étais gamine, songea Liz. Je m'appelle Elizabeth, que je raccourcis par Liz mais Daddy aimait vraiment m'appeler Betty

Une alarme retentit dans la tête de Jim. Est-ce que Mickey avait abusé de Liz et causé cette fêlure ? Non, c'était improbable. Mickey avait l'air perturbé par les changements qui s'étaient opérés chez Liz. Ce n'était pas Mickey.

- Et cette voix anglaise ? demanda-t-il.

- Je faisais semblant d'être anglaise à l'université. C'était un jeu, un changement, quelque chose de nouveau.

- Liz, je pense vraiment que tu souffres d'un trouble dissociatif de l'identité.

- Jim, Jim, Jim, Liz ricana, pas du tout affectée. D'abord, il était question de drogues et d'alcool maintenant de personnalités multiples. Je pense que tu vas très loin pour tenter d'expliquer mon comportement avec Rajiv. Je reconnais que ce n'était pas bien mais allons, des personnalités multiples !

- Dis-moi, Liz, commença Jim, résolu à lui révéler la vérité. Te souviens-tu vraiment d'avoir projeté Rajiv contre le mur ?

- Hé bien non, répondit Liz quelque peu timidement.

- Et du couteau de Brent Powers que tu lui as arraché pour essayer de le poignarder après qu'il ait percuté Steve ?

- Euh non, répondit-elle à regret, de plus en plus effrayée.

- Et hier, te souviens-tu de moi sur la terrasse en train de te regarder parler toute seule ? Jim insista presqu'avec véhémence.

- Jim, s'il te plaît, arrête. Tu me fais peur.

Liz éclata en sanglots et courut dans la chambre se jeter sur le lit, pleurant de façon incontrôlée.

Jim entra et lui caressa la tête avec douceur.

- Ça va aller, lui dit-il pour la calmer.

- Je ne pense vraiment pas que tu devrais t'en prendre à elle comme ça, le sermonna Betty.

- Mais elle – vous – avez vraiment besoin d'aide. Et vous

n'allez pas la trouver si vous ne reconnaissez pas qu'il y a un problème.

- Jim, tu dois nous laisser chercher. Si tu mets de la pression, tu vas aggraver les choses. S'il te plaît, arrête. Terminez votre week-end ensemble et rentre chez toi. Reviens le week-end prochain et on verra bien où on en sera. Sinon, tu vas finir par faire du mal à Liz.

Rentrer chez lui, c'était ce qu'il pouvait faire de mieux pour tenir bon. Dans sa carrière, Jim avait réussi en identifiant les problèmes et en travaillant avec acharnement pour les résoudre. Il savait qu'il était sur quelque chose et qu'il pouvait trouver la solution. Il voulait chercher avec Betty l'événement traumatique à l'origine de cette division. Il pouvait contribuer à la réintégration. Liz serait un tout de nouveau.

Mais une fois de plus, il n'était pas psychiatre. Il ne savait pas ce qu'il faisait. Il était dépassé. Il pouvait aggraver les choses en s'en mêlant. Même si elle avait l'air très jeune, Betty semblait réfléchie. Il allait prendre du recul. Une semaine loin d'elle allait lui faire du bien. Il pourrait faire des recherches, peut-être consulter un psychiatre. Il pourrait trouver une stratégie. Il trouverait une manière de remettre tout ça sous contrôle.

3

Jim appela Liz pour lui faire savoir qu'il était bien rentré le dimanche après-midi puis il lui téléphona le lundi soir et encore le mardi après le travail. Quelque chose ne tournait pas rond. Liz semblait déprimée. Leurs conversations habituellement animées étaient devenues atones. Liz avait des difficultés à raconter ses journées et même son enthousiasme à propos des pierres s'était évanoui.

- Jim, je suis fatiguée. Ces appels me fatiguent encore plus. Je ne pense pas que je sois malade mais je ne veux pas être dérangée. Je suis désolée si ça te heurte mais on a parlé du travail que je devais faire sur moi et je veux le faire sans que tu interfères. Une fois de plus, je suis désolée si ça te contrarie.

« Je sais que tu avais l'intention de venir ce weekend mais je pense que j'ai besoin de quelques semaines pour moi toute seule. Si je n'arrive pas à m'en sortir après ça, je pense que j'envisagerai de me faire aider. Pour l'instant, je te demande d'être patient, compréhensif et de ne pas t'inquiéter.

Jim acquiesça de mauvaise grâce. Il se demandait s'il n'était pas responsable de cette dégradation de Liz. Avait-il eu tort de la brusquer avec la théorie des personnalités multiples ? L'inquiéter avec ses trous de mémoire n'avait certainement pas été très habile. A quoi cela ressemblait-il d'avoir ce genre d'oublis ? On a tous des oublis comme celui d'un petit-déjeuner pris quelques jours plus tôt ou un film vu la semaine précédente. Habituellement, cela ne nous épouvante pas et si on nous en laisse le temps ou si on nous rappelle certains détails, nous nous en souvenons. Ce que vivait Liz était-il comparable ? Trouvait-elle normal de ne pas se souvenir d'heures ou même de jours entiers quand une autre des personnalités occupait le devant de la scène ?

Les semaines qui suivirent, Jim employa son temps libre à s'entraîner, alternant surf, course et vélo. Il avait compris qu'en s'épuisant physiquement, il parvenait à dormir toute la nuit. Par ailleurs, le sport le rendait plus optimiste et serein. Au gré de ses recherches sur les désordres mentaux, il avait lu que l'activité physique semblait aider la plupart des gens à garder leur équilibre.

Un dimanche soir, après une journée entière de sport, il engloutit une pizza accompagnée de deux bières. Il s'endormit vers neuf heures. A onze heures, il s'éveilla en sursaut. Quelque chose venait d'arriver à Liz. Il composa le numéro du chalet et il entendit la voix endormie.

- Vous allez bien ? demanda-t-il.

- Oui, on va bien, Jim, répondit Betty.

- Je suis désolé de t'avoir réveillée. Je viens d'avoir un pressentiment. J'ai pensé que quelque chose n'allait pas.

- Non, Jim. On va bien. Tu devrais retourner dormir.

- Betty ?

- Oui, Jim

- Penses-tu que Liz voudra me voir bientôt ? Elle me manque terriblement. Les bons moments passés avec elle me manquent. La tenir dans mes bras quand on s'endort me manque.

- Je suis désolé, Jim. Tu me manques et je sais qu'à Liz aussi mais on a vraiment des problèmes et il est trop tôt pour qu'on se revoie. Essaye de patienter.

- Tu ne veux pas parler à Liz ? Tu ne peux pas lui dire que j'aimerais venir ?

- Non, Jim. Liz et moi ne communiquons pas. Souviens-toi, Liz ne nous voit, ni ne nous entend. Je suis désolé mais je ne peux rien faire. Liz doit atteindre ce stade où, soit elle continue de se soigner, soit elle s'accepte comme elle est − nous sommes − et alors décide de reconsidérer votre mariage.

- Reconsidérer notre mariage, demanda Jim, effrayé par les mots de Betty.

- Ne t'inquiète pas, Jim. Ça va aller. Je sais des choses. Essaye de dormir.

Mais Jim ne put retrouver le sommeil. Il se leva, alla à son ordinateur et se plongea dans des recherches sur le trouble dissociatif de l'identité. Il essaya de trouver des psychiatres expérimentés dans cette thérapie. Ils n'étaient pas nombreux. En fait, une large partie de la communauté psychiatrique doutait de l'existence de cette pathologie. Ou, à tout le moins, doutaient-ils qu'il y ait vraiment des personnalités multiples. Ils attribuaient ces comportements à d'autres éléments. Jim pensa qu'il pourrait les faire changer d'avis en leur faisant connaître Liz et ses différentes personnalités.

Puis il lut plusieurs études de cas sur la réintégration. Il fut surpris de voir combien ces cas de réintégration étaient faiblement documentés. Les troubles de Liz étaient-ils si rares ? Restait-il un espoir pour son mariage avec Liz ? Pourrait-il vivre avec ces personnalités multiples ? Pourraient-elles vivre avec lui ?

Il s'était déjà posé ces questions mais maintenant, il percevait une nouvelle évidence. Il fallait que la réintégration de Liz s'opère. Elle était abîmée. Quelque événement traumatique avait causé cette fêlure et elle avait besoin d'être réunie de nouveau. Elle aurait pu y arriver plus tôt mais quelque chose avait changé. Liz avait perdu son énergie, ses centres d'intérêt, son enthousiasme et semblait ..... complètement perdue. La personnalité centrale de Liz semblait en souffrance. Même s'il savait que sa personnalité s'était divisée, les morceaux eux aussi semblaient se désagréger. Jim espérait que ça n'allait pas devenir une histoire de Humpty Dumpty[1].

Face à la carence des psychiatres spécialisés dans ces troubles, Jim envisagea de continuer ses propres recherches et de tenter la réintégration lui-même. Mais il pensa à ce qui s'était passé après la confrontation avec Liz et le fait qu'ils ne s'étaient pas revus depuis. Peut-être qu'il était trop proche de Liz ? Peut-être qu'il n'avait pas de compétence dans ce domaine? Il devait trouver quelqu'un qui pourrait l'aider. Mais comment ? Tout ce qu'il lisait plaidait pour l'absolue nécessité que le patient admette la réalité de ses troubles. Mon Dieu ! Désormais, il pensait à elle comme à une patiente. Et il était tout sauf un expert. Peut-être qu'il devenait fou lui aussi.

L'aube pointait. Jim prit sa planche, sa combinaison et partit surfer à Ocean Beach. En moins d'une heure, la marée était tombée et les vagues avaient disparu. Il n'était pas fatigué mentalement et son esprit continuait à tourner en rond, aussi décida-t-il d'aller courir sur Montara Mountain. A la fin de sa course, il se sentit envahi par une fatigue physique générale. Le surf avait fatigué la partie supérieure de son corps et la course, la partie inférieure.

En sortant de la douche, il se trouva détendu et optimiste. D'une manière ou d'une autre, ça allait marcher. Liz et lui étaient faits pour vivre ensemble.

---

[1].N.d.T : Humpty Dumpty : comptine anglaise qui parle d'un œuf qui tombe d'un mur et dont les morceaux ne peuvent être rassemblés.

4

- Mike, on en a un autre !

- Un autre quoi, chérie ? demanda Mike McKensey. Il s'essayait à différents mots tendres. Chérie semblait banal, mais May s'en moquait. D'ailleurs elle aussi commençait à l'appeler chéri. Ah, le vertige d'être un nouveau couple ! Puisqu'ils étaient mariés depuis moins d'un an, ils étaient toujours des novices. Un autre corps, CHERI ! répondit May, en accentuant ce « chéri » qui devait être réservé à leur vie intime et était inapproprié au travail. Les hommes ont besoin d'être recadrés.

- Ça fait combien de temps ? Dix-huit mois ?

- Oui, environ. Mais il n'y a pas de doute. C'est le même mode opératoire. Celui-ci s'est échoué à Stinson ce matin. Il a été trouvé par un jogger. Il n'est pratiquement pas identifiable mais le médecin légiste doit l'examiner. J'espère qu'il pourra nous aider à l'identifier. Veux-tu assister à l'autopsie. ?

Mike y réfléchit à peine quelques secondes. Alors qu'il détestait les autopsies et plus particulièrement celles des corps sortis de l'eau, elle apporterait peut-être le premier indice dans une affaire qui s'éternisait.

- Je serai là dans vingt minutes

Portant combinaison, masque et gants, Mike et May avaient des haut-le-cœur tandis que le médecin ouvrait la poitrine de la victime. Ce fut encore pire quand il ouvrit l'estomac et les intestins.

- On dirait qu'il a mangé mexicain peu avant sa mort .

Mike et May se regardèrent avec surprise, imaginant mal que le médecin puisse reconnaître quelque chose dans la bouillie de son estomac mais aussi parce que l'une des autres victimes avait également mangé mexicain peu de temps avant son décès. Y avait-il un lien ?

- Ça pourrait être utile, commença May. Une des autres victimes avait également mangé mexicain. Ma question est probablement stupide mais pourriez-vous nous donner une piste pour le restaurant ?

Mike lui enfonça le coude dans les côtes

- Ça n'est pas une question stupide, détective McKensey. May pourrait bien avoir raison. Je vois des haricots noirs et des morceaux de piment fumé. Ça pourrait faire avancer. Sinon pour le reste, il n'y a rien d'autre que de la bouillie.

- Pas d'information sur son âge, demanda Mike ?

- Je dirais la cinquantaine. Vous devriez avoir son identité assez vite. Il est resté dans l'eau moins d'un jour, aussi on a ses empreintes et on en est en train de les traiter. Je serais surpris que vous n'appreniez pas qui était la victime d'ici une heure ou deux.

Mike et May remercièrent le médecin légiste, l'abandonnant à la partie la plus dégoutante de l'autopsie, qui vraisemblablement n'apporterait aucun éclairage nouveau. Ils sortirent, retirèrent leurs combinaisons, masques et gants et retournèrent dans le bureau de May où ils apprirent que les résultats sur les empreintes étaient imminents. Mike ne put que s'extasier de l'efficacité du bureau de police du comté de Marin. A San Francisco, il aurait fallu une éternité pour obtenir la même chose.

- Je sais que ce n'est probablement pas très engageant après une autopsie mais veux-tu qu'on déjeune ? demanda May. J'ai quelques idées dont j'aimerais faire le tour.

- Certainement chér… commença Mike, réalisant que c'était la première fois qu'ils travaillaient ensemble depuis leur mariage. Désolé pour ça. J'ai cessé de te voir comme un flic. Je vais essayer de me corriger.

- C'est probablement le plus agréable compliment qu'on m'ait fait depuis des années, répondit May. Je suis heureuse que tu aies pu oublier que j'étais flic et que tu penses à moi comme à une femme. Mais quand on est sur un travail ensemble, je pense qu'on doit se traiter en collègues et avoir un rapport un peu plus formel. On n'est pas obligé de pousser les choses à l'extrême, puisque la plupart des gens savent qu'on est mariés mais surtout pour moi, je ne veux pas que les autres flics me voient autrement que comme un des leurs et cette familiarité m'exposerait à ce risque.

Mike acquiesça. Ils devaient séparer travail et vie de couple.

Mike et May optèrent pour le premier café où ils avaient pris leur déjeuner ensemble.

May relança la discussion :

- Le médecin légiste a parlé de chipotle et je sais qu'il y a beaucoup de restaurants mexicains qui servent des haricots noirs et du chipotle mais l'autre victime avait mangé au Chevy's et je serais prête à parier que celui-ci également.

- Oui, je dirais la même chose. Le Chevy's se trouve à mi-chemin entre Moscone et le Tenderloin. Si ce dernier participait à une conférence à Moscone, je pense que notre hypothèse du meurtrier qui serait un maquereau ou une putain tient la route.

- Ne pourrais-tu pas revenir vers ton ami de la police des mœurs pour voir si quelqu'un a vu le souteneur dont ils ont parlé ?

- D'accord, répondit Mike, définitivement investi dans le travail. Je vais le faire. Ça va prendre un ou deux jours.

Quand ils furent de retour dans le bureau de May, Mike fut stupéfait de voir que non seulement les services du sherif du comté Marin avaient identifié la victime grâce aux empreintes, mais en plus ils avaient confirmé qu'il logeait à l'hôtel du Financial District, assistait à une conférence à Moscone et qu'il avait pris son dîner au Chevy's. Plus important encore, un des serveurs l'avait vu marcher ou plutôt tituber après quatre margaritas en se dirigeant vers le Tenderloin. La piste proxénète/putain semblait se confirmer.

Deux jours plus tard, Mike appela May.

- May, j'ai quelque chose de bien !

- Comment pas de mot tendre, pas de « Chéri », Chéri ? le taquina May

Mike fut perturbé et un peu agacé. Il ne comprenait pas pourquoi il réagissait à ces taquineries mais ce n'était vraiment pas le moment. Ils étaient au travail et ils avaient quelque chose d'important à discuter.

- Ecoute May, c'est la première affaire sur laquelle nous travaillons ensemble depuis que nous sommes mariés. J'ai été perturbé au début par la conduite à tenir avec toi mais, comme on en a parlé il y a quelques jours, quand on travaille ensemble, nous ne devons être rien d'autre que des flics travaillant ensemble. Tout ce qui est personnel doit rester à la maison.

« C'est difficile quand tu plaisantes comme ça parce que je ne sais pas vraiment ce que tu veux, dit- il d'un ton presque cassant. Veux-tu vraiment que je sois romantique pendant le travail ?

- Bien sûr que non, Mike, répondit May recadrée avec pertinence. Je suis désolée. Je m'amusais et je vois bien combien c'est déplacé et gênant. Tu as totalement raison. Au travail, on doit rester des flics et non pas un couple. Je te demande de m'excuser. Je ne recommencerai pas.

« Quelle est la bonne nouvelle ?

Mike s'en voulut d'avoir presque perdu son calme mais décida de se comporter en flic et d'ignorer tout ça.

- Mon ami de la mondaine est revenu vers moi et oui, cette prostituée vient de réapparaître.

- C'est une bonne nouvelle. Fais-la ramasser. C'est le meilleur fil directeur que nous ayons eu jusqu'ici.

- Apparemment ce n'est pas aussi simple. Elle n'est pas très assidue. Il l'ont vue quelques fois dans la semaine mais de façon aléatoire. Ce n'est pas comme si elle travaillait des jours précis et à des heures précises. Ils pensent à une étudiante qui ferait ça pour quelques dollars au gré de ses besoins.

- Bien sûr, ça n'est jamais aussi facile. Je suppose que vous avez mis le Tenderloin sous surveillance.

- Ouais. On a également arrêté plusieurs autres prostituées et on a sorti un portrait que l'on pense assez bon. On l'a fait circuler en demandant qu'on nous appelle si quelqu'un le reconnaissait, en échange de quelques services bien sûr.

- Bien sûr. On n'a pas votre niveau de prostitution ici à Marin mais nous aussi, on passe des accords avec nos indicateurs, dit May, quelque peu découragée.

- Mais May, j'ai gardé le meilleur pour la fin. Je pense qu'on peut dire « le meilleur ». C'est certainement positif pour notre théorie.

- Je suis vraiment disposée à entendre quelque chose qui ferait avancer notre enquête.

- Environ deux semaines plus tôt, un gars du nom de Jimmy, un des nouveaux jeunes proxénètes avec une réputation de violence, s'est vanté qu'il allait ramener cette prostituée dans son écurie quel qu'en soit le prix. Il semble qu'il ait disparu.

« En approfondissant ses recherches, mon ami m'a interrogé sur les autres victimes. Tu te souviens de cet étudiant qui dealait. Apparemment, c'était un gros fournisseur de la plupart des proxénètes de l'endroit. Il avait l'air jeune et innocent et un des souteneurs lui a offert de l'argent supplémentaire s'il malmenait cette pute. Il pensait qu'il arriverait sur son cheval blanc pour la secourir et qu'elle lui vouerait une reconnaissance éternelle.

« Mon gars a interrogé ce mac qui lui a dit qu'il avait eu de la chance de n'avoir pas fait lui-même la sale besogne. Apparemment, jusqu'à ce que Jimmy ait intégré ça, tout le monde savait qu'on ne batifolait pas avec cette fille. Mais elle avait quitté le trottoir pendant si longtemps, et la rue a la mémoire courte.

« Elle a donc éliminé de sales types. Peut-être qu'on devrait lui décerner une médaille.

- Oui mais les autres gars ?

- Bon, s'ils fréquentent des prostituées, ce ne sont

probablement pas des citoyens exemplaires. Je vais te dire quelque chose. Maintenant que nous sommes presque sûrs que les deux ont partie liée avec la prostitution, je vais faire des recherches dans ce sens avec les autres victimes. Peut-être qu'il y a un lien entre tous ces meurtres.

- Au fait, est-ce que cette putain a un nom ?

- Oui, elle se fait appeler Dawn. Bien évidemment, personne ne sait si c'est son vrai nom. Si c'est une étudiante ou un temps partiel. Il est très probable que non.

- Dawn. Ok, on va faire avec pour l'instant. Peux-tu me faxer le portrait ?

- Bien sûr.

5

Liz n'arrivait plus à gérer quoi que ce soit. Quelque chose ne tournait pas rond en elle. Après que Jim l'eut interrogée sur ses souvenirs, elle avait commencé à être plus attentive. Il lui avait fait peur. Quand il partit, elle repensa à tout ça. Elle se demanda si cette crainte ne se nourrissait pas de la possibilité qu'il ait raison. Dans ce qu'il avait dit, quelque chose faisait sens.

Liz décida d'écrire méticuleusement dans son journal plusieurs fois par jour. Elle avait l'habitude d'écrire le matin au lever, pour tenter de retrouver ses rêves. Elle se mit à écrire à midi, dans l'après-midi, au dîner et même au moment de se coucher. La plupart du temps elle ne relisait pas ce qu'elle avait écrit précédemment. Elle reprenait là où elle s'était arrêtée. C'était facile à faire avec un ordinateur. La veille, quelque chose l'avait incitée à revenir sur ce qu'elle avait écrit et elle avait découvert de grands vides. Parfois plusieurs jours étaient passés sans que rien ne soit écrit. Elle n'en revenait pas. Elle avait pourtant l'impression d'être très assidue.

Liz appela chez ses parents et eut sa mère.

- Bonjour maman, je suis toujours à la montagne. J'essaye de trouver une solution.

- Bonjour Liz. Tu sais que tu es bienvenue ici. Ta chambre t'attend.

- Maman, je ne peux pas revenir tout de suite. J'essaye de résoudre mon problème.

- Un problème avec Jim ? C'est ça ?

- Non maman. Jim est merveilleux mais j'ai de graves problèmes. J'essaye de comprendre ce qui ne va pas en moi.

- Que veux-tu dire, « qui ne va pas en moi » ?

- Bien, Jim….

- Non ! Ne me dis pas ce que Jim pense, Janice coupa court. Tu ne peux pas laisser un homme te dire ce qui ne va pas en toi ou ce que sont tes problèmes. D'après toi, qu'est-ce-qui ne va pas ?

Liz hésita. Sa mère ne lui avait presque jamais parlé ainsi. Elle l'avait recadrée alors que Liz n'avait pas encore commencé.

- Maman, est-ce que quelque chose de grave m'est arrivé quand j'étais petite ? Quelque chose dont je ne me souviens pas.

Le téléphone resta silencieux pendant un moment interminable.

- Maman, répéta Liz timidement, se demandant presque si la ligne n'avait pas été coupée.

- Il y a toujours des choses graves qui nous arrivent quand on est jeune, répondit Janice au bout d'un moment.

Liz commençait à s'énerver. Pourquoi sa mère était-elle aussi évasive ? Ou était-ce Liz qui était paranoïaque ? Tout semblait l'effrayer de nouveau.

- Maman, je dois partir. Je te parlerai plus tard. Je t'aime !

- Mais Liz…..

D'un seul coup, elle se sentit écrasée par la fatigue. Elle s'assit sur le sofa et s'endormit spontanément.

Liz rêvait qu'elle était une petite fille. La vie était merveilleuse. Son père l'aimait, jouait avec elle, la taquinait. Elle le taquinait en retour. Elle arrivait à le faire sourire. Même quand il rentrait de mauvaise humeur. Parfois après avoir perdu un plaidoyer, elle parvenait à le faire rire et oublier sa journée. Dieu sait combien elle aimait son père.

Elle aimait aussi le ski. Son père avait travaillé pour la Ski Patrol pendant plusieurs années et lui avait appris à skier dès qu'elle avait commencé à marcher. Maintenant elle pouvait skier toute seule et elle allait très vite. Elle avait gagné le respect d'autres enfants plus âgés de Bear Valley. En effet, elle les battait presque tous dans les slaloms et même dans les slaloms géants de la station. Elle faisait aussi du ski de bosses sans le moindre effort, malgré son très jeune âge.

Dans son rêve, elle arrivait à la fin d'une journée complète de ski. Du monde venait dîner et sa mère lui avait dit de ne pas se retarder. Elle avait pris le dernier remonte-pente jusqu'au sommet de la montagne et rejoint rapidement la piste de la Home Run qui reliait le domaine skiable de Mount Reba au village de Bear Valley. C'était une longue piste, mais elle mettait habituellement une vingtaine de minutes et parfois moins pour arriver chez elle.

Alors qu'elle fonçait dans la pente, la neige devenait de plus en plus collante. Elle pouvait à peine faire avancer ses skis. Ça n'en finissait pas. La piste venait de se modifier. Elle ne retrouvait plus ses repères habituels. Il faisait de plus en plus sombre. Liz commençait à paniquer. Désormais, elle n'était qu'une petite fille seule, perdue dans la montagne enneigée.

Liz se réveilla en sursaut, tremblant de peur et transie de froid même s'il faisait près de trente degrés dans la pièce. Il faisait déjà noir dans le chalet et Liz jura en se cognant contre un pied de la table de séjour. Elle comprit qu'elle était désorientée mais parvint à retrouver le chemin de la cuisine où elle alluma la lumière qu'elle trouva trop brutale. Elle ferma les yeux puis les rouvrit lentement. Elle remplit le verre avec de l'eau du puits et but avec soif. Elle ne souvenait pas avoir été aussi assoiffée.

Quand elle eut fini de boire, elle commença à se calmer. Elle cessa de trembler. Assise sur le canapé, Liz prit son ordinateur portable. Elle ouvrit son journal pour transcrire son rêve et devant elle, en lettres capitales, elle se trouva face à des mots qu'elle n'avait jamais écrits.

LIZ, NE T'INQUIETE PAS, FAIS CONFIANCE A JIM. TOUT VA BIEN SE PASSER. JE LE SAIS.

BETTY

Cette fois, elle ne put contenir sa panique. Ses pensées devinrent incontrôlables. Son esprit voulait une réponse simple, mais il n'y en avait pas. Etait-ce vraiment un message de sa partie adolescente ? Ou était-ce une des autres personnalités essayant de lui parler au travers du journal ? Ou était-ce son subconscient ? Ecrivait-elle dans son sommeil comme certains parlent ou marchent ? D'après ce qu'elle savait, elle avait fait tout ça et même plus. Qu'allait-elle faire maintenant ?

C'était trop pour elle. Elle ne pouvait plus gérer. Peut-être qu'elle devrait en finir et s'épargner ainsi qu'aux autres tous ces désagréments. Mon Dieu, sa mère serait tellement humiliée.

Le suicide lui apparaissait pourtant comme la meilleure des options. Quelque chose en elle cria 'Non'. Et elle s'endormit instantanément.

Quand Liz se réveilla, ce fut après minuit. Elle se retrouva sur le dos, regardant les étoiles. Elle n'avait aucun souvenir d'être sortie et de s'être couchée mais les étoiles étaient belles dans cette nuit sans lune et elle faillit succomber au charme tranquille du ciel infini.

Presque.

Elle fut reprise d'un accès de panique. Elle bondit sur ses pieds et courut vers le téléphone. Elle appela Jim.

- Hello, répondit une voix endormie

- Jim ! Aide-moi ! cria Liz désespérément.

- Liz ? Qu'est-ce qui ne va pas ?

- Oh Jim, je suis en train de devenir folle. Je pense que je pourrais me faire du mal. S'il te plaît, viens me chercher tout de suite. Emmène-moi à l'hôpital où on pourra m'aider. Choisis-le près de la maison.

- Veux-tu revenir à la maison ?

- Non, Jim, je pense que je pourrais te blesser. On a envisagé de me faire aider. S'il te plaît, viens me chercher. Je ferai de mon mieux pour être ici quand tu arriveras mais j'ai des moments de détresse et je ne sais pas ce que je vais faire l'instant d'après. S'il te plaît, dépêche-toi !

- Ok, j'appelle l'hôpital et je te rappelle sur la route.

Liz raccrocha, prit ses clés de voiture et les jeta de la terrasse dans le buisson au-dessous. Elle était sûre de ne pas les retrouver ce soir-là. C'était garanti. Elle avait besoin de s'occuper l'esprit en attendant Jim. Elle commença à écrire son journal mais d'un seul coup, eut peur de s'endormir et de retrouver un nouveau message à son réveil. Cette pensée la terrifiait. Il ne fallait pas que ça se produise. Aucunement. Il suffisait qu'elle garde son calme, les docteurs allaient trouver ce qui n'allait pas et elle serait bien de nouveau. Il suffisait qu'elle continue à se répéter cela.

Liz ferma le dossier de son journal et ouvrit un jeu de Sudoku. Ça devrait occuper son esprit jusqu'à ce que Jim arrive.

Jim bondit hors du lit, se glissa dans ses jeans, mit un t-shirt et des sandales, prit son téléphone et se précipita sur la route de la montagne. Avec peu de circulation et sans s'arrêter, ils mettaient deux heures et demie. Ce soir, il allait faire exploser son temps habituel.

En route, il appela le San Francisco Community Hospital et demanda le service psychiatrique. Il fut dirigé vers les Urgences Psychiatriques.

- Bonjour, ma femme vit une sorte d'épisode psychotique et m'a demandé de l'amener à l'hôpital. Elle dit qu'elle pourrait faire du mal, à elle ou aux autres.

- Bonjour, Monsieur, je m'appelle Ann. Puis-je parler à votre femme ? demanda avec gravité la voix à l'autre bout de la ligne.

- Je suis désolé mais elle est chez nous à la montagne. Je m'y rends pour la ramener à Bay Area. Je devrais être à l'hôpital vers six heures. Y-aura-t-il quelqu'un pour l'accueillir ?

- Bien sûr Monsieur. Pouvez-vous me donner votre nom et celui de votre femme ?

- Bien sûr. Je m'appelle Jim Henderson et ma femme Liz Leahy. Elle a gardé son nom de jeune fille, répondit Jim, se sentant un peu stupide de préciser cette évidence.

- Merci, Jim. Je sais que c'est un mauvais moment pour vous

mais nous sommes là pour vous aider. Pouvez-vous m'en dire un peu plus sur Liz ?

- Je pourrais émettre des hypothèses mais je ne l'ai pas vue depuis plusieurs semaines et nous n'avons pas parlé jusqu'à ce soir quand j'ai eu cet appel de détresse. Elle était totalement paniquée. Je pense que c'est mieux si c'est vous qui évaluez son problème sans que le profane que je suis ne vous influence.

- Profane, peut-être, Anne commença sur un ton apaisant. Mais vous vivez avec elle et votre perspective est meilleure que celle que nous aurons au bout d'une nuit ou même plusieurs jours d'observation. Ne vous inquiétez pas. Tout ce que vous dites restera confidentiel et nous prenons en compte la situation et le background afin de ne pas conclure trop hâtivement. En fait, nous ne concluons jamais. Nous sommes très prudents.

Se sentant rassuré, Jim faillit lui parler de sa théorie des troubles de la personnalité dissociée mais il se dit qu'on allait l'interner lui au lieu de Liz s'il exposait son raisonnement. Il se contenta de décrire les faits.

- Plusieurs mois auparavant, Liz et moi travaillions dans une société informatique de Silicon Valley. Les choses se passaient bien pour l'essentiel mais, un jour, elle a physiquement agressé le PDG. Il va de soi qu'elle a démissionné et reconnu qu'elle avait besoin de faire un travail sur elle-même. Aussi est-elle partie vivre chez nous, à la montagne. Je pourrais vous en dire plus mais je pense qu'il vaut mieux que j'appelle Liz et que je lui tienne compagnie jusqu'à mon arrivée.

- Ok Jim. Mais si vous pensez que vous êtes dépassé, si vous pensez que Liz pourrait se faire du mal, s'il vous plaît, faîtes en sorte qu'elle m'appelle et je lui parlerai jusqu'à ce que vous arriviez ici, pendant tout le voyage retour si nécessaire.

- Merci Ann. Je vais faire comme ça.

Il appela Liz et elle répondit à la première sonnerie.

- Jim, tu es bientôt arrivé ? demanda Liz avec fébrilité.

- Non Liz. Ça fait seulement une demi-heure que je roule. Mais je vais te garder au téléphone jusqu'à la perte de réseau de Pine Grove. A ce moment-là, quand le téléphone s'arrêtera, n'aies pas peur. La bonne nouvelle est que je ne serai plus qu'à quinze minutes de toi.

« J'ai parlé avec une dame très gentille de l'hôpital de San Francisco. Elle s'appelle Ann, elle t'attend. Elle est également disponible pour te parler pendant les quinze minutes où la conversation sera coupée.

Mais Liz répondit que ça irait tant que Jim était en ligne et qu'elle pourrait attendre les quinze minutes de coupure.

La route défilait. Leur conversation était factuelle. Ils évitaient de parler de ce qui lui était arrivé. Ils contournèrent précautionneusement ce sujet. Jim lui demanda de lui parler des plus belles pierres qu'elle avait collectées. Quand la conversation commença à se tarir, elle lui décrivit le Sudoku avec lequel elle se débattait. Jim essaya d'imaginer la configuration. Bien qu'il ne puisse vraiment l'aider, cette énigme l'aida à rester éveillé.

Le retour fut quasi-identique pendant la plus grande partie du trajet. Liz avait peur de s'endormir, alors ils parlaient. Ils cherchèrent une station-radio avec des vieux succès et se mirent à chanter. Juste avant qu'ils n'arrivent à East Bay, elle s'assoupit.

- Je ne pense pas que ce soit la meilleure idée, dit Betty d'un ton neutre.

- Faut-il faire autre chose, demanda Jim calmement, discutant de Liz avec Betty d'un ton remarquablement serein.

- Je ne sais pas vraiment. Bien sûr, personne n'ayant fait d'objection, tout le monde pense que c'est le mieux pour Liz. Dès que tu lui as parlé de nous, ça s'est mal passé pour elle.

- C'est donc de ma faute, protesta Jim avec un sentiment de culpabilité.

- Pas totalement. Il y a eu des répercussions. Tout ne va pas bien. Mais il y a surtout autre chose. Je pense qu'il est là, le vrai problème.

- Quelle autre chose ?

- Dawn est vraiment contrariée. Elle se sent coupable. Elle pense qu'elle est responsable de mauvaises choses. Elle a pensé à se supprimer et certains de ses sentiments peuvent affecter Liz.

- Quelles sortes de mauvaises choses ?

- Je ne veux pas développer. Voyons si les médecins vont arriver à soulager Liz. Bonne nuit Jim

- Mais Betty, tu ne peux pas m'en dire plus ?

Betty était partie.

Jim appela Ann et reçut des instructions. Ils étaient presque arrivés et Liz tenait le coup. Elle dormait. Il donna des renseignements sur les contacts et le numéro de sécurité sociale de Liz afin qu'Ann puisse avancer le dossier pour accélérer l'admission. Quelques minutes plus tard, Jim s'arrêtait dans la cour de l'hôpital. Il la réveilla avec délicatesse. Ils entrèrent dans l'hôpital et se dirigèrent vers le service des Urgences Psychiatriques. Il compléta les formulaires d'admission avec l'aide de Liz et Ann expliqua les particularités de l'internement volontaire. Liz pouvait partir à tout moment, si elle le souhaitait. Elle pouvait contacter ses amis et sa famille au téléphone mais, quand elle serait dans le service, il lui faudrait se plier à certaines règles. Le psychiatre de service la rencontrerait un peu plus tard ce matin. Pendant ce temps, Ann procéderait aux examens préliminaires.

Elle signa le formulaire d'acceptation sans le lire (Jim l'avait lu en entier). Ann se tourna vers lui :

- Nous allons prendre soin d'elle, Jim. Je suis sûre que vous aurez de ses nouvelles très rapidement. Ne vous inquiétez pas s'il y a une petite rupture dans la communication. C'est normal. Pour le moment, vous feriez mieux de rentrer chez vous et vous reposer.

Jim remercia Ann et regarda avec tendresse une Liz visiblement effrayée qu'on emmenait. Elle se tourna vers lui et son visage se transforma.

- Ça va bien se passer, Jim, dit Betty.

Et elle disparut.

6

- Ce fils de pute l'a fait, cria Janice à Mickey qui était sous la douche.

- Quel fils de pute a fait quoi ? demanda Mickey, toujours étonné après tant d'années de mariage, de devoir demander à sa femme ce genre de précision.

- Jim ! Il a mis Liz en service psychiatrique à l'hôpital de San Francisco.

- C'est un excellent service. Je suis sûr qu'ils vont l'aider.

- Michael Patrick Leahy ! Je me demande quel est le plus grand fils de pute, toi ou ton gendre. Tu sais que Liz n'a pas besoin d'aller en psychiatrie. Tu vas m'aider à l'en sortir.

Mickey réfléchit posément avant de donner sa réponse. Ayant essuyé la colère de sa sicilienne de femme plusieurs fois, il savait qu'il devait choisir son terrain d'affrontement. Les Irlandais sont réputés pour leurs colères certes mais elles s'évanouissent spontanément. Si sa femme était représentative du tempérament sicilien, alors mieux valait ne pas s'exposer à son courroux. Leur vindicte ne s'éteint qu'avec la vengeance.

Il avait occulté le problème de Liz pendant des années. Désormais c'était un combat qu'il devait affronter.

Sortant de la douche en se séchant, Mickey veilla à afficher une certaine nonchalance, ce qui alimenta la contrariété de sa femme. Il essaya de la prendre par le bras mais elle se dégagea rapidement.

- Qu'a dit Jim exactement ? Je suppose qu'il a appelé ?

- Tu supposes juste. Je n'aurais jamais pensé qu'il aurait les couilles de m'appeler pour me dire qu'il avait fait interner notre fille.

- Quelque chose ne va pas là-dedans, observa Mickey de sa manière la plus courtoise. Un mari ne peut pas faire interner sa femme, comme ça. Dis-moi ce qu'il a dit.

Confrontée à la perspicacité de l'homme de loi, debout presque nu devant elle, Janice répondit avec honnêteté.

- Hé ben, il a dit que Liz l'avait appelé en panique après minuit en lui demandant de venir la chercher à la montagne pour l'amener en psychiatrie à San Francisco. Il a foncé pour la rejoindre, il l'a apaisée pendant le retour et elle a accepté un internement volontaire.

- Ça semble plus crédible. Qu'est-ce que Jim a fait de mal ?

- Il aurait dû m'appeler AVANT de l'amener à l'hôpital. Liz déteste les psychiatres. Tu sais ce qui est arrivé la dernière fois. Elle ne devrait pas avoir à faire à ces gens.

Mickey, bien sûr, se souvenait de ce qui s'était passé la dernière fois. Liz avait quatorze ans et une thérapie semblait recommandée pour cette jeune fille quelque peu perturbée. Les premières séances se passèrent bien mais un jour Liz perdit le contrôle d'elle-même et attaqua le psychiatre qui la soignait. Ses blessures furent suffisamment graves pour qu'il soit hospitalisé. Janice décida qu'il n'y aurait plus de psychiatre dans la vie de Liz. Et heureusement, jusqu'à récemment, à part quelques petites récidives dont elle avait récupéré rapidement, Liz semblait aller le mieux possible. Même s'il lui avait fallu un peu de temps, elle avait été lauréate d'une des plus prestigieuses écoles de droit du pays. Les choses ne pouvaient pas être si catastrophiques ? N'est-ce pas ?

- Si actuellement Liz pense qu'elle a besoin d'une aide professionnelle, ne crois-tu pas qu'on devrait lui faire confiance là-dessus ?

- Mais si c'est Jim qui la pousse à faire ça ? Je lui ai parlé hier et elle m'a semblé bien, à part qu'elle a dit que Jim avait des théories sur ses problèmes.

- A-t-elle vraiment dit ça ? Mickey se fit délicatement pressant, comme lors de ses contre-interrogatoires.

- Hé bien, en fait non. Elle ne l'a pas dit. Je lui ai dit de ne pas écouter Jim.

- D'accord, laisse-moi remettre de l'ordre dans tout ça, continua Mickey, se rapprochant du coup de grâce. Liz t'appelle hier et après que tu lui as dit de ne pas écouter Jim, elle l'appelle plus tard et lui demande de l'amener en psychiatrie. Elle ne t'a pas rappelée et ne t'a pas demandé de l'aider. Au contraire, elle s'est adressée à son mari.

« Est-il possible, même très légèrement, que tu ne sois pas en colère contre Jim parce qu'il ne t'a pas appelée en premier mais que tu sois en colère contre lui parce Liz l'a appelé lui au lieu de toi quand elle a senti qu'elle était en grande difficulté, quand elle était en manque de ce type d'aide qu'on a toujours évité ? Est-ce possible, même un tout petit peu ?

Janice détestait son mari dans des moments comme celui-là. Il était trop intelligent et tellement habile. Elle n'avait jamais autant aimé un homme. Aussi en colère qu'elle soit, elle devait admettre qu'il avait marqué un point. Jim n'avait rien fait de véritablement mal mais Janice ne pouvait s'empêcher de penser qu'il était la source du problème, que s'il n'était pas entré dans la vie de Liz, celle-ci n'aurait pas terminé en service psychiatrique.

- D'accord, admit-elle à contrecœur. C'est possible. J'essaierai de voir les choses avec objectivité. Mais j'ai le sentiment qu'il y a d'autres choses et que Jim a une responsabilité. Je vais aller au fond des choses et je vais sauver notre petite fille.

- Janice, mon amour, Liz a des problèmes depuis l'adolescence. On a toujours su qu'il ne s'agissait pas d'une simple crise d'adolescence. Je crains que nous ne soyons responsables de ne pas avoir abordé ce problème plus tôt. Liz est quelqu'un de fort mais de fragile aussi. Cette fragilité la rend très vulnérable.

- C'est pourquoi nous devons la protéger.

- Je n'en suis pas sûr. Je pense que Liz a besoin d'être plus forte. Eviter ces problèmes, quelle que soit leur nature, ne fait qu'augmenter la probabilité d'un désastre dans l'avenir. On ne sera pas toujours là pour la protéger, tu sais.

Elle le savait certes. Mais elle s'était juré de protéger sa petite fille jusqu'à ce que la mort l'empêche de le faire.

Aprè le départ de Mickey au travail, Janice appela l'hôpital et demanda à parler à Liz.

- Je suis désolé Madame, répondit la voix à l'autre bout de la ligne. Je n'ai pas le droit de vous dire qui est là et qui n'y est pas.

- Mais je suis sa mère. Je sais qu'elle aimerait me parler.

- Je suis désolée mais si votre fille était là, il faudrait qu'elle nous autorise à vous le dire. Je n'ai pas semblable autorisation de la part d'une Elizabeth Leahy. Essayez de ne pas vous inquiéter, Madame. Si elle est ici, je suis sûre qu'elle vous appellera quand elle sera prête.

- Elle peut le faire ?

- Bien sûr. Nos patients ont accès aux téléphones et aux visiteurs autorisés.

- Donc je viendrai lui rendre visite. Quelles sont vos heures de visite ?

- Madame, si votre fille était ici, vous ne seriez pas autorisée à lui rendre visite sauf si elle en exprimait le désir. A ce stade, vous perdez votre temps. Nous ne sommes pas autorisés à vous permettre l'accès au service et on vous demanderait de partir.

« Je sais que c'est difficile mais, si votre fille est ici, c'est vraisemblablement pour une bonne raison. Laissez-lui le temps de se calmer et je suis sûre qu'elle vous contactera si elle est ici.

- Puis-je parler à votre supérieur, s'il vous plaît ?

- Bien sûr, Madame, lui répondit-elle, à l'évidence nullement affectée.

Le responsable prit la ligne et répéta les mêmes choses. Non il ne pouvait pas lui dire si sa fille était là. Non, elle ne pouvait pas lui rendre visite. Il la rassura en lui disant que si sa fille était là et voulait lui parler, elle l'appellerait. Janice raccrocha, aux prises avec une sourde colère. Qu'est-ce que Jim avait fait ?

7

La procédure d'admission se passa sans encombre. Ann avait emporté la plupart des effets de Liz après en avoir dressé une liste détaillée qu'elle lui fit signer. Elle les plaça dans un endroit sécurisé hors du service. Liz récupérerait tout quand elle sortirait. Ann prit également les signes vitaux puis parcourut un questionnaire détaillé sur son passé médical et ses différents traitements. Elle l'interrogea sur l'alcool et la drogue mais ne sembla pas critique quand Liz l'informa de ses pratiques parfois excessives. Ann lui expliqua le fonctionnement du service et les règles qu'elle devrait respecter pendant son séjour. Celui-ci resterait confidentiel et à moins que Liz ne désire que les gens connaissent sa présence ici, personne n'en saurait rien. Liz remplit un formulaire de communication de renseignements pour Jim et elle dit à Ann que pour l'instant, elle préférerait que seul Jim soit au courant de sa présence ici.

Ann lui montra le service, la présentant à plusieurs infirmières et patients puis la conduisit dans sa chambre. Elle la partagerait avec d'autres femmes mais elle n'en avait cure. La pièce était lumineuse et spacieuse avec des plantes et des gravures apaisantes au mur. Elle lui montra le téléphone commun avec une file de gens qui attendaient et avant de partir, elle dit que le Docteur Karmere aurait un entretien avec elle dans la matinée.

Liz parcourut la petite bibliothèque et choisit un livre apparemment anodin. Puis elle prit son tour dans la file pour le téléphone. Une heure plus tard, elle parvint à avoir Jim.

- Tu vas bien ? demanda-t-il, clairement nerveux. Je m'inquiétais.

- Je vais aussi bien que possible. L'endroit est sympa, Ann est sympa. Je dois rencontrer le docteur plus tard aujourd'hui. Je ne sais pas combien de temps je vais rester ici. J'espère qu'ils vont trouver ce qui ne va pas.

Jim décida de ne pas creuser.

- Je suis heureux que tu fasses ça. Ça demande beaucoup de courage et je suis fier de toi.

Liz se sentit réconfortée par les mots de Jim mais toujours aussi peu certaine d'avoir pris la bonne option. En même temps, elle se sentait apaisée pour la première fois depuis plusieurs mois. C'était presque comme si les forces conflictuelles qui l'agitaient s'étaient endormies un moment.

- Jim, peux-tu me rendre un service ? Deux en fait !

- Sans problème ! Qu'est-ce que tu veux ?

- Pourrais-tu m'amener des vêtements de rechange : slips, soutien-gorge, quelques sweats et t-shirts ?

- Bien sûr ! Quelle est la seconde chose ?

- Pourrais-tu ne rien dire à mes parents sur ma présence ici ?

- Oups ! C'est trop tard. Je les ai appelés ce matin. Ta mère est assez contrariée. Je suis sûr qu'elle est déjà au téléphone mais, d'après ce qu'Ann m'a dit ce matin avant que je ne parte, ils ne lui confirmeront pas ta présence ici et ne lui donneront aucune information à moins que tu ne l'autorises. Et bien sûr, tu peux les appeler quand tu veux.

- Ah d'accord, répondit Liz quelque peu dépitée. Je suis sûr que ça va bien se passer. Jim, il y a des gens qui attendent pour le téléphone et je dois raccrocher.

- Je suis désolé. Je pensais que tes parents devaient savoir que tu étais là. On n'a pas eu le temps d'en parler avant que je ne parte. Je viendrai pendant les heures de visite avec les vêtements. Je t'aime.

- Je t'aime aussi, Jim.

Liz lâcha le téléphone, revint à sa chambre où elle s'assit, lut jusqu'à ce que l'infirmière vienne et lui dise que le Docteur Karmere voulait la voir. Elle se rendit avec l'infirmière dans une salle d'entretien où on lui demanda de prendre un siège.

- Le docteur arrive, dit-elle en fermant la porte derrière elle. Liz retourna à son livre.

Quelques minutes plus tard, on toqua à la porte et un médecin dans la cinquantaine, grand et robuste, entra.

- Bonjour Mme Leahy. Je m'appelle Ken Karmere. Vous pouvez m'appeler Ken.

- Et vous pouvez m'appeler Liz. Est-ce que votre autre nom commence également pas un « K » ?

- Oui, c'est ça. Mes parents aiment les allitérations bien que je ne sois pas sûr d'apprécier les initiales « KKK ».

- Oui, ma plaque d'immatriculation personnalisée porte « LLL » pour Liz Louise Leahy. J'ai dû tricher un peu parce que mon prénom est en fait Elizabeth mais la plupart des gens m'appellent Liz.

- Donc je ferai de même. Laissez-moi une minute pour parcourir votre dossier.

Liz le regarda tandis qu'il lisait. Il mâchonnait le côté de sa bouche en se concentrant et il jouait avec son stylo. A intervalles réguliers, il fronçait les sourcils en lisant certaines choses et des fossettes se creusaient sur le côté de sa bouche.

- D'accord Liz. Je vais passer 30 minutes avec vous aujourd'hui pour voir si on peut commencer à déterminer ce qui vous ennuie. Vous aurez remarqué que c'est un hôpital-école, aussi certains de mes internes et étudiants peuvent se trouver de l'autre côté de ce faux-miroir. De même, les conversations dans cette pièce sont enregistrées afin que je puisse y revenir quand je rédige mes notes. Des questions avant que nous ne commencions ?

Liz remua la tête.

- Quel est donc ce problème ?

- J'aimerais le savoir. Pendant ces derniers mois, j'ai eu des accès de violence incontrôlée dont je ne me souviens pas véritablement. J'ai également l'impression qu'il se passe quelque chose à l'intérieur de moi. Je ne peux vraiment le décrire mais j'ai l'impression d'être assise en marge d'un conflit intérieur qui fait rage. Mon mari Jim me dit qu'il m'a entendu me parler avec deux voix différentes il n'y a pas si longtemps mais je n'en ai aucun souvenir. Il me dit également qu'une plus jeune version de ma personne lui parle quand je dors. Au début, je n'en ai pas tenu compte. Mais hier, j'ai trouvé une note dans mon journal qui n'était pas écrite par moi. C'était signé « Betty ». C'est ainsi que mon père m'appelait quand j'étais petite fille. Ça m'a vraiment perturbée et depuis, j'ai l'impression de ne plus contrôler mes pensées. Maintenant je me rends compte que, depuis quelques temps, il y a des lacunes. Je n'y ai jamais vraiment prêté attention mais je perds vraiment le fil des choses. Je me retrouve dans des endroits et j'ignore comment j'y suis arrivée. Je commence à avoir vraiment peur et j'ai pensé que ce serait une bonne idée de me faire aider.

- Que disait cette note ?

- Elle disait : « Liz, ne t'inquiète pas. Fais confiance à Jim. Tout va bien se passer. Je sais des choses. Betty »

- Et ce n'est pas vous qui l'avez écrite.

- Bien évidemment que c'est moi. Personne n'a accès à la maison, ni à l'ordinateur, même de loin. Mais je ne me souviens pas de l'avoir écrite.

- Et ces voix que Jim a entendues ?

- Il dit que c'était deux personnes différentes. Une anglaise du nom d'Eve et l'autre s'appelait Dawn. Visiblement elles discutaient de quelqu'un d'autre, quelqu'un qui pouvait avoir commis un meurtre. Elles se sont arrêtées d'un seul coup quand Jim est apparu. Il dit que Betty a pris la suite et que je suis arrivée un peu après.

« Pensez-vous que cela soit possible ? Jim pense que je souffre d'un trouble de la personnalité dissociée.

Eve et Dawn, les pôles opposés d'une journée, songea Ken.

- C'est très improbable. J'exerce depuis une trentaine d'années et après avoir travaillé avec des milliers de patients, je ne l'ai jamais vu. La plupart d'entre nous ne pensent pas que ça existe réellement. Bien sûr, j'ai lu quelques études de cas mais, sans les voir, ça reste difficile à croire.

« La plupart du temps, il y a une forme de fracture intérieure. Les gens ont des épisodes psychotiques et ne se souviennent plus de ce qui s'est passé pendant. Ils oublient également afin de se protéger d'événements ou de souvenirs déplaisants. Parfois ils font semblant d'être quelqu'un d'autre pour échapper à eux-mêmes et à leurs démons. Mais des personnalités séparées ? Je ne peux l'exclure mais je ne pense pas que ça soit possible.

« Plus inquiétant pour moi est cette violence dont vous avez parlé. Pouvez-vous m'en dire plus ?

- L'épisode le plus récent est quand j'ai attaqué mon patron. Je n'ai aucun souvenir de ce qui s'est passé. On était engagé dans une discussion très animée au sujet d'un contrat – je suis avocate – et l'instant d'après, Jim était là, me criant d'arrêter. Rajiv, mon patron, était affalé sur le sol et je l'avais clairement projeté contre le mur et roué de coups.

- Pourquoi Jim se trouvait-il là ?

- On travaille – travaillait plutôt- dans la même entreprise et il se trouvait dans le bureau à côté de celui du PDG quand il a entendu le raffut. La secrétaire de Rajiv et lui ont ouvert la porte et m'ont vue à l'œuvre.

- Et vous n'avez aucun souvenir de ça ?

- Aucun.

- Est-ce que ça s'est déjà produit ?

- Quoi, les trous de mémoire ou la violence ? Le voyant simplement acquiescer, Liz poursuivit. Hé bien, comme je l'ai mentionné, je viens de prendre conscience de ces oublis. Il y a eu d'autres occasions dans ma vie où j'ai été violente sans que je m'en souvienne. Selon Jim et quelques autres amis, j'aurais presque tué un individu qui venait de tuer mon meilleur ami. Quand j'étais beaucoup plus jeune, j'ai attaqué un psychiatre. Après ma réaction, ma mère a juré que je n'en verrais plus jamais. Et pourtant me voici.

- Vous souvenez-vous de la raison pour laquelle vous l'aviez consulté ?

- Mes parents voyaient de grands changements en moi quand j'avais treize ou quatorze ans et étaient inquiets. J'imagine qu'après cet épisode, ils ont décidé que j'étais guérie.

Pendant quelques instants, Ken réfléchit à ce qu'il avait entendu jusque-là.

- D'accord Liz. Voici ce qu'on va faire. On va vous mettre sous observation pendant quelques jours pour voir s'il y a quelque chose d'inhabituel dans votre comportement. On va également vous intégrer dans des thérapies de groupe et individuelles. Parfois il y a des choses qui sortent de ces séances. On va voir si on peut trouver ce qui est à l'origine de vos épisodes. Pour l'instant, je ne prescris aucune médication. Vous êtes ici volontairement et, très franchement, vous semblez être une jeune femme parfaitement organisée mentalement. Croyez-moi, après mes décennies de pratique, je suis assez habile à repérer les gens avec des problèmes majeurs. Et vous ne semblez pas en faire partie. Pendant quelques temps, on va vous enlever à votre monde habituel. Rien que ça devrait vous faire du bien. En quelques jours ou au pire une semaine, on pourra poser un diagnostic.

« Qu'en pensez-vous ?

- Ça me semble bien. Pensez-vous qu'on trouvera quelque chose pendant ces séances de thérapie ?

- Oui, comme à chaque fois.

Ken se leva et se dirigea vers la porte. Traversé par une pensée tardive, il se retourna et prit la main de Liz pour ce qui semblait être une poignée de main amicale.

- Liz ?

- Oui, Ken ?

- Que diriez-vous si je changeais d'avis, si je déclarais que vous êtes instable et que je décidais de vous garder ici indéfiniment ?

Ken regarda le visage de Liz se transformer. En d'autres circonstances, il aurait pensé qu'une autre personne était entrée dans la pièce pour se substituer à Liz. Ses mâchoires se verrouillèrent. Ses yeux s'enflammèrent. Les attaches de ses muscles du cou donnaient l'impression qu'elles allaient se déchirer. Ses épaules s'incurvèrent en avant et ses bras fléchirent. Elle semblait prête à bondir sur lui comme un animal sauvage pour le réduire en pièces. Il savait qu'elle sentait l'odeur de sa peur.

Jane prit le contrôle de la situation. Il n'était pas question qu'elle laisse ce connard l'enfermer dans son asile. Elle savait ce qu'il s'y passait. Electrochocs, drogues, brutalités et viols nocturnes. Pas question que ça arrive.

Elle bondit sur le psy pervers, le plaquant au sol et percuta sa tête sur le plancher en criant :

- Pas question que tu m'enfermes, fils de pute. Je vais te tuer avant.

- Au secours, sécurité ! cria-t-il, faisant de son mieux pour mettre sa tête à l'abri du prochain impact.

En quelques secondes, deux membres de la sécurité flanqués de deux robustes résidents agrippaient Liz. Chacun se saisit d'un de ses membres pour libérer le docteur de son étreinte.

- Isolement, haleta-t-il.

Ils entraînèrent Liz dans la pièce d'isolement et la lâchèrent à l'intérieur. Elle se débattit pour les attaquer mais l'équipe de sécurité la repoussa en sortant de la pièce. Pendant les trente minutes qui suivirent, Jane se jeta contre les murs capitonnés en hurlant : « Laissez-moi sortir de ce trou à rats ! » Elle cogna la porte, se jetant au sol, martelant les murs, sautant au plafond en continuant de crier et de frapper tout ce qui était autour d'elle jusqu'à s'écrouler, épuisée physiquement.

Récupérant de son épreuve, Ken continua de regarder à travers la caméra cachée.

- Tu le savais, n'est-ce-pas ? lui demanda Samantha, son ancienne chef de clinique.

- Non, je ne le savais pas vraiment mais quelque chose m'a dit qu'elle n'était pas aussi normale qu'elle semblait l'être. Pas de signe évident de psychose mais quelque chose…...

Ils continuèrent de regarder, fascinés. Quelques minutes après s'être effondrée, Liz s'assit, regarda autour d'elle, comme surprise, défroissa ses vêtements et se dirigea vers le lit où elle s'assit sagement, fixant intensément la caméra cachée.

- Tu veux venir avec moi ? demanda-t-il.

Sachant que la plupart des patients retrouvent le calme après quelques minutes dans la pièce d'isolement, Sam acquiesça, non sans hésitation.

Ils s'approchèrent de la pièce et utilisèrent l'interphone pour parler avec Liz.

- Liz, es-tu calmée maintenant ? Vas-tu rester sur le lit si on entre ?

- Je serai sage, répondit une petite voix.

Ils entrèrent et virent une Liz différente. Celle-ci avait de grands yeux écarquillés et un comportement détendu. Elle semblait avoir plusieurs années de moins que Liz.

- Liz, te souviens-tu de ce qui s'est passé ?

- Liz n'est pas là, mais j'ai vu ce qui s'est passé.

- Et vous êtes ?

- Je suis Betty. Je sais que vous voulez aider Liz et la plupart d'entre nous pensent que c'est une bonne idée. Mais ce fut une erreur de la menacer de l'interner. Jane ne supporte pas le confinement.

- Jane ?

- Vous l'avez rencontrée. Personne n'a envie de rencontrer Jane. Elle est dangereuse.

- Puis-je parler à Liz ?

- Je ne sais. Je n'ai peut-être pas le droit de vous parler. On doit décider de ce qu'on va faire ensuite : si on reste ici ou pas. Je m'endors. Je vais faire un somme.

Et c'est exactement ce qu'elle fit. Ken et Sam sortirent de la pièce d'isolement.

- Tu as vu ce que j'ai vu ? demanda Sam, complètement intriguée.

- Je ne suis sûr de rien. Ne faisons pas de conclusions hâtives, conseilla-t-il avec prudence, même si tous deux savaient que les choses venaient de leur apparaître sous un jour nouveau.

« Je vais ordonner le protocole de gestion des comportements agressifs avec contraintes pharmaceutiques si elle recommence à faire l'idiote. On va prescrire un anti-psychotique au titre de la procédure de sédation rapide. Il ne faut pas que 'Jane' blesse des gens. Je vais également remplir un formulaire de contention physique. Ça nous laissera trois jours pour décider quoi faire. Pendant ce temps, juste par précaution, faisons des recherches sur les troubles de la personnalité dissociée. Je voudrais qu'on se retrouve demain matin pour convenir d'un programme de traitement, bien que je sois persuadé qu'on soit entré dans l'inconnu le plus total.

- Je vais m'y mettre, patron, répondit Sam avec enthousiasme.

Sam venait de terminer sa dernière année d'internat à l'hôpital et le Docteur Karmere l'avait prise à temps partiel tandis qu'elle consultait dans son propre cabinet à proximité. Qui aurait pensé qu'elle allait tomber sur un tel cas au tout début de sa carrière ?

8

Après avoir évalué que Liz ne représentait plus une menace immédiate, deux infirmières la ramenèrent à sa chambre. Elle dormit paisiblement jusqu'à dix heures le lendemain matin.

Jim apprit qu'elle dormait quand il déposa ses vêtements. Il était inquiet et confiant à la fois, parce qu'il savait que Liz était entre de bonnes mains. De plus, il savait qu'elle pouvait partir dès qu'elle le souhaiterait. Il rentra chez lui, doubla sa séance de sport et s'endormit d'épuisement.

- Pourquoi ne pas prendre une douche et déjeuner ensuite ? lui suggéra une infirmière en la voyant rétablie, le lendemain matin.

Cette double perspective enchanta Liz. Le soleil coulait à flots à travers les fenêtres et Liz sentait un regain d'optimisme.

- Ça me plaît. Ensuite je signerai mon formulaire de sortie pour reprendre ma vie, répondit Liz.

- Non, ma chérie. Les choses ne vont pas se passer comme ça. Le docteur Karmere a signé un ordre et on va vous garder quelque temps.

Jane sauta du lit pour étrangler l'infirmière, mais deux assistantes retinrent Liz tandis que l'infirmière lui administra la médication prescrite. Liz retomba sur le lit, profondément endormie.

L'infirmière Buckley l'avait déjà vu mais elle s'émerveillait toujours du pouvoir de ces antipsychotiques.

Deux heures plus tard environ, elle se réveilla.

- Tu veux essayer de nouveau, ma chérie ? demanda l'infirmière Buckley.

- Qu'est-ce que j'ai fait pour que le docteur Karmere m'ordonne de rester là ? On avait une conversation agréable et j'ai pensé que j'allais continuer de le voir en consultation externe.

- D'après ce que j'ai entendu dire, vous l'avez attaqué physiquement. Il a fallu quatre personnes pour vous arrêter. Vous ne vous souvenez de rien ?

- Non, répondit Liz, consternée.

- Ne vous inquiétez pas. Il ne s'agit que d'une contention de soixante-douze heures, aussi dans moins de deux jours, vous pourrez rentrer chez vous si vous le souhaitez. Pendant ce temps, je vous suggère de vous détendre et d'accepter que nous essayions de vous aider.

Liz fit ce qu'on lui dit. Elle se doucha, prit un repas, regarda un peu la télévision, participa à une séance de thérapie de groupe où elle se contenta d'observer et rentra finalement dans sa chambre. Elle prit les médicaments qui lui étaient prescrits.

Plus tard, ce jour là, l'infirmière Buckley lui fit savoir que les docteurs Karmere et Louis voulaient la voir. Elle amena Liz dans une nouvelle salle d'entretien. Celle-ci fut surprise de voir que Ken était déjà là, accompagné par une femme de l'âge de Liz.

- Bonjour Liz, je m'appelle Samantha Louis – Sam. On s'est vu rapidement hier mais je pense que vous ne vous en souvenez pas.

Liz rougit, gênée par ce qu'on lui avait dit sur son comportement. L'hôpital au complet devait être au courant.

- Tout va bien, Liz, dit Ken d'un ton apaisant. Ces choses arrivent parfois et je sais que vous n'aviez pas l'intention de me faire du mal. Sam était ma chef de clinique psychiatrique jusqu'en juin dernier et je l'ai embauchée à temps partiel en attendant qu'elle mette en route son propre cabinet médical. Si ça ne vous ennuie pas, j'aimerais l'impliquer dans nos conversations. Il est possible qu'elle vous suive en consultation externe, avec moi comme référent.

Le mot de « consultation externe » rassura Liz. Il semblait qu'ils n'avaient pas en projet de l'interner. Elle les regarda tour à tour avec espoir.

- Liz, connaissez-vous quelqu'un qui s'appelle Jane ? interrogea Ken avec douceur.

Liz fouilla son esprit qui semblait ralenti.

- Non, je ne crois pas, répondit-elle.

- Hé bien, après les événements d'hier, on commence à penser que vous souffrez de troubles dissociatifs de l'identité. C'est très rare mais, d'après ce qu'on a lu, c'est curable. Ce n'est pas un dysfonctionnement du cerveau. De façon habituelle, cela ne requiert pas un long traitement. Cette pathologie peut se résoudre grâce à une thérapie de réintégration.

« Dans la plupart des cas, les patients ont souffert d'événements extrêmement traumatisants quand ils étaient jeunes. Pour protéger une psyché fragile, la personnalité se divise. La personnalité centrale est protégée par les autres bien qu'il leur manque habituellement des fragments. Souvent la personnalité centrale est quelqu'un de calme, réservé et effacé. Vous semblez être exactement l'opposé, aussi votre cas est de toute évidence différent.

« Selon ce que nous comprenons, la première étape de la réintégration consiste à mettre en évidence cet événement traumatique. Une fois que les différentes personnalités ont connaissance du problème, on doit les convaincre de se réintégrer. Cette procédure peut prendre des mois ou des années.

- Y-a-t-il des médecins spécialisés ? demanda Liz, effrayée et intriguée à la fois.

- Eh bien, pas vraiment. Le véritable TDI est tellement rare que la plupart des psychiatres ne l'ont jamais rencontré de toute leur carrière.

- Donc vous pensez que vous pouvez me soigner ? Ne vais-je pas être votre cobaye ? Que peut-il m'arriver si vous faites une erreur ?

Ken et Sam en avaient parlé. Ils s'étaient recentrés sur le principe fondamental de « ne jamais faire du mal » et se demandaient s'ils allaient être à la hauteur.

Ken répondit.

- Sam et moi en avons parlé. On a confiance, on pense qu'on va mettre au jour le traumatisme originel. On l'a fait tellement de fois avant. Selon la littérature, la réintégration est plus aléatoire. On est moins confiant à son propos. Très franchement, d'après les études de cas que nous avons lues, la psychiatrie ne s'est pas véritablement investie dans la résolution de ce problème. On ne nous propose pas de formule magique pour la réintégration. Chaque cas est différent.

« On vous propose un endroit sûr et des gens de confiance qui vous accompagnent dans votre démarche, tout en vous laissant le choix de la manière et du rythme. On est là pour vous aider à affronter vos peurs et vos sentiments, selon nos possibilités.

Ken et Sam regardaient Liz enregistrer ces notions. Au bout de quelques minutes, son visage changea. Il se radoucit. Ses yeux s'élargirent. Elle venait de rajeunir de plus de dix ans.

- On meurt, n'est-ce-pas ? dit la petite voix qu'ils avaient entendue le jour précédent.

Ni Ken, ni Sam ne savaient que répondre.

- Tu ne meurs pas vraiment, commença Sam. Tu deviens une partie de l'ensemble Liz.

- Comme quand tu meurs, tu es enterré et tu deviens une partie des plantes et des arbres qui t'entourent ? demanda Betty.

- Oui, j'imagine, répondit Sam déstabilisé.

- Donc, si je vous demandais de mourir de sorte que vous deveniez une partie du monde environnant, seriez-vous volontaire ?

Ken et Sam fixèrent Betty, incapables de répondre.

- Je voudrais revenir à ma chambre maintenant, si vous êtes d'accord, dit-elle.

Liz ne se souvenait pas comment elle avait regagné sa chambre.

- Est-ce que j'ai fait du mal à quelqu'un encore ? demanda-t-elle à l'infirmière Buckley.

- Non, chérie. Tu n'as fait du mal à personne. Tu as eu une conversation sereine avec les docteurs et puis tu es revenue toute seule.

Liz soupira de soulagement puis rejoignit la file qui attendait pour le téléphone.

- Maman, j'ai besoin que tu viennes me chercher, dit Liz d'un ton détaché.

- J'arrive tout de suite.

- Non maman. Je fais l'objet d'une contention de trois jours. Je veux que tu viennes me chercher après-demain dans l'après-midi. Tu peux faire ça ?

- Tu fais l'objet de quoi ? Je vais sommer nos avocats de te faire sortir de là immédiatement.

- Non, maman, répondit Liz calmement. Ça ne marchera pas et même si ça marchait, les trois jours seraient expirés avant qu'ils ne puissent faire quelque chose. Je suis bien ici. Mais je voudrais partir quand la contention sera terminée.

- Comment ont-ils pu te faire ça ?

- Maman, tu te souviens du psychiatre que j'ai vu pendant une période quand j'étais jeune ?

Janice revit ces instants spontanément. Ils avaient dû payer à l'hôpital les factures de ce charlatan.

- Hé bien, j'ai fait la même chose. J'ai agressé un docteur.

- Il l'avait probablement mérité, s'emporta Janice.

- Je ne le pense pas, maman. Mais je n'ai pas envie de parler de ça. Viens me chercher et s'il te plaît, n'en parle pas à Jim.

9

Les deux jours suivants, Liz trouva le temps long mais elle sut patienter. Elle appela Jim chaque jour et le rassura. Elle lui dit que les docteurs pensaient qu'effectivement, elle souffrait d'un trouble dissociatif de la personnalité. Ils lui avaient proposé un traitement en externe et elle était en train d'y réfléchir. En attendant, elle se détendait et continuait de parler avec les médecins.

Son dernier jour à l'hôpital, Ken et Sam demandèrent à la voir de nouveau. Elle avait fait savoir au personnel qu'elle avait l'intention de partir dans l'après-midi.

- Etes-vous sûre que vous ne voulez pas nous laisser une chance ? demanda Sam avec circonspection.

- J'en suis sûre. Plus j'y pense, plus je suis convaincue que vous faites fausse route. Je n'ai pas cette maladie. Je pense que les problèmes de mémoire et peut-être même la violence résultent de l'alcool et de la drogue. Je pense que vous vous êtes laissé influencer par l'imagination de mon mari à propos de ce trouble dissociatif de la personnalité. Mon projet est de me mettre au vert et de voir si les choses s'améliorent.

- Mais…. Sam commença mais fut stoppée par Ken qui leva la main.

- Liz, que ce soit cette maladie ou pas, vous avez des problèmes psychologiques. Les gens qui sont en bonne santé mentale n'attaquent pas d'un seul coup les autres. Allez-vous au moins continuer les antipsychotiques que je vous ai prescrits ?

- Je vais y réfléchir, répondit Liz en se levant pour partir. Je suis désolée pour tous les problèmes que j'ai pu créer.

Sam se tourna vers Ken et l'interrogea, incrédule.

- Tu la laisses partir ?

- Je crains de ne pas avoir le choix. Tu as bien vu sa détermination. Très certainement, les autres personnalités ont dû la convaincre qu'elle n'avait pas besoin de traitement. Je pense qu'elle va revenir. Avant d'avoir blessé quelqu'un, j'espère.

Quand ils relâchèrent Liz, Janice l'attendait.

- Oh, mon pauvre bébé ! Tu vas bien ?

- Oui, maman. Je vais bien. Je veux te demander un immense service.

- Tout ce que tu veux.

- Pourrais-tu m'emmener au chalet ? J'ai ma voiture là-bas et je veux y retourner. Cet endroit est tellement tranquille. Je vais voir si je peux arrêter l'alcool et la drogue et si ça va résoudre le problème.

- Liz, je pense que tu devrais revenir à la maison et rester avec moi. Je vais prendre soin de toi. Tu n'as aucun problème. Tu es parfaite !

- Non, maman. Ce n'est pas vrai. Je sais que j'ai des problèmes. Jim et les médecins pensent que je souffre d'un trouble dissociatif de l'identité, mais je n'y crois pas.

- Ma petite fille, je pense que Jim te manipule et qu'il a convaincu les docteurs que tu étais folle. Je t'en prie, viens à la maison.

- Jim n'a jamais parlé aux docteurs, donc je ne pense pas que ce soit ça. Je ne pense pas non plus que Jim essaye de me rendre folle comme Charles Boyer avec Ingrid Bergman. Il essaye de trouver une solution, c'est tout.

« Je ne veux pas te blesser maman, mais je ne veux pas revenir à la maison parce que je pense que la maison fait partie du problème. S'il te plaît, fais-moi confiance. Je vais essayer de faire de mon mieux pour sauver mon couple. Et n'accable pas Jim. Ce n'est pas de sa faute. Je lui ai demandé de m'emmener à l'hôpital. Il ne l'a jamais suggéré, d'aucune façon.

Janice était abasourdie. Liz mit de la musique et elles roulèrent sans un mot jusqu'au chalet.

- Je t'aime, maman, dit Liz en sortant de la voiture.

- Je t'aime aussi, ma chérie. Ne penses tu pas que ….. ?

- Non. Bonsoir maman. Fais attention sur la route.

Janice pesta pendant tout le retour.

10

Jim appela l'hôpital et on lui dit que Liz était partie. Il demanda à parler à un des médecins de Liz. Il fut mis en attente tandis que l'infirmière vérifiait le formulaire de divulgation d'informations de Liz, en essayant de joindre le docteur Karmere.

Quand elle reprit le téléphone, elle lui dit que, de façon inhabituelle, le docteur Karmere acceptait de le recevoir à 10 h le lendemain matin. Jim accepta promptement et la remercia. Puis il appela Janice.

- Liz n'est pas ici, lui cria-t-elle avec rage. Tout ça est de votre faute.

Et elle raccrocha.

Jim essaya de la rappeler mais sans succès, n'obtenant que le répondeur. Il laissa un message disant qu'il pensait que ce serait une bonne idée qu'ils se retrouvent pour parler mais Janice ne voulut ni décrocher, ni rappeler. Il essaya le bureau de Mickey qui le rappela plus tard dans l'après-midi.

- Jim, commença Mickey. Je suis désolé qu'on en soit là. Janice est anéantie et elle vous en veut. Liz est à la montagne mais je ne suis pas sûr que ce soit une bonne chose que vous alliez la voir. Je crois que les choses ont besoin de décanter.

- Mais Mickey, je crains que Liz ne fasse un mauvais geste, contre elle-même ou quelqu'un d'autre.

- Les médecins l'ont laissée partir. Ils ne partagent donc pas votre inquiétude. Je pense que, pour l'instant, la meilleure des choses est, comme je l'ai dit, de laisser les choses se clarifier. Je vous recommande d'éviter Janice. Elle est très en colère. Je vais essayer de la raisonner ces prochains jours et peut-être qu'on pourra se retrouver pour réexaminer la situation.

N'ayant pas grand-chose d'autre à suggérer, Jim capitula, salua Mickey et passa le reste de la journée et de la nuit à attendre son rendez-vous avec le docteur Karmere. Cette fois, il lui fallut trois sessions, une de surf, une de vélo, une de course pour le fatiguer suffisamment et le plonger dans un sommeil profond.

A dix heures, le lendemain matin, il fut conduit vers le bureau du docteur Karmere par l'infirmière Ann qui lui avait parlé la nuit où il avait emmené Liz. Sur le trajet, elle lui offrit de l'eau qu'il accepta volontiers mais elle refusa de répondre à ses questions sur Liz. C'était du ressort du docteur Karmere.

Jim entra dans le bureau et fut accueilli par un quinquagénaire, robuste et courtois. Il remarqua également une belle femme de l'âge de Liz, debout, impatiente.

- Jim, je suis Ken Karmere. Appelez moi Ken et voici le docteur Samantha Louis.... Sam.

Jim leur serra la main et ils lui indiquèrent une chaise accolée à la petite table de réunion où ils le rejoignirent.

- Tout d'abord, sachez que nous sommes désolés pour tout ce que vous traversez. C'est certainement une épreuve. Liz m'a dit que vous aviez fait des recherches sur le trouble dissociatif de l'identité.

- Un peu, c'est vrai.

- Bien, bien. On était assez sceptiques quand on a admis Liz mais elle m'a agressé. Ou plutôt Jane m'a attaqué.

- Jane ?

- J'ai l'impression que vous ne connaissez pas Jane, avança-t-il.

- Non. Je n'ai réellement parlé qu'à Betty et Liz. Mais j'ai vu Liz se parler avec deux voix différentes et deux aspects différents. Elles s'appelaient Eve et Dawn. Betty m'a confirmé leurs identités. Eve est leur cousine d'Angleterre et Dawn est la jeune sœur de Liz. Betty ne voulait pas parler de l'autre personnalité mais elle m'a dit qu'elle pensait qu'elles étaient cinq au total.

« Eve et Dawn parlaient de quelqu'un qui avait commis un meurtre. Elle disait que cette personne pouvait avoir tué plusieurs personnes, tous ceux qui menaçaient Dawn. Est-ce que ça fait de Liz une meurtrière ? Pourrait-elle avoir tué plusieurs personnes ?

Ken et Sam se regardèrent, ne sachant que dire.

- C'est possible, admit Ken. Dans la plupart des cas de trouble dissociatif de l'identité, il y a une personnalité violente qui agit en protecteur. Certaines sont devenues des assassins.

- Est-ce que ça signifie que Liz pourrait être poursuivie pour meurtre ?

- Je ne suis pas juriste mais j'ai lu des choses à ce sujet. Il y a eu plusieurs cas d'allégation de personnalité multiple dans des procès pour meurtre. Une étude que je viens de lire fait ressortir que presque dix pour cent des assassins souffrent de cette pathologie. Je trouve ça difficile à croire et visiblement notre système judiciaire aussi. La majorité des défenses basées sur ce trouble échoue. Rares sont celles qui ont abouti car la défense doit convaincre le tribunal que l'inculpé souffre de cette maladie et que la personnalité dissociée qui a commis le meurtre est dans l'incapacité de distinguer le mal du bien. Ce qui est un défi de taille d'autant qu'il y a eu une période où le TDI était le mode de défense standard de l'instabilité mentale. Les procureurs ont facilement trouvé des psychiatres pour attester que non seulement l'inculpé n'avait pas cette maladie mais que cette maladie elle-même n'existait pas.

« Dans les rares cas de réussite, la défense a pu démontrer que ces troubles existaient bien avant les meurtres. Trop de défenses étaient construites sommairement.

- Donc, si on peut prouver que Liz souffrait de TDI avant le meurtre ou les meurtres, elle pourrait ne pas aller en prison ?

- Tout d'abord, on ne sait pas si Liz a commis un ou des meurtres. Ne concluons pas trop hâtivement.

Puis regardant Sam, Ken continua.

-En fait, s'il y avait une preuve que Liz a commis un meurtre et pourrait en commettre d'autres, on devrait le signaler aux autorités. C'est quelque chose dont je dois discuter avec Sam, mais à ce stade, je ne pense pas qu'il y ait de preuve directe et ce que vous avez entendu peut être interprété de différentes manières.

« Désolé de procéder ainsi mais je pense qu'on va vous laisser cette responsabilité. Vous pourrez décider si vous voulez contacter les autorités. J'imagine que sans preuve concrète : noms, dates, lieux etc…, ça n'ira pas loin.

Jim réfléchit un instant. Si Liz était une meurtrière et pouvait tuer de nouveau, fallait-il qu'elle soit arrêtée ?

- N'auriez-vous pas pu la garder ici ? Ça l'aurait protégée et d'autres également. Il n'y a donc rien qui vous donne le droit de retenir les gens quand ils présentent un risque pour eux-mêmes et pour les autres ?

- Oui et on l'a fait….. Mais pendant soixante-douze heures. Pour garder quelqu'un plus longtemps, il faut vraiment des preuves solides et l'entourage doit être favorable à cette décision. Selon ce qu'on a compris, la mère de Liz allait nous poursuivre et on aurait dû affronter une procédure interminable.

- Donc, qu'est-ce qu'on peut faire ? demanda Jim désespérément.

- J'en ai discuté avec Sam. Sam, pourquoi vous ne prendriez pas le relais ?

- Jim, commença-t-elle, s'efforçant de paraître plus confiante qu'elle ne l'était réellement. On croit que les autres personnalités ont convaincu Liz qu'elle ne souffre pas de TDI. Je sais que ça semble étrange mais nous pensons qu'elles l'ont influencée sans que Liz n'en ait conscience. En fait, elles n'ont pas parlé avec elle, elles ont juste fait naître des sentiments.

« A ce stade, on pense que la probabilité de la remobiliser est très mince. Très franchement, on ne l'aurait peut-être pas gardée ici comme patiente hospitalisée. On croit aussi que Liz ne pourra jamais travailler avec un psychiatre masculin. Il semble qu'elle en ait agressé un déjà.

« Avant que je n'aille plus loin, je dois vous demander si vous êtes au courant d'un traumatisme signifiant qui lui serait arrivé quand elle était plus jeune.

- Non. Pourtant j'ai conversé avec le père de Liz. Il a vu un changement inquiétant chez elle à l'âge de douze ou treize ans. Au début, Mickey et Janice, les parents de Liz, ont pensé que c'était juste un problème lié à la puberté. Mais avec le temps, ces problèmes se sont aggravés. Liz est tombée enceinte à treize ans, vous savez.

Les voyant remuer la tête négativement, Jim continua.

- Visiblement, ils n'ont jamais trouvé qui était le père. Mickey sait conduire un interrogatoire. Il est avocat à la cour. Il est convaincu que le petit ami de Liz n'est pas coupable. Il pense que quelque chose s'est produit. Probablement un viol. Et il a œuvré pour qu'il y ait une thérapie, d'où l'incident avec l'autre psychiatre. Janice l'a reproché à son mari pendant des années. Puis, avec la réussite de Liz à l'école, elle a pratiquement convaincu Mickey que Liz allait bien.

« Je suis assez sûr que, quoi qu'il se soit passé, Mickey n'a rien à voir. Mais malheureusement, Liz ne s'en souvient pas, Betty non plus et Janice refuse même de considérer que quelque chose de grave est arrivé à Liz.

- Jim, tout ceci est très précieux, répondit Sam de manière encourageante.

« Nous aimerions ramener Liz dans le cadre d'une thérapie. Et nous pensons que la meilleure manière de le faire serait de prétexter une thérapie de couple. C'est quelque chose que Liz pourrait facilement accepter même si elle ne serait probablement pas dupe. Ça fournirait un alibi aux autres personnalités. Elles veulent aider Liz, elles la laisseront venir. Je pense qu'elles veulent que votre mariage survive. Ça semble important pour Liz.

« Je me suis spécialisée dans la thérapie de couple et j'ai l'intention d'en faire le centre de ma pratique privée. Nous espérons que vous parviendrez à convaincre Liz que votre couple a besoin de me voir pour un accompagnement. Nous pensons que ça pourrait ouvrir des brèches.

« Je sais que ça semble difficile à croire mais nous croyons qu'un fragment ou des fragments de Liz vont comprendre qu'ils ont besoin d'aide et que c'est une manière facile de commencer. Qu'en pensez-vous ?

- Mais la violence et les meurtres éventuels ? demanda Jim nerveusement.

- Ken a mis Liz sous un antipsychotique qui va supprimer les pulsions violentes. Si elle suit le traitement, il n'y aura pas de problème. De plus, nous pensons que, comme c'est le protecteur qui est violent, cette violence est plus destinée à défendre Liz qu'à agresser les autres. Si Liz ne se met pas dans des situations à risque, il ne devrait pas y avoir de violence.

- Mais notre patron Rajiv n'est pas – n'était pas dangereux, opposa Jim. Il ne représentait pas une menace.

- Savez-vous s'il l'a touchée ?

- Ah non.

- Peut-être que si Liz se retrouve dans une discussion houleuse et qu'un homme la touche, Jane peut y voir une menace, avança Sam.

- Rajiv devient tactile quand il essaye d'établir de la proximité, réfléchit Jim. Je pense que c'est possible. Je lui demanderai.

Ils restèrent silencieux quelques instants, chacun réfléchissant à la suite à donner. Puis Sam s'exprima.

- Donc Jim, vous pensez que vous pourriez parler à Liz pour qu'elle vienne me voir pour cet accompagnement.

- D'accord. Je suis sceptique mais je vais essayer.

Ils échangèrent leurs coordonnées et Jim partit, plus confus et inquiet que jamais.

11

Liz ne poursuivit pas son traitement. Au contraire, elle se remit à prendre de l'alcool quand elle était exaltée et de la coke quand elle se trouvait abattue. Au chalet, elle se sentait bien mieux que précédemment. Écrivant dans son journal au moins trois fois par jour, elle vérifiait s'il y avait des messages écrits par quelqu'un d'autre et cherchait ses propres lacunes sans rien remarquer de particulier. Elle commençait à penser que les derniers mois n'avaient été rien de plus qu'une mauvaise période. Peut-être était-ce l'alcool ou la drogue ? Elle se promit de se libérer de ces pratiques. Maintenant, si Jim arrivait à se débarrasser de toutes ces idées insensées, ils pourraient revenir à leur vie normale.

Ses pensées furent interrompues par le bruit d'une voiture qui remontait l'allée privée. Elle ne pouvait pas encore la voir mais, comme leur maison était la dernière de l'allée, elle venait forcément au chalet. Avec un peu de chance, c'était Jim. Il lui manquait.

C'était lui. Il gara sa voiture derrière celle de Liz, ravi qu'elle soit là. Il avait beaucoup réfléchi à la manière dont il aborderait le sujet de la thérapie de couple avec Sam et avait décidé d'avancer à pas feutrés. Il voulait voir si Liz « l'ancienne » était revenue. Il se sentait nerveux en sortant de la voiture. Il l'appela.

N'obtenant aucune réponse, il avança sur la terrasse et regarda par la fenêtre, l'appelant de nouveau avant d'entrer dans le chalet. Quand il atteignit la poignée de la porte, son bras droit fut saisi de l'arrière et tordu dans son dos. Il fut projeté contre la porte fermée par une personne d'une force rare, toujours dissimulée derrière lui.

- Qu'est-ce que tu fous ici, connard ?

La voix était profonde et rauque, autoritaire. Elle faisait penser à celle de Liz.

- Jane ? demanda Jim, essayant de paraître confiant, ravalant la peur qui menaçait de le submerger.

L'ignorant, Jane lui ordonna de répondre.

- Je t'ai demandé ce que tu foutais ici ?

- Je – hé bien – je suis venu demander à Liz si on pourrait voir un thérapeute de couple.

Jane rit. C'était un rire masculin, le genre de rire qu'il avait entendu dans les films de guerre quand, lors d'un interrogatoire, les victimes étaient torturées.

- Conneries. Tu es là pour nous tuer !

- Bien sûr que non, répondit Jim, choqué. Je ne ferais jamais de mal à Liz.

- C'est toi qui es à l'origine de cette merde de personnalités multiples, non ? Toi et ces docteurs, vous voulez la réintégration. Vous voulez notre mort, c'est évident. La réintégration nous tuerait et je ne vais pas vous laisser faire ça. Maintenant, dégage connard et ne reviens pas sans prévenir, sinon je te tue.

Jim savait que ce n'était pas une menace gratuite.

Jane le tira de la porte, jusqu'au bord des escaliers et le poussa. Il atterrit brutalement, s'écrasant sur le gravier de l'allée qui lui scarifia le côté du visage.

- S'il te plaît, dis à Liz pourquoi je suis venu, demanda-t-il posément en se relevant. Puis il se brossa et rejoignit sa voiture.

- Je ne parle pas à Liz. Personne ne lui parle. Si tu es si intelligent, tu devrais le savoir. Maintenant dégage.

12

Il y avait plusieurs semaines que Dawn n'était pas revenue au Tenderloin. Après le dernier meurtre, elle s'était promis de ne jamais revenir. Son retour avait été remarqué. Les habitués et les proxénètes la regardaient avec suspicion puis détournaient leurs regards rapidement. Elle ne voulait pas que Jane commette un nouveau meurtre. C'en était trop. Pourtant elle ne pouvait pas s'empêcher de revenir. Elle était aimantée par la rue.

Ce n'était pas le sexe, bien qu'il lui faille admettre qu'elle aimait le sexe avec la plupart de ses clients. Non, c'était plutôt le pouvoir. Elle avait le pouvoir. Elle décidait quand et où, avec qui et ce qui allait se passer. Souvent, elle se faisait supplier par les clients. Ils la voulaient et ils étaient prêts à tout pour pouvoir la toucher. Oui, elle avait le pouvoir. Elle n'avait jamais ressenti ça ailleurs. Dans les différents emplois, il y avait toujours un patron pour lui dire quoi faire. Dans la rue, c'était elle la patronne.

Dawn rangea la voiture dans une allée habituelle. A quelques blocks de son terrain d'action, celle-ci était en sécurité. C'était un des rares endroits de San Francisco où on était assuré de trouver des places, la nuit.

Elle sortit, ferma la portière et laissa tomber les clés dans son petit sac à main.

- Qu'as-tu fait à Jimmy ? lui hurla une voix rauque.

Jane vit l'assaillant prendre le couteau à sa ceinture et son instinct l'emporta. Elle le laissa approcher, simulant l'effroi, se détournant pour se protéger. Quand il lui saisit l'épaule pour la faire pivoter, Jane lui enfonça avec précision le couteau entre les côtes, le tuant instantanément.

Eve, Dawn et Betty regardèrent avec horreur et fascination Jane procéder au rituel de l'élimination.

- Je vous ai dit qu'elle tuait des gens, geignit Dawn tandis que Jane attendait patiemment la marée.

- Betty, tu ne devrais pas être là, conseilla Eve.

- Non, répondit-elle. J'ai besoin de voir ça aussi. Maintenant je sais que Jane est une meurtrière.

- Je vous entends Mesdames, répondit Jane sarcastique. Ne me voyez pas comme une tueuse, mais plutôt comme quelqu'un qui fait respecter la loi. Je suis en train de libérer la rue de vermines de cet acabit.

- Et si la police nous arrête ? demanda Eve. Vous, les

Californiens, vous êtes des barbares, vous avez toujours la peine de mort. Allons-nous être exécutées ?

- Ils ne nous attraperont jamais, répondit calmement Jane. Je ne laisse jamais d'indices.

Quand Jane eut fini, elles revinrent à la montagne. Cette nuit-là, Dawn rêva de Mitch Stern.

- Pourquoi m'as-tu tué Margaret ? demandait-il en suppliant. Je regrette tellement de t'avoir forcée à baisser la tête. Je me suis laissé emporter par mon imagination.

Dawn se souvenait de cet homme si triste qui l'avait approchée cette nuit-là, il y a si longtemps. Il avait l'air anéanti, désespéré. Il lui avait dit que c'était la première fois et elle l'avait cru. Quand elle lui avait permis de l'appeler du prénom qu'il voulait, il avait eu l'air heureux, comme un petit garçon qui aurait reçu son cadeau de Noel. Il l'avait appelée Margaret. Qu'est-ce qu'il avait dit à Jane ? Qu'il était désolé ? Que sa femme venait de le quitter ? Qu'il s'imaginait être revenu avec elle ?

- Pourquoi m'as-tu tué ? lui redemanda la silhouette de son rêve. Je pense que j'aurais été bien après ça. J'aurais survécu à ce divorce.

Dawn se réveilla, oppressée de culpabilité. Comme Eve, Betty et Liz qui avaient partagé le même rêve. Poursuivant son journal, Liz consigna ce dont elle se souvenait, mais comme dans la plupart de ses rêves, ça n'avait aucun sens pour elle.

Quelques jours plus tard, Dawn était de retour dans la City. Elle gara sa voiture à sa place habituelle et se dirigea vers le Tenderloin. A l'angle d'une rue, elle vit un des plus vieux proxénètes faire signe de la tête à deux hommes quelque peu débraillés qui commencèrent à marcher vers elle.

- Madame Dawn, lui demanda le plus âgé avec un soupçon d'accent du sud. Nous sommes de la police et nous avons besoin de vous parler. Voulez-vous nous suivre ?

Jane calcula rapidement. Elle poursuivit dans leur direction, feignant la surprise.

- Certainement, messieurs, répondit-elle affable. Pouvez-vous me dire de quoi il retourne ?

Les deux policiers se détendirent, rassurés : Dawn semblait vouloir coopérer. De plus, elle ne dépassait pas un mètre soixante-cinq et pesait cinquante-cinq kilos tout au plus. Elle ne représentait aucunement une menace. Il était impossible qu'elle ait tué et éliminé ces victimes imposantes. Mais peut-être savait-elle des choses utiles ?

- Il y a eu des meurtres et nous avons des questions à vous poser, lui répondit le plus âgé, de toute évidence le plus gradé des deux.

Jane continua de sourire, s'intéressant à ce qu'ils disaient. Elle se glissa entre eux et les regarda d'un air rassurant tandis qu'ils descendaient la rue en direction de leur voiture.

- Je vais vous aider du mieux que je peux.

Sans prévenir, Jane leva les bras derrière les deux flics, les saisit par le cou, fit un pas rapide en arrière et heurta les têtes, l'une contre l'autre. Elle attrapa le plus jeune et le poussa contre son collègue, les projetant violemment au travers d'une vitrine. Puis elle tourna les talons et se mit à courir tandis que les souteneurs, les putains et les passants regardaient, ainsi que Eve, Dawn et Betty.

- On va se faire arrêter. On va aller en prison. On va être exécutées. Tout ça à cause de toi, Jane. Tout ça à cause de toi, accusa Dawn.

Mais Jane était en mode survie. Elle les ignora, rebroussant chemin avec prudence jusqu'à la voiture, s'assurant que personne ne l'avait suivie.

13

Ils venaient de finir leur dîner et faisaient la vaisselle ensemble quand le téléphone sonna. Mike semblait fébrile, se rinçant les mains et les séchant rapidement. Il alla dans le living room où il prit un carnet de notes et un stylo et commença à poser des questions. Il écrivit nerveusement, laissant May finir la vaisselle et le rejoindre. Elle saisissait des bribes de la conversation, déduisant qu'il s'agissait des meurtres mais elle vit l'enthousiasme de Mike virer à la déception juste avant qu'il ne raccroche.

- Merde, merde, merde, pesta Mike. Elle leur a échappé.

- Dawn ?

- Bien sûr, Dawn. Qui veux-tu que ce soit ?

Puis il s'arrêta. Il parlait à May. Il n'était pas en colère contre elle. Il était juste en colère.

- Je suis désolé. Laisse-moi une seconde que je me calme.

May se leva et versa un doigt de Grand Marnier qu'elle mit dans le micro-ondes une dizaine de secondes. Elle se versa un petit verre de porto, retourna au living room et invita un Mike qui arpentait la pièce nerveusement à s'asseoir à côté d'elle.

Il la regarda comme si elle était folle puis s'assit. Il inspira profondément et essaya de se calmer tout en expirant lentement. Il respira longuement le Grand Marnier réchauffé, puis prit une gorgée. Il fit rouler le liquide chaud et visqueux lentement sur sa langue et commença à se détendre tandis que les saveurs d'orange et de brandy emplissaient sa tête.

- Ils la tenaient et elle s'est échappée, dit-il avec amertume.

- Commence depuis le début. Dis-moi ce qui est arrivé.

- Hé bien, quelques jours plus tôt, un maquereau du nom de Maurice a disparu. C'était un des associés de Jimmy et il s'était vanté qu'il allait se venger de Dawn. Pendant les dernières semaines, il a passé le plus clair de son temps à la chercher. Quand il a disparu, un de nos indicateurs nous a fait savoir qu'il pensait que Dawn était de retour dans la rue. On a mis une équipe de veille dans le Tenderloin. Ils l'ont vue ce soir.

« Malheureusement, ils l'ont sous-estimée. Elle est petite et semble inoffensive. Elle s'est montrée coopérative et les a accompagnés à leur voiture quand elle a explosé. Jack Martin est à l'hôpital avec un léger traumatisme et des lacérations au visage. Son partenaire, Stephen Larson a brièvement perdu connaissance.

Mais ils l'ont laissée partir. Il a dit aux enquêteurs qu'elle les avait projetés l'un contre l'autre et leur avait fait traverser une vitre.

« Mon dieu, j'espère qu'on ne l'a pas perdue pour de bon. Maintenant qu'elle sait que la police la recherche. Je doute qu'elle ne revienne dans le Tenderloin de si tôt.

- Des indices laissés derrière ? Des pistes ? demanda May

- Ça semble ridicule mais on a ses chaussures : des escarpins rouges.

- Ses chaussures ? demanda-t-elle, surprise. Puis, en femme-flic, elle continua : Oui, ça tient debout. Une putain porte des escarpins mais ne peut certainement pas courir avec. Peut-être vas-tu en retirer des empreintes ? Peut-être de l'ADN ? Au moins tu pourras retracer la marque et trouver le magasin où elles ont été achetées. Ce n'est pas sans espoir.

- Oui, ce n'est pas non plus Cendrillon. Il y a plus de sept millions d'habitants dans la Bay Area et on va perdre beaucoup de temps à chercher la propriétaire de ces escarpins. Mais peut-être aurons-nous de la chance ? Une empreinte d'ADN. Tu penses qu'on va trouver ça à partir de ces chaussures ?

Ils burent leur verre en silence, réfléchissant chacun à la prochaine étape.

- On va l'avoir, déclara Mike confiant. On va l'avoir, c'est sûr.

14

A l'insu de Liz, Betty, Eve et Dawn avaient discuté sans arrêt depuis deux jours.

- Nous devons nous rendre, avait argumenté Betty. C'est la bonne chose à faire.

- Heu, je n'ai rien fait de mal, opposa Eve. Je ne vais pas subir votre pseudo justice américaine. On n'aura pas un procès équitable.

- Il se peut que j'aie fait de mauvaises choses, se plaignit Dawn. Mais je n'ai jamais fait de mal à personne. Et en vérité, je ne peux pas m'empêcher de faire ce métier. Je ne veux ni aller en prison, ni être exécutée, ni enfermée dans un asile.

- Et Liz ? interrogea Eve de façon sensée. Elle n'a certainement rien fait de mal. Elle a juste épousé un homme merveilleux, commencé une nouvelle carrière et se destine à une vie très prometteuse. Si on se constitue prisonnières, on va détruire la vie de Liz

- Si on se rend, Liz pourra plaider le désordre mental. Après le traitement, elle pourra continuer sa vie, continua Betty.

- Un traitement, cria Dawn. Es-tu en train de parler de cette histoire de réintégration ? On va se faire tuer. On va cesser d'exister. Il n'y a pas de différence avec la chambre à gaz ou je ne sais quoi.

- Mais Liz vivrait ainsi qu'une part de nous, raisonna Betty.

- Betty, ne parle pas de l'existence cyclique, quand tu es mort, tu es mort. Si on subit le processus de réintégration, on mourra certainement.

Ainsi se poursuivit la discussion. Betty essayait d'être patiente. Eve était outrée. Dawn avait peur. Jane était absente.

A la fin d'une autre nuit semblable, Betty revint sur le sujet de Liz.

- Regardez, ce que nous faisons à Liz. Elle souffre. On est dans la confusion, on converse et Liz commence à craquer. On détruit son mariage. On doit faire quelque chose. On ne peut pas continuer comme ça.

- C'est la faute de Jane, se lamenta Dawn. Sans Jane, la police ne serait pas à notre poursuite.

- Sans Jane, tu aurais été blessée, tuée, accro à l'héroïne. Elle t'a protégée d'hommes violents, observa Eve avec objectivité.

- Oui, mais fallait-il qu'elle les tue ?

- Je ne sais pas. Mais elle a peut-être raison. Ces hommes essayaient de te faire du mal. Comme elle le dit, ce n'était que des ordures. Jane rend service à l'humanité en nous débarrassant de cette vermine.

- J'imagine que tu as raison. Mais il y en avait un. Il s'appelait Mitch. C'était un type bien.

- Un type bien qui fréquente les putes ? persifla Eve.

- C'était la première fois. Sa femme l'avait quitté et il se sentait seul. Je ressemblais à sa femme. Vous vous souvenez du rêve ? Je suis toujours visitée par ce rêve. Je ne me sens pas bien.

Liz se réveilla, effrayée et confuse. Elle n'en voyait pas la raison. Elle se sentait comme si elle n'avait pas dormi. Il était presque dix heures du matin et elle était couchée depuis près de douze heures. Elle ne se souvenait pas s'être levée ou avoir beaucoup tourné dans le lit mais elle se sentait épuisée. C'était le second jour d'affilée qu'elle se réveillait en se sentant ainsi. On était loin du gain de confiance qu'elle avait ressenti quelques jours plus tôt. Où était Jim ? Elle avait besoin de lui.

Presqu'en même temps, le téléphone sonna.

- Salut Liz, commença Jim prudemment. Comment vas-tu ? Tu me manques.

- Toi aussi, tu me manques terriblement. Est-ce que je peux venir à la maison ? Je ne vais pas très bien. J'ai l'impression de passer tout mon temps à dormir. J'ai des rêves étranges et, même après avoir dormi, je me sens fatiguée.

- Comme j'aimerais t'avoir à la maison ! Veux-tu que je vienne te chercher ?

- Non, je peux faire la route. Je te vois bientôt.

Mais ça ne fut pas immédiat. Il y eut des discussions avant que tout le monde accepte que Liz revienne chez elle. Betty l'emporta avec ses arguments romantiques : Jim et Liz avaient besoin l'un de l'autre.

Jim commençait à s'inquiéter. Il faisait presque nuit et il s'était mis à pleuvoir légèrement. Est-ce qu'il était arrivé quelque chose à Liz ? Avait-elle changé d'avis ? Est-ce qu'une des autres personnalités avait interféré ?

Quelques minutes plus tard, il fut soulagé d'entendre sa voiture dans l'allée. Elle escalada les escaliers en courant pour se jeter dans ses bras.

- Tu m'as manqué, cria-t-elle en le serrant très fort.

Jim l'entraîna sur le sofa où ils restèrent enlacés tandis que la pluie forcissait. Réchauffée par Jim et plus détendue qu'elle ne l'avait été depuis des semaines, Liz demanda :

- As-tu faim ?

Jim prit la mesure de la situation.

- Il n'y a rien dans le frigo. Serais-tu d'accord pour aller chez Alberti ?

- Tout à fait.

Vingt minutes plus tard, ils étaient attablés dans le petit restaurant italien de Pacifica. C'était un endroit désuet avec des nappes à carreaux rouges, des bougies et des bouteilles de Chianti entourées de paille, alignées devant le mur. Tony, le propriétaire-serveur, leur versa deux verres de vin italien dès qu'ils furent installés. Sans même regarder le menu, ils commandèrent des salades et des spaghetti margarita.

- A notre couple, tenta Liz. Je ne veux pas que nous nous séparions. Je sais que c'est moi qui pose problème. Je suis désolée d'être partie. On devrait être ensemble pour traiter ces problèmes.

- A notre couple, répondit Jim, doutant de ce qu'il allait dire. Tu m'as manqué terriblement. Je pense que notre union a souffert. Je veux que notre mariage soit le plus beau et le meilleur. Je sais que nous sommes programmés pour vivre ensemble. Mais je ne veux pas lâcher cette affaire.

- On est formatés pour être ensemble et je ferai tout ce que je peux pour nous rendre plus forts.

- Jusqu'à une thérapie de couple ?

Un éclair de colère traversa le visage de Liz puis disparut dans l'instant. Elle regarda au-delà de Jim pensivement. Elle se retourna vers lui et sonda ses yeux.

- C'est une manœuvre pour me faire interner ?

- Certainement pas. Je te veux avec moi. J'espère que ce conseil matrimonial nous aidera à résoudre les choses ensemble. On a tous les deux conscience que tu as des problèmes. Je suis sûr que j'en ai aussi. Et je suis sûr que je ne t'aide pas comme il faut. Tu pourrais commencer une thérapie toute seule mais tu as déjà essayé et nous savons où ça t'a conduite. Si on le fait ensemble, comme dans les thérapies de couple, nous travaillerons sur nous. Si des problèmes apparaissent, je serai là. Tu ne seras pas seule, face aux docteurs.

Ce que disait Jim avait du sens. Liz sentait que ça n'était pas vraiment une thérapie de couple mais plutôt un accompagnement pour elle. Ce serait différent. Il serait question de leur couple et des solutions à trouver à ses problèmes. C'était un cadre sûr pour elle. Jim l'aimait. Il serait là pour la protéger.

- Ok, je vais le faire. Mais à une condition : on ne parle pas de cette histoire de personnalités multiples.

Jim hésita, réfléchissant rapidement.

- D'accord. Je n'en parlerai pas à moins que tu ne le fasses.

- Penses-tu à un thérapeute particulier ?

Cette question, il la redoutait. Allait-elle accepter ?

- Ça peut paraître étrange et, s'il te plaît, ne réagis pas avant d'y avoir réfléchi. Mais j'ai rencontré tes médecins à l'hôpital, après que tu sois partie. Sam, la psychiatre, m'a suggéré qu'on la voie. Elle fait de la thérapie de couple quand elle ne travaille pas à l'hôpital. Elle m'a proposé qu'on évite la question du TDI et qu'on se concentre sur notre relation et nos problèmes.

Liz réfléchit. Elle sentit la colère monter en elle. C'était un piège. Jim voulait qu'elle revienne sous la coupe des psys. Ça allait recommencer avec cette histoire de la personnalité multiple. Mais une autre partie d'elle pensait à cette femme, Sam. Elle avait son âge et lui témoignait de la sympathie. Par ailleurs, Liz avait vraiment besoin d'aide. S'ils évitaient d'aborder le TDI, peut-être que ça pourrait lui rendre service. Si Sam faisait vraiment de la thérapie de couple, elle saurait probablement les aider à surmonter leurs problèmes.

- D'accord, je suis partante. Notre principal objectif sera de tenter d' être suffisamment forts pour surmonter nos difficultés. Si Sam m'amène à dépasser certains de mes problèmes, ça sera encore mieux. Elle pourra aussi te permettre de résoudre les tiens.

Plutôt que de mordre à l'hameçon, Jim décida d'esquiver la provocation.

- J'ai certainement mon lot de problèmes, admit-il.

Puis pensant à la possibilité que Jane soit une meurtrière, il continua :

- Notre objectif sera de renforcer notre couple de sorte que nous puissions gérer tout ce que nous aurons à affronter.

Ils se serrèrent la main vigoureusement pour sceller ce pacte.

Steve Jackowski

CHAPITRE 6

« La vie peut être facile, il s'agit simplement de choisir entre solution et illusion. »

-Didier D'Haese

1

Leur vie au quotidien revint à la normale. Ils se réveillaient tôt le matin et couraient ou surfaient avant le petit-déjeuner. Il partait travailler et elle s'employait à arranger la maison et travailler au jardin. Ils avaient dressé ensemble une longue liste de tâches que Liz pouvait assumer et auxquelles Jim participerait les week-ends.

Jim était impatient d'avoir cette première entrevue avec Samantha Louis. Liz la redoutait.

Ils se rendirent en voiture au bureau de Samantha dans le quartier de Haight Ashbury de San Francisco. Son bureau se trouvait au second étage d'un immeuble ancien, au-dessus d'une boulangerie à la française. L'odeur du pain frais était omniprésente.

- Comment arrivez-vous à supporter ça ? demanda Liz tandis que Samantha les conduisait vers son cabinet.

- Je crois que j'ai pris près de cinq kilos depuis que je loue cet endroit. Et je ne mange ni leur pain, ni leurs pâtisseries. Je pense que les odeurs sont chargées de calories et les respirer toute la journée est probablement très mauvais pour le poids.

- Vous n'imaginez pas nous faire croire ça ? la taquina Liz.

- Oui, j'essaye de résister. Beaucoup de mes patients se débattent avec des problèmes de poids et ce n'est probablement pas le meilleur endroit pour exercer mon métier. Mais je m'y trouve bien. Et j'aime l'odeur de leur pain.

« Qu'est-ce qui vous conduit vers moi aujourd'hui ?

- Jim ne se soumet pas à mes désirs et il met notre couple en danger. J'espère que vous allez le convaincre de m'obéir. Ainsi on ne se disputera plus et on sera heureux.

- Hum, voilà une nouvelle approche. Il faut que j'y réfléchisse. La femme que je suis trouve ça intéressant. A grande échelle, si tous les hommes s'inclinaient devant nos volontés, on pourrait éliminer la faim et installer la paix dans le monde.

Jim regardait ce jeu verbal avec intérêt. Samantha avait plus l'air d'une copine de fac que d'une thérapeute. Peut-être que la thérapie allait marcher.

- Les pets du monde? plaisanta Liz. Pas bon pour la planète. Trop risqué pour le climat.

- On pourrait remettre à plus tard cette question. Peut-être que Jim a quelques idées.

- Ne me lancez pas là-dessus, poursuivit Liz avec légèreté. Jim a plein d'idées. On est ici pour empêcher ses idées de me rendre folle et pour sauver notre couple de ma folie.

Liz était devenue sérieuse. Elle était au bord des larmes et elle regardait Sam avec espoir.

- Ok, commença Sam. D'abord, les règles de base. Je ne suis pas ici pour juger. Je suis ici pour vous aider. Mon travail est d'aider les couples à communiquer. Vous pouvez me poser des questions mais, en réalité, il s'agit pour vous d'apprendre à vous parler afin d'améliorer votre compréhension mutuelle, de faciliter les discussions, la résolution des problèmes et de renforcer votre union. Vous allez vous parler plus que vous n'allez me parler. De temps en temps, je peux faire office d'arbitre mais je ne suis pas ici pour dire qui de vous a raison ou tort. Il vous revient d'en décider. Mon rôle est d'agir comme un guide. Ainsi, sauf dans certaines circonstances que je n'envisage pas encore, je vous verrai toujours ensemble. Pas séparément. C'est très important. Nos sessions vous intéressent tous les deux. Et non chacun de vous séparément. Est-ce qu'on est prêt à commencer ?

Liz était agréablement surprise. Elle n'avait pas fait mention de ses problèmes de comportement. Sam était restée centrée sur leur relation, leur couple.

- Je suis prête, répondit Liz
- Moi aussi, renchérit Jim.
- D'accord. Faisons un survol du haut vers le bas. Quel est le plus grand problème dans votre relation aujourd'hui ? Jim, on ne vous a pas beaucoup entendu. Pourquoi ne commenceriez-vous pas ?

Sam avait pris Jim à contre-pied. Où devait-il commencer ? Pour lui, le plus grand problème était que sa femme était vraisemblablement une meurtrière et pouvait être mise en prison.

Jim regarda Sam qui l'encouragea d'un sourire. Il pouvait presque lire dans ses pensées. Elle semblait lui dire : « colle à ce qu'on a convenu ». Il pensa à leur couple comme un tiers qui le regarderait de l'extérieur. Enfin, il sut où commencer.

- Eh bien, dit-il timidement, en regardant de Liz à Sam. On a été séparés pendant un moment. Liz a vécu à la montagne toute seule et j'étais chez nous à Pacifica, partageant mon temps entre le travail et le sport pour garder mon équilibre. Liz m'a vraiment manqué. J'espérais tant de notre vie à deux. Je sais que nous sommes faits l'un pour l'autre et ça m'a fait vraiment mal que Liz m'ait quitté.

- Jim, s'il vous plaît, dites ça à Liz.

Jim regarda Liz et comprit qu'il était au bord des larmes.

- Liz, ça m'a fait vraiment souffrir que tu aies quitté la maison.

Et il fondit en larmes. Il était submergé. Il avait peur. Peur de perdre Liz, peur de perdre son travail, peur de perdre la merveilleuse vie qu'ils s'étaient construite. Peur de l'inconnu, de ce que l'avenir leur réservait.

Il n'en dit rien pour autant. Liz se rapprocha et le prit dans ses bras. Elle pleurait elle aussi.

- Ça va aller, Jim. On va trouver la solution. Je t'aime.

A la fin de la séance, Sam était ravie. Cette première session s'était passée bien mieux qu'elle ne l'espérait. Ils construisaient de la confiance. La question de la séparation était envisagée et chacun semblait comprendre l'impact que cela avait sur leur relation.

De leur côté, Liz et Jim étaient vidés, épuisés. Et pourtant, il y avait un sentiment sous-jacent de soulagement. L'espoir renaissait.

- Même heure la semaine prochaine ? proposa Sam.

- Est-ce qu'on ne pourrait pas se voir deux fois par semaine ? objecta Liz tandis que Jim opinait de la tête.

- Bien sûr. Les mardis et vendredis, ça vous convient ?

Les voyant approuver, Sam poursuivit.

- Ce fut un bon début. Je suis impatiente de vous voir vendredi.

Ils la remercièrent, descendirent les escaliers et décidèrent de prendre leur déjeuner à la boulangerie, des sandwiches faits sur commande avec du pain directement sorti du four. Jim pensa à prendre l'après-midi mais songea qu'il avait besoin de se remettre de la session du matin et que le travail lui permettrait de penser à autre chose.

Après un déjeuner paisible, Jim déposa Liz à la maison et se rendit à son bureau. Elle se changea et passa l'après-midi dans le jardin, se délectant des senteurs de la terre sur ses mains, apportant tout son soin à ses plantes.

2

- Ça s'est passé étonnamment bien, observa Eve.

- C'est vrai, renchérit Dawn.

- Je vous l'avais dit que ce serait une bonne chose, se loua Betty.

- Mais, ça ne règle pas l'essentiel du problème. N'est-ce-pas ? objecta Eve. Peut-être que le conseil conjugal va aider Jim et Liz à améliorer leur situation mais ils ne savent pas que la police nous cherche, que Jane a commis des meurtres et que Liz ira très vraisemblablement en prison.

- Tout ça est de ma faute, gémit Dawn.

- Arrête de toujours t'accabler, Dawn, continua Eve. Peu importe qui est coupable. Il nous faut un plan.

- Je continue de penser que nous devrions nous rendre à la police, réitéra Betty. C'est la bonne chose à faire.

- C'est peut-être la bonne chose à faire moralement, répondit Eve. Mais ils vont nous mettre en prison, ils vont nous condamner pour meurtres en série et on sera certainement condamnées à mort. Plaider la folie ne nous sauvera pas. Personne ne nous croira.

- Donc, nous devrions faire la réintégration, déclara Betty catégoriquement.

- Je ne veux pas mourir, geignit Dawn.

- Ça suffit, Dawn, personne d'entre nous ne le veut. Mais quelles autres alternatives avons-nous ? Nous pourrions nous enfuir, mais ça ne règle pas le problème premier. Tu es une pute qui ne peut se contrôler et Jane est une tueuse en série particulièrement efficace qui n'a pas de conscience. Même si nous nous enfuyions, ça se reproduirait ailleurs. D'un côté, je suis d'accord avec Betty. Moralement, ceci ne peut continuer. On a besoin de trouver une solution.

- Oui, je suis convaincue que la réintégration est la chose à faire, déclara Betty avec force.

- Tu veux mourir, dit Dawn. On mourrait toutes.

- Je ne vois aucune autre alternative, opposa Betty. Peut-être qu'on mérite de mourir. Nous sommes responsables de la mort de plusieurs personnes.

- La plupart étaient des ordures et méritaient ce qui leur est arrivé, insista Dawn.

- Pas ce Mitch. Tu n'éprouves pas de remords à son propos ? Jane a eu tort de le tuer. Si on ne fait pas cette réintégration, on peut être toutes exécutées pour meurtre et Liz également. De cette manière, au moins des fragments de nous peuvent vivre en Liz.

- Tu n'en sais rien, contra Eve. Personne ne sait si la réintégration marche. Peut-être que ça sera pire. De plus, Jane n'acceptera jamais. Elle ne va pas mourir et elle ne laissera personne nous faire du mal. Elle tuera le thérapeute et Jim avec.

Elles considérèrent tout ça en silence pendant un moment.

- Ecoute, on a besoin de temps pour réfléchir. Pour l'instant, Dawn, tu dois rester à l'écart de la rue. Peux-tu le faire ?

- Je n'en suis pas sûre. Je ne sais vraiment rien faire d'autre. Je ne supporte pas de faire un autre travail. La rue, c'est tout ce que je sais faire.

- Tu ne peux certainement pas revenir dans le Tenderloin. En vérité, tu ne peux aller nulle part. La police te recherche. Tu es une prostituée. Ils savent que tu vas éviter San Francisco, aussi ils vont certainement chercher partout dans Bay Area. Il faut que tu arrêtes quelques temps. Vois-le comme des vacances.

- Je vais essayer. Je ferai de mon mieux. Mais parfois ….. Tu as raison. Je n'arrive pas à me contrôler. Je suis désolée.

- Ne sois pas désolée. Ne prends pas de risques avec nos vies. Pense à Liz. Sa vie est entre tes mains.

3

Deux jours plus tard, vers 15h30, Jim eut envie de grignoter. C'était assez courant. Après son sport quotidien, son petit-déjeuner léger et un déjeuner frugal au bureau, il avait souvent faim en milieu d'après-midi. Il descendit les étages pour aller au petit café du rez-de-chaussée de l'immeuble où il choisit une tranche de gâteau végétalien à la carotte au milieu des pâtisseries diététiques et prit un Kombucha dans le réfrigérateur. En se dirigeant vers le comptoir pour payer, il tomba sur le San Francisco Chronicle oublié sur une des petites tables.

Sur la première page, il y avait le dessin de quelqu'un qui ressemblait à Liz. Ses cheveux étaient différents et elle avait un air sexy, séduisant, mais elle ressemblait vraiment à Liz. En s'approchant, il lut le titre : « Prostituée recherchée dans le cadre d'un interrogatoire sur des meurtres en série. »

Il lâcha le Kombucha et tomba sur la chaise. Il retrouva la bouteille qui avait roulé sur quelques centimètres, paya rapidement et s'assit pour lire l'article. Bien qu'il ne fût pas dit que la prostituée avait tué quelqu'un, le texte laissait entendre que la police la recherchait pour plus qu'un simple interrogatoire. Non seulement cinq corps avaient été repêchés, mais on soupçonnait d'autres meurtres dont les victimes n'avaient pas été retrouvées. Ces assassinats avaient eu lieu quand cette prostituée, connue sous le nom de Dawn, travaillait dans la rue. Quand la police avait essayé de la questionner, elle avait attaqué les deux officiers, les envoyant à l'hôpital tandis qu'elle prenait la fuite.

L'esprit de Jim était tout chamboulé. C'était vrai. Liz avait tué des gens. Liz était une prostituée. Leur couple ne pouvait pas survivre à ça.

Dans la City, Mike McKensey venait d'appeler May.

- As-tu vu le Chronicle ? demanda-t-il avec enthousiasme.

- Non. Je me tiens informée en ligne et je ne lis pas le Chronicle. Pourquoi ?

- On a mis le portrait de Dawn en première page. Ça va la faire sortir du flou.

- Et ses chaussures ? Tu en as retiré quelque chose ?

- On a trouvé de l'ADN. Ça va prendre plusieurs semaines pour l'identifier. Si on avait contrôlé Dawn ces dernières années, on serait en mesure de la retrouver. Quant aux empreintes, on a un fragment de pouce et il ne semble pas qu'on en tirera grand-chose. Comment peut-on mettre des chaussures sans laisser d'empreinte ?

May réfléchit quelques instants.

- Hé bien, c'est une femme coquette. Je dois reconnaître que, quand je mets des escarpins brillants, je les enfile en les tenant par-dessous. Il est possible que je touche les côtés ou le dessus. Si c'est le cas et si je veux être impeccable, je les essuie ou je les astique au dernier moment pour être sûre de ne pas laisser la moindre trace et qu'ils brillent suffisamment pour attirer les regards.

Mike s'interrogea sur les femmes et leurs chaussures. Donc pour May, femme-flic, ainsi que pour la plupart des femmes qu'il connaissait, les chaussures étaient une préoccupation majeure. Son idée de nettoyer les chaussures tenait la route. Lui aussi, il fallait bien qu'il l'admette, souscrivait à ce genre de coquetterie lors d'une occasion formelle.

- On a fait circuler le dessin dans toute la Bay Area. Tous les flics de la brigade des mœurs dans un rayon de quatre-vingts kilomètres vont la chercher. Si elle refait surface, on l'arrêtera sans la sous-estimer, cette fois.

4

Jim ne savait que faire. Il appela Sam et demanda à la voir. Elle était réticente à le voir sans Liz. Après avoir essayé en vain de le calmer, elle accepta de le voir pour un café dans la boulangerie en-dessous.

Trente minutes plus tard, Jim entra avec un journal sous le bras. Il était visiblement agité et ses yeux fouillèrent la boulangerie avant de se poser sur Sam. Il ne lui sourit même pas. Au contraire, il accéléra.

- Je ne sais que faire. Nous sommes dans de sales draps, dit-il désespéré, posant le journal devant elle.

Sam inspira profondément. C'était ce que Ken et elle avaient craint. Pour gagner du temps, elle lut l'article posément. Il mettait au jour l'identité de Dawn. Le dessin laissait peu de place au doute. Liz était soupçonnée de meurtres en série. Heureusement, l'article précisait qu'elle était recherchée pour simple interrogatoire.

Mais que devait faire Sam ? Sur le plan éthique, elle devrait probablement signaler Liz à la police. D'une autre côté, ses sessions avec Liz n'avait été que du conseil matrimonial et il n'avait jamais été question de Dawn. Le portrait faisait penser à Liz, mais comme tout dessin, c'était une approximation grossière et il y avait des différences manifestes. Si quelqu'un lui avait dit que c'était Liz, elle l'aurait cru mais serait-elle arrivée toute seule à cette conclusion si elle n'avait jamais entendu parler de Dawn, et si elle avait juste vu le dessin en première page sans lire l'article ? Probablement pas. En lisant « prostituée recherchée », elle l'aurait probablement ignoré. Ainsi Dawn était une prostituée !

La voyant lever les yeux à la fin de l'article, Jim lui demanda :

- Que faisons-nous ? Liz, une prostituée ? Je ne sais comment gérer ça ?

- Jim, vous avez fait vos recherches sur le TDI. Liz n'est pas une prostituée. Dawn oui. Mais Liz n'est pas Dawn. Ce sont des personnes différentes. Je pense que vous devez vous concentrer là-dessus. Avec cet article, les choses montent à la tête. Je pense qu'il va nous falloir trouver une stratégie pour engager une thérapie de TDI très rapidement. Etes-vous toujours d'accord ?

- Mon Dieu, c'est une meurtrière et une prostituée. Comment puis-je vivre avec ça ?

- Est-ce que la Liz que vous avez épousée est une meurtrière et une prostituée ?

- Non, certainement pas. Mais les autres partagent son corps. Comment croire que la justice considérera que les autres sont des fragments de Liz, même s'ils admettent qu'elle souffre de TDI. J'ai beaucoup de mal à séparer tout ça et pourtant j'ai fait des recherches. Je ne peux pas imaginer qu'un jury laisse Liz libre.

- Pour l'instant, accrochons-nous à l'idée que la police la recherche pour l'interroger. Ils ne l'ont pas accusée de meurtre. Peut-être que le meurtrier est quelqu'un d'autre.

- Il n'y a personne d'autre, déclara Jim sans douter. Vous et moi savons que c'est Jane. Quand elle m'a attaqué, je savais qu'elle était capable de me tuer sans la moindre hésitation. Je ne sais même pas pourquoi elle m'a laissé partir. Elle a dit qu'elle me tuerait.

- Je ne savais pas que vous aviez rencontré Jane.

- Oui. J'ai fait l'erreur de monter au chalet sans prévenir et Jane m'a accueilli et m'a chassé.

- Jim, permettez-moi de vous demander, était-ce Liz qui vous a chassé ?

Jim pensa à cette effroyable violence avec laquelle Jane l'avait projeté contre la porte en lui tordant le bras. Il entendait de nouveau cette voix autoritaire, froide, sans émotion, calculatrice. Sa peur refaisait surface à la seule pensée de celle qui l'avait agressé.

- Ah d'accord. Je vois où vous voulez en venir. Jane n'a rien en commun avec Liz. Il ne me semblait pas que c'était Liz. C'est vrai. Jane est quelqu'un de différent. Quelqu'un de violent. Elle ressemble à ces tueurs à gage du cinéma, vides de toute émotion. Ce n'est pas Liz.

« Je suppose que je dois penser à elles comme à des entités séparées. C'est difficile parce que Betty paraît vraiment être une partie de Liz. C'est sa version plus jeune. Pourtant j'ai vraiment l'impression que c'est Liz. Je dois travailler là-dessus et ça ne sera pas facile. Désolé !

- Ne soyez pas désolé. Maintenant nous devons simplement trouver comment on va changer le cours des choses. Je suis tenté de vous demander de montrer à Liz cet article lors de notre prochaine session. Vous pourriez dire que vous avez besoin d'aide pour aborder cette question. Malheureusement, je pense que ça sera un choc trop violent. Amenez le quand même, au cas où. Je vais en parler avec Ken et on verra si on peut trouver une stratégie. Vous êtes assez habile, suivez donc mes directives.

- Ok, répondit Jim, résolu mais sceptique. Et la police ? Allez-vous la signaler à la police ?

- J'ai une idée là-dessus et je veux en discuter avec Ken. Ne vous inquiétez pas, Jim. On va trouver une solution. A demain.

Sam ferma le bureau, prit un exemplaire du Chronicle et partit vers l'hôpital. Ken attendait. Après avoir lu l'article, il se leva et commença à arpenter la pièce. Sam savait que c'était sa façon de résoudre les difficultés.

- Il y a différents problèmes, commença-t-il. On a l'évidente obligation de donner l'alerte. La Cour nous demande de rompre la clause de confidentialité avec le patient pour informer une victime potentielle ou pour que la loi soit appliquée s'il y a un danger imminent. Ceci génère des avis contradictoires parce que la rupture de confidentialité met un point final à une thérapie qui aurait pu empêcher la violence.

« Il y a aussi la question de l'imminence. Dans le cas qui nous occupe, nous n'avons pas ce type de signal. Très franchement, nous n'avons pas d'indication que notre patiente a commis des meurtres et, même si elle l'a fait, nous n'avons aucune indication que les meurtres vont continuer ou que quelqu'un en particulier est en danger. Non, je pense qu'on est ok là-dessus.

« Je n'ai aucune idée sur la manière dont tu vas glisser du conseil matrimonial vers ceci. Ça me semble très scabreux. Vous avez promis de ne pas évoquer le TDI, de rester concentrer sur le mariage, mais vous avez vu cet article. Pourtant, vous devez vous garder de rompre la confiance établie.

« Peut-être que tu pourrais confier à Jim le soin d'annoncer cette nouvelle orientation pour protéger Liz et leur couple ? Cette solution me semble un peu trop simpliste et je crains que ce ne soit beaucoup trop tôt. Il reste que nous devons trouver une manière de mettre en sécurité Liz et les autres. Qu'en penses-tu ?

Sam avait réfléchi plus ou moins de la même manière.

- Je ne sais pas comment on va l'amener mais nous devons accélérer les choses. Si, lors des prochaines séances, on peut conduire Liz à admettre que nous avons un problème qui doit être résolu et qu'il y a un risque de violence aggravée, peut-être que je peux l'amener à accepter un traitement. Ça devrait réduire le risque, redonner un peu de sérénité à Jim et nous faire gagner du temps.

Tandis que Jim rentrait chez lui après son rendez-vous avec Sam, Liz était au supermarché, faisant les courses pour le dîner. Debout dans la file, elle aperçut le Chronicle. Comme elle s'en approchait, Betty la dépassa et vit l'image de Dawn. Tout le monde dans Bay Area et peut-être dans le pays les recherchait. Quand ce fut son tour, Liz paya ses courses et les porta à sa voiture. Elle rentra chez elle, inconsciente de ces quelques instants où Betty l'avait protégée. Mais quelque chose la dérangeait. La sensation de malaise était de retour, comme une envie de vomir jamais assouvie. Elle mit ses courses sur le comptoir, se dirigea vers la chambre et se roula en boule, attendant le retour de Jim.

5

Jim était nerveux. Dans un silence oppressant, il roulait avec Liz vers le cabinet de Sam. Il ne savait pas comment ils allaient aborder la question du TDI. Est-ce que Liz allait sortir de la pièce avec fracas et le quitter pour de bon ? Est-ce qu'elle allait tuer quelqu'un ?

De son côté, Liz était effrayée. Ça recommençait. Elle se sentait déconnectée, comme si elle avait des trous de mémoire. Quelque chose en elle semblait vouloir sortir. Elle avait l'impression qu'elle perdait pied et que le suivi matrimonial n'était pas ce dont elle avait besoin.

Pendant qu'ils montaient les escaliers, même le parfum de pain fraîchement cuit ne put alléger leur humeur. Sam les accueillit chaleureusement, leur offrit du café et des boissons et leur indiqua un siège.

- Comment allez-vous tous les deux ? sonda-t-elle avec délicatesse. Avez-vous travaillé sur ces techniques de communication dont on a parlé la dernière fois ?

Voyant que Sam n'abordait pas la question du TDI, Jim répondit.

- Oui. Nous étions épuisés après la dernière session mais je pense qu'on en a retiré des bénéfices. Liz ?

- Je suis désolée, dit Liz nerveusement. Je ne suis pas bien aujourd'hui. Je ne suis pas du tout sûre que je devrais être ici.

- Que voulez-vous dire par « ne pas être bien » ? demanda Sam.

Liz regarda ses pieds taper rapidement.

- Liz ?

Le tapement s'arrêta et Liz se redressa. Elle était assise comme une élève interpellée qui vient de lever la tête. Son visage avait rajeuni, ses yeux marron étaient écarquillés.

- Ce n'est pas Liz qui ne veut pas être ici. Ce sont les autres, répondit Betty. Je veux faire quelque chose mais les autres ne veulent pas que je le fasse et elles ne veulent pas participer.

- Qu'est-ce que vous voulez faire ? demanda Sam avec douceur.

- On a vu l'article du journal. Pas Liz. Je l'en ai protégée. Mais les choses sont hors contrôle. Jane nous a toutes mises en danger. Je ne veux pas que nous allions en prison, ni que nous soyons exécutées. Je pense que notre solution est ce processus de réintégration dont vous avez parlé. Je pense qu'Eve va être favorable mais Dawn en a trop peur.

- Et Jane ?

- Personne ne parle à Jane. Mais on a peur que, si on meurt avec ce truc de réintégration, Jane essaye de nous protéger et vous fasse du mal, à vous et à Jim. Personne ne veut de ça. Nous ne voulons pas non plus que quelque chose de mal arrive à Liz à cause de nous. Dawn se sent terriblement coupable. Elle pense que ce sont ses actes qui ont poussé Jane à faire ce qu'elle a fait et maintenant nous avons toutes un grave problème, même Liz qui ne sait rien de nous, ni de ce qui se passe. Dawn et Eve essayent de trouver une solution. Je suis persuadée que cette réintégration est la seule voie, c'est pourquoi je veux commencer. Que doit-on faire ?

- Bien, commença Sam avec tact. On a besoin que Liz aie conscience qu'elle souffre du TDI et qu'elle accepte la réintégration. Ça implique qu'on trouve ce qui a provoqué la division des personnalités. Vous comprenez ?

- Oui. Je sais me servir d'internet aussi, répondit Betty légèrement agacée.

- Bien sûr. Donc, comment allons-nous impliquer Liz ? Elle n'a rien voulu entendre sur ces personnalités multiples.

- C'est de notre faute. Nous l'avons poussée à rejeter cette idée.

- Comment avez-vous fait ?

- C'est assez difficile à expliquer. Comme aucune de nous ne peut parler avec Liz, on l'a convaincue ainsi : parfois, on prend le relais de sorte qu'elle ne voie, ni n'entende quoi que ce soit. D'autres fois, on active certains sentiments afin qu'elle aime ou pas ce qu'elle voit ou entend. Ça ne marche pas tout le temps mais on l'a beaucoup pratiqué au fil des ans et c'est ce qu'on a fait avec sa réflexion sur les personnalités multiples.

- Pourrez-vous faire la même chose à l'envers ?

- Non. Ça exige que nous nous concentrions toutes sur Liz pour qu'elle change d'avis. Comme je suis la seule à vouloir aller dans cette direction, je vais devoir agir plus directement. Ça va aller. Je sais ce que je fais. Est-ce que vous pouvez nous recevoir dans l'urgence ?

- Oui, je ferai tout ce que je peux pour me rendre disponible. Jim a mes numéros de téléphone. Quand pensez-vous que nous aurons Liz ici ?

- J'espère demain. Laissez-moi retrouver Liz.

Betty regarda ses pieds tapoter de nouveau. Sa posture passa de celle de l'étudiante enthousiaste dans sa salle de classe à celle d'une jeune femme épuisée.

- Est-ce que je me suis endormie ? demanda Liz

- En quelque sorte, lui répondit Jim précautionneusement. Sam a eu une urgence et nous a demandé si on pouvait reporter à demain. Est-ce que ça t'irait ?

- Oui. Je suis épuisée. Peux-tu me ramener à la maison, Jim ?

6

Une fois à la maison, Liz alterna sommeil, alimentation débridée et tenue du journal. Elle semblait déprimée. Plus tard, ce soir-là, Jim s'abîma dans un sommeil profond. Il fut réveillé, le lendemain matin, par l'odeur des œufs, des toasts et du café.

- Il est temps de se lever, marmotte, lui claironna Liz, d'un ton léger.

- Quelle heure est-il ?

- Tu devais être vraiment fatigué. Il est plus de neuf heures. Il fait une journée radieuse et je me sens bien mieux. Viens manger !

Après un petit-déjeuner détendu sur la terrasse, Liz partit travailler à son journal tandis que Jim buvait son café.

- Jim, peux-tu venir, s'il te plaît ?

Il revint dans la maison et la rejoignit à son ordinateur.

- Ça recommence. C'est un message de Betty. Regarde !

En lettres majuscules, Betty avait écrit :

LIZ, N'AIE PAS PEUR. C'EST BETTY. ON A ESSAYE DE TE CONVAINCRE QUE TU N'AS PAS DE PERSONNALITES MULTIPLES MAIS C'EST FAUX. DE MAUVAISES CHOSES SE SONT PASSEES ET ON DOIT LES REPARER. TU DOIS PARLER AVEC JIM ET SAM DES PERSONNALITES MULTIPLES. JE SAIS DES CHOSES ET JE SAIS QUE, QUOI QUE TU VOIES OU ENTENDES, MEME SI CE SONT DES CHOSES EFFRAYANTES, TU ES MA GRANDE SOEUR, TU ES FORTE ET TU VAS T'EN SORTIR. CROIS-MOI.

TU PEUX ME PARLER DANS TON JOURNAL. ECRIS-MOI QUELQUE CHOSE ET JE TE REPONDRAI.

- C'est donc vrai ? lui demanda Liz, plus curieuse qu'effrayée.

- Oui. Ça doit être angoissant pour toi. Tu te sens bien ?

- Je ne sais pas pourquoi mais je pense qu'une part de moi savait que j'avais cette histoire de TDI. Je ne pouvais pas vraiment expliquer ces trous de mémoire et ces lacunes dans mon journal. Je crois que j'essayais de les occulter, que je me contentais de les mettre de côté. Puis-je réellement parler avec Betty ?

- Si elle te dit que tu le peux, je pense que ça va marcher. Betty est une version plus jeune de toi. Elle est gentille et innocente. Ta personnalité s'est divisée, il y a plusieurs années. Elle est donc plutôt mûre pour son âge. Je vais vous laisser seules un moment. Pourquoi ne pas chatter ?

- Jim, tu veux bien rester quelques minutes ?

- Bien sûr.

Jim regarda Liz qui écrivait.

« Salut Betty, tout ça est très étrange pour moi. Je ne te connais pas, mais tu me connais. Comment ça se peut ? »

Jim regarda, fasciné, Liz fermer brièvement les yeux et Betty apparaître. Betty sourit à Jim pour le rassurer, se tourna vers le computeur en cliquant sur la touche majuscules et commença à écrire :

C'EST UN PEU ETRANGE, MAIS JE PEUX TE VOIR ET VOIR CE QUE TU FAIS MAIS TU NE PEUX PAS ME VOIR. JE SUIS TOUJOURS LA ET JE ME MANIFESTE QUAND TU AS BESOIN D'AIDE ET PARFOIS QUAND TU DORS.

Betty ferma les yeux brièvement et Liz revint. Elle lut ce que Betty avait écrit, en écarquillant les yeux.

- J'existe vraiment en double, n'est-ce-pas ?

- Tu devrais demander à Betty, répondit Jim avec prudence. Je vais te laisser un instant afin que vous puissiez faire connaissance et discuter de ce que vous voulez.

Liz regarda son clavier, le visage soudain déterminé. La curiosité avait clairement pris le pas sur l'appréhension. Elle commença à taper tandis que Jim se levait et quittait la pièce.

Deux heures plus tard, une Liz très excitée s'asseyait à côté de Jim.

- C'était fascinant. Au début, j'étais morte de peur mais c'était amusant. J'ai toujours voulu une sœur. Je détestais être une fille unique. En fait, ce n'est pas si simple. J'étais gâtée et j'adorais ma condition. As-tu rencontré les autres ?

- Non pas vraiment. J'ai vu Eve et Dawn l'autre jour au chalet quand j'ai laissé tomber la glacière de surprise. Et Jane m'a chassé quand je suis arrivé sans prévenir mais je ne lui ai pas parlé. Elle m'a simplement ordonné de partir.

- Je trouve chouette de savoir que j'ai un protecteur. C'est comme un ange gardien.

- Je n'irais pas si vite, répondit Jim d'un ton funeste.

Liz ne perçut pas son intonation et continua ravie.

- Donc, on fait quoi maintenant ? Betty pense qu'on doit voir Sam et mettre tout ça à plat. Qu'est-ce que t'en penses ?

- Je pense que c'est une bonne idée. Il y a d'autres choses que tu devrais savoir mais je pense que ça doit venir de Sam. Elle a dit qu'elle serait disponible aujourd'hui si on voulait la voir. Es-tu partante ?

Liz approuva de la tête et Jim appela Sam. Une heure plus tard, ils s'arrêtaient à la boulangerie d'en-dessous et achetaient des pâtisseries qu'ils portèrent dans son cabinet.

Quand Sam ouvrit la porte, Liz la serra dans ses bras avant même qu'elle n'ait dit bonjour.

- Sam, je suis tellement heureuse de vous voir ! J'ai tellement de choses à vous dire !

Sam, intriguée, regarda Jim qui se contenta de sourire et de hocher la tête. Ils s'assirent et pendant la demi-heure qui suivit, Liz parla sans interruption de sa conversation avec Betty et de l'enthousiasme avec lequel elle avait reçu tout ça. Puis elle posa la question critique que Jim et Sam attendaient.

- J'ai donc vécu depuis longtemps avec des personnes multiples. J'ignorais leur existence mais elles connaissaient tout de moi. Chacune est une personne à part entière. C'est comme si j'avais une famille autour de moi tout le temps. C'est fascinant. Maintenant que je sais qu'elles existent et que j'ai un moyen de communiquer avec elles, je me sens plus riche. Il me tarde de les connaître toutes. Y-a-t'il une seule raison pour que je ne vive pas une vie normale ?

- Liz, commença Sam, parlant lentement et essayant de changer le rythme de la conversation. Le TDI est provoqué par un trauma émotionnel sévère. Tellement sévère que la psyché essaye de se protéger en se divisant en différentes entités afin de ne pas affronter ce choc. Habituellement, aucune de ces personnalités ne se souvient de ce trauma mais, avec des stratégies différentes, elles se protègent, elles et la personnalité centrale.

« Je sais que c'est fascinant. Ça me fascine également. Je n'ai jamais vu de cas de TDI à ce jour et la plupart de mes professeurs ne croient pas à son existence. Pourtant, en réalité, chaque personnalité est meurtrie. Comme ces personnalités évoluent au fil du temps, les dommages sont de différentes natures, la plupart étant pathologiques.

« Dans votre cas, les choses sont exacerbées et dangereuses pour vous et les autres.

L'enthousiasme de Liz s'évanouit. Elle n'avait pas peur mais elle se sentait moins légère et beaucoup plus inquiète.

- Encore une fois, ai-je fait quelque chose de mal ? demanda-t-elle.

- Tout d'abord, vous devez savoir que vous, LIZ, n'avez rien fait de mal mais il est possible que les autres l'aient fait. Jim et vous avez parlé de certains événements de votre passé, l'agression d'un thérapeute, celle d'un agent de la circulation, de votre patron que vous avez plaqué contre le mur et de quelques autres incidents. Pour autant, vous ne vous souvenez pas avoir fait une seule de ces choses. Parce que ce n'est pas vous qui les avez faites. Vous en avez supporté la responsabilité mais aucune de ces actions n'était de votre fait.

- Ce n'est vraiment pas bien, quoi que j'aie pu faire ?

- Liz, ça va être difficile pour vous de l'accepter mais ce n'est pas vous qui vous êtes mal conduite. Si je vous disais que votre cousin a volé dans un magasin mais que vous devez aller en prison à sa place, trouveriez-vous ça juste ?

Voyant Liz remuer la tête, Sam poursuivit.

- Bien, donc, quoi qu'aient pu faire les autres personnalités, ça n'est pas de votre faute et vous ne devez pas être punie pour ça.

L'esprit juriste de Liz, en veille depuis plusieurs semaines, passa à la vitesse supérieure. Elle balaya mentalement plusieurs scénarios et demanda :

- Donc vous dites que si j'avais commis un crime, ou plutôt si une des personnalités avait commis un crime, je pourrais plaider la démence ? Vous savez, je ne suis pas d'accord. Pour que la folie soit reconnue, il faudrait que je sois incapable de distinguer le bien du mal. Or ce n'est pas le cas. Bien entendu, il est possible qu'il n'en soit pas de même avec les autres personnalités. Je ne me souviens pas de procès particulier avec personnalités multiples, mais je me souviens que ce mode de défense était répandu à une époque. Je ne suis pas persuadée qu'il ait si souvent abouti parce que, dans la plupart des cas, la défense n'a pas pu prouver la réalité du TDI ni la non-simulation par l'accusé. Et même s'ils avaient pu le faire, il reste toujours le problème de distinguer le bien du mal. Je ne sais pas. Je pense que je pourrais être en danger ici si une des personnalités avait fait quelque chose de criminel. Peut-être qu'on devrait faire appel à mon père. C'est un des meilleurs avocats de la défense au monde.

Sam était admirative de la facilité avec laquelle Liz s'était évadée du problème et de sa réalité. D'une certaine manière, elle arrivait à se concentrer sur les questions légales mais pas sur les psychologiques. En même temps, Sam reconnaissait dans sa manœuvre la tentative de reprendre le contrôle et d'éviter les répercussions potentiellement traumatisantes de la situation.

- Liz, à ce stade, je pense qu'on devrait penser à la réintégration. L'aspect légal peut être pertinent ou pas mais j'ai parlé avec Ken et on est d'accord : tant qu'il n'y a pas de danger imminent pour quiconque, on n'a pas besoin d'alerter la police. Si on peut résoudre le problème et que la personne responsable des crimes a été convenablement soignée, on peut n'avoir jamais besoin de le signaler. De plus, que je sache, il n'y a aucune preuve qui tiendrait devant un tribunal. La police cherche à vous interroger, pas à vous arrêter. Ça signifie qu'ils n'ont aucune preuve qui vous relie à ces crimes.

- Ok, objecta Liz. On a contourné le problème. Je suis prête. Je sais que je n'ai rien fait, donc dites-moi les choses franchement. J'ai ma casquette de juriste et je suis prête à considérer les choses avec objectivité. Mon client a commis le crime. Pas moi.

Jim regarda Sam nerveusement mais Sam n'hésita pas. Elle chercha dans son bureau, sortit le Chronicle et le tendit à Liz. Jim retint son souffle tandis que Liz lisait l'article.

- Dawn est une pute ? Je suis une pute ? s'exclama-t-elle.

- Il semble que Dawn soit une prostituée. Souvenez-vous, pas vous.

Liz digéra la nouvelle un moment.

- Donc ils veulent seulement interroger Dawn sur ces meurtres de michetons dans le Tenderloin. Je ne vois pas où est le problème. Ils ne vont pas m'arrêter pour prostitution.

- Liz, répondit Jim avec douceur. C'est pire que ça. On pense que Jane est responsable de ces meurtres.

Liz laissa tomber le journal et Betty apparut.

- Je pense que Liz a besoin d'une pause.

- Donc, vous avez la capacité de prendre la relève ? demanda Sam.

- Pas vraiment. Liz ne veut pas affronter l'éventualité qu'elle soit une meurtrière aussi je prends la suite pour la sortir d'affaire. Elle a besoin d'un peu de repos. Toute cette affaire est tellement nouvelle pour elle.

- Vous savez, Betty, vous ne pouvez pas vous interposer entre Liz et ses difficultés, tout le temps. Je sais que vous la protégez mais elle doit apprendre à gérer les problèmes difficiles toute seule. Pensez-vous que vous pouvez la laisser agir seule ?

- Je ne sais pas, Sam. Ça fait tellement longtemps que je protège Liz. C'est une sorte d'habitude chez moi. Est-ce une étape de la réintégration ?

- Je pense que oui, répondit Sam chaleureusement. Betty, quel âge as-tu ?

- J'ai douze ans.

- Ça fait combien de temps que tu as douze ans ?

- Eh bien, depuis mon douzième anniversaire, bien sûr.

- T'es-tu jamais demandé pourquoi tu n'avais pas vieilli après toutes ces années ?

- Pas vraiment. Est-ce important ?

- Oui, Betty. Ça l'est. Toi, Liz et les autres partagiez les souvenirs jusqu'à une période où quelque chose de mauvais s'est produit. Après, vous avez développé vos propres mémoires séparément. Je pense que Dawn, Eve et même Jane ont vieilli. Mais pas toi. Tu es Liz avant que cette mauvaise chose n'arrive. De plus, tu as beaucoup reçu de l'expérience de Liz et des autres. Mais ne trouves-tu pas curieux que tu aies toujours douze ans ?

- Sam, c'est très troublant. Je n'y ai jamais pensé. Pourquoi est-ce que je ne vieillis pas ?

- Betty, je pense que si tu vieillis, tu vas affronter l'événement qui a tout provoqué. Si ça se produit, tu ne seras plus Betty. Tu vas devenir celle que Liz aurait été à douze ou treize ans quand le traumatisme est arrivé, sauf que tu vas te souvenir. Ceci pourrait être une première étape vers la réintégration si tu veux la poursuivre.

- Mais Sam, ça m'effraie. Je ne peux pas vieillir. Je ne sais pas me souvenir de quelque chose dans le futur ? Et vous ?

- Betty, je ne peux pas me souvenir du futur parce qu'il ne m'est pas encore arrivé. En revanche, ton futur est le passé de Liz. On sait donc que ton futur est arrivé. Tu ne t'en souviens pas, c'est tout et Liz non plus. Est-ce que quelqu'un d'autre sait ce qui s'est passé ?

- Je sais qu'Eve et Dawn ne se souviennent pas. Je ne sais pas pour Jane. Je pense que Liz est prête à revenir maintenant. Demandez-lui de vous laisser lire son journal. Elle l'a amené aujourd'hui. Au revoir.

Liz avait l'air surprise d'être revenue.

- Est-ce que Betty était ici ?

- Oui. Comment le savez-vous ?

- Eh bien, j'ai parlé avec Betty, en fait nous avons échangé des messages dans mon journal, et elle m'a dit qu'elle apparaissait quand j'étais en difficulté ou que j'avais besoin de me défiler. Je sais comment je me sens après coup : un peu surprise, mais aussi soulagée et protégée. Je me sens comme ça maintenant.

- Liz, Betty a suggéré que nous lisions votre journal. Seriez-vous d'accord ?

- Il est dans mon ordinateur portable. Avez-vous un port USB ?

Liz connecta son portable et Sam fit une copie de son journal.

- Je ne sais pas bien ce que Betty voulait que je voie mais je pense qu'il y a un indice quelque part. Je vais le lire ce soir. Comment vous sentez-vous ?

- Je suis intriguée par cette famille que j'ai en moi. Maintenant, si j'ai tué quelqu'un – je sais, vous m'avez dit que ce n'était pas moi, mais je suis inquiète. J'ai peur que ça se reproduise. Comment puis-je l'empêcher ? Comment pouvons-nous être sûrs que je ne vais pas blesser Jim ?

- Il n'y a pas de garantie, mais j'ai quelque chose qui pourrait nous aider. Nous avons un antipsychotique puissant que je vous ai donné quand vous étiez à l'hôpital. D'après ce que les infirmières m'ont dit, il vous a permis de réprimer vos pulsions violentes. Je vais vous renouveler l'ordonnance à laquelle vous devrez vous conformer assidûment. Je ne suis pas totalement sûre qu'il permettra d'éviter une autre attaque mais je pense qu'il devrait vous aider. Pour ce que j'en sais, les seules personnes qui ont été tuées étaient des clients de Dawn. Si Dawn pouvait se tenir à l'écart de la rue, ça devrait limiter les problèmes. Vous devez également éviter la police. Dawn doit rester loin de la rue.

- Je peux prendre quelques jours de congé et rester avec Liz en permanence si vous pensez que ça peut aider.

- Jim, j'adore cette idée, répondit Liz. On ne s'est pas vraiment beaucoup vus. Peut-être que tu pourrais m'aider au jardin pendant une partie de la journée. Puis on réfléchirait ensemble à tous ces problèmes. Peut-être qu'on pourrait même aller surfer.

- D'accord. Il semble qu'un plan se profile. Pouvez-vous revenir lundi ?

Ils convinrent de se revoir le lundi suivant. Dans l'intervalle, Sam allait parcourir le journal de Liz et Jim tiendrait compagnie à Liz, en espérant qu'il parviendrait à dissuader Dawn de repartir sur le trottoir. Liz avait l'intention d'échanger plus souvent avec Betty, pour tenter de connaître les autres.

7

Comme tous deux avaient eu une journée harassante au bureau et qu'aucun n'avait l'humeur culinaire, Mike et May décidèrent de se retrouver à la Mamounia, un restaurant marocain célèbre dans le Western Addition. C'était un endroit tranquille et ils pourraient converser loin du tapage des pubs irlandais que Mike tendait à fréquenter après une dure journée.

L'intérieur du restaurant était douillet avec des tentures aux murs, des tapis épais, des tables basses et des lumières tamisées. On les conduisit à une petite table et ils s'assirent sur des coussins à même le sol. Un des serveurs vint avec une carafe d'eau et un bol en argent ciselé. Il versa l'eau sur leurs mains en vue des agapes marocaines.

- Qu'est-ce que tu as trouvé du côté de la police des mœurs ? demanda Mike après avoir passé commande.

- C'est intéressant. J'ai pu fouiller dans le passé de chacun. Il y a un schéma commun. Tous sauf un ont fréquenté les prostituées et ont commis des violences contre des femmes. La plupart ont fait l'objet d'ordonnance de protection ou d'un signalement pour violences conjugales. Bien sûr, il y a aussi le dealer de drogues.

- On dirait que Dawn, ou qui que ce soit qui la protège, fait un travail utile pour la planète.

- Oui. Parfois je souhaiterais que certains de ces justiciers nous aident à faire du nettoyage. Mais tu sais aussi bien que moi qu'on ne peut pas laisser ces choses se faire. C'est la Cour qui décide qui doit être puni pour tel crime, pas nous, et certainement pas un citoyen lambda.

- Et l'autre type, la fameuse exception ?

- J'ai le sentiment qu'il se trouvait au mauvais endroit à la mauvaise heure. La quatrième victime, c'était Mitch Stern. Il assistait à une conférence à Moscone et pour une raison quelconque , il a décidé de faire un tour dans le Tenderloin après avoir dîné à Chevy's. Il semble qu'il ait bu quelques verres et que sa lucidité s'en soit trouvée amoindrie. Il traversait un divorce difficile – difficile pour lui – sa femme l'ayant larguée au départ des enfants. Selon ses collègues de travail, il était incroyablement déprimé, presque suicidaire, et il n'admettait pas que son mariage fût fini. Il était venu à San Francisco pour prendre de la distance et se changer les idées.

- Pauvre gars. Je ne peux pas m'empêcher d'avoir de la peine pour lui.

- Oui. Voilà une des raisons pour laquelle on ne peut pas tolérer la justice privée.

Le dîner fut servi. Le serveur apporta un somptueux plat de pastilla, un feuilleté garni de poulet et de légumes, suivi d'un couscous végétarien fumant. Le mélange complexe d'épices contrastait délicatement avec les feuilles de menthe fraîche.

Mike et May mangèrent voracement, prenant régulièrement dans un grand panier des morceaux de pain pour saisir la nourriture.

- Et toi ? demanda May entre deux bouchées. T'as eu de la chance avec les empreintes, l'ADN ou la presse ?

- Hé bien, on a eu plein d'appels mais ça n'a rien donné. Il y en a même eu un d'un ingénieur d'une société high tech dans la vallée qui disait que notre portrait ressemblait à une avocate qui travaillait dans la société. On va vérifier toutes ces pistes mais, comme d'habitude, on va commencer par les plus vraisemblables.

- Malheureusement, on n'a pas vu Dawn dans le Tenderloin, ni à Oakland, ni à San Jose. Je pense qu'on lui a fait peur et qu'elle se cache. J'espère qu'on ne l'a pas perdue pour de bon. Elle a probablement besoin de gagner sa vie et elle reviendra dans la rue, quelque part à un moment donné.

« On a eu les résultats de l'ADN mais on n'a pas pu les relier à d'autres. Visiblement, elle n'a pas été arrêtée récemment. Quant aux fragments d'empreintes, c'est également une impasse. On pourra les utiliser pour confirmation quand elle sera en détention provisoire mais ça ne va pas nous aider avant.

- Je sais que tu es découragé, Mike, mais on va l'avoir. Le crime parfait n'existe pas. Quelque chose va se passer.

Ils finirent leur dîner et partagèrent un Halwa Shebakia, un dessert comme un bretzel, fait de pâte frite trempée dans le miel. Après qu'ils eurent satisfait au rituel du lavage de mains, le serveur leur versa du thé à la menthe chaud à deux mètres au-dessus de leur tasse en verre.

Même s'il était un habitué des restaurants marocains depuis des années, Mike continuait de s'émerveiller de la dextérité de ces serveurs qui ne renversaient pas une goutte.

8

Liz et Jim commencèrent le dimanche par une course aller et retour jusqu'au sommet de la Montara Mountain. Ils prirent un léger petit-déjeuner, travaillèrent dans le jardin quelques heures, puis passèrent une heure à surfer à Linda Mar Beach. Après une douche et un repas à base de salades de traiteur achetées en revenant, Liz retourna travailler à son journal tandis que Jim s'assit dehors pour lire. Juste avant le coucher du soleil, ils partirent pour une longue marche sur la plage et eurent la surprise de voir furtivement quelques fragments du fameux rayon vert avant que le soleil ne plonge derrière l'horizon. Ils se rendirent chez Alberti pour partager un dîner romantique à l'italienne.

- Je ne veux pas être indiscret. Je sais que tu as beaucoup de travail de ton côté mais comment ça va avec Betty ? Apprends-tu beaucoup de choses nouvelles ?

- Oh oui, répondit Liz, contenant difficilement son enthousiasme. Je sais que je devrais avoir peur mais je ne peux pas m'empêcher d'être éblouie. Betty est merveilleuse. Je l'aime vraiment. Et j'ai rencontré Eve et Dawn.

Jim était étonné. Il ne soupçonnait pas que Liz ait fait tant de progrès.

- Eve est très réservée. Elle est sympa mais elle était distante quand on a commencé. Dawn était clairement effrayée. Non seulement à cause de moi et de ce qui se passait mais effrayée que je ne la juge, elle et ce qu'elle faisait pour gagner sa vie. Mon père m'a donné une bonne éducation et je sais comment mettre les gens à l'aise. Ça m'a pris un moment mais j'ai gagné leur confiance à toutes les deux.

« On est amies désormais. Eve est toujours un peu réservée mais il est possible que ce soit parce qu'elle est anglaise. Dawn me voit comme sa sœur aînée et semble admirer ma réussite en droit. Toutes les deux sont désolées de ce qui s'est passé et du risque que ça représente. Je pense qu'elles commencent à comprendre que la réintégration est notre seule issue. Je pense que ma conversation directe avec elles, le fait que je les connaisse, qu'elles sachent que je les respecte et que nous devenions amies rend les choses plus faciles. Je pense que Sam sera étonnée par elles et la conversation qu'on a eue. Je vais lui montrer mon journal demain.

Jim, lui aussi, était ébloui par sa femme. Il n'imaginait pas que quelqu'un d'autre soit capable d'accepter cette situation et de la gérer aussi adroitement. Elle avait utilisé son charme, le charme qu'elle tenait de son père et avait vaincu leurs réticences. Liz était véritablement exceptionnelle.

Le lendemain matin, Jim appela Sam et lui dit qu'ils arriveraient une heure et demie plus tôt pour déposer le journal de Liz. Il pensait qu'elle serait surprise de toutes les informations que Liz avait collectées en moins d'une journée. Ils prendraient le petit-déjeuner à la petite boulangerie au-dessous et Jim promit de lui porter des pains au chocolat chauds et du café quand ils auraient fini. Sam essaya de refuser mais finalement se laissa tenter.

Quand, enfin, ils furent assis dans le cabinet médical et que Sam eut englouti la moitié de son premier croissant, elle se tourna vers Liz :

- Liz, comment vous sentez-vous ?

- Je me sens toute excitée. Je pense que quelque chose de bien va m'arriver. Il reste encore beaucoup d'éléments que je ne connais pas et je suis convaincue que je vais découvrir des choses effrayantes mais, d'une certaine manière, je ne me sens plus seule face à ça. Il n'y a pas que vous et Jim, il y a aussi – euh – ma famille. Elles veulent toutes m'aider et me protéger. Maintenant que je les connais, je pense vraiment que nous allons nous en sortir.

- Vous avez dit « toutes ». Avez-vous rencontré Jane ?

Liz se renfrogna un instant.

- Non. D'après ce que je tiens des autres, Jane parle rarement. Comme elles disent, c'est une femme d'action, pas de palabres. C'est drôle, en tant qu'avocate et fille d'avocat, je dirais que je me vois plutôt comme le contraire.

- C'est bien, Liz. Comment vous sentez-vous avec ce médicament ? Vous avez noté des différences ?

- Pas vraiment. Je me sens bien plus fatiguée qu'à l'accoutumé, mais je ne suis pas sûre que ça soit lié. Sinon rien. Je ne peux pas dire que j'ai remarqué quoi que ce soit. Pensez-vous que ça marche ?

- Ça devrait. Je suis ravie de voir qu'il n'y a pas d'effets secondaires.

« J'ai lu votre journal et je le trouve très intéressant. Les dernières annotations m'ont vraiment surprise. Vos échanges avec Dawn, Eve et Betty sont étonnants. Je vois que vous vous entendez bien. Vous semblez vous diriger vers une réunification.

Ce n'est pas encore de la réintégration mais vos approches de la situation semblent converger.

Je voudrais vous parler ainsi qu'aux autres de certaines choses que j'ai lues. Pensez-vous que je pourrai parler avec les autres ? Peuvent-elles me parler directement ?

- Je le pense. Quand j'écris dans mon journal, je finis ce que je dis et je me nettoie l'esprit, un peu comme dans une méditation. Puis, quelques minutes plus tard, je vois qu'une d'elles m'a écrit. J'imagine que ça va marcher de la même manière avec vous, si toutefois elles veulent vous parler. Je sais que Betty sera d'accord et je pense qu'Eve et Dawn aussi.

- D'accord, je veux commencer par un des rêves dont vous avez parlé. Je me demande si les autres partagent vos rêves.

- En réalité, je ne sais pas. De quels rêves parlez-vous ?

- Il en a deux qui se distinguent pour moi. L'un met en scène quelqu'un qui s'appelle Mitch et qui demande pourquoi vous l'avez tué. Dans l'autre, vous essayez de rentrer à ski à la maison sans jamais y arriver.

Liz essaya de se souvenir de ses rêves. Sam passa son ordinateur portable à Liz et lui montra les paragraphes.

- Je pense que je m'en souviens mais aucun ne signifie quelque chose pour moi.

- D'accord. Pensez-vous que je pourrais parler à Betty ?

Liz ferma les yeux, respira profondément et se détendit. Betty apparut.

- Bonjour Sam. Bonjour Jim.

- Bonjour Betty, répondirent-ils à l'unisson.

- Dis-moi Betty, commença Sam. Est-ce que vous partagez toutes les mêmes rêves ?

- Je pense que nous en partageons la plupart. Je me souviens très bien des deux dont vous parlez. J'ai été perturbée par le premier que vous mentionnez. Celui de cet homme, Mitch. Je pense que c'était le rêve de Dawn. Le second était le mien et il m'a vraiment terrifiée.

« Je n'ai jamais fait un rêve qui m'ait autant effrayée.

- Merci Betty. Gardons vos rêves pour plus tard. Pensez-vous que Dawn voudra me parler ?

Betty acquiesça de la tête puis ferma les yeux, respira profondément comme Liz quelques instants plus tôt. Mais cette fois, elle resta assise, les yeux fermés.

- Dawn, demanda Sam ?

A part un hochement de tête quasi-imperceptible, Liz/Betty/Dawn/ Eve resta en silence, les yeux fermés.

- Dawn, demanda Sam de nouveau.

Pas d'autre réponse que cette tête qui remuait de droite à gauche.

- Dawn, vous sentiriez-vous mieux pour me parler si Jim n'était pas là ?

Dawn hocha la tête.

- Jim, j'ai l'impression que Dawn est mal-à-l'aise de vous rencontrer. Pourriez-vous sortir quelques minutes ?

- Oui…. Bien sûr. Mais dites-bien à Dawn qu'elle n'a rien fait dont elle doive se sentir embarrassée. Je n'ai rien contre elle.

Jim sortit dans le couloir et s'assit sur le banc.

- Dawn ? Sam sonda de nouveau.

Cette fois, Dawn ouvrit les yeux. Elle changea de posture et l'énergie sexuelle qui émanait de son corps devint presque palpable.

- Bonjour Sam, dit Dawn en tendant la main que Sam serra.

- Dawn, pourquoi n'avez-vous pas voulu rencontrer Jim ?

- Je, euh, pense qu'il ne m'aime pas. Je suis une putain et, à ses yeux, j'ai transformé Liz en putain. De plus, ma prostitution est à l'origine du gâchis dans lequel on se retrouve. Il doit me détester.

- Je ne pense pas que Jim vous déteste, Dawn. C'est un jeune homme remarquable. Il aime vraiment Liz et d'une certaine manière, il est parvenu à vous voir toutes comme des individus différents. Il sait également, comme moi, que vous n'êtes pas la cause de tous les problèmes que vous affrontez. Ça renvoie à ce traumatisme qui a créé la division en Liz.

« Quelque chose d'horrible est arrivé à une Liz très jeune. Quelque chose de tellement horrible que son esprit n'a pu le tolérer. Qui que ce soit qui ait fait cette chose horrible, c'est le seul responsable de cette situation. Pas vous. Ni Liz. Ni même Jane. LUI et je suis pratiquement sûre qu'il s'agit d'un homme, c'est lui le responsable.

Dawn resta assise en silence pendant une minute. Elle ne l'avait jamais envisagé ainsi, ni Eve, ni Betty. Elles devaient trouver qui c'était, afin qu'il soit puni. Elle en parlerait avec Eve.

- Dawn, pouvez-vous me parler de ce rêve ? Qui était Mitch ?

- Oh, mon dieu. C'est horrible. Je suis désolé. Dans ma profession, la plupart des clients sont des gens biens. Ce sont juste des gars un peu seuls ou qui cherchent à s'amuser lors d'une sortie. Régulièrement je rencontre un cinglé que je ne détecte pas avant qu'il ne soit trop tard. C'est alors que Jane intervient pour me protéger. A chaque fois, elle a empêché que je sois sérieusement blessée. Chaque fois, sauf une. Ce Mitch était juste un type seul que sa femme avait quitté. Il n'avait jamais été avec une prostituée jusque-là, mais je pense que je ressemblais beaucoup à son ex. Aussi quand je l'ai racolé, il a oublié toute prudence et on a fait comme si j'étais sa femme. Malheureusement il s'est laissé emporter par cette fiction et s'est mis en colère contre sa femme. Il ne m'aurait pas fait de mal mais Jane est intervenue trop rapidement. Elle l'a tué.

« Je sais ce que faisait Jane mais, très franchement, je crois que les autres clients n'ont eu que ce qu'ils méritaient. D'une certaine manière, je fermais les yeux. Jane débarrassait le monde de personnes vraiment mauvaises qui auraient fait du mal, non seulement à moi mais également à d'autres et probablement qu'ils l'avaient fait avant.

« Mais ce Mitch. Il continue de hanter mes rêves et je me sens terriblement coupable. Il ne méritait pas de mourir. Tout cela est de ma faute.

Et Dawn éclata en sanglots.

- Ça va, Dawn. Ce n'est pas de votre faute. Je pense que c'est en partie la faute de Jane qui a tué un innocent mais, comme on l'a déjà dit, c'est la faute de celui qui a causé le dommage initial à Liz. C'est sa faute, pas la vôtre.

« Pensez-vous qu'Eve voudrait me parler ?

Dawn essuya ses larmes et essaya d'esquisser un sourire. Elle hocha la tête et répéta le rituel de Liz et Betty.

- Eve, demanda Sam ?

La posture de Dawn avait changé. Elle était assise toute droite, le menton relevé et les joues pincées. Quand Eve ouvrit les yeux, Sam comprit qu'elle se trouvait maintenant avec la cousine anglaise de Liz.

- Hello Samantha, dit-elle, avec son accent britannique bourgeois en tendant la main.

« Je suis impressionnée par votre compétence !

- Merci. Tout ceci est assez nouveau pour moi mais ça me passionne. Je suis une fervente adepte des thérapies, ne prescrivant les drogues que rarement. J'essaye d'épuiser les autres méthodes bien que, parfois, les gens aient besoin de médicaments pour essayer de s'en sortir. Ce sont des situations pénibles avec des patients qui ne peuvent pas fonctionner sans médicament ou qui sont dangereux s'ils n'en prennent pas.

Sam ne comprenait pas pourquoi elle se sentait obligée de s'expliquer devant Eve.

- Eve, est-ce que cela vous ennuierait si je faisais rentrer Jim dans la pièce ? Je crois que vous pouvez faire des révélations qu'il a besoin d'entendre.

- Je suis d'accord, répondit Eve.

Sam ouvrit la porte et Jim les rejoignit. On fit les présentations et Eve serra la main de Jim fermement, avec solennité. Sam poursuivit.

- Eve, d'après le journal, je comprends que vous êtes la plus objective de la famille. Vous avez observé ce qui s'est passé et vous semblez être la plus prudente. Celle qui essaye d'amener du bon sens dans chaque situation afin de protéger les autres du danger.

- Vous n'avez pas besoin de me flatter, docteur. S'il vous plaît, venez-en au fait.

- Et s'il vous plaît, appelez-moi Sam.

« Je voudrais savoir où vous en êtes par rapport à la démarche que nous avons entreprise. Que pensez-vous de la réintégration ?

- Docteur – Samantha, j'ai été indécise par rapport à ça, pendant un moment. On vivait ensemble comme une famille dysfonctionnelle mais on y arrivait. Liz réussissait, Dawn faisait son truc – vous savez, elle ne peut vraiment pas s'en empêcher. Je vis une vie sans sexe et Betty était simplement Betty : jeune, innocente et étonnamment mature à la fois. Betty protégeait Liz et Jane protégeait Dawn.

« Je pense que ce qui a tout déstabilisé, c'est l'incident de Mitch. D'un seul coup, Dawn a ressenti de la culpabilité. Elle ne pouvait pas éviter d'y penser, d'en rêver. Elle a commencé à avoir peur de la violence. Tout ça a créé des remous qui nous ont toutes perturbées.

« Très franchement, je n'ai jamais réfléchi à ce qui nous avait conduites à exister. Je me suis contentée d'accepter celles qu'on était. Mais votre théorie sur certains traumatismes fait sens et, en ce moment, je suis d'accord pour qu'on essaye de remonter à l'origine des choses. Je suis favorable à la démarche de réintégration.

- Merci Eve. Cela vous ennuierait-il si je parlais à Betty maintenant ?

Eve se leva et serra la main de chacun.

- Ça m'a fait du bien de vous rencontrer, dit-elle avant de s'asseoir et de fermer ses yeux.

Betty les rejoignit.

- Ok, Betty. Tout le monde semble partant pour cette réintégration. Comme nous l'avons dit, la première étape est de découvrir ce qui est arrivé à vous toutes. Liz et les autres ne s'en souviennent pas. Peut-être que Jane s'en souvient. Mais je pense qu'il est possible que tu sois en mesure de nous aider à remonter à l'origine des choses. Ça va être éprouvant mais tu es une jeune fille courageuse et tu sais que ce processus va aider Liz, n'est-ce-pas ?

- D'accord, je suis prête, répondit Betty, d'une voix de battante.

- Betty, te souviens-tu de ce rêve à propos du ski ?

- Oui. Je n'ai jamais eu un rêve comme celui-là et ça m'a effrayée. Je ne peux pas m'empêcher d'y penser. Est-il si important ?

- Oui, je le pense. Donc, tu as douze ans et tu es une bonne skieuse.

- Oui, je suis assez bonne skieuse, répondit Betty avec fierté.

- Dans ton rêve, tu rentres à la maison en skiant mais tu peines pour y arriver. La neige est collante et tu es perdue. Tu as peur.

« De quoi as-tu peur ?

- Hé bien, je suis une toute petite fille. Tout le monde aurait peur d'être perdu dans la neige quand la nuit tombe.

- Oui, c'est vrai. Mais, dans ton rêve, tu dois retrouver des amis de tes parents chez toi . C'est ça qui t'effraye ? C'est pour cela que tu ne veux pas rentrer chez toi ?

Betty eut l'air déroutée un instant. Puis elle se transforma. Tous les muscles de son visage se crispèrent et se tendirent. Ses épaules se cintrèrent vers l'avant et ses trapèzes se déployèrent. Jane sauta de la chaise et mit les mains autour du cou de Sam.

- Sale pute. Tu ne vas pas les faire se souvenir de LUI. Tu vas nous tuer toutes.

Jim se précipita pour aider Sam sans qu'il y en eût vraiment besoin. Jane s'effondra au sol, sonnée, inerte. Jim la releva et la plaça sur le sofa. Avec Sam, ils attendirent patiemment.

- Jane ? demanda Sam. Jane ?

- Qu'est-ce que vous avez foutu ? Je me sens aussi faible qu'un chaton.

- C'est l'antipsychotique. Si vous devenez violente, il va vous éreinter complètement. Pouvez-vous vous calmer et parler avec moi pendant quelques instants ? Je ne suis pas là pour faire du mal à qui que ce soit.

Jane regarda Sam fixement, puis regarda vers Jim avec un dégoût affiché. Elle faisait la moue :

- D'accord. Mais LUI ne peut pas être ici.

Jim hocha la tête et quitta la pièce de nouveau.

- Jane, commença Sam avec douceur. Que ressentez-vous après ces meurtres ?

- Ce que je ressens ? Je ne ressens rien. J'ai un travail à faire et je le fais bien.

- Ne pensez-vous pas que ce n'est pas bien de tuer ces gens ?

- Il n'y a ni bien ni mal. Il y a de la vermine et il faut l'éliminer.

- Et ce Mitch ? Est-ce qu'il méritait d'être éliminé ?

- Dommage collatéral. Impossible à éviter. Il a pris un risque en sollicitant Dawn. Il a perdu.

- Vous n'avez pas mauvaise conscience pour çà ?

- En aucune façon.

- Et les autres identités ? Vous pensez à ce que vous leur avez fait ?

- C'est pas de chance. Ce sont toutes des froussardes. Je ne comprends pas qu'elles n'arrivent pas à classer cette affaire.

- Est-ce que vous comprenez que, comme dit Eve, ça a déstabilisé tout le monde ?

- Oui.

- Comprenez-vous que Dawn se sent tellement coupable qu'elle va vous faire toutes arrêter ?

- Je le vois également.

- Si vous êtes prises, vous irez au moins en prison. Ça peut même aller jusqu'à la peine de mort. Si cela arrive, vous n'aurez pas réussi votre mission, celle de protéger tout le monde.

Jane commença à bondir depuis le canapé. Elle donnait l'impression d'être capable de tuer Sam. Mais dès qu'elle fut debout, elle retomba en arrière, essayant de combattre les effets des drogues.

Quand elle se fut apaisée quelques minutes plus tard, Sam

poursuivit :

- Vous voyez Jane. Vous savez ce que vous faites. Vous en comprenez les risques. Pendant des années, vous avez fait ce qu'il fallait pour protéger Dawn, Liz et les autres. Mais maintenant, vous devez voir que vos actions et toutes les violences à venir vont vous signaler directement à la police. Votre portrait est dans la presse et a circulé au bénéfice du maintien de l'ordre dans le pays. Il n'y a plus d'endroit où vous cacher.

« Votre mission est terminée. Si vous faites quelque chose de plus, vous mettez en danger les autres.

Jane réfléchit à tout ça. Elle était dans une impasse. Son seul objectif dans la vie s'était évanoui. Elle était le protecteur. Maintenant, quoi qu'elle fasse, elle ferait prendre des risques aux autres. Non. Elle ne pouvait pas faire ça. A quoi servait-elle désormais si elle ne pouvait protéger les autres, si toutes ses actions les plongeaient dans de plus grandes difficultés ? C'est sûr, sa mission venait de s'achever.

- D'accord, vous avez raison. J'ai terminé. Si je continue, elles vont en souffrir. Mon objectif n'existe plus. Que dois-je faire ?

- Savez-vous ce qui est arrivé à Liz quand elle avait douze ans ? Y-a-t-il un lien avec le rêve du ski ?

Jane leva la tête et regarda au plafond. Elle serra la mâchoire et retroussa les lèvres. Puis elle se tourna vers Sam, sa décision prise.

- Je pense que je vous donne les clés de la réintégration et qu'ainsi je suis l'artisan de ma propre mise à mort. D'accord. On y va. Liz rentrait à ski sur la piste du Home Run depuis le Mont Reba. Elle arriva au chalet à Bear Valley bien avant le soir. Ses parents étaient partis mais le meilleur ami de son père, Richard Johnson attendait. Il s'était servi plusieurs verres depuis le départ de Mickey et Janice pour des courses. Liz entra, salua 'oncle Richard', l'embrassant sur la joue puis annonça qu'elle allait prendre une douche en vue du dîner. Tandis qu'elle se lavait les cheveux, la porte s'ouvrit et Richard la saisit par derrière, lui disant combien elle était belle et combien il avait toujours aimé jouer avec elle. Puis il se pencha en avant et la viola. Ce fut rapide. Liz s'effondra sur le plancher en larmes. Elle ne comprenait pas ce qui s'était passé, ni pourquoi. Richard lui dit que tout était de sa faute. Qu'elle n'aurait pas dû être nue dans la maison avec ses parents absents. Elle n'aurait pas dû l'embrasser. Il la menaça, si elle ne gardait pas le secret, de dire à ses parents qu'elle l'avait provoqué, qu'elle lui avait fait des avances, qu'elle était une allumeuse et qu'elle voulait coucher avec lui. Liz était anéantie. Elle se retira dans sa chambre puis descendit dîner sans mot dire. Elle se coucha de bonne heure. Le lendemain, elle refusa d'aller skier, invoquant un manque d'envie. Richard, Mickey et Janice partirent pour Mount Reba. Au milieu de la journée, Richard revint et la viola de nouveau, la menaçant de dire à ses parents la salope qu'elle était. Quand la famille revint à Orinda, Liz essaya de parler à Janice de Richard et de ses sévices mais celle-ci refusa catégoriquement de l'écouter. Ce fut, pour Liz, une douleur aussi intolérable que les viols. Elle essaya d'aborder ce sujet avec Mickey mais Janice s'interposait tout le temps, empêchant Liz de parler de ses 'fantasmes' à propos de Richard. Ces abus continuèrent pendant plusieurs mois. Richard la força au sexe oral et anal. Puis Liz tomba enceinte et Richard arrêta. Liz s'était détériorée au cours de ces mois de violences sexuelles mais quelque chose se brisa définitivement lors de l'avortement. C'est alors que je suis devenue le protecteur.

C'était une histoire que Sam avait déjà entendue. Les femmes qu'elle avait connues et qui avaient vécu des abus comparables étaient brisées à vie. La plupart ne s'en relevait jamais. Mais c'était la première fois qu'elle voyait ces mauvais traitements déboucher sur un TDI. Qu'y avait-il de différent ? Etait-ce important ?

- Jane, il y a plusieurs choses que je ne comprends pas. Premièrement, savez-vous pourquoi Janice a empêché Liz de dire ce qui s'était passé ?

- J'y ai pensé pendant des années et la seule chose à laquelle j'aboutis est que Janice avait peut-être une liaison avec Richard. Et qu'il menaçait de révéler leur relation si Janice n'empêchait pas Liz de parler. Il se peut aussi que Janice n'ait pas voulu envisager que Richard lui préfère sa fille. Et qu'elle voyait Liz comme une rivale, non seulement avec Richard, mais également avec Mickey. Il y avait beaucoup plus de complicité entre le père et la fille.

- Merci Jane. Vous êtes une femme intelligente. Je suis heureuse que vous les ayez protégées aussi longtemps.

- Vous avez dit que vous aviez plusieurs questions, poursuivit Jane.

- Oui. L'autre – hé bien, je n'ai aucune intention de vous insulter ou de vous provoquer, aussi prenez-le comme quelque chose que je ne comprends pas. Vous avez tué ces connards qui faisaient du mal à Dawn. Pourquoi n'avez-vous pas tué Richard Johnson ?

322

- Dieu sait combien de fois j'ai essayé. Je pense que je lui ai fait peur. Il a quitté le cabinet de Mickey et a fini par passer beaucoup de temps à l'étranger. Mais quand je l'ai approché, il me regardait avec ce sourire insidieux, comme s'il m'avait vu nue, comme s'il savourait le souvenir de ce qu'il m'avait fait – heu – à Liz, j'ai pris peur et je n'ai pas pu mettre mon projet à exécution. Je le regrette. Peut-être que si je l'avais tué, on ne serait pas dans ce pétrin.

Sam était désolée pour Jane. Derrière cette violence, se cachait une femme qui avait été témoin du pire.

- Jane, ce n'est pas votre faute. C'est la faute de Richard. Puis-je parler à Betty maintenant ?

Jane, épuisée, accepta de la tête, ferma les yeux et Betty apparut.

- Bonjour Betty. Vous avez entendu ce que Jane a dit, n'est-ce-pas ?

- Oui. Tout le monde a entendu, sauf Liz bien sûr.

- Je vais chercher Jim. C'est important qu'il entende, lui aussi.

9

Comme Sam l'expliqua à Jim, savoir ce qui s'était passé était utile mais insuffisant pour la réintégration. Liz avait besoin de se souvenir ainsi que Dawn, Eve et Betty. Puis chacune devrait assimiler ces éléments et comprendre quel était son rôle. Que Liz puisse communiquer avec elles allait accélérer le processus mais il faudrait vraisemblablement des mois, peut-être des années avant sa résilience.

Après avoir essayé en vain de voir Janice, Jim finit par convaincre Mickey de l'urgence d'un rendez-vous. Puisque sa femme s'y refusait, Mickey lui suggéra de venir ce soir-là. Il se chargerait de Janice.

Mickey ouvrit la porte et invita Jim à entrer. Quand Janice le vit, elle s'emporta:

- Mais qu'est-ce qu'il fout là ?

- Je lui ai demandé de venir, lui répondit Mickey calmement. Il a des choses importantes à nous dire sur Elizabeth.

- Qu'avez-vous fait à Liz ? Je n'ai plus de ses nouvelles. Est-ce que vous l'empêchez de nous voir ?

- Non, Janice. Liz a entrepris une thérapie. Elle a décidé de la poursuivre. C'est son choix.

- Foutaises. On sait ce qui arrive à Liz avec les thérapeutes. C'est dangereux pour elle.

- Cette psychiatre est une femme. Et Liz a fait des progrès remarquables. Je pense que vous devez entendre ce que j'ai à vous dire.

- Je ne veux rien entendre de vous ou d'un quelconque charlatan à propos de Liz. Elle n'a pas de problème, c'est tout. Tout est de votre faute. Si vous n'étiez pas arrivé avec vos théories loufoques, Liz ferait son métier de juriste et ne vous aurait pas épousé.

Jim posa un exemplaire quelque peu défraîchi du Chronicle sur la table devant Janice et Mickey. Leurs yeux s'écarquillèrent. Mickey prit le journal et lut l'article, puis le tendit à Janice qui fut pétrifiée par le portrait de Liz en première page.

- Liz serait une prostituée, demanda Mickey incrédule.

- En fait, c'est pire que ça. Il semble qu'elle soit impliquée dans les meurtres également.

- C'est impossible ! s'écria Janice. Je ne vais pas en écouter davantage.

Le visage de Mickey s'empourpra. Cet homme qui se contrôlait toujours dans les prétoires était sur le point de s'emporter. Janice n'avait vu que rarement son mari avec ce visage.

- Assieds-toi, siffla-t-il.

Puis, se tournant vers Jim, il se radoucit légèrement.

- Jim, je ne suis pas sûr non plus d'avoir envie d'entendre ça. Mais j'ai le sentiment que nous avons fui cette réalité trop longtemps et que nous sommes responsables de cette situation en n'ayant pas apporté à Liz l'aide dont elle avait besoin. S'il vous plaît, dites-nous ce que vous savez.

Jim raconta les événements des dernières semaines. Il parla du journal personnel de Liz, des séances de thérapie et de la découverte des identités multiples. Il décrivit chacune de ces personnalités et notamment Jane qui avait avoué les meurtres. Puis il parla de l'événement traumatique qui est la source d'un trouble dissociatif de l'identité ou TDI. Et finalement, il leur dit que tandis que ni Liz, ni Betty, ni Eve, ni Dawn ne se souvenaient du traumatisme, Jane, la protectrice, en avait un souvenir clair. Il voulait parler avec eux de ça.

Janice se leva pour partir.

- Assieds-toi, commanda Mickey.

- La psychiatre de Liz, Samantha Louis, connaît maintenant la cause de la dissociation. Elle va entamer le long processus de la réintégration des personnalités. Si elle réussit, Jane, qui n'a pas le sens du bien et du mal, cessera d'exister. De son point de vue, elle mourra pour expier ses crimes. Les autres communiquent aujourd'hui avec Liz par son journal et leurs personnalités vont devenir des parties de Liz. Elle est nerveuse et excitée par cette perspective. Sam croit qu'en amenant les personnalités à se souvenir de ce qui s'est passé, elles vont régler le problème et la guérison va commencer.

« Mais, je pense que Liz et les autres, Jane incluse, vont en tirer de plus grands bénéfices si l'auteur du traumatisme est identifié et puni. Elles ont eu peur de lui pendant des années, même Jane. Je pense, bien que je ne sois pas psychiatre, qu'elles guériront plus vite s'il ne représente plus une menace.

« Ça va être un choc pour vous, aussi je vous suggère de vous préparer.

Voyant Mickey hocher la tête gravement, Jim continua.

- Le trauma est arrivé chez vous à Bear Valley quand Liz avait douze ans.

Mickey commença à se lever mais Jim l'arrêta de la main.

- S'il vous plaît, laissez-moi finir. C'est difficile pour moi de tout raconter et encore plus difficile pour vous de l'entendre.

- Liz rentrait à ski de Mount Reba et est arrivée chez vous mais vous étiez absents à son retour au chalet. Mickey, votre ami Richard Johnson se trouvait là. Quand Liz est allée prendre une douche, Richard l'a violée dans la douche et l'a menacée de vous dire qu'elle l'avait séduit si elle vous le disait.

- Il a quoi ? cria Mickey. Je vais tuer ce fils de pute.

Janice resta impassible.

- Mickey, il y a pire encore. Je sais que c'est difficile mais vous devez entendre toute l'histoire.

- Difficile ? Difficile ? Je vais le tuer, vraiment.

Voyant Mickey retrouver ses esprits, Jim poursuivit.

- Il n'y a pas eu qu'une fois. Le lendemain, Liz ne voulait pas skier. Vous êtes partis tous les trois ensemble mais Richard est revenu en milieu de journée et l'a violée de nouveau. Liz a essayé de parler avec Janice de ce qui se passait mais d'après ce que disait Jane, Janice s'est refusé à écouter. Quand vous êtes revenus chez vous à Orinda, Richard a eu de nombreuses occasions de trouver Liz seule. Il la molestait et la forçait. Liz a essayé de vous approcher, Mickey, mais une fois de plus, d'après ce que dit Jane, Janice a toujours semblé s'interposer. Après des mois d'abus, Liz est tombée enceinte. Craignant d'être découvert, Richard a arrêté. Apparemment, l'éclatement de la personnalité a eu lieu après l'avortement.

Mickey fixait Janice avec insistance tandis qu'elle demeurait assise et froide. Elle ne montrait pas la moindre émotion. Après quelques minutes, il déclara :

- Tu le savais, n'est-ce-pas ?

- Bien sûr que non, répondit Janice, mentant effrontément.

- Jim, commença Mickey doucement, Janice et moi avons besoin de parler. Dans quelques minutes, je vous demanderai de nous laisser. Mais avant que je ne le fasse, que savez-vous des investigations de la police ?

- Pour l'instant, à part le portrait, la police n'a pas d'indice. Si Dawn revient à la rue, elle se fera arrêter certainement mais je pense qu'on l'a convaincue de rester à l'écart. C'est vous l'avocat mais d'après ce que dit Liz et d'après les recherches que j'ai faites, si Liz se fait arrêter, vous devrez prouver qu'elle souffre vraiment du TDI, et que la personnalité qui a commis les meurtres n'a pas le sens du bien et du mal. Vu le nombre de fois où ce mode de défense a échoué, ça va être difficile. Sam et moi espérons qu'en tenant Dawn loin de la rue, Liz ne se fera pas arrêter. Liz et les autres vont se réunir, alors la prostituée et sa protectrice cesseront d'exister. C'est un espoir un peu insensé mais comme je l'ai dit, d'après tout ce que nous savons, la police n'a pas de preuve contre Dawn.

- Je vais interroger certaines de mes sources et voir si je peux apporter la preuve du contraire, déclara Mickey, l'avocat. Merci, Jim. Maintenant il est temps que Janice et moi parlions.

10

Les semaines passèrent et la réintégration se poursuivit. Jane fut la première à disparaître. Elle le fit sans mot dire.

Pendant plusieurs jours, Liz eut des accès de colère, surtout face à des hommes agressifs. C'est alors que Mickey annonça que Richard avait été arrêté. Janice reconnut qu'elle avait eu une liaison avec Richard. Il l'avait menacée de tout révéler si elle mentionnait sa relation avec Liz. Il avait bien parlé de relation et avait dit à Janice que Liz l'avait séduit. Elle avait choisi de le croire.

En poussant plus loin ses investigations auprès de bons amis dans différents départements de la police, Mickey découvrit que Richard avait violenté d'autres filles. Il allait vraisemblablement purger une longue peine d'emprisonnement.

Ainsi que Jim l'avait prédit, Betty, Eve et Dawn se sentirent d'un seul coup plus en sécurité. Lors de sa séance avec Sam, Betty fut encouragée à se souvenir de ce qui s'était passé et elle se fondit en Liz, sans changement notable pour cette dernière, sinon quelques manifestations de malice enfantine à l'occasion.

Peu de temps après, Dawn et Eve firent leurs adieux et se fondirent, elles aussi, sans heurts en Liz. Liz poursuivit sa thérapie après s'être souvenue de ce qui lui était arrivé. Elle fut soulagée d'entendre que Richard Johnson avait été arrêté et elle travailla sur les stress post-traumatiques consécutifs aux viols et mauvais traitements, apprenant à composer avec ses pulsions et ses attitudes envers les hommes, attitudes qu'elle avait héritées de son ancienne famille.

Liz fut attristée de ce qui arrivait au couple de ses parents. Ils suivaient un programme de conseil matrimonial mais, vu la gravité des fautes de sa mère, elle doutait que son père ne pardonne jamais à Janice.

Liz décida de créer sa propre enseigne et commença à exercer son métier d'avocat, se consacrant aux femmes violentées. Elle travaillait beaucoup pour peu d'argent mais elle trouvait ce travail gratifiant et réparateur.

Après des semaines chaotiques et les aléas émotionnels de la réintégration, les choses finalement s'apaisèrent pour Liz et Jim. Ils faisaient du sport ensemble, jouaient souvent ensemble, partageaient leurs vies professionnelles. Comme les choses se stabilisaient, ils commencèrent à envisager d'avoir un enfant.

Un soir, alors qu'ils étaient assis pour dîner, on frappa à la porte. Liz alla répondre et trouva deux policiers en civil.

- Désolés de déranger votre repas, Madame, dit le plus grand. Je suis le détective Bob Simpson et voici mon partenaire, Nick Gammon. Nous aimerions vous poser quelques questions si ça ne vous dérange pas.

- Certainement, Messieurs. Entrez.

Jim se leva et se présenta. Ils passèrent dans le living-room où Liz et lui occupèrent le sofa tandis que les détectives s'asseyaient en vis-à-vis.

- Pouvons-nous vous offrir quelque chose ? Café ou soda ? demanda Liz

- Non, ceci ne devrait prendre que quelques minutes. Nous enquêtons sur différents meurtres et nous recherchons quelqu'un qui aurait, selon nous, des informations là-dessus. Nous avons fait circuler un portrait et un vos anciens collègues de MacroData a appelé, disant que le portrait vous ressemblait.

Il plaça le dessin sur la table de salon et attendit avec intérêt.

- Wow ! s'exclama Liz. C'est sûr qu'elle me ressemble. Comment s'appelle-t-elle ?

- Dawn, c'est le seul nom que nous ayons. Elle faisait le trottoir dans le Tenderloin, ces dernières années.

- Vous voulez dire que c'est une prostituée, demanda Liz.

- Il semblerait, Madame.

- S'il vous plaît, appelez-moi Liz.

- Hé bien Liz, pouvez-vous me dire comment vous gagner votre vie ?

- Je suis avocate.

- Depuis combien de temps travaillez-vous dans ce secteur ?

- Plusieurs années maintenant. Je travaillais pour une grande société, puis j'ai été recrutée par le PDG de mon mari. Mais on a décidé que ce n'était pas une bonne idée pour deux conjoints de travailler ensemble, aussi je suis partie et j'ai monté ma propre affaire.

- Je répugne à vous demander ceci, Madame – Liz - mais avez-vous déjà travaillé comme prostituée ?

Liz et Jim rirent ensemble.

- Non, Inspecteur, jamais ! J'ai la chance d'être mariée à l'homme le plus merveilleux du monde, dit-elle en attirant Jim à elle.

Les policiers regardèrent successivement Jim et Liz. Ils se levèrent et l'inspecteur Simpson conclut :

- Merci de nous avoir accordé ce moment. Nous allons poursuivre nos recherches. Passez une bonne soirée.

Tout le monde se serra la main et Jim leur souhaita beaucoup de chance dans leurs investigations.

- A quoi penses-tu ? demanda Liz
- Je pense que tu es merveilleuse.

11

- Rien, dit Mike à May quand il rentra le soir. On a remonté toutes les pistes, même les plus improbables et on n'est arrivé à rien. L'ADN n'a rien donné et l'empreinte partielle pas davantage. Nous n'avons aucun indice.

- Je suppose que nous n'avons aucun signe de Dawn.

- Aucun. Elle a tout simplement disparu. Les meurtres se sont arrêtés. Je déteste ça.

- Oui, je comprends. Il nous faut être patients. Elle s'est probablement installée dans une autre ville. Il est également possible que ça ne soit pas elle la criminelle. Elle est peut-être seulement impliquée ou victime d'une simple coïncidence. Mais le tueur va refaire surface quelque part. Quand ils ont commencé ce genre de choses, ils n'arrêtent jamais, sauf s'ils se font arrêter ou tuer.

- Je pense que tu as raison. J'avais l'impression qu'on était tellement près. Je déteste au plus haut point l'idée que quelqu'un puisse s'en sortir avec des crimes prétendument parfaits.

- Oui, moi aussi.

EPILOGUE

Mike et May se détendaient sur le San Francisco Belle tandis que le bateau faisait route vers Alcatraz. C'était leur quatrième Escape depuis Alcatraz. Près d'eux se trouvait un jeune homme qui semblait nerveux à l'extrême. D'un seul coup, il se replia sur son estomac puis se courba par-dessus le bastingage et vomit tout son déjeuner.

- Vous allez bien ? demanda May

- Pas vraiment. Je me sens nerveux. C'est mon premier triathlon, vous savez ? De plus, j'ai le mal de mer. Je surfe et normalement ça ne me pose pas de problème mais avec ce bateau et ces houles, je ne suis pas arrivé à garder mon petit-déjeuner. Est-ce que vous avez des conseils pour un néophyte comme moi ?

- Hé bien, mon mari Mike a fait également son premier triathlon, il y a quatre ans. Mike, as-tu un conseil pour ce jeune homme ?

Mike tendit sa main.

- Je suis Mike Mckensey et voici ma femme May. Elle n'en a pas l'air mais elle fait l'Ironman. Moi, je ne peux pas faire plus que cette course.

Le jeune homme serra la main de Mike et se présenta.

- Je suis Jim Henderson.

- Jim, May m'a coaché pendant mon premier Escape. Malheureusement, elle a oublié de me prévenir à propos de la natation et j'ai failli arrêter au bout de cinq minutes. J'ai sauté dans l'eau avec la meute, et même si je suis un nageur chevronné, les coups de pied, les coups de poing, les lunettes que j'ai failli perdre et le chaos du départ m'ont presque poussé à abandonner. Donc, mon conseil est d'attendre avant de plonger et de ne se mettre à nager que deux minutes plus tard. Ça laisse le temps à la meute de se diluer et vous trouverez votre rythme avant de les rattraper. Pour le reste, allez-y doucement avec le vélo et quand vous en serez à l'échelle de sable, ne vous arrêtez pas, même si vous devez marcher. Gardez à l'esprit qu'il y a une descente facile après. Vous allez forcément terminer. »

- Merci ! Je n'aurais jamais pensé ça à propos de la natation. Echouer dans les eaux froides de la baie au large d'Alcatraz après m'être fait tabasser et avoir perdu mon petit-déjeuner aurait été un comble. C'est sûr, je vais suivre votre conseil. Je n'essaye pas de gagner ce truc, je veux juste terminer.

- Eh bien, bonne chance.

La course se passa sans accroc et Mike et May firent tous deux leurs meilleurs temps. A la différence de la première année, May ne resta pas avec Mike. Au contraire, ils se retrouvèrent sur la ligne d'arrivée.

Quand Michael eut finit, May le félicita.

- Ça fait combien de temps que tu es là ? demanda-t-il, essoufflé.

- Juste quelques minutes, mentit-elle.

- Oui, bien sûr. Et tu as commencé cinq minutes après moi !

- Mike, tu t'es bien débrouillé !

- Oui,

- Regarde qui j'ai trouvé. Tu te souviens de Jim sur le bateau ?

- Hé Jim, comment ça s'est passé ?

- Votre conseil m'a sauvé la vie, dans l'eau et à l'échelle. J'ai failli abandonner mais je me suis souvenu qu'après, il n'y avait que de la descente.

- Quel temps avez-vous fait ?

- J'ai terminé en deux heures et trente-quatre minutes. Je ne sais pas où ça me place dans les classements.

- Est-ce que vous vous foutez de moi ? grogna Mike. Vous devez être dans les dix meilleurs de votre catégorie d'âge. C'est votre premier triathlon ? Mon dieu, en voici un autre.

- Un autre ?

- Oui, vous êtes exactement comme May. Un doué. Moi, je ne suis qu'un vieux schnock qui n'arrive pas à suivre.

- Chéri, tu sais que tu t'en es bien sorti. Peu de gens qui

travaillent autant que toi parviennent à seulement finir la course.

Mike commença à grogner quelque chose mais May l'interrompit.

- J'ai demandé à Jim de se joindre à nous pour un brunch au Cliff House et il est d'accord. Avec sa femme, ils vont nous retrouver dans une heure.

Une heure et demie plus tard, Mike, May, Liz et Jim étaient assis à une table face à la vue spectaculaire de Seal Rock et des énormes bateaux qui passaient sous le Golden Gate. A peine servi, le premier panier de popovers fut englouti.

Mike et May échangèrent des regards surpris et silencieux en voyant Liz

- Qu'est-ce que vous faites dans la vie ? demanda Mike.

- Jim est chef du service technique dans une high tech et je suis avocate, répondit Liz. Et vous ?

- Nous sommes inspecteurs de la criminelle, répondit May.

Ce fut le tour de Liz et de Jim d'échanger des regards silencieux.

La conversation évolua vers le sport et les deux couples savourèrent ces instants passés ensemble devant un petit-déjeuner somptueux, espérant se retrouver lors d'un triathlon futur.

En revenant à la voiture, May se tourna vers Mike :

- Bluffant, non ?

- Mon dieu, oui. C'est sûr qu'elle ressemble au portrait-robot. Avocate, mariée à un cadre de Silicon Valley et de toute évidence, heureuse dans son couple. C'est sûr que ça ne colle pas. Il va falloir qu'on continue à chercher.

Autres Livres de Steve Jackowski

The Silicon Lathe (2013)
The Shadow of God (2014)

A PROPOS DE L'AUTEUR

Ecrivain, passionné de sports extrêmes, multi-entrepreneur, technologue.

Né d'un père militaire, Steve a beaucoup voyagé à travers les Etats-Unis et à l'étranger, totalisant quinze écoles différentes avant d'obtenir son diplôme d'études secondaires. Après avoir étudié les mathématiques, l'informatique, la littérature comparée et le français à l'Université de Californie, Steve a commencé sa carrière chez IBM comme ingénieur informaticien.

Ancien compétiteur de delta-plane, Steve continue de surfer, skier, faire du kayak en eaux vives et danser la salsa avec sa femme Karen aussi souvent que possible.

Steve partage son temps entre Santa Cruz, Californie et le Pays Basque en France.